SHERYL BROWNE

LA BABYSITTER PERFETTA

Traduzione di
PAOLA BERTANTE

Garzanti

Prima edizione: marzo 2019

Per essere informato sulle novità del Gruppo editoriale Mauri Spagnol visita:
www.illibraio.it

Traduzione dall'inglese di
Paola Bertante

Titolo originale dell'opera:
The Babysitter

First published in Great Britain in 2018 by Storyfire Ltd trading as Bookouture.

ISBN 978-88-11-60663-5

Printed in Italy

www.garzanti.it

LA BABYSITTER PERFETTA

Alla mia famiglia, che nel momento del bisogno non mi fa mai mancare amore e appoggio incondizionati.

Al mio fratellino: mi manchi.

A Drew: sei la mia fonte di ispirazione. Senza di te, questo libro avrebbe una o due gravi incongruenze nella trama.

Vi adoro tutti quanti.

PROLOGO

Otto anni prima

Incurante del fango viscido e molle che le si insinuava fra le dita dei piedi, Grace arretrò di un passo, esitante. Con gli enormi occhi nocciola illuminati dal fuoco, fissava affascinata e impotente le fiamme che divoravano le tende della camera dei genitori. Aveva cercato di spiegare loro che non aveva colpa per quello che era successo a Ellie.

Mentre la loro madre e il suo terzo marito festeggiavano, la sorellina, che le stava sempre fra i piedi, aveva visto lei e le sue amiche accendere le stelle filanti e scrivere i loro nomi contro il cielo nero-blu della notte. Anche Ellie voleva provare, e Grace aveva dovuto prometterle che gliel'avrebbe fatto fare «dopo». Era pronta a tutto, purché la smettesse di frignare e minacciare di dire alla mamma che aveva fumato, allungando così la lista dei suoi peccati.

Ellie non se ne era dimenticata. Quando la sorella maggiore si era infilata a letto, lei era ancora sveglia e si era messa a piagnucolare. Grace le aveva detto di abbassare la voce, ma alla fine si era arresa, scendendo in cucina in punta di piedi per prendere uno dei pacchetti rimasti nella scatola delle stelline.

Appena Grace aveva accostato il fiammifero al bastoncino, spargendo una miriade di stelline scoppiettanti in camera da letto, Ellie aveva spalancato estasiata gli occhioni castani. Poi, però, era stata investita da alcune scintille e, nonostante Grace continuasse a ripeterle di stare zitta, aveva attaccato a strillare come un'aquila. Non l'aveva fatto apposta a bruciarla, ma sapeva che non ci avrebbero creduto. Nessuno le credeva mai.

Grace fece un altro passo indietro. Con un sussulto al cuore, vide comparire alla finestra della camera matrimoniale una sagoma umana lambita da fiamme come lingue di vipere incandescenti. Non era colpa sua. Aveva cercato di dirlo ai suoi genitori. Aveva raccomandato a Ellie di tenere la bacchetta lontana dal viso. Ma non l'avevano ascoltata. Gli occhi della madre lampeggiavano come il fuoco, aveva ancora il rossetto sulle labbra, una rabbiosa ferita vermiglia al posto della bocca, che imprecava e la malediceva: "Guarda cosa hai combinato, deficiente. Guarda cosa hai combinato!".

Teneva Ellie in braccio, avvolgendole la manina paffuta con la propria e puntandogliela contro come un'accusa. Ellie era stata investita dalle scintille sulle dita e su una coscia, che si erano coperte di vesciche.

Quando la madre si era affrettata a uscire dalla stanza per portare la piccola al pronto soccorso, era arrivato di corsa anche il patrigno. «Vi accompagno io», si era offerto, anche se non ne aveva nessuna voglia. Grace l'aveva capito dall'occhiata oscena che le aveva rivolto.

«Non dire stupidaggini!» aveva ribattuto seccamente la madre. «Hai bevuto due barili di birra. Resta qui a... fare i conti con quella», aveva aggiunto, procurando a Grace una fitta di terrore allo stomaco. Non voleva rimanere da sola con quell'uomo, vederlo tirare le tende, girarsi di nuovo verso di lei e slacciarsi la cintura con quello sguardo liquido e distante.

Lo strepito delle sirene era sempre più vicino e Grace distolse bruscamente l'attenzione dalla finestra. Con lo stomaco annodato per il panico e la gola intasata di denso fumo, arretrò fino in fondo al giardino, dove la vegetazione era più compatta.

Mark si infilò gli appositi guanti e le protezioni per le scarpe, inspirò profondamente e si preparò a entrare nell'edificio.

«Ispettore investigativo Cain», disse, mostrando il tesserino all'agente in uniforme di guardia all'ingresso, pallido come un cencio. Era giovane, poco più che ventenne, pensò Mark, probabilmente aveva appena finito il periodo di prova. Sette lunghi anni addietro, quando aveva visto la sua prima vittima, anche lui aveva più o meno la stessa età. Era riuscito a malapena a non vomitare la colazione. Questo, però, era un vero battesimo del fuoco: un'intera famiglia incenerita, compresa una bambina piccola. «Hai visto il sergente Moyes?» domandò.

«Nella cameretta della bambina. Prima stanza a sinistra, al piano superiore», rispose il giovane, deglutendo vistosamente.

Mark annuì, lanciandogli un'occhiata solidale. «Fai una pausa», gli suggerì. «Vai a prendere una boccata d'aria.» Anche se fuori non era molto meno putrida che dentro. L'odore acre di legno bruciato misto a quello di polvere da sparo non riusciva a coprire un fetore dolciastro e nauseante di carne strinata, tipo arrosto di maiale della domenica. Mark aveva ancora un vivido ricordo di quando, da bambino, non vedeva l'ora di andare dalla nonna per sfuggire alle interminabili liti che infuriavano a casa sua. Non era più riuscito ad avvicinarsi alla carne arrosto da quella volta che era stato mandato a indagare su un incidente d'auto: il povero guidatore era rimasto intrappolato nella propria auto in fiamme.

«Sono a posto, signore», lo rassicurò il giovane stoicamente.

Mark non ne era convinto. «Non credo proprio», ribatté. «Fidati, ho contaminato un bel po' di scene del crimine; so riconoscere i segni.»

«Sì, signore», disse l'agente con un miscuglio di imbarazzo e sollievo, e si avviò all'uscita.

Mark lo seguì con lo sguardo, poi, cercando di prepararsi a quello che l'aspettava, salì le scale ed entrò subito nella stanza della bambina. Il sergente Lisa Moyes stava fissando il corpicino disteso sul letto. C'era anche il sergente Cummings, anche se Mark non riusciva a capire perché. Era stato il primo a intervenire? Improbabile. Era un uomo molto pigro. Era più facile che stesse tornando da una squallida avventura notturna in città e si fosse fermato per pura curiosità.

«Cummings.» Mark lo salutò con un brusco cenno del capo e si avvicinò a Lisa Moyes. Quell'uomo non gli piaceva per niente, era il classico maschilista che considerava le molestie sessuali alle colleghe una specie di diritto garantito dalla sua posizione.

«Cosa abbiamo?» domandò a Lisa, che evitò il suo sguardo. Dal modo in cui lei si asciugò il naso con il dorso della mano, intuì il perché. Bionda, minuta e graziosa, Lisa portava i capelli corti per scelta e aveva faticato non poco a farsi strada in un mondo ampiamente dominato dai maschi, determinata a mostrarsi dura e distaccata quanto una parte dei colleghi del sesso opposto. Mark immaginò però che in quelle circostanze, essendo lei stessa madre, non potesse proprio farcela a rimanere fredda.

«Una bambina», rispose lei alla fine, «bianca, caucasica, circa quattro anni. Causa del decesso...» A quel punto le si incrinò la voce, si interruppe e alzò gli occhi al cielo.

«Intossicazione da fumo», si intromise Cummings. «C'era la porta chiusa. Comunque, è stata fortunata. Meglio che morire bruciata viva. Non riesco neppure a immaginare cosa avrà provato, sentendo le urla della madre e del padre. Poveraccia, avrà avuto una paura terribile.»

Lisa si voltò di scatto. «Cummings, sei proprio un idiota», sbottò, aggirandolo furiosamente per raggiungere la porta.

Cummings la fissò con aria ebete. «Che cavolo le prende?» chiese, voltandosi perplesso verso il superiore.

Mark sospirò e scosse la testa. Sposato e divorziato due volte, Cummings non aveva avuto figli, ma non ci voleva poi così tanta immaginazione per intuire cosa dovesse essere passato per la mente di quella bambina.

«Lisa ha due figli sotto i cinque anni», replicò Mark esasperato. Poi, con un peso sul cuore, concentrò l'attenzione sulla piccola. Raggomitolata in posizione fetale nel suo lettino, teneva il pollice in bocca e un peluche di Winnie the Pooh con un occhio solo stretto al petto.

Mark ci mise qualche istante a ricomporsi. Neppure lui aveva bambini, sebbene sua moglie Melissa avesse partorito un neonato prematuro. Era sopravvissuto per pochissimo tempo, ma lui aveva sofferto più di quanto fosse disposto ad ammettere. Quando aveva visto Melissa allattare il figlio, si era reso conto di dover essere forte per lei. Poi i fragili polmoni di Jacob avevano ceduto e lei si era sentita crollare il mondo addosso. Nelle tristi settimane che erano seguite, Mel aveva lottato per non sprofondare nella depressione più nera: dopo essersi portata in grembo il bambino per mesi e averlo dato alla luce, se l'era visto portare via senza pietà. Mark si era sentito morire dentro. Probabilmente, l'unica persona al mondo che si rendeva conto dello strazio, della rabbia e della frustrazione che lui aveva provato dopo i due successivi aborti della moglie era Lisa.

No, non ci voleva un grande sforzo di immaginazione per comprendere il terrore di quella bambina. Deglutì, chiuse gli occhi e pregò in silenzio per lei. Poi si rivolse a Cummings. «Tanto vale che te ne torni a casa», gli disse stancamente.

«E perché?» replicò il sergente, seguendolo con sguardo diffidente mentre si avviava alla porta. Da quella volta che Mark gli aveva tirato un pugno dopo averlo sorpreso a palpeggiare una collega, Cummings era sempre molto nervoso in sua presenza, anche perché aveva capito che l'ispettore era al corrente dei suoi piccoli furti di beni confiscati. Perlopiù droga, niente di particolarmente grave, benché non fossero faccende da trascurare. Mark sapeva di essere a sua volta sorvegliato dal subalterno, che sembrava non vedere l'ora di coglierlo in fallo. Forse era in cerca di materiale da usare contro di lui, nel caso Mark avesse deciso di dar voce ai propri sospetti con i superiori.

«Sei in esubero», spiegò. «Secondo me, non è neppure la scena di un crimine.»

Cummings parve dubbioso. «Ma non ci sono tracce di acceleranti?»

«Era la Notte dei falò», gli ricordò Mark. «A giudicare dalla brace trovata fuori e dall'evidente consumo di alcolici, la famiglia stava festeggiando. Può darsi che gli acceleranti servissero a tenere vivo il fuoco.»

"E infatti il fuoco è stato bello vivace", pensò esausto. Quei cretini avevano lasciato l'accelerante in cucina, una scintilla vagante aveva acceso i fumi nell'aria e bum, era scoppiato l'inferno. Mark dovette reprimere un accesso di rabbia. Come diavolo avevano potuto correre un rischio del genere in presenza di una bambina di quattro anni?

«Valuterò se è il caso di buttare giù dal letto gli esperti della Scientifica. Il sergente Moyes e io possiamo occuparci del resto. Appena arriva il coroner, puoi andare a farti un bel sonnellino di bellezza. Dalla faccia che hai, mi sa che ti farebbe bene.» Fu un colpo basso, considerato che Cummings era un assiduo frequentatore dei quartieri a luci rosse.

Mark si voltò, diretto alla camera matrimoniale. Lì dentro, l'odore ferroso di carne e sangue bruciati era molto più intenso e nauseante. Dovette reprimere un conato di vomito, ma si costrinse a entrare, e quasi inciampò nei resti di un cadavere. La madre, immaginò. Era lì a terra, carbonizzata, nella stessa posizione fetale assunta dalla bambina. La donna però non era rannicchiata per la paura, ma per lo sforzo muscolare: a quanto pareva, aveva cercato di raggiungere la porta.

Tenendo a bada la nausea, Mark girò intorno al letto. Il padre doveva essersi avvicinato alla finestra. Completamente consumato dal fuoco, i vestiti e la stoffa delle tende fusi insieme alla carne, era a malapena riconoscibile come essere umano.

"È terribile!" disse tra sé e sé. Chissà se la morte per asfissia era davvero meno dolorosa, si chiese poi, tornando a pensare alla bambina. Un esperto della Scientifica una volta gli aveva assicurato che era così, anche se solo in parte. In ogni caso, tutti e tre avevano fatto una fine orrenda. "Maledizione." Doveva uscire da quella stanza. Aveva bisogno di respirare. Controllando la rabbia, tornò in corridoio per concentrarsi sugli aspetti pratici della questione.

Mentre usciva all'aperto, prese una boccata d'aria leggermente meno soffocante e si guardò intorno per farsi un'idea del luogo. Una casa di campagna isolata, posta sul confine fra Worcestershire e Herefordshire. Mark aveva già notato che non c'erano né una staccionata né un cancello a separarla dalla strada.

Stava osservando i boschi sul lato opposto della carreggiata, valutando l'ipotesi di delimitare i dintorni dell'edificio, quando arrivò il sergente Moyes. «Come va?» le domandò.

«A rilento.» Lisa sospirò. «Ho mandato al pub del luogo uno dei primi agenti sopraggiunti sulla scena. Il proprietario non era per niente contento della levataccia, ma ha confermato di essere stato qui ieri sera e che non ci sono stati litigi o incidenti sospetti. Gli ospiti erano quasi tutti della zona. Ci farà avere alcuni nomi.»

«Okay.» Mark annuì. «In realtà, volevo sapere come stai tu...»

«Bene. Sono a posto», lo rassicurò, fissando lo sguardo davanti a sé.

Mark notò la mascella serrata, la determinazione. «Sì, come no...»

Lisa afflosciò le spalle. «Già», disse, passandosi una mano fra i capelli. «Scusami per prima, ma Cummings sa essere così stupido e inopportuno...»

Mark sospirò comprensivo. «Non dirlo a me...»

«Io», riprese lei, con il respiro un po' affannoso, «non faccio nessuna fatica a immaginare il terrore di quella bambina. Non so proprio cosa farei se dovessi perdere uno dei miei figli. L'unica misera consolazione è che i genitori non dovranno soffrire per... Oh, mio Dio!» Strizzò gli occhi. «Scusa, Mark. Ho parlato senza pensare. Mi...»

«Non ti preoccupare», si affrettò a dire lui.

Lisa afferrò il concetto. «Come sta Mel?» gli chiese ostentando un tono allegro.

«Bene», rispose Mark, felice di parlare di sua moglie. «È lanciatissima con il lavoro. Ha avuto un paio di commissioni da due centri di artigianato della zona... Sì, insomma, non se la sta passando niente male.»

Fisicamente, Melissa e Lisa erano molto diverse. La prima era più alta, con morbidi capelli ondulati rosso rame. Era un tipo introspettivo che di rado parlava fuori dai denti, e solo se era strettamente necessario. Ed era una persona di buon cuore. Come Lisa, del resto, anche se le somiglianze finivano lì. Quest'ultima, infatti, era molto schietta e diceva sempre in faccia quello che pensava, chiunque avesse davanti. E tuttavia erano fatte della stessa pasta, animate dalla ferrea determinazione ad andare avanti, a prescindere da quello che succedeva. Essendo sopravvissuta a una relazione con un uomo violento, Lisa non aveva la benché minima stima per un troglodita come Cummings, e Mark, che aveva avuto un padre non meno tirannico, nutriva la massima considerazione per lei, anche se non gliel'avrebbe mai confessato direttamente. Lisa, inoltre, era stata vicina a sua moglie quando più ne aveva avuto bisogno, e lui gliene era molto riconoscente.

Mark sorrise pensando a Mel, che negli ultimi tempi era quasi sempre impegnata a lavorare al tornio. Chissà come, si era ripresa dalla disperazione e aveva avviato un'attività dal nulla, seppure ancora agli inizi. Era strabiliato da sua moglie.

«Fantastico», commentò Lisa felice. «E voi due continuate a... come dire...»

Notando la curva allusiva delle sopracciglia, Mark comprese. «Sì, stiamo ancora tentando», le confidò. "E sperando", aggiunse fra sé e sé. Entrambi desideravano disperatamente avere un bambino.

«Chi resisterebbe a un bel ragazzo come te?» Lisa sogghignò.

Mark scosse la testa. «Be', me ne vengono in mente un bel po'.»

«E modesto, per giunta... mi fai palpitare il cuore...» Lisa sbatté le palpebre con fare teatrale. «Be', come si dice, vale più la pratica che la grammatica. Vedrai che ce la farete!» concluse, girandosi verso uno dei primi agenti intervenuti sulla scena. «Probabilmente, quando meno ve lo aspettate. Dacci dentro, detective!»

Gli mostrò il pollice alzato e andò incontro ai poliziotti in uniforme. Mark non riuscì a trattenere un sorriso, sperando con tutte le sue forze che succedesse davvero, poi sospirò e continuò a osservare i dintorni.

«Io torno in casa», disse Lisa. «Stanno portando via i cadaveri.»

Mark la guardò con un sopracciglio alzato, sorpreso che fosse così desiderosa di tornare là dentro. Anche lui credeva nell'utilità di affrontare di petto le proprie paure; quando era ragazzo, il suo più grande terrore era stato suo padre, finché non aveva trovato il coraggio di sfidarlo. Lisa, però, era chiaramente turbata. «Sicura?» le domandò. «Puoi sempre assumere il comando qui fuori, mentre io torno dentro.»

Lisa annuì risoluta. «Voglio starle vicina. Accertarmi che stia bene, sempre che abbia senso.»

«Certo che ha senso.» Mark sorrise comprensivo. In realtà era un'assurdità, visto che la bambina era morta, ma forse assicurarsi che venisse trattata con gentilezza sarebbe servito a placare l'angoscia di Lisa.

Le fece cenno di andare e poi raggiunse gli altri agenti dietro la casa, estraendo il cellulare dalla tasca per rispondere a una chiamata. Era quasi certamente l'ispettore capo Edwards, che voleva conoscere gli sviluppi delle indagini, ossia controllare quello che Mark stava facendo, dopo che lo psichiatra l'aveva giudicato un soggetto «borderline», a malapena idoneo al servizio. Sì, aveva perso le staffe con Cummings, e aggredire fisicamente il subalterno non era stata la mossa più elegante della sua vita, ma quel bastardo se l'era meritato. E sì, poteva darsi che all'epoca fosse «borderline» – dopo il funerale, le sue condizioni emotive non erano proprio ottimali – ma adesso era perfettamente in grado di lavorare.

Poi, però, guardò lo schermo e vide che non si trattava di Edwards. «Mel? Che succede?» domandò allarmato, sentendo lo stomaco chiudersi per l'apprensione.

«Niente», lo rassicurò la moglie. «Deve per forza succedere qualcosa di male, perché una moglie chiami il marito?»

Mark guardò l'orologio. «Sono le sei del mattino.»

«Nooo, davvero?» ironizzò lei. «Guarda caso, è la stessa cosa che ho pensato quando ho tastato il letto per cercarti e non ti ho trovato.»

«Scusa», disse Mark, distratto dalle attività in fondo al giardino. «Non volevo svegliarti. Ho ricevuto una chiamata urgente. Ho lasciato un biglietto vicino al bollitore.»

«Non sono ancora scesa. Sono rimasta a letto a contemplare la righina azzurra.»

«Come?» ribatté Mark, ormai completamente altrove con la testa.

«La righina azzurra», ripeté lei lentamente. «Dai, che ce la puoi fare, detective.»

«Cosa?»

«Insomma, a volte la righina è azzurra, a volte rosa e... Mi sa che hai fatto un ottimo lavoro, ispettore Cain.»

Mark, che non era sicuro di aver sentito bene, si fermò sui suoi passi. Che cosa stava dicendo... Oh, Cristo. In preda a sentimenti contrastanti, si passò una mano fra i capelli. Avrebbe voluto esultare e piangere al tempo stesso, per far piacere a Melissa, ma in quel luogo e in quel momento era assolutamente impossibile. «Mel, ti richiamo fra un po'», disse, con un nodo in gola. «Devo...»

«Mark?» Mel lo interruppe incredula. «Hai sentito quello che ti ho detto?»

«Sì, sì, ho sentito. Il problema è che non posso parlare», replicò, strofinandosi la fronte per la frustrazione, mentre due agenti conducevano una ragazzina verso di lui. «Devo...»

«Ah, okay.» A quel punto, sua moglie sembrò demoralizzata. Tremendamente delusa.

«C'è stato un incendio», spiegò Mark rapidamente. «Una famiglia intera. Ci sono dei morti. Devo...»

«Oh, no.» Mel si rese subito conto della situazione. «A dopo», si affrettò a dire, mentre gli agenti – e la ragazzina in questione – si fermavano davanti a lui. «Telefonami appena possibile.»

«Sì, sì», le promise goffamente, rendendosi subito conto che sarebbe stato del tutto impossibile mantenersi freddi e distaccati di fronte agli occhi lucidi e atterriti di un'altra bambina. Una bambina di cui ignoravano l'esistenza e che in mezzo a quel pandemonio era passata inosservata. Indossava un pigiama con un unicorno stampato sul davanti e tremava come una foglia. Le guance annerite dall'incendio erano rigate di lacrime, gli occhi nocciola sgranati, pieni di terrore.

"Oh, merda!" pensò Mark. «Dov'era?» domandò a un agente.

«Nascosta fra le piante», rispose lui, indicando gli alberi retrostanti.

«Evidentemente, non voleva essere trovata», osservò l'altro poliziotto.

«Non mi stupisce affatto.» Con un tuffo al cuore, Mark

guardò la ragazzina senza sapere cosa dire o fare per aiutarla. A quell'età, non aveva modo di elaborare neppure lontanamente l'enormità di quello che era accaduto. Non ci sarebbe riuscita per molto tempo... forse mai.

«Possiamo affidarla a lei, signore?» chiese il primo agente. «Al piano di sopra ci sono delle macerie da spostare.»

Mark annuì. «Andate pure», disse. «Chiamate subito un'altra ambulanza e avvisate il sergente Moyes, d'accordo?» aggiunse, mentre i poliziotti si allontanavano in fretta. Non era in grado di affrontare la situazione e lo stesso protocollo imponeva la presenza di un agente di sesso femminile.

«Ciao», disse, rivolto alla ragazzina, cercando di rassicurarla come poteva. «Sono l'ispettore Cain.» Lei lo fissò attraverso un ciuffo di capelli castano chiaro. «Anzi, Mark», aggiunse. «E tu come ti chiami?»

«G... Grace.»

«Grace. Che bel nome.» Mark sorrise di nuovo. Rimpianse di non poter fare altro che rimanere lì impalato. «Abiti qui, Grace?» domandò gentilmente.

Lei guardò la casa, annuì e abbassò subito gli occhi.

"Andiamo bene." Consapevole della propria inettitudine, Mark sospirò; poi si tolse la giacca e si accovacciò al livello della bambina.

Lei sussultò allarmata.

«Per riscaldarti un po'», le disse. «Stai tremando.» Sorrise di nuovo, augurandosi con tutto il cuore di non aumentare il panico e lo stato confusionale di quella creatura.

Il terrore palpabile della ragazzina diminuì leggermente quando lui l'avvolse nella giacca, guardandola dritta negli occhi. «Mi puoi dire cosa è successo?» le domandò con dolcezza, stringendole la casacca intorno alle spalle.

La giovane lo scrutò negli occhi, diffidente. Quelli di lei erano grandi e color nocciola, notò Mark, mentre fissava la casa e poi di nuovo lui.

«Stavo dormendo», rispose, distogliendo rapidamente lo sguardo con espressione colpevole. Niente di strano. Così magra nel suo pigiama, si comportava come una bimba di cinque anni, anche se doveva averne dodici o tredici. Troppo piccola per affrontare una situazione del genere, ma abbastanza grande, immaginò lui, per capire che tutti i suoi familiari potevano essere morti nell'incendio. «Poi ho sentito un rumore forte e mi sono spaventata.»

«Come di un vetro rotto?» azzardò Mark con cautela.

Lei annuì, poi fece un respiro e si strofinò il naso con la manica.

Era entrato qualcuno o era scoppiata una finestra? L'ispettore propendeva per la seconda ipotesi.

«Sentivo odore di fumo», continuò la ragazzina, asciugandosi di nuovo il naso. «Non sapevo cosa fare. Ho urlato forte ma non è arrivato nessuno. Ho provato a uscire, ma non ci sono riuscita, mi è venuta paura e...»

«Su, su, tranquilla», la rassicurò Mark, mentre lei parlava a raffica, ingarbugliandosi e singhiozzando.

«Non sapevo cosa fare», ripeté, soffocando un singhiozzo. «Volevo svegliare mamma e papà, ma... ma...»

«C'era fumo al piano di sopra?»

«Sì», disse lei piangendo. «E fuoco. Non riuscivo a passare. Non riuscivo ad andare dall'altra parte. Non sapevo cosa fare.»

Quindi era fuggita. "Cos'altro avrebbe potuto fare, a parte bruciare viva?" pensò Mark furente.

«Li ho abbandonati», sussurrò. Dalla sua voce trapelava un'angoscia straziante.

«Non avevi altra scelta», disse Mark deciso.

«Mia sorella. La sentivo urlare, ma non ho potuto salvarla.» Le uscì poco più che un bisbiglio.

Grace guardò di nuovo a terra e Mark si sentì del tutto inutile, impotente. Si passò una mano sulla gola. "Affanculo il protocollo", pensò, alzandosi in piedi, quando lei cominciò a piangere sul serio. Abbracciare una ragazzina distrutta dal dolore non era certo un reato... Ebbe un attimo di esitazione, ma appena le sfuggì un altro singhiozzo, tese la mano per stringerla a sé.

Grace, chiaramente bisognosa di contatto fisico, gli gettò le braccia al collo, schiacciando il viso contro il suo petto. Il pianto le squassava le fragili spalle e Mark tentò di consolarla, accarezzandole la testa, pronunciando banali parole di conforto.

«Non è stata colpa tua», le disse con voce roca.

Alla fine, con grande sollievo di Mark, comparve Lisa, che corse subito verso di loro. La ragazzina rimase incollata a lui.

«È arrivata l'ambulanza», disse Lisa, rallentando il passo e lanciando un'occhiata significativa a Mark.

Lui, comprendendo all'istante, si strinse nelle spalle impotente. Ovvio che Lisa aveva ragione: di sicuro, non stava seguendo alla lettera le regole del manuale per la protezione e la salvaguardia dei minori, ma cos'altro avrebbe potuto fare? «Grace», le disse dolcemente, «adesso devi andare con Lisa. All'ospedale», aggiunse in fretta, vedendo lo sguardo allarmato della ragazzina. «Se non ricevi un'assistenza medica adeguata, i miei superiori mi faranno passare dei guai.»

Grace lo scrutò di nuovo negli occhi, impaurita.

«Vedrai che si riaggiusterà tutto.» Stava cercando di rassicurarla, anche se con un tuffo al cuore si rese subito conto di aver detto un'enorme cazzata. Per quella ragazzina non si sarebbe riaggiustato un bel niente. Che possibilità aveva di superare un trauma del genere? «Appena ho un momento, ti vengo a trovare, okay?»

«Me lo prometti?» gli domandò lei incerta.

Sarebbe stato costretto a tornare a casa più tardi di quel che avrebbe voluto, eppure le rispose: «Sì, te lo prometto».

Grace annuì appena. «Ho tanta paura», gli confessò, senza smettere di tremare. Mark ebbe un'altra fitta al petto.

«Non hai nulla da temere», le disse, sforzandosi di sostenere il suo sguardo. «Potrai chiamarmi tutte le volte che vorrai. Se avrai bisogno di protezione o anche solo di parlare con qualcuno, io ci sarò sempre per te, Grace. È una promessa solenne.»

1.

Melissa

«Mark!» Melissa chiamò freneticamente il marito sollevando la loro bambina di sei settimane un po' più in alto nell'incavo del braccio e tenendo per mano la scalpitante primogenita di sette anni. Si era messo a correre verso l'edificio incendiato che si trovava più o meno di fronte a casa loro. Il fuoco era stato domato e i pompieri stavano arrotolando stancamente le manichette, ma non era ancora prudente avvicinarsi alla casa.

«Mark, torna indietro!» urlò. Lui, chiaramente dibattuto, esitò per una frazione di secondo, poi decise di entrare dal retro del cottage scavalcando il cancello del giardino. Il miagolio di un gatto spaventato l'aveva convinto a seguire il suo istinto.

Oddio, cosa stava facendo? Melissa rimase con il fiato sospeso, mentre lui si arrampicava sul cancello e spariva dalla sua vista. Quando anche la figlia le sfuggì di mano per rincorrere il padre, si sentì sobbalzare violentemente il cuore nel petto. «Poppy!» urlò.

«Niente paura, l'ho acciuffata.» Più rapida di Melissa, la proprietaria della casa che aveva preso fuoco durante la notte aveva inseguito e preso in braccio la piccola.

I pompieri avevano chiuso con un cordone di sicurezza il vialetto di accesso e Melissa sarebbe certamente riuscita a raggiungere la figlia prima che si allontanasse troppo, ma comunque... per alcuni istanti era precipitata nel panico assoluto. «Grazie.» Mentre la donna le veniva incontro, il suo cuore riprese a battere a un ritmo più o meno normale. Melissa le sorrise piena di gratitudine. Si erano trasferiti in quella zona appena prima della nascita di Evie. Aveva in mente di andarsi a presentare alla vicina, ma poi, fra la bambina piccola e il lavoro che cominciava a decollare – sempre che fosse riuscita a consegnare i pezzi commissionati – non aveva trovato il tempo di farlo. Ora però se ne pentì: quella donna sembrava davvero la classica persona che chiunque avrebbe voluto come vicina di casa.

«Voglio andare da papà!» piagnucolò Poppy, strofinandosi gli occhi stanchi con le nocche. «Ho paura.»

«Vedrai che torna fra un attimo, tesoro», la rassicurò la donna, togliendole delicatamente una manina dal viso. «Secondo me, sa che anche il mio gatto ha tanta paura e sta cercando di salvarlo. È un uomo molto coraggioso, vero?»

Per un attimo, la bambina sembrò incerta e scrutò la sconosciuta in faccia, poi tirò su con il naso, si ficcò il pollice in bocca e annuì.

«È un poliziotto», disse timidamente.

«Ah, sì?» La donna spalancò gli occhi, fingendosi colpita per fare piacere a Poppy. «Be', allora è un poliziotto molto coraggioso. Secondo me, dovrebbero dargli una medaglia. Che ne dici?»

La bambina annuì felice. «Sì», rispose, rilassandosi fra le braccia della donna.

«Te la tengo io, va bene?» La vicina di casa sorrise e indicò con la testa la neonata. «Mi sa che hai le mani impegnate.»

Melissa guardò a sua volta il piccolo miracolo che teneva fra le braccia: nonostante il baccano infernale, stava ancora dormendo beatamente. «Grazie», disse di nuovo, osservando la donna, che in realtà era una ragazza di poco più di vent'anni, a dir tanto. «Stai bene?» le chiese preoccupata. Poche ore prima, Mark aveva notato il minaccioso bagliore arancione dalla finestra della camera da letto ed era corso subito fuori, scoprendo il Monk's Cottage in fiamme e la giovane in lacrime sul vialetto.

«Mah, sai com'è...» Abbozzò un tremulo sorriso e si strinse nelle spalle. «Bisogna sempre vedere il lato positivo delle cose. Almeno, sono viva.»

«Mamma, quando torna il papà?» domandò Poppy. Nel frattempo, Melissa si rese conto della stupidità della propria domanda: era ovvio che la ragazza non stesse molto bene, visto che aveva appena perso tutto quello che aveva.

«Fra poco, tesoro», le promise, distogliendo lo sguardo dai suoi occhi color cioccolato che lasciavano trapelare ogni emozione – così simili a quelli del padre – per fissare di nuovo l'edificio annerito dal fumo, sperando con tutte le proprie forze che Mark non si fosse intrufolato all'interno. No, non era possibile. Gatto o non gatto, era ben consapevole dei pericoli. Poi però vide un vigile del fuoco seguire lo stesso percorso fatto dal marito, e sentì montare di nuovo l'apprensione.

«Non so come ti chiami», disse la donna, rivolta a Poppy, cercando di distrarla. Melissa gliene fu grata.

«Poppy... E tu?»

«Io Jade. E secondo me, tuo papà uscirà molto presto. Lo sai perché lo so?»

Poppy si accigliò, continuando a succhiare il pollice. «Perché?»

«Ascolta.» Jade inclinò la testa di lato. «Cosa senti?»

Anche Poppy inclinò la testa, aggrottando ulteriormente la fronte per la concentrazione. «Il gatto ha smesso di miagolare», esclamò felice.

«Esatto. Quindi è probabile che l'abbia trovato. E questo vuol dire che il tuo papà è un eroe.»

«Sì, è un eroe.» Poppy annuì, dandosi un'aria di importanza. «Prende tutti i cattivi e li mette in prigione, così noi siamo al sicuro.»

«Ah, non c'è dubbio.» Jade lanciò un'occhiata d'intesa a Melissa. «Scommetto che salva animaletti e persone da ogni genere di pericoli.»

«Sì. E poi manda via l'insetto mostruoso che sta sotto il mio letto», la informò Poppy serissima. «Da grande, farò anch'io la poliziotta, vero, mamma?»

«Sì, certo, tesoro.» Melissa sorrise distratta, continuando a fissare il cancello della casa.

«Papà mi insegnerà tutto, vero...?»

«Oh, grazie a Dio!» Quando alla fine suo marito ricomparve con un gatto miracolosamente docile fra le braccia, Melissa tirò un sospiro di sollievo. Doveva aver fatto uno dei suoi incantesimi per catturarlo. Con bambini e animali, era tenerissimo. Melissa non capiva proprio perché facesse quel mestiere, che a volte lo costringeva ad assistere a gesti di indicibile crudeltà, in grado di far scppiare in lacrime qualsiasi uomo adulto. Appena lo vide arrivare, assunse però l'espressione contrariata che meritava.

Captando il pericolo, Mark la disarmò con il trucchetto abituale, ossia sfoderando un sorriso docile e fin troppo accattivante, con una luce contrita e al tempo stesso beffarda negli occhi. L'ispettore Cain la conosceva molto bene e sapeva che gli avrebbe perdonato qualsiasi cosa, perché lo amava in modo irrevocabile. Lui era la sua roccia. Quando si era sentita persa, Mark l'aveva sostenuta, e quando la depressione l'aveva appesantita come una coperta scura e nauseante che minacciava di soffocarla, l'aveva spronata con dolcezza ad andare avanti. Dopo la morte di Jacob, Mel aveva perso la voglia di vivere, e se non fosse stato per lui, che pure aveva sofferto terribilmente in silenzio, non l'avrebbe ritrovata mai più. Mark aveva amato moltissimo quel loro figlio minuscolo, tanto perfetto all'apparenza, ma dotato di polmoni troppo piccoli per funzionare da soli. Glielo si leggeva negli occhi. Aveva desiderato immensamente la famiglia che lei non era stata in grado di dargli. Quella famiglia sana e normale che, con l'infanzia orribile e violenta che aveva avuto, gli era sempre mancata. Lui non l'aveva mai fatta sentire inadeguata, né con un gesto né con uno sguardo, ma era proprio così che lei si era sentita. Soprattutto dopo gli aborti.

Mark aveva i suoi difetti, la tendenza a richiudersi in sé stesso, quando era immerso in qualche indagine orrenda, al punto da apparire un po' lunatico a chiunque non lo conoscesse bene e non sapesse che pasta d'uomo era in realtà. Lei, però, dalla prima volta che l'aveva visto – quando aveva trovato il coraggio di denunciare l'ex fidanzato, un orribile manipolatore che alla fine aveva mostrato il suo vero volto, massacrandola di botte – aveva capito che era una brava persona. Mark aveva condotto le indagini con sensibilità, e in seguito l'aveva contattata per accertarsi che stesse bene, diventando il suo eroe. Inoltre, era un ottimo partito. Melissa non se lo dimenticava mai, perché lei stessa gliel'aveva detto una volta, e Mark non perdeva occasione per ricordarglielo. Era anche piuttosto bravo a massaggiare la schiena, pensò, incapace di trattenere un sorriso, appena il marito si fermò davanti a lei.

«L'ha trovato! L'ha trovato!» esclamò Poppy, sobbalzando eccitata fra le braccia di Jade. «Papà! Sei un eroe!» Senza badare al povero gatto, tese le mani per farsi prendere in braccio dal padre.

«Un vero eroe», concordò Jade commossa. Gli si avvicinò con gli occhi lucidi. Azzurri, notò Melissa, splendidi occhi azzurro ghiaccio. In grado di ipnotizzare chiunque.

«Ehm...» Lui aveva l'animale in braccio, Jade la bambina. Mark sembrava incerto su come effettuare lo scambio. «Poppet, scendi un attimo», disse alla figlia con un sorriso rassicurante. «Ti prendo in braccio appena avrò restituito il gatto a Jade.»

«È il tuo bambino?» domandò Poppy, lasciandosi posare a terra, mentre Mark restituiva l'animale.

«Sì», rispose Jade, allungando le braccia per afferrare il gatto, baciandogli teneramente la testolina pelosa. «È tutta la mia vita. Grazie, Mark.»

«È stato un piacere», ribatté lui con una punta di imbarazzo, mentre si chinava per prendere in braccio la figlia. Poi per poco non soffocò. Poppy gli si avvinghiò al collo gridando: «E il mio papà è anche bravo a fare i bambini. Ne ha fatta un'altra con la mamma! Se glielo chiedi gentilmente, potrebbe fare un bambino vero anche a te, eh, papà?».

«Be', ehm...» Melissa e Jade si scambiarono un'occhiata divertita. Mark non sapeva proprio dove guardare.

«Mi sa che al momento il papà è un po' troppo impegnato», intervenne Mel, decidendo che forse era giunto il momento di cavarlo d'impaccio.

«Impegnato a seminare il caos», si intromise il comandante dei vigili del fuoco, avvicinandosi con espressione disperata. «Senta, capo, non prenda mai più iniziative del genere, okay? Dovrebbe sapere meglio di me che non si può fare. Nessuno può avvicinarsi alla casa, finché l'ufficiale di sicurezza non ne ha dichiarato l'agibilità. Dovrei denunciarla. Se l'inalazione del fumo dovesse procurarle dei problemi, finirei in un mare di guai.»

«Sì, chiedo scusa.» Mark assunse un'espressione contrita. «Non volevo...»

«Il gatto non era in casa; era su un albero. Si è spaventato e mi è sfuggito», li interruppe Jade, vedendo Mark di nuovo in difficoltà. «Quando succederà questa cosa? Cioè quando arriverà l'ufficiale di sicurezza?» aggiunse, cambiando tranquillamente discorso.

L'uomo si girò verso di lei e la squadrò da capo a piedi, letteralmente. Melissa non se ne stupì. Sotto la giacca prestatale da un vigile del fuoco, indossava ancora la camicia da notte, un indumento semplice di cotone felpato, ma, con i lunghi capelli biondi spettinati, aveva l'aspetto meravigliosamente arruffato di una giovane che si è appena alzata dal letto. «Non lo so di preciso», rispose lui, abbagliato dalla ragazza. «Vuole venire con me al camion, mentre faccio una chiamata?»

Melissa li seguì con gli occhi; nonostante le curve ben sviluppate, Jade aveva un'aria fragile e vulnerabile con il gatto in braccio; il vigile del fuoco non riusciva a smettere di lanciarle occhiate furtive. «Secondo te, ci sta provando con lei?» domandò a Mark.

«Certo», rispose lui. «Ma dubito che combinerà un granché...»

«Ah, sì? Perché è molto bella, intendi?» Lì per lì, le venne il dubbio che si fosse fatta fare un Botox: aveva labbra e sopracciglia perfette. In fin dei conti, però, non era così strano alla sua età.

«Sì.» Mark annuì, guardando fisso davanti a sé. «E giovane», aggiunse. Notando l'espressione irritata di Melissa, fece un sorrisetto furbo.

«Oh-oh», disse lui, strizzando l'occhio a Poppy. «Mi sa che ho fatto una figura da cani.»

«Non dire stupidaggini.» Poppy sospirò vistosamente, alzando gli occhi al cielo. «Hercules non fa figure.»

«Stasera temo che dovrà fare spazio anche a me...» disse vedendo lo sguardo inviperito della moglie, poi scoppiò a ridere. «Volevo solo dire che lui avrà il doppio dei suoi anni», spiegò, rendendosi conto di muoversi in acque pericolose. «E, sì, come hai detto tu stessa, Jade è carina, ma non sarà mai bella quanto te, signora Cain, vero, Poppet?» Notò che la bambina aveva assunto un'espressione dubbiosa, quindi le bisbigliò: «La risposta giusta è no».

Melissa rise suo malgrado: quei due insieme erano proprio una coppia di monellacci.

«Soprattutto quando ti metti la mia camicia», aggiunse Mark, salvandosi in corner. «Anche se ti preferirei senza i leggings sotto.»

«Ah, sì?» Melissa non era ancora disposta a scagionarlo.

«Mamma, tu non metti mai i leggings!» disse Poppy, fissando Mark con gli occhi a palla e facendo ridere tutti e due.

«Solo la domenica», assicurò Mark, spostando Poppy su un braccio per prelevare il cellulare dalla tasca. Era arrivato un messaggio.

«La conoscevi già?» domandò Melissa, scostando lo scialle per controllare Evie, che continuava a dormire profondamente.

«Cosa?» Mark alzò lo sguardo distratto dal telefono.

Un messaggio di lavoro, immaginò Melissa. «Jade.» Indicò con la testa la ragazza, attorno alla quale si era già raccolto un gruppo di fan in uniforme. «Ho notato che sapevi il suo nome, quindi ho immaginato che l'avessi già incontrata.»

«Facendo jogging. Andiamo a correre più o meno alla stessa ora», confermò Mark, chiaramente più interessato al messaggio ricevuto che alla nuova vicina.

«È molto giovane, vero? Per avere una casa tutta sua...»

«L'ho pensato anch'io», disse lui, con la fronte corrugata, impegnato a digitare una risposta. «A quanto pare, i suoi genitori sono morti entrambi di recente e le hanno lasciato una bella sommetta.»

«Oh, no...» Melissa provò pena per lei. Avendo perso la madre prima dei trent'anni, immaginò che rimanere senza i due genitori a quell'età dovesse essere veramente orribile.

«Bisogna ammirare il suo coraggio. Si è comprata una casa, da ristrutturare, per giunta.» Mark guardò prima Melissa, poi Poppy. Intuendo dai messaggi mattutini che il padre sarebbe andato via entro breve, la bambina serrò la stretta intorno al collo.

«Soprattutto adesso», aggiunse Melissa, guardando la casa ormai inabitabile e Jade che tornava verso di loro come un'anima in pena.

Notando gli occhi lucidi della ragazza, provò un tuffo al cuore. «Ci vorrà un po' di tempo, eh?» le domandò solidale.

Jade annuì e abbassò la testa per coccolare il gatto. «A quanto pare, l'incidente ha a che fare con l'elettricità, ma non potremo saperlo con sicurezza finché non avranno fatto tutti i controlli.»

«Cosa intendi fare adesso?» le domandò Mel, cercando con lo sguardo il marito, a cui cominciò a squillare il telefono.

«Ricominciare daccapo i lavori di ristrutturazione, suppongo...» Jade sospirò; poi, vedendo che Mark doveva rispondere alla chiamata e Melissa stava cercando di risistemare Evie nell'incavo del braccio, provò a convincere Poppy a scendere a terra, promettendole della cioccolata.

Melissa le fu di nuovo riconoscente, anche se la tentazione del cioccolato non la entusiasmava. «È allergica ai latticini», spiegò, sorridendo comunque. «Ma può mangiare una barretta di cioccolato vegano, perché si è comportata veramente bene. Vero, Poppy?»

Incredibilmente, la bambina si lasciò staccare dalle braccia del padre, incapace di essere severo con lei.

«Allergica?» Jade assunse un'espressione affranta. Mentre Mark si allontanava per rispondere alla chiamata, posò Poppy a terra e la prese per mano. «Oddio, che scema che sono!» esclamò, chiudendo gli occhi.

«Ma no, figurati, non ti mortificare in quel modo», disse Melissa ridendo. «Non potevi saperlo.»

«Il fatto è che ho pure studiato le allergie alimentari. Avrei dovuto avere l'accortezza di chiedere se per caso c'erano problemi di questo tipo», disse avvilita. «Ho fatto un corso di puericultura al college», aggiunse, visto che Melissa la stava guardando con espressione interrogativa.

«Be', la prossima volta te ne ricorderai.» Mel sorrise incoraggiante. «In realtà, volevo chiederti dove andrai a stare nel frattempo...» La ragazza aveva perso tutto quello che aveva ed era rimasta in mezzo alla strada.

Jade scrollò le spalle sconsolata. «Potrei telefonare a un'amica», disse incerta.

Melissa provò di nuovo compassione per lei. «Non hai parenti?» le domandò con cautela.

Jade scosse la testa e poi rivolse un sorriso rassicurante a Poppy. «Non ti preoccupare, mi farò venire in mente qualcosa», aggiunse, afferrandole una mano e dandole una strizzata.

Poppy, però, non era convinta. «Non puoi andare in giro in camicia da notte», le disse, spalancando gli enormi occhi castani. «È proibito.»

«Vieni a casa nostra», propose Melissa. Era il minimo che potesse fare.

«Evvai!» Poppy si mise a saltellare, approvando immediatamente l'idea.

«Ti troverò sicuramente qualcosa da mettere. Abbiamo più o meno la stessa taglia», continuò, vedendo l'esitazione di Jade, «se non ti dispiace indossare jeans o leggings. Passo quasi tutti i giorni a fissare la creta, cambiare pannolini e scarrozzare Poppy avanti e indietro da scuola. Quindi ho solo jeans o abiti da sera.»

«Mamma, non può mettersi un vestito luccicante di giorno», puntualizzò Poppy esasperata.

«Chi?» domandò Mark, con il solito sguardo assente, quand'ebbe terminato la telefonata.

«Jade», lo informò Poppy. «Viene a stare da noi. La mamma le darà dei vestiti.»

«Buona idea.» Mark sorrise. «Mi spiace, devo andare», disse, piegandosi per schioccare un bacio sul nasino di Poppy e uno più delicato sulla fronte di Evie.

«Mmm, non abbiamo dimenticato qualcosa?» gli domandò Melissa, vedendolo diretto alla propria auto.

«Oh, cavolo!» Mark chiuse gli occhi e si girò per baciare

anche lei. Ormai era completamente distratto, notò Melissa. Doveva essere una chiamata urgente. Aveva visto tante volte quell'espressione.

«In realtà, intendevo le chiavi della macchina», disse.

«Ah, già.» Si rese conto di essere senza chiavi, giacca e tesserino, perché appena aveva visto il fuoco, si era precipitato fuori. Perciò si affrettò a tornare in casa.

Melissa alzò bonariamente gli occhi al cielo, facendo segno a Jade di seguirla; le due donne si avviarono nella stessa direzione con molta più calma, mentre Poppy saltellava allegramente al loro fianco.

Trenta secondi dopo, Mark si stava già fiondando fuori. «Ciao a tutte!» disse, ruotando su sé stesso con un sorriso contrito. «Mi spiace... È...»

«Urgente. L'avevo capito... Sbrigati!» Melissa gli fece cenno di andare.

«Ciao, papà!» gli urlò Poppy. «Ti voglio bene più del cielo!»

«Ciao, Poppet», rispose Mark. «E io più del cielo e di tutte le stelle.» Le soffiò un bacio. Guardò Jade alzando le spalle imbarazzato e si infilò subito in macchina.

«Hai proprio un bravo papà, eh?» disse la ragazza, mentre lui metteva in moto e si allontanava.

«Sì.» Poppy annuì solenne. «La mamma dice che a volte è fin troppo buono, ma non capisco perché.»

«Perché la gente rischia di approfittarsi di lui», spiegò Jade con un sorrisetto.

2.

Mark

Grattandosi il mento non rasato, Mark entrò nell'ufficio principale e vide l'ispettore capo Edwards fissare l'orologio indispettito. «Problemi sul fronte domestico, immagino...» disse in tono pungente, poi lo squadrò dalla testa ai piedi con espressione disperata.

Mark seguì lo sguardo del superiore e si rese conto che, dopo l'incontro con il gatto e lo scavalcamento non troppo elegante del cancello della vicina, la sua camicia non era esattamente immacolata. Come se il suo aspetto avesse qualche importanza, dopo la scomparsa di una bambina...

«Un incendio. La casa della vicina», spiegò, mentre raggiungeva il proprio ufficio per indossare la camicia pulita che teneva nello schedario in caso di emergenze – piuttosto frequenti, da quando era nata la seconda figlia.

Il sergente Moyes era dietro di lui, a circa due metri di distanza.

«Potresti aggiornarmi, per piacere, Lisa?» le domandò, gettando la giacca sulla sedia e cercando i bottoni della camicia con le dita.

«Pare che la bambina sia stata rapita da casa, ammesso che si tratti davvero di sequestro di persona.»

«Dove?»

«Farley Village, vicino al confine dell'Herefordshire.»

A circa trenta chilometri da casa sua, pensò Mark. Oddio, sarebbe potuto succedere anche a una delle sue figlie.

«Ieri notte, a quanto pare, i genitori stavano festeggiando», continuò Lisa. «Il compleanno della moglie. Tutto è andato leggermente a rotoli quando il caro consorte ha deciso di fare una sorpresona alla moglie scopandosi una delle giovani invitate.»

Mark inarcò un sopracciglio. «Che maritino premuroso...»

«Eh, già, e sul letto matrimoniale, per giunta... Un vero tocco di classe, eh?» aggiunse lei con una smorfia.

Mark annuì, si tolse la camicia e prese quella pulita. «Insomma, quando si sono accorti che era scomparsa?»

«Stamattina.» Lisa sospirò. «La madre è andata al piano di sopra per vedere come stava e ha trovato il letto vuoto. Hanno cercato invano in tutta la casa e nel giardino, poi ci hanno chiamati.»

Insomma, l'intervallo di tempo era enorme. Mark fece un profondo respiro. «Immagino che dopo la sorpresona ci sia stato un litigio...»

«Estremamente violento, secondo i vicini. È andato avanti per buona parte della notte. A un certo punto, il marito si è dileguato e la moglie si è addormentata sul divano in compagnia di una bottiglia. Un classico.»

Quindi, se quell'uomo aveva l'abitudine di scoparsi altre donne, era possibile che la bambina fosse uscita di nascosto, per cercare di sfuggire a uno dei tanti litigi dei genitori. Da piccolo, aveva avuto lo stesso istinto. Dopo le urla, arrivavano sempre le botte e lui aveva una paura terribile di suo padre. Ovunque si nascondesse, in qualunque anfratto si infilasse, quel bastardo lo trovava sempre. Il buio lo spaventava a morte – immaginava zombi e vampiri appostati fra le ombre –, eppure di notte si sentiva molto più al sicuro per strada che a casa sua.

«Abbiamo cercato in tutti i posti più probabili: dentro e fuori casa, nei giardini dei dintorni, nei campi più in là», continuò Lisa. «E siamo anche riusciti a contattare la sorella della madre. Ha detto che prima di andarsene ha dato un'occhiata nella cameretta di Daisy e l'ha vista a letto.»

Daisy. Mark pensò immediatamente a Poppy, immaginandola dispersa e nelle mani di un pervertito. Sentì un nodo allo stomaco.

«Ho mandato gli agenti a chiedere informazioni porta a

porta nel villaggio. E stiamo cercando tutti gli uomini della zona responsabili di reati sessuali», aggiunse Lisa, tenendo la porta aperta per Mark, che uscì in fretta dalla stanza, allacciandosi l'ultimo bottone della camicia. «Ah, un'altra cosa...» aggiunse, mentre si dirigevano alla sala delle indagini. «Non so se c'entra in qualche modo, ma secondo me è il caso di dare una controllatina anche al padre.»

Dall'espressione della collega, Mark capì che stava per apprendere informazioni molto sgradevoli. «Dai, spara.»

«La ragazza con cui è stato colto in flagrante era molto giovane. Minorenne, per essere precisi.»

Mark serrò la mascella. «Pezzo di merda. Prova a vedere se per caso il suo nome compare sul registro degli indagati per reati sessuali, requisitegli il PC e il cellulare. Se si rifiuta di consegnarli, arrestatelo.»

«Già fatto», lo rassicurò Moyes. «A proposito di pezzi di merda...»

Mark seguì lo sguardo impassibile di Lisa e vide il sergente Cummings avvicinarsi ciondolando, con un sorriso osceno stampato in faccia.

«Spero di non fare il terzo incomodo...» Guardò prima Lisa, poi Mark, che si affrettò a infilarsi la camicia nei pantaloni.

«Fuori dai coglioni, Cummings.» Mark gli lanciò un'occhiata sprezzante e gli girò intorno, incrociando lo sguardo ormai decisamente disperato del proprio superiore.

«Problemi?» gli domandò Edwards.

Mark afferrò il messaggio. Erano passati diversi anni da quella volta in cui Mark aveva messo bene in chiaro cosa pensasse delle molestie sessuali ai danni delle colleghe, eppure Edwards non perdeva occasione per ricordargli che era una «testa calda».

«Io no», assicurò Mark.

«Bene», rispose il capo. «Il sergente Cummings lavorerà con voi al caso. Data la gravità della situazione, mettiamo da parte i risentimenti personali e concentriamo l'attenzione sul ritrovamento della bambina, intesi?»

«Sissignore.» Mark annuì determinato. Per quanto lo riguardava, ogni parola di troppo era tempo sprecato. Le indagini erano diventate automaticamente ad alto rischio. Se era davvero fuggita di casa e non l'avessero trovata al più presto, con le temperature di marzo che si aggiravano intorno ai sette gradi, la bambina rischiava di morire di ipotermia. Ecco perché non c'era un minuto da perdere.

3.

Jade

Quel giorno Poppy era uscita di scuola in anticipo a causa della rottura di un tubo dell'acqua. Mentre Melissa entrava in cucina per posare i sacchetti della spesa sull'isola, la bambina stava parlando animatamente con Jade della sua insegnante, che a quanto pareva era svenuta durante il raduno del mattino.

«Abbiamo sentito dire dalla preside che è svenuta perché sta aspettando un bambino», proseguì Poppy, cercando di arrampicarsi su uno sgabello. «Ma non abbiamo visto nessun bambino.»

«Probabilmente, non era ancora pronto a uscire», le disse Jade, sollevandola per aiutarla a sedersi e scambiando un'occhiata divertita con Melissa.

Poppy annuì pensierosa. «Come i cuccioli di Hercules?»

«Hercules ha avuto dei cuccioli?»

«Sì», l'informò Poppy, scrollando le spalle imperturbabile e sbirciando in un sacchetto. «È una femmina, ma papà si è sbagliato.»

«Ah.» Jade spalancò gli occhi e Melissa scoppiò a ridere.

«Ha portato a casa il cucciolo sbagliato», precisò. Poi, rivolta a Jade, mimò con le labbra: "Era in canile".

Jade annuì; probabilmente avevano deciso di salvare un animale abbandonato e Mark aveva dovuto cambiare cane all'ultimo momento. Forse quello che avevano scelto inizialmente era morto oppure si era mostrato inaspettatamente aggressivo. Era un uomo veramente gentile. Poppy non sapeva quanto era fortunata ad avere un padre che l'amava come ogni padre avrebbe dovuto amare una figlia.

«Poppy aveva già deciso il nome. Vero, tesoro?» continuò Melissa, togliendo le uova dalle grinfie della figlia, prima che ne facesse una frittata.

«Sì.» La bambina prese un pacco di biscotti dal sacchetto – senza lattosio, come aveva sottolineato Melissa al supermercato. «Ho scelto il nome Hercules perché aveva quattro zampe enormi e papà aveva detto che sarebbe diventato grande e grosso», spiegò. «I cuccioli di Hercules però non erano tanto forti, vero, mamma?»

«No, tesoro.» Melissa fece un sorriso triste e scostò la frangia dagli occhi della figlia.

«Erano piccolissimi.» Poppy ne diede una dimostrazione avvicinando indice e pollice.

«Oddio, poverini! Secondo me, neppure loro erano pronti a nascere.» Jade tese la mano per dare una carezza a Poppy nell'istante in cui Melissa indicò l'auto parcheggiata fuori, dove Evie aveva già preso sonno.

«Non respiravano bene», spiegò Poppy, facendo un sospiro che la scosse tutta. Melissa esitò sulla porta d'ingresso.

Jade sorrise e l'incoraggiò a uscire. «Sarai stata molto triste», disse. Rassicurata, Mel andò a prendere la figlia momentaneamente dimenticata.

«Sì», rispose Poppy. «Ma non ho pianto tanto, perché non volevo intristire Hercules.»

«Be', ti sei dimostrata una bambina molto matura e premurosa. Complimenti», disse Jade. «Hercules è molto fortunata ad averti come amica. Anche a me piacerebbe avere un'amica come te.»

«Ma io sono già tua amica», obiettò Poppy, seria in viso.

Mentre fissava gli enormi occhi castani della bambina, incorniciati da lunghe ciglia scure – uguali a quelle del padre – Jade ebbe una stretta al petto.

Si ricompose e atteggiò le labbra al sorriso. «Be', allora, sono fortunatissima anch'io. E ti prometto che saremo amiche per sempre. Non so bene dove andrò a vivere, ma presto troverò un posto dove stare e rimarremo in contatto. D'accordo?»

Poppy aggrottò la fronte. «Ma perché devi trovare un altro posto? Puoi rimanere qui», disse, allargando le braccia per mostrarle quanto era grande la cucina di Melissa. Era un locale comodo e accogliente, arredato con gusto e decorato da disegni di Poppy attaccati al frigo e allegri metri da parete per misurare l'altezza delle bambine. Jade la trovava orribile.

«Per sempre?» Rise con indulgenza. «Non sono sicura che mamma e papà sarebbero così contenti.»

«Sì, la mamma sarebbe contenta», le garantì Poppy, annuendo decisa. «La mamma dice che bisogna condividere le cose con gli amici e aiutare le persone meno fortunati di noi.»

«Fortunate», la corresse Jade. «Mi piacerebbe», disse, esitando. «Vediamo se funziona, va bene? Se la mamma mi chiede di rimanere, ci penso su.»

«Vedrai che dirà di sì», insistette Poppy sicura, allargando le braccia e tendendole verso di lei per farsi mettere giù. «Dico che voglio che rimani, perché sei la migliore amica che abbia mai avuto.»

«Ma deve essere la mamma a dirlo per prima.» Jade sollevò la bambina dallo sgabello, le fece fare una giravolta e la mise a terra. «La mamma non deve pensare che ci siamo messe d'accordo alle sue spalle, non ti pare?» aggiunse, per chiarire le idee alla bambina, che la stava guardando con espressione confusa.

Poppy scosse la testa seria. «No, la signorina Winters dice che è una crudeltà mettersi tutti contro un altro bambino a scuola.»

«Giusto.» Jade sorrise. «Hai un'insegnante saggia. E tu fai molto bene ad ascoltarla. Non è bello essere presi in giro. Fidati, Poppy.»

La bambina la scrutò negli occhi. «Ti prendono in giro?» le domandò, rabbuiandosi in volto.

«No», la rassicurò Jade. «Solo una volta, quando ero piccola. Ho pianto.»

Poppy sembrò allarmata. «Non permetterò a nessuno di prenderti in giro», disse, sollevando il mento determinata.

«E io non permetterò che prendano in giro te.» Jade le

scostò i capelli dagli occhi. «Ci proteggeremo a vicenda. Okay?»

«Ci sto!» esclamò Poppy felice. «Ti piacerebbe vedere la mia cameretta?»

Jade tese la mano. «Moltissimo.»

Poppy infilò fiduciosa la manina in quella della ragazza. «C'è un po' di disordine. Bisogna cambiare l'acqua a Nemo», disse, mentre uscivano dalla cucina. «E Baby Annabell avrebbe dovuto mettere a posto i suoi giocattoli, ma se ne è dimenticata. Non lo dici alla mamma, vero?»

«Ho le labbra sigillate.» Jade mimò l'atto di chiudere la cerniera della bocca.

«E io non dirò niente della tua scorta segreta di cioccolato.» Poppy le sorrise, facendo lo stesso gesto.

Jade ricambiò il sorriso con aria cospiratoria. «Noi due ci intendiamo proprio bene.» "Se ti ingrazi i figli, conquisti anche i genitori", pensò, contenta di avere la bambina dalla propria parte. Pochi minuti prima, mentre Melissa stava cambiando la neonata, si era ficcata in bocca un'intera barretta di cioccolato e ora si sentì vagamente in colpa.

4.

Melissa

Quando le bambine ebbero mangiato e si furono tranquillizzate, Melissa mostrò la casa a Jade, prima che quella povera ragazza fosse tirata scema dalle chiacchiere di Poppy e dalle sue festicciole con un assortimento di pupazzi di Peppa Pig e bambole talmente simili a bambini veri da far spavento. A quanto pareva, Poppy teneva molto alla nuova ospite: aveva dichiarato che «era la migliore amica che avesse mai avuto». Jade era stata fantastica con lei, e Melissa capì che aveva studiato puericultura per vocazione. Aveva un talento naturale.

«E questo», disse, conducendola in un garage in muratura posto in fondo al giardino sul retro, «è quello che chiamo già ottimisticamente il mio atelier. C'è ancora un bel po' di lavoro da fare. Quando piove filtra acqua dal soffitto e la finestra vibra nel telaio... però è il mio santuario... appena riesco a trovare un po' di tempo.»

«Wow! Hai il tuo forno personale?» domandò Jade quando fu investita da una vampata di aria calda.

«Si soffoca qui dentro, vero?» rispose Melissa, vedendola farsi aria con la mano. «Di solito, mentre lavoro, accendo l'aria condizionata.» Sollevò la levetta del climatizzatore portatile e si chinò per prendere in braccio Poppy, temendo che si avvicinasse al forno. «Prima andavo a cuocere i miei lavori alla facoltà d'arte dell'università; il problema è che, una volta cotti, diventano estremamente fragili. L'idea di avere un forno in presenza di bambine piccole è un po' inquietante, ma se non altro è lontano dalla casa. E, come ha detto Mark, se intendo diventare una scultrice seria...»

«Straordinario...» commentò Jade, guardandosi intorno. «Hai pure un tornio...»

«Già. E un marito che comprende il mio temperamento artistico.»

Melissa sorrise, ricordando una sera che l'aveva sorpreso a fissarla dalla porta; poi le si era avvicinato improvvisando un'imitazione abbastanza azzeccata di Patrick Swayze. Si erano inzaccherati di terra e avevano combinato un gran casino, ma era stato molto appagante.

«Sei fortunata», commentò Jade, guardandola da capo a piedi e rendendola immediatamente consapevole della sua tenuta da lavoro abituale: leggings o jeans con ampie camicie che potevano tranquillamente sporcarsi di creta o rigurgiti di neonati. C'era forse dell'ironia nello sguardo della ragazza?

Poi, però, vedendo il sorriso caloroso della giovane, Melissa se la prese con sé stessa. In realtà, era *lei* a essere paranoica. Non sapeva proprio come avesse fatto, Mark, a sopportarla nei periodi più bui. Nonostante la depressione, il temperamento artistico eccetera, non aveva mai smesso di dirle che l'amava. E tuttavia non poteva fare a meno di pensare che lui avrebbe preferito una donna più affascinante, che indossasse capi un po' più sexy che vecchie camicie del marito. Come aveva osservato il sergente Cummings in occasione di un recente ritrovo mondano, lei era una che «faceva la sua bella figura, quando si tirava a lucido per uscire.»

Eppure, la notte precedente Mark aveva apprezzato non poco la sua camiciona. Con un lieve sorriso sulle labbra, Melissa ricordò la luce maliziosa che brillava nei suoi occhi color cioccolato, quando le aveva detto che immaginarla nuda lì sotto lo faceva arrapare di brutto; poi, senza suscitare molte proteste da parte di Mel, l'aveva buttata sul letto e le aveva sbottonato la camicia con flemma quasi insopportabile, chiedendole poi di tenersela addosso, mentre la possedeva con deliziosa lentezza.

"Oddio, lascia perdere", pensò. Di quel passo, appena suo marito avesse varcato la porta di casa, rischiava di trascinarlo di sopra per un bis. Allontanando quei pensieri inopportuni, si girò per sistemare Poppy in fondo al banco di legno. La bimba era sempre più pesante.

«E questo è il mio ultimo capolavoro», disse, indicando una scultura di ceramica intinta nel bronzo posata sul ripiano: una coppia di amanti nudi che si abbracciavano in ginocchio. Benché andasse particolarmente fiera dell'opera, la mostrò a Jade con una punta di trepidazione, che era una follia, visto che i centri di artigianato locali, e persino Garden & Domestic, avevano gli scaffali pieni di lavori suoi. Si sperava che quest'ultima catena prima o poi li distribuisse in tutto il paese, posto che Mel riuscisse a rispettare le date di consegna.

«Wow!» Jade osservò attentamente la scultura e poi guardò Melissa con estrema ammirazione. «È veramente bellissima!» Allungò esitante una mano. «Posso toccarla?»

«Nooo», bisbigliò Poppy, spalancando gli occhi. «È vietato!»

«È vietato con le dita appiccicose», le ricordò Melissa, prelevando il fazzoletto di carta che teneva sempre nella manica per ripulire i rimasugli di gelato al cocco dal faccino della figlia, che prese subito a contorcersi come un'anguilla.

«Tocca pure», disse, rivolta a Jade. «Secondo me, le sculture sono stimoli tattili quanto visivi.»

Jade fece scivolare il dito con cautela sulle morbide curve delle figure. «Meravigliosa», disse con aria sincera. «E che bei pettorali!» aggiunse, lanciando a Melissa un'occhiata maliziosa.

«Già», osservò Melissa; poi, notando dove si era fermata la mano della ragazza, scoppiò a ridere. «Mi sono divertita a scolpire anche quello.»

«Mamma, cosa sono i pettorali?» domandò Poppy, momentaneamente distratta dalla madre che le puliva la faccia.

«Muscoli», rispose lei. «Grossi.»

Poppy guardò Melissa sbalordita. «Ma mamma, quello è un sedere!» sottolineò a ragione.

Melissa e Jade si guardarono e scoppiarono a ridere. «Molto piacevole al tatto», assicurò Jade.

«Che cosa vuol dire?» domandò inevitabilmente Poppy.

«Che quando lo tocchi ti fa piacere. Dai, signorina, adesso fila via», disse Melissa, sollevando la figlia dal tavolo da lavoro. «Scegliti un DVD da guardare. Fra poco viene papà a metterti a letto. Hai un'ora di tempo prima della nanna. E non svegliare Evie. Non è ancora arrivato il momento della poppata.»

«Sììì! *La bella e la bestia*!» esultò Poppy, attraversando di corsa il laboratorio e il vialetto del giardino.

5.

Jade

«Quindi lavori di sera?» domandò Jade mostrando interesse, mentre Melissa controllava il forno. Lì dentro si soffocava veramente. Fra il caldo e tutti quei prodotti tossici in giro, l'«atelier» di Melissa non sembrava un posto molto adatto ai bambini.

«A essere sinceri, da quando ho avuto Evie cerco di ritagliarmi tutto il tempo che posso. Ho il baby monitor.» Indicò con un cenno del capo lo schermo sistemato su un altro banco ricoperto di strumenti per modellare la creta – alcuni piuttosto acuminati, notò Jade. C'era anche un cestino della spazzatura, pieno di creta intrisa di vetrini. Estremamente pericoloso, considerata la presenza di una bambina di sette anni molto curiosa. «Però non mi va di stare troppo lontana da lei», continuò Melissa. «Non si sa mai, hai presente?»

«Sì, infatti.» Jade sospirò, assumendo l'espressione preoccupata di circostanza. «Be', però, non sei così lontana, no? E la piccola Evie è ancora nella fase in cui i bambini mangiano e dormono e basta. Naturalmente, in seguito, potrebbe farti comodo una babysitter.»

Melissa la osservò pensierosa. «Già.»

"Ha abboccato", pensò Jade soddisfatta. «Allora stasera lavori?» domandò, felice di lasciar germinare il seme, una volta piantato.

«Vado alla lezione d'arte all'università», disse Melissa, rimirando il suo «capolavoro»; poi, prelevò la chiave del laboratorio dal bancone di legno. «Hanno un nuovo modello e ho pensato di approfittarne per fare qualche altro schizzo.»

Prima di avviarsi alla porta, si bloccò per guardarsi intorno, come per accertarsi che fosse tutto a posto, anche se lì dentro di ordine ce n'era ben poco. Secondo Jade, anzi, c'era un caos orribile. Non sarebbe mai andata in un posto del genere per nascondersi dalle sue figlie; lei si sarebbe goduta ogni istante trascorso in compagnia della sua bambina, se solo...

Cacciò via il pensiero e sorrise, spalancando gli occhi con finta sorpresa. «Un modello... *nudo*?»

«Come mamma l'ha fatto.» Melissa sorrise timidamente. «Anche piuttosto carino», aggiunse, ammiccando con le sopracciglia in modo decisamente irritante.

Jade sorrise serafica. «Ti sei basata su di lui per la scultura?» domandò, indicando di nuovo la mostruosità di creta che adornava il banco da lavoro.

«Esattamente.» Melissa sembrava soddisfatta di sé.

«Mmm...» Jade inclinò la testa di lato, osservando interessata la scultura. «Be', devo dire che neppure a me dispiacerebbe misurarlo con la matita.»

«Te ne servirebbe una bella grossa», scherzò Melissa, arrossendo. «In ogni caso, non dire a Mark che te ne ho parlato. Non vorrei che si mettesse in competizione e finisse per perdere...»

«Ho le labbra sigillate.» Jade rise, fingendo di chiudere la cerniera delle labbra. «È carino da parte sua aiutarti nella cura delle figlie. Cioè, lo so che è il padre eccetera, ma...»

«Non tutti gli uomini sono così disponibili...» Melissa finì la frase per lei. «Triste ma vero. Naturalmente, Mark non ce la fa sempre, per via degli impegni di lavoro, ma ci prova.»

Jade annuì. «Quindi vale la pena tenerselo stretto?»

«Sicuramente. Ed è quello che farò», le assicurò Melissa compiaciuta. Come un gatto che si lecca i baffi. Non per niente aveva gli occhi verdi. Piuttosto belli, pensò la ragazza. Avevano un che di infantile e ammaliante. Non stupiva affatto che Mark avesse l'istinto naturale di proteggerla. Jade aveva capito che era quel tipo d'uomo sin dalla prima volta che l'aveva incontrato. Era una persona buona e premurosa.

«Parli del diavolo...» disse Melissa aggrottando la fronte, appena vide il nome sullo schermo.

Doveva essere Mark, intuì Jade. E sua moglie come reagiva? Con gioia? Entusiasmo? No, era solo preoccupata... per sé stessa. Mark non aveva bisogno di una compagna vulnerabile, ma di una che lo capisse e lo proteggesse da donne come quella, che si approfittava di lui.

«Oh, no, Mark...» Melissa sospirò delusa. «Ti stavo aspettando...» Lasciò la frase in sospeso, fissando Jade con espressione corrucciata. Alla fine, disse: «No, no, non importa. Certo che capisco».

"Certo che capisco." Jade le fece il verso in silenzio. Secondo lei, quella non capiva un bel niente, pensava solo ai cavoli suoi. A quanto pareva, Mark non poteva tornare a casa a badare alle bambine a causa del lavoro. "Bene." Questo avrebbe giocato a suo favore.

«Ma no, non è la fine del mondo», lo rassicurò Melissa. «Posso rimandare. Concentrati su quel che devi fare. Quei poveri genitori... staranno patendo le pene dell'inferno.» Sorridendo a Jade, uscì e si allontanò di qualche passo sul vialetto del giardino, in cerca di privacy.

Come se Jade avesse voglia di ascoltare le balle che raccontava... Sospirando sprezzante, uscì a sua volta e si girò per chiudere la porta del laboratorio. Stava per tirarla verso di sé, quando il gatto salvato da Mark si intrufolò all'interno. Jade si voltò di nuovo e vide Hercules gironzolare sul prato con la lingua di fuori. Quella stupida bestia doveva avere inseguito il micio. Figurarsi se riusciva a prenderlo...

«Pussa via!» sibilò al cane, girando la testa di scatto, nel timore che Mel l'avesse sentita. Hercules rischiava di rovinare i suoi piani. Se Mark non fosse stato così affezionato a quel sacco di pulci – lo aveva sentito parlare con l'animale mentre lo portava a spasso – si sarebbe liberata personalmente di quel problema. Cominciava a pentirsi di non averlo fatto subito. Un po' di veleno per topi gli avrebbe impedito per sempre di ringhiarle contro.

Rientrò nell'atelier per inseguire il gatto. Fece per chiamarlo – anche se non sapeva bene con quale nome, visto che in realtà era un randagio – quando l'animale spiccò un balzo felino sul banco da lavoro. "Ooops!" Jade contrasse il viso vedendo traballare la scultura. Poi osservò attentamente il micio percorrere il ripiano avanti e indietro, aggirando la scultura, che in realtà era piuttosto vicina al bordo.

"Accidenti." Il piano di Jade di chiudere la porta e permettere alla bestiola di combinare disastri andò a monte quando si rese conto che Melissa aveva terminato la chiamata. Non poteva rischiare che si guardasse indietro e si accorgesse che aveva chiuso quello stupido animale nel laboratorio insieme alle sue care opere d'arte. Be', pazienza...

«Merda!» esclamò, sentendo Melissa tornare verso di lei; poi, con la stessa agilità del felino, raggiunse il banco. «Niente paura, l'ho acciuffata», disse Jade, fingendosi risollevata, mentre Melissa la raggiungeva all'interno. L'ho vista traballare...» Indicò con la testa la scultura posata di lato sulla sua mano. «Hercules ha inseguito Felix nello studio.» Aveva battezzato il gatto lì per lì. «Mi dispiace moltissimo. Sono intervenuta più veloce che potevo...»

«Oh, no, non ti fare assolutamente problemi», la interruppe Melissa, preoccupata solo per la scultura, che prelevò prontamente dalle mani di Jade. «È colpa di Hercules. Combina sempre un mucchio di disastri. Te lo giuro, a volte mi sembra di avere un'altra bambina.»

Dopo aver posato la sua opera sul banco, si voltò verso la ragazza. «Grazie», disse. «Meno male che eri qui con me.»

Jade vide la donna chiudere gli occhi con immenso sollievo e si rese conto di aver guadagnato un altro punto a proprio favore.

«Ma preferibilmente senza gatto?» domandò, girandosi per prendere in braccio il micio appena battezzato.

«Non è stata colpa sua, eh, Felix?» Melissa carezzò la schiena del gatto in braccio a Jade. «È stata quella cattivona di Hercules, vero?»

"Oh, no!" Jade non era sicura di poter sopportare una donna che parlava agli animali come ai bambini, ma le sfoderò comunque un ampio sorriso.

«Hercules, cattiva!» sbottò Melissa, uscendo di nuovo dal

garage, seguita a ruota da Jade. A quel punto, si accertò di chiudere la porta a chiave. «Adesso fai la brava!» aggiunse, fissando il cane con espressione torva. «Sennò ti metto il guinzaglio, capito?»

Jade scosse la testa mentalmente. Si aspettava davvero che il cane desse qualche segno di comprensione, mentre lei lo sgridava agitando il dito?

«Ci sono problemi?» domandò, mentre tornavano in casa. «Scusa, non intendevo origliare, ma immagino fosse Mark.»

«L'hanno trattenuto al lavoro.» Melissa sospirò rassegnata. «Non possiamo farci niente. Pare sia un caso di sequestro di bambina.»

«Oh, no. È orribile!» Jade rallentò il passo. Guardò Melissa con espressione affranta.

«Terrificante.» Melissa rabbrividì. «Avendo anche lui due bambine piccole, Mark prende molto a cuore questi casi.»

«Tu però sarai un po' delusa, immagino», buttò là Jade con aria solidale. «Ti capisco. Lo sarei anch'io. Non è facile essere costretta a casa tutto il giorno con le bambine.»

«Sì, un po'», ammise Melissa. «Anche se dovrei baciarmi i gomiti per quanto sono fortunata. Non riesco neppure a immaginare cosa stiano passando quei genitori. E quella povera bambina...»

Melissa si fermò davanti alla porta che dava sul patio e si avvolse il corpo con le braccia, rabbuiandosi in viso, quasi stesse visualizzando la scena. Come se una come lei, che faceva una vita perfetta, potesse davvero immaginare le sensazioni di una bambina traumatizzata al punto da pregare Dio di farla morire e portarla con sé in paradiso.

«Neanch'io.» Jade sorrise comprensiva, anche se era certa che la bambina stesse meglio dove si trovava ora. Poi posò una mano sull'avambraccio di Melissa. «Povero Mark. Spero che la ritrovi.»

«Oddio, lo spero anch'io.» Il respiro di Melissa era tremante. «Sarà a pezzi. Non sopporta neppure l'idea che qualcuno possa fare del male a un bambino.»

«Lo so.» Jade sospirò, ricordando di nuovo la prima volta che l'aveva incontrato, i suoi occhi sinceramente addolorati.

«Si vede che è un uomo gentile», si affrettò ad aggiungere. «E che adora le sue figlie. Non lo invidio. Senti, te la butto là: perché non mi usi come babysitter per questa sera?»

Melissa parve dibattuta.

«In fin dei conti, sono qualificata, tanto vale che approfitti della mia presenza. E se ci sono problemi, posso sempre chiamarti.»

«Sì, certo», disse Mel, leggermente incerta. «Ma... ne sei proprio sicura? Mi sembra di approfittare troppo...»

«Non c'è nessun problema», la rassicurò Jade. «Come dicevo, sono qui da voi. È il minimo che possa fare per ricambiare la vostra ospitalità. E a essere sincera, dopo tutto quello che è successo stamattina, l'idea di rilassarmi davanti a un DVD mi sembra un sogno.»

Melissa guardò attraverso il vetro della porta che dava sul retro per controllare Poppy, che era già seduta a gambe incrociate sul divano davanti alla TV, in attesa della *Bella e la bestia.* «Okay, allora sei assunta», disse sorridendo riconoscente.

«Magari...», disse Jade sospirando. «Al momento, sto cercando disperatamente lavoro. Ma adesso che ho perso la casa, non so neanche che indirizzo dare per candidarmi per un impiego.»

6.

Melissa

«Di solito le faccio fare un sonnellino fino alle otto, poi la sveglio per la poppata», disse Melissa, fiondandosi in sala a prendere il blocco da disegno e l'astuccio con le matite posati sul tavolino. Si guardò intorno in cerca della sacca a tracolla e poi ricordò di averla appesa alla ringhiera delle scale. Aveva la netta sensazione che il parto le avesse annebbiato il cervello.

«In frigo c'è il latte. Generalmente lo riscaldo in una scodella.» Rendendosi conto di essere in ritardo, controllò l'orologio e fece cadere l'album da disegno. «Le scodelle sono nella...»

«Melissa, posso immaginarlo», la rassicurò Jade, raccattando le matite cadute dall'astuccio quando Melissa si era chinata a raccogliere il blocco da disegno. «E comunque, se non trovo qualcosa, posso sempre chiedere a Poppy, vero, tesoro?»

«*Tì*», rispose la bambina con il pollice in bocca. «Adesso puoi andare, mamma.»

"Liquidata", pensò Melissa. Jade le porse le matite e lei le sorrise con gratitudine. «Mi raccomando, non sentire troppa nostalgia della mamma, eh?» disse mentre andava a schioccare un bacio sulla guancia della figlia.

«No, no», disse Poppy, piegandosi di lato per cercare di vedere la TV.

«Be', meno male...» disse Melissa, alzando gli occhi al cielo con fare teatrale.

L'apparente indifferenza di Poppy non la deluse affatto, anzi, le fece piacere. A quanto pareva, Jade l'aveva conquistata completamente, ed era un enorme sollievo per lei. L'ultima babysitter che avevano avuto, la figlia di un'amica, non si era comportata molto bene e Melissa era restia a prenderne un'altra. Questo non aiutava certo lei e Mark a trascorrere un po' di tempo di qualità insieme. Jade se l'era cavata magnificamente anche con Evie: poco prima le aveva dato il biberon con la massima disinvoltura. Aveva davvero un talento naturale con i bambini.

«Alle sette e mezzo devi essere a letto, signorina», ricordò a Poppy. «E non dimenticare di lavarti i denti.»

«*Mammaaaaa...*» la bambina sospirò esasperata. «Ci stiamo perdendo il film.»

«Okay, vedo che la mia presenza non è gradita.» Scosse la testa allegramente e si diresse alla porta. «Torno per la poppata delle dieci», disse a Jade, e poi si bloccò. «Accidenti! Mi sono dimenticata di togliere il latte dal freezer per domani mattina.»

«Lo faccio io.» Jade fece girare Melissa verso la porta e andò in cucina. «Vai. Evita di sbavare troppo e di succhiare le matite.»

Melissa rise. «Ci proverò.» Poi esitò di nuovo sulla porta d'ingresso. «Senti, Jade, se vuoi restare per un po', sei la benvenuta. Però non vorrei che ti sentissi obbligata a fare la babysitter solo perché sei qui... Se hai bisogno di sistemarti, abbiamo spazio.»

Jade sorrise. «Mi piacerebbe molto, ma solo se ne sei veramente sicura. Al momento, mi risolverebbe un enorme problema.»

«Perfetto.» Melissa sorrise calorosamente. «Ma non permettere alla signorina di tirarti scema.» Con la testa indicò Poppy, che stava ascoltando attentissima dalla porta della sala.

«Allora, rimani per sempre, Jade?» domandò la bimba, sgranando gli occhi per la felicità.

Jade lanciò un'occhiata eloquente a Melissa. «Be', non proprio per sempre», disse, tornando da lei. «Ma per un po', sì.»

«Evvai!» Poppy si mise a fare salti di gioia. «Vedi? Te l'avevo detto!»

«Sì, è proprio vero», confermò Jade, riportandola in sala. Si girò verso Melissa sorridendo. «Ci vediamo quando torni.»

«Grazie, Jade. Sei un dono del cielo. Mark sarà certamente felice che tu rimanga per un po'», urlò, allontanandosi di corsa.

«Oh, non ne dubito.» Jade sorrise e si sedette sul divano, allungando un braccio per permettere a Poppy di sistemarsi comodamente appoggiandosi a lei.

7.

Mark

Mentre tornava a casa, Mark stava pensando a Daisy Evans, la bambina scomparsa. Non c'erano segni di effrazione in casa e stava valutando un eventuale coinvolgimento dei genitori, soprattutto del padre. Michael Evans era stato sorpreso a fare sesso con una ragazza appena al di sopra dell'età del consenso, ma secondo Mark lui non sapeva neppure quanti anni avesse. L'uomo era un ex calciatore e la ragazza faceva parte del suo fan club. A quanto pareva, era infatuata di lui e gli aveva detto di essere maggiorenne. Questo non rendeva il gesto meno deprecabile, ma gli amici avevano confermato la sua versione dei fatti. Sul suo PC c'erano immagini pornografiche, ma niente di illegale. Inoltre aveva un alibi per il momento della scomparsa della figlia. Di sicuro, quel tizio non gli ispirava molta più simpatia di quanta gliene ispirasse Cummings (il quale, risibilmente, si era mostrato indignato per quel «caso lampante di sfruttamento sessuale di una sedicenne»), eppure si vedeva che era angosciato per la scomparsa della figlia.

L'incontro con la madre era stato straziante. L'ipotesi iniziale di Mark, quando aveva saputo che i genitori stavano litigando ed erano talmente ubriachi da non notare l'assenza della bambina, era stata impulsiva, frutto dei suoi ricordi d'infanzia, quando si infilava in ogni genere di nascondiglio per sfuggire alle liti sempre più violente dei genitori. La sua analisi dei fatti era stata compromessa dai trascorsi personali. La madre di Daisy era in condizioni indescrivibili e continuava a incolpare sé stessa. Appena i poliziotti se ne erano andati, era scoppiata a piangere. Mark si era fermato sul vialetto d'ingresso della casa, una villa di campagna unifamiliare che valeva un bel po' di soldi, e l'aveva sentita singhiozzare rumorosamente dietro la porta. A prescindere dal futuro del loro matrimonio, se Daisy non fosse stata ritrovata, tutti e due i genitori sarebbero stati tormentati da orribili sensi di colpa per il resto dei loro giorni.

"Maledizione!" Mark batté la mano sul volante per la frustrazione. Dovevano trovarla. Ma *dove*? Sospirò sfinito, passandosi una mano sul collo. Aveva bisogno di una pausa. Aveva bisogno di accertarsi che le sue figlie fossero sane e salve nei loro lettini e di tornare da Mel. Sperava di fare qualcosa di più con lei... l'idea di sentire il suo corpo caldo lo allettò non poco. Qualsiasi sordido caso dovesse affrontare, si sentiva sempre al sicuro fra le sue braccia. Lei lo vedeva come il suo eroe: l'uomo che in qualche modo l'aveva salvata. Mark, però, sapeva che era l'esatto contrario. Prima di lei aveva avuto altre donne, fin troppe, perché non avendo avuto modelli di relazioni positive, non era neppure in grado di costruirne. Era stata Mel a insegnarglielo, ad aiutarlo a credere nell'amore e a persuaderlo che, sebbene fosse cresciuto in una famiglia disfunzionale, era una persona del tutto normale che funzionava alla perfezione. Era stata lei a dissipare il suo terrore di ereditare prima o poi la violenza del padre. Lo aveva aiutato a credere in sé stesso, perché lei credeva in lui, e lo aveva amato. Quanto al suo amore per lei... be', a volte, gli faceva paura. Per non parlare della struggente tenerezza che provava per le figlie: ne era terrorizzato. La sua famiglia era tutto per lui. Non sapeva proprio come avrebbe fatto a sopravvivere senza le sue ragazze.

Mentre imboccava il vialetto di casa, notò l'assenza dell'auto di Mel e ricordò subito il corso di disegno. A quanto pareva, ci era andata lo stesso. Chi stava badando alle bambine? L'ultima babysitter che avevano avuto, che pure era stata raccomandata, non combinava un granché. O meglio, si faceva allegramente i cavoli suoi; infatti, alla fine, l'avevano sorpresa in atteggiamento intimo con il fidanzato sul divano di casa. Né lui né Melissa erano dei bacchettoni, ma il ragazzo si era portato una bottiglia di sidro, cosa davvero inammissibile. Emily, una comune amica, li aiutava quando poteva, ma i Chandler non erano andati in vacanza?

Mentre si avvicinava alla porta, controllò il telefono e si accorse di avere la batteria scarica, il che forse spiegava come mai non avesse ricevuto messaggi da Mel. Di sicuro, gliene aveva mandato uno. C'erano le luci accese, notò. Anche il televisore. Con un nodo allo stomaco, sbirciò in salotto e vide che non c'era nessuno, ma l'apparente normalità della situazione placò la sua angoscia. Andò al piano di sopra, immaginando che le bambine fossero a letto e la babysitter impegnata ad accudirle.

Attraverso la porta socchiusa della cameretta di Poppy vide che la bambina stava dormendo come un sasso, con Hercules protettivamente acciambellata ai suoi piedi. Mark tirò un sospiro di sollievo: non si era neppure reso conto di aver smesso di respirare. Ordinò al cane di rimanere dov'era e raggiunse la stanza della neonata. Si fermò fuori dalla porta inclinando la testa di lato. "Oh, grazie a Dio!" Si allentò il colletto della camicia e rimase in ascolto. A quanto pareva, avevano una nuova babysitter che cantava come un angelo.

«*Hush, little baby, don't say a word, Mama's going to buy you a mockingbird. If the mockingbird wont' sing, mama's going to buy you a diamond ring...*» Mark aprì la porta. Vedendo che la ragazza era girata di schiena, con la testolina di Evie appoggiata alle spalle, rimase fermo dov'era, per evitare di spaventarla. Un po' divertito, si accorse che la giovane era passata direttamente all'ultimo verso della canzoncina: «*Hush, little baby, don't you cry, Daddy loves you and so do I*». A quanto pareva, aveva dimenticato quello di mezzo.

Mark sorrise e, appena lei ricominciò a cantare la ninnananna, bussò lievemente alla porta. Jade si girò di scatto con espressione allarmata. Benché avesse fatto di tutto per evitarlo, l'aveva colta alla sprovvista.

"Merda." Mark fece un passo avanti. «Scusami», sussurrò. «Avrei dovuto avvisare che ero entrato in casa, ma temevo di svegliare le bambine. Tutto bene?»

«Sì... no, scusami tu, è colpa mia. Avrei dovuto prestare più attenzione.»

«*Stavi* prestando attenzione.» Mark sorrise. «A Evie.» Accennò alla neonata, che era ancora sveglia, ma assonnata e perfettamente a suo agio contro la spalla di Jade. «In futuro, farò in modo di annunciarmi.»

Jade ricambiò il sorriso, anche se sembrava ancora un po' turbata all'idea che lui stesse sbirciando dalla porta. Ne aveva ben donde. Mark distolse lo sguardo e si bloccò sui suoi passi. Decise di non avvicinarsi ulteriormente per salutare Evie. Forse non sarebbe stata una mossa prudente, visto che la ragazza sotto la vestaglia indossava solo un paio di pantaloncini e una canottiera. Era chiaro che avrebbe dormito da loro, che era comprensibile, date le circostanze, ma... *cavolo*, che imbarazzo! Si pentì amaramente di non aver messo in carica il telefono per tempo.

«È stata bravissima», disse Jade, avvicinandosi a Mark. «Vero, angioletto?»

Baciò la morbida testolina lanuginosa e guardò di nuovo Mark. «Stavo per metterla a dormire in attesa di Melissa, ma immagino tu voglia farle due coccole... Ah, scusa se mi sono presentata in pigiama», aggiunse, passandogli la bambina con cautela. «Avevo bisogno di lavarmi i capelli che puzzavano di fumo e, prima di darle il biberon, mi sono fatta una doccia veloce.»

Mark si sentì un idiota. Evidentemente, era l'unico a provare disagio. E si vedeva benissimo. «Grazie, ho proprio voglia di coccolarla un po'», disse dolcemente, avvicinando a sé la neonata, incantato come sempre da quell'esserino perfetto e miracoloso che era sua figlia.

8.

Jade

Quando Evie fu al sicuro fra le braccia del padre, Jade accennò con la testa alla porta. «Vado a sistemare un paio di cose», gli disse, sfoderandogli un altro sorriso radioso.

Una volta fuori dalla stanza, si guardò indietro con il cuore in tumulto e le mutandine bagnate. La vista di quell'uomo alto e bruno con le spalle larghe che coccolava la sua bambina la eccitava oltremodo.

Naturalmente, lui non sapeva ancora chi era. Jade non si era fatta riconoscere. Aveva pensato che all'inizio sarebbe stato meglio così. In fin dei conti, era un brav'uomo. Non avrebbe mai voluto indurlo a fare qualcosa che andava contro la sua natura. Avrebbe dovuto persuaderlo con gentilezza che la vita che conduceva era una solo una finzione. Che, per quanto amasse le figlie, non avrebbe mai potuto essere soddisfatto con una moglie che gli aveva dato due bambine solo per incastrarlo. Ma lui l'aveva *sentita.* Se ne era accorta dall'occhiata ammirata che aveva lanciato al suo corpo, ben evidenziato dal pigiama di Melissa. Anche lui aveva percepito l'innegabile chimica che li legava.

L'avrebbe capito a tempo debito. Sorridendo felice, Jade si diresse verso la camera da letto che quella stronza della moglie le aveva messo a disposizione. Ben presto, Mark si sarebbe convinto che erano due anime gemelle, destinate a stare insieme per sempre.

9.

Melissa

Quando Mark uscì dalla porta principale, per poco non andò a sbattere contro la moglie.

"Starà tornando al lavoro", pensò lei.

«Ehi!» disse lui sorridendo. «Com'è il nuovo esibizionista?»

«Eccellente», rispose Melissa, strizzando l'occhio maliziosa.

«Ti piace, eh?» Per quanto si sforzasse di assumere un'espressione contrariata, gli fremevano gli angoli della bocca. «Un uomo meno dotato di me potrebbe sentirsi in pericolo...»

Melissa si sporse per schioccargli un bacio sulla guancia, afferrandogli una natica piacevolmente tonica. «Ma bravo, ispettore Cain, si compiace delle sue dimensioni, eh?»

Mark increspò la fronte. «Ehm... sì, grazie, almeno credo.»

«È stata una visita volante, immagino...» Melissa arretrò per guardarlo bene in faccia.

Mark annuì avvilito. «Temo di sì. Mi dispiace.»

«Non avete fatto progressi?» domandò Melissa. L'espressione cupa del marito le procurò un brivido lungo la schiena.

«No, non molti», disse, sospirando sfinito. «Devo organizzare una squadra per ricominciare le ricerche alle prime luci dell'alba.»

Sembrava veramente stanco. Quando si chinò per darle un bacio veloce prima di andarsene, Melissa notò gli occhi cerchiati di scuro. Le dispiaceva che non potesse rimanere a casa.

Avrebbero utilizzato dei sommozzatori per cercare nel fiume? Si chiese. E setacciato campi e boschi? Sapeva per esperienza come si svolgevano le ricerche.

«Ci vediamo presto. Abbi cura di te », gli raccomandò. Sarebbe stato inutile sottolineare cosa intendesse di preciso: "Ricordati di mangiare e di farti qualche ora di sonno". Sapendo che la bambina scomparsa aveva più o meno l'età di Poppy, e conoscendo bene suo marito, dubitava fortemente che avrebbe fatto l'una o l'altra cosa.

«Ah, Mark!» urlò, vedendolo afferrare la maniglia della portiera. «Prima ti ho mandato un SMS. L'hai visto?»

«No, mi spiace. Avevo il cellulare scarico.»

«Jade rimarrà da noi per un po'. Ho pensato di avvisarti... caso mai la vedessi girare per le stanze del piano di sopra.»

«Ho già avuto il piacere.» Mark fece un sorrisino furbo. «È qualificata, immagino.»

«Abbondantemente», lo rassicurò Melissa. «Ha frequentato un corso di puericultura al college. Potrebbe darci una mano con le bambine.»

«Hai controllato le referenze?»

«Certo.» Veramente, non l'aveva ancora fatto; quella sera non ne aveva avuto il tempo. Se ne sarebbe occupata l'indomani mattina. «Mark Cain, dubiti forse della mia capacità di giudizio?» aggiunse, inclinando la testa di lato con espressione sprezzante.

«No, non oserei mai...»

Fingendosi terrorizzato, Mark contrasse il viso e chiuse in fretta la portiera. Melissa scoppiò a ridere e lo seguì con lo sguardo, poi si girò per tornare in casa, cercando di non provare risentimento per la sua assenza. Era un poliziotto e lei lo amava anche per questo: perché si sforzava di rendere il mondo più sicuro per tutti; però le mancava. Ed era costantemente in pena per lui, soprattutto quando si occupava di casi in cui erano coinvolti dei bambini. Con l'infanzia orribile che aveva avuto, Mark sembrava provare il loro dolore sulla propria pelle. Eppure, Mel avrebbe voluto che non si autoflagellasse in quel modo tutte le volte che non riusciva a placare quel dolore o a rendere il mondo più sicuro per tutti.

Durante le notti insonni, usciva di casa. Camminava per le strade – immaginava Melissa – nel tentativo di immedesimarsi in un bambino fuggito di casa, di capire perché si fosse allontanato nell'oscurità. All'inizio, aveva evitato l'argomento.

Evidentemente era convinto che ammettere di essere ancora assillato dai fantasmi dell'infanzia lo avrebbe fatto apparire meno virile. Quell'uomo era veramente un enigma: saldo e forte fuori, eppure estremamente dolce e gentile dentro.

Dopo la morte di Jacob, avevano fatto un po' di fatica a ritrovarsi. Le ci era voluto del tempo per tornare da lui. Mark era stato paziente, l'aveva tenuta fra le braccia quando ne aveva avuto bisogno, e l'aveva sostenuta tutte le volte che aveva rischiato di cadere. Istintivamente, senza bisogno di parlare, aveva capito quando lei aveva desiderato qualcosa di più di un abbraccio. Aveva fatto l'amore con dolcezza, con estrema sensibilità per i suoi bisogni. E quando alla fine lei si era concessa di raggiungere un dolce orgasmo, lui l'aveva attirata di nuovo a sé, lasciandola singhiozzare fra le sue braccia. L'aveva tenuta stretta, come se non avesse dovuto lasciarla andare mai più.

Quella notte l'aveva amato più di quanto ritenesse possibile.

Sperava che avesse il telefonino in carica. Abbandonò il blocco da disegno sul tavolo all'entrata e appese la borsa alla ringhiera delle scale, poi prese il cellulare, e mentre saliva al piano superiore per andare a controllare le bambine, gli scrisse un altro messaggio. Sentiva il bisogno di ricordargli quanto l'amasse ancora.

Si fermò davanti alla porta di Poppy. Stava per entrare, quando vide Jade sbucare dalla camera matrimoniale. «Jade?» esclamò, sorpresa di vederla con nient'altro addosso che un piccolo asciugamano intorno al corpo.

«Oh, cavolo!» La ragazza fece marcia indietro. «Scusa, non ti avevo sentita arrivare. Stavo per fare la doccia, ma non ho trovato lo shampoo nel bagno comune. Devo assolutamente togliermi l'odore di fumo dai capelli.»

«Ah...» Melissa annuì risollevata. Per un attimo, aveva pensato... In realtà, non aveva idea di cosa avesse pensato. «Vado a prendertene uno dal bagno in camera», le disse, riproponendosi di fare scorta di prodotti essenziali per l'igiene personale, e non solo per bambini. E di procurarle qualcosa di più che un asciugamano per le mani.

10.

Melissa

«Buongiorno», disse Jade radiosa, appena Melissa comparve in cucina.

Melissa sbatté le palpebre, sorpresa di vedere che erano tutte sveglie. «Buongiorno», rispose, voltandosi poi verso Poppy. Incredibilmente non distratta dai programmi del mattino, era seduta al tavolo a mangiare i suoi cereali, con latte d'avena, per ovvie ragioni.

«Buongiorno, mamma!» esclamò la bambina, ugualmente allegra.

Con la vista annebbiata, Mel andò a schioccarle un bacio sulla testa, sbirciando al contempo nella scodella. «Dicevi che non ti piacevano i cornflake», commentò, notando l'assenza degli immancabili Coco Pops.

«Adesso mi piacciono.» Poppy ne prese un'altra cucchiaiata. «Jade ha detto che mi faranno crescere i capelli come i suoi.»

Melissa la vide guardare con aria sognante i boccoli lussureggianti della ragazza. Sarebbe stato un vero miracolo, considerato che la figlia aveva ereditato i colori scuri del padre, oltre agli occhi color cioccolato; in ogni caso, era ben felice di stare al gioco, pur di mettere fine alla battaglia per la colazione.

Melissa accettò sorridendo il bicchiere di spremuta d'arancia che Jade le passò e si diresse verso la porta della cucina, notando che anche la figlia numero due sembrava felice e contenta.

«Ha già preso il latte del mattino», disse Jade quando Melissa diede un'occhiata nel passeggino. «Stavi dormendo profondamente, così ho pensato di portarla giù. Non ero sicura che ti facesse piacere che prendesse un po' d'aria fresca, ma è una giornata spettacolare. Spero tu sia d'accordo.»

«Certo che sì. Anzi, magnifico.» Resistendo all'impulso di schioccare un bacio sulla boccuccia carnosa e perfetta della figlia, Melissa le sistemò la copertina e si allontanò in punta di piedi. Anche se non era esposta direttamente al sole, di sicuro non aveva freddo: era davvero una splendida giornata.

La padrona di casa osservò la sua competente ospite: sembrava un raggio di sole, sprizzava vitalità e salute da tutti i pori. Persino i vestiti di Melissa facevano bella figura su di lei: un paio di leggings blu e una maglietta a strisce gialle che risaliva a prima della nascita di Evie e che secondo Mel non si addiceva al petto più prosperoso che aveva adesso.

«Cosa ti piacerebbe mangiare per colazione?» le domandò Jade, diretta al tostapane, da cui emersero prontamente due fette calde.

"Quello che prendi tu." Sentendosi un po' fiacca e decisamente scialba, come tutte le neomamme, Melissa sospirò fra sé e sé. Con la sua carnagione pallida e i suoi banali riccioli rossi, che Mark definiva generosamente «ramati» e che a quell'ora della mattina erano paurosamente crespi, sembrava di sicuro una morta vivente rispetto a Jade. Le pareva impossibile di aver dormito così tanto. La cioccolata calda che la ragazza le aveva gentilmente preparato la sera prima aveva avuto l'effetto sperato. Eppure, benché avesse decisamente bisogno di riposo, non si sentiva rigenerata dalla dormita.

«Mi prendo dei cereali», disse, facendo un enorme sbadiglio e ricevendo subito un rimbrotto da parte di Poppy, perché non si era coperta la bocca con la mano.

«Scusate.» Melissa soffocò un altro sbadiglio. «Evidentemente, ero più stanca di quel che immaginavo.»

«Be', non è così strano, visto che devi gestire da sola un'attività artigianale e occuparti di due bambine piccole: sarai completamente distrutta», osservò Jade lanciandole un'occhiata solidale, mentre le passava davanti con un vassoio su cui aveva posato il pane tostato – notò Melissa – insieme a una spremuta d'arancia e a una tazza di caffè. «Perché non vai a farti una doccia? Così ti sentirai di nuovo umana!»

A quel punto, Melissa si sentì davvero una morta vivente.

«Porto questa a Mark e...»

«Mark?» Melissa la fissò con espressione ebete. «È a casa?»

Jade si bloccò perplessa. «È in sala. È tornato a casa per cambiarsi. Stava per farsi un drink, poi l'ho trovato addormentato sul divano.»

Melissa la guardò confusa. Le sembrava di aver dormito ventiquattro ore di seguito e di essersi svegliata in un paese con un fuso orario diverso. "Ma no, che stupidaggine!" Probabilmente era solo un attacco di paranoia... ma... Mark non andava mai in sala a farsi un drink nel bel mezzo della notte. Tempo prima si era messo a bere in modo tutt'altro che sano. Anzi, quando la vita era stata crudele con loro, l'avevano fatto tutti e due. Da allora, beveva solo vino durante i pasti, e soltanto di rado si concedeva un cicchetto di notte. Tutti quegli straordinari significavano che stava lavorando a un caso che richiedeva la massima lucidità mentale. Magari si prendeva una bevanda fresca dal frigo e saliva subito al piano di sopra. Se non riusciva a dormire, portava fuori Hercules, posto che riuscisse a farla alzare dal letto di Poppy, senza svegliare la bambina.

«Era talmente esausto che non me la sono sentita di disturbarlo», continuò Jade. «Non mi piaceva l'idea che si fiondasse al lavoro senza mangiare niente... Tutto bene, Melissa? Sei un po' pallida.»

Mel a quel punto era costernata. Quella notte aveva preso del paracetamolo, almeno così le era parso. Sperava di non aver sbagliato scatola. I sonniferi che le avevano prescritto dopo la morte di Jacob erano ancora nell'armadietto del bagno. No, non era possibile. Aveva controllato la confezione. O no? Eppure, era decisamente intontita.

«A che ora è arrivato?» domandò, sapendo che doveva essere accaduto dopo l'ultima poppata di Evie. La bambina si era svegliata stranamente presto, alle due e mezzo, anziché alle tre e mezzo, e a quel punto lei aveva preso il paracetamolo.

«Più o meno alle cinque», rispose Jade con aria perplessa.

E lei era sveglia? Melissa era sempre più confusa.

«Ho sentito entrare qualcuno.» La ragazza rispose alla domanda che Melissa non le aveva fatto. «Mi sono preoccupata per le bambine e sono scesa senza fare rumore.»

«Sei stata coraggiosa», disse Melissa con sincerità. Jade non poteva sapere che era Mark.

«Poteva essere l'insetto mostruoso!» gridò Poppy atterrita.

«Se l'avessi visto, gli avrei cavato gli occhi a palla», la rassicurò Jade con espressione feroce.

«Con un coltellaccio affilato», aggiunse Poppy, socchiudendo gli occhi nel tentativo di apparire altrettanto feroce.

«Mi sa che non sarebbe una buona idea, Poppy», disse la madre. «Altrimenti finisci in prigione. È vietato.»

«E se fosse un ladro?» domandò la bambina, spalancando gli occhi innocenti.

«Non si può fare comunque. In ogni caso, qui dentro non entrano ladri. Abbiamo una casa molto sicura. Adesso finisci la colazione, signorina. E poi mettiti le scarpe, per favore, sennò arrivi tardi a scuola.»

«Ops, chiedo scusa», disse Jade. Poppy sbuffò e tornò a mangiare i cereali. «Avrei dovuto contare fino a dieci prima di parlare.»

Melissa guardò l'orologio e si chiese se fosse il caso di portare la figlia a scuola con indosso la camicia stropicciata del marito e i leggings. Poi vide Jade, che era rimasta lì in piedi con il vassoio in mano e un'aria incerta, leggermente avvilita.

Si sentì una stronza. La ragazza l'aveva lasciata dormire, facendo del proprio meglio per gestire la situazione, e lei come aveva reagito? Si era messa a fare la padrona di casa, come se si sentisse minacciata, e l'aveva mortificata. La sua amica Emily, nel periodo in cui era impegnata ad avviare l'attività di affitto di chalet insieme al marito Adam, aveva assunto una babysitter, e una volta aveva ammesso di aver provato una punta di irritazione, e persino di gelosia, vedendo che all'inizio la ragazza sembrava cavarsela meglio di lei con i suoi stessi figli.

Melissa si diede una controllata e sorrise. «Non ti preoccupare», disse, stringendole una spalla e togliendole il vassoio dalle mani. Era carino da parte sua pensare a Mark, ma la colazione gliel'avrebbe portata lei. Non che suo marito potesse aspettarsi un simile servizio ogni giorno. «Poppy ha una fantasia molto vivida», aggiunse. «È bravissima a raccontare storie. Deve aver preso da quell'artista pazzerella di sua madre.»

Jade sembrò risollevata, anche se il suo sorriso era un filo meno brioso di prima.

«Gliela porto io la colazione; vediamo se riesco a riscuoterlo dal sonno», disse Melissa, immaginando di doversi abituare a mettere dei paletti, magari con un po' più di delicatezza, in futuro. «Però potresti farmi un enorme favore. Ti spiace accompagnare Poppy a scuola? Non vorrei metterla in imbarazzo davanti ai suoi compagni.»

A quel punto, il sorriso di Jade si allargò. «Ma no, non sei messa così male, hai delle bellissime gambe. Naturalmente, però, l'accompagno volentieri. Su, Poppy, mettiti le scarpe, non c'è più niente da scavare in quella scodella.» Tese la mano e aspettò che Poppy scendesse dalla sedia.

«Jade...» Mentre si dirigevano verso l'ingresso, Melissa la fermò. «Grazie. Il tuo intervento è stato provvidenziale. Non so proprio cosa avrei combinato stamattina senza di te.»

«Figurati», la rassicurò Jade. «Poppy e Evie sono state bravissime.»

Melissa esitò. Finora non aveva ancora valutato l'ipotesi di prendersi una babysitter, anche se si era riproposta di farlo prima o poi. Non sapeva bene che tipo di impiego Jade stesse cercando, ma lavorare lì avrebbe fatto comodo anche a lei, perché le avrebbe permesso di seguire i lavori di ristrutturazione della sua casa. Sempre che non l'avesse già spaventata... «Jade, è solo un'idea, ma se per caso stai cercando lavoro come babysitter, io di sicuro avrei bisogno di aiuto.»

«Davvero?» Jade la fissò speranzosa.

«Certo.» Melissa si guardò intorno, indicando il disordine generale. «Avevo pensato di farmi crescere un altro paio di mani, ma... In ogni caso, ti pagherò secondo la tariffa corrente, come è giusto che sia.»

«Sarebbe fantastico. Anzi, perfetto! Sì, mi piacerebbe molto.» Jade era raggiante. Un attimo dopo, rivolse il sorriso radioso a Mark, che era appena comparso sulla porta della cucina con gli occhi ancora più annebbiati di quelli di Melissa, se possibile.

Con un po' di incertezza, lui ricambiò il sorriso e si fece da parte per permetterle di uscire. «Ehm», disse, vedendo Poppy sgattaiolare via senza dire una parola. «Credevo mi volessi bene più del cielo...»

Melissa osservò divertita la scena. Rendendosi conto di avere ignorato il padre, la bambina prese un respiro e si liberò dalla mano di Jade per gettarsi fra le braccia del genitore. «Sì, è vero! Più di tutta la luna!»

«Oh, meno male.» A malapena in grado di sollevarla in braccio, Mark scoppiò a ridere e si mise a sbaciucchiarle il collo, facendola contorcere tutta.

«*Papààà!*» protestò lei, grattandosi la guancia e tirando indietro la testa per guardarlo in faccia, «devi farti la barba!»

«Sissignora. Subito, signora.» La posò a terra e le fece il saluto militare. «Ciao, Poppet», disse. «Buona giornata e ricorda il motto dei Cain.»

«Sii saggia e sempre vigile.» Seria in viso, Poppy prununciò la frase che il padre le ripeteva ogni mattina. In altre parole: *non ti avvicinare agli sconosciuti.* «Ricevuto», aggiunse annuendo, poi gli soffiò un bacio e tornò da Jade, che stava aprendo la porta.

«Ops. Aspettate un attimo.» Mel posò il vassoio e andò a prendere una chiave di scorta dal gancio attaccato alla porta di servizio. «Caso mai dovessi essere ancora sotto la doccia, o nel laboratorio, quando torni a casa», disse, consegnandola alla ragazza.

«Perfetto.» Jade sorrise. «Magari passo dalla banca a ordinare un altro bancomat, ma non dovrei metterci molto. Ciao, Mark. Rimani vigile anche tu.»

«Certo», le assicurò lui. Sorridendo, seguì con lo sguardo la ragazza che si allontanava con Poppy. Poi, rivolto alla moglie, disse: «Mi sa che la nostra ospite provvisoria è molto apprezzata».

«Be' forse sarà semi-permanente.» Melissa sollevò il vassoio sperando che non facesse troppo caso al fatto che l'aveva assunta senza consultarlo.

«Ah, sì?» Mark inarcò un sopracciglio incuriosito. «Come mai?»

«Be', lo so che avevamo deciso di non prendere subito una persona, ma...» Melissa alzò le spalle e sorrise. «È la nostra nuova babysitter. Spero ti vada bene.»

Mark rifletté un attimo e poi annuì. «Certo che sì», rispose. «Se mi sarà servita la colazione a letto ogni mattina...»

«Non ci contare, detective», replicò Melissa, rubandogli un pezzetto di toast.

Dopo aver sistemato Evie nella culla, finalmente Melissa entrò nel box doccia, lasciandosi investire da una cascata di acqua calda che la riscosse dal sonno. Si stava insaponando voluttuosamente, quando Mark passò davanti alla porta del bagno della camera matrimoniale. Si sporse all'interno per vedere meglio.

«Lo sa, Mrs. Cain, che potrebbe essere accusata di adescamento?» disse, appoggiandosi allo stipite della porta del bagno per sbirciarla pensieroso attraverso il vetro della cabina. Si stava strofinando il mento non rasato, tenendo l'altro braccio posato sul petto.

Melissa sorrise. Dio, com'era bello, così sexy e scarmigliato. «E lei, ispettore investigativo Cain, potrebbe essere denunciato per voyeurismo.»

«Mi dichiaro colpevole.» Mark ricambiò il sorriso ed entrò in bagno. «Mmm, c'è abbastanza spazio per due lì dentro?»

«Dipende da quanto è bravo a insaponare, ispettore Cain.»

«Sono bravissimo», assicurò lui con voce roca, togliendosi in fretta la camicia e sbarazzandosi di tutti gli altri vestiti.

Quando si mise dietro di lei per dimostrarle le sue capacità, Melissa provò un brivido di eccitazione. Mark si abbassò sul suo collo, leccandole la pelle già insaponata. Se la prese comoda, massaggiandole i capezzoli con movimenti circolari, sfiorandola adagio e delicatamente con i pollici, procurandole un piacere quasi doloroso a ogni contatto.

«Tutto bene?» le chiese, portandola quasi a un dolce orgasmo. L'idea che fosse un amante così abile, così attento ai suoi bisogni, la faceva impazzire. All'inizio della loro relazione non era particolarmente sicuro di sé. Considerata la scarsa autostima che aveva sviluppato durante l'infanzia, non sorprendeva affatto. Ma l'insicurezza non faceva che aumentare il fascino di un uomo tanto bello. E poi aveva imparato in fretta. Ora come amanti non si ponevano alcun limite, muovendosi insieme in perfetta sintonia istintiva. Avevano provato di tutto.

Quando Mark fece scivolare la mano sul suo morbido ventre, le sfuggì un gemito. Abbiamo tempo?» gli chiese Melissa, quasi senza fiato, mentre lui si spostava più in basso.

«Sempre», bisbigliò lui, avvicinandola a sé. Lei si inarcò per accoglierlo; aveva bisogno di lui. Desiderava esplorarlo con le mani, insaponare le sue ampie spalle, i suoi pettorali e il suo ventre compatto.

Sentire il suo corpo vicino al proprio.

Mark infilò con cautela un dito dentro di lei. Melissa trattenne il fiato. Roteando abilmente il pollice, la portò a livelli di estasi quasi insopportabili.

«Sei bellissima.» Glielo bisbigliò con tale intensità che, malgrado i dubbi instillati dalla depressione post partum, lei ci credette.

«Pronta?» le domandò.

Quando lui l'attirò a sé, Melissa non poté fare a meno che gemere di sì. Con una mano appoggiata alle piastrelle bagnate della doccia e l'altra a sostenere lei, la penetrò lentamente, accertandosi che fosse a proprio agio, come se il suo corpo, dopo tutto quello che aveva passato, fosse fatto di porcellana. Melissa lo amava moltissimo per la sua delicatezza. Poi, sintonizzandosi con lei, aumentò il ritmo, spingendosi più a fondo.

11.

Jade

"Brutta troia." Jade, scioccata, arretrò silenziosamente dalla camera matrimoniale. Premendo il corpo contro la parete del corridoio, ascoltò con lo stomaco dolorosamente contratto i gemiti rochi e profondi di Mark. "Istinti primordiali, niente di più." Era un uomo. Aveva dei bisogni.

Jade cercò di tenere a bada la rabbia, strizzando gli occhi per cancellare le immagini di lui che faceva l'amore con un'altra donna. Lo stava facendo con lei solo per comodità. Una scopata di convenienza! Sennò perché avrebbe dovuto?

Si staccò dalla parete, cercando di far rallentare il battito del proprio cuore. Poi, dopo essersi fermata davanti alla porta della camera di Evie, si diresse alle scale. Doveva rimanere calma, ricordò a sé stessa. Doveva essere la gentilezza fatta persona.

Sollevò il mento, drizzò la schiena e scese le scale. Restò qualche secondo davanti allo specchio, cercò di ricomporsi e di cancellare ogni emozione dal proprio viso.

Entrò in cucina, aprì con calma la credenza del cibo del cane, prelevò uno snack dal contenitore di plastica e si diresse verso la porta sul retro, afferrando la chiave del laboratorio di Melissa appesa al gancio.

Il gatto era nel patio, a crogiolarsi al sole. Sussurrandogli parole rassicuranti, lo prese in braccio. In realtà, non vedeva l'ora di sbarazzarsene. Perché Melissa lo lasciava correre dappertutto? Era fuori di testa? Sarebbe potuto salire al piano di sopra e leccare le piccole labbra bagnate di latte della neonata, soffocandola. Che strega irresponsabile!

Hercules riposava sul prato con la testa appoggiata alle zampe. Sembrava avvilita. Stupida bastarda. Doveva aver capito che il felino era di gran lunga troppo intelligente per lei.

«Ferma», le ordinò, poi si diresse al laboratorio con il gatto. Una volta entrata, mise l'animale sul banco da lavoro, su cui posò anche un pezzetto di cibo per convincerlo a rimanerci. Andò alla finestra. Melissa aveva ragione: aveva bisogno di essere riparata. Jade l'aprì, poi osservò gli attrezzi allineati sul ripiano e scelse una specie di coltellino che si infilava bene fra i cardini e il telaio. Fece leva un paio di volte ed entrambi i cardini si staccarono facilmente dal legno marcio.

«Fermo, Felix», disse dolcemente, carezzandogli la schiena e la coda. Gli diede un altro pezzetto di snack, poi si avvicinò alla scultura; ci passò sopra una mano languidamente, la inclinò di lato, e con somma soddisfazione la vide cadere a terra andando in mille pezzi.

Allarmato, il gatto balzò giù dal banco, ma Jade aveva già raggiunto la porta, sgusciando fuori e chiudendosela alle spalle. La finestra non impiegò molto a cedere. Bastò una botta forte verso l'interno. Jade rimase suo malgrado colpita dall'agilità di Hercules, quando la vide saltare attraverso l'apertura dell'infisso per raggiungere la leccornia che lei aveva lanciato all'interno.

Mentre usciva dal cancello dietro il garage, aggrottò la fronte. Per un attimo, le venne il dubbio che l'animale si fosse tagliato le zampe con il vetro.

12.

Mark

«Non stavo bevendo da solo di notte», assicurò Mark a Melissa, asciugandosi i capelli con una salvietta e controllando un SMS di Lisa Moyes con l'altra mano. «Era finita la Coca-Cola in frigo, allora...»

Lesse il messaggio e si bloccò: *Sono tornati quelli della Scientifica. Confermate macchie di sangue sulle scale. Il DNA corrisponde a quello di Daisy.*

"Merda!" Mark imprecò mentalmente e gettò via la salvietta. Si stava già vestendo, quando udì una cacofonia di miagolii e latrati frenetici proveniente dal giardino. Si diresse in fretta alla finestra, seguito a ruota da Mel, e vide il gatto arrampicarsi su un albero come se avesse la coda incendiata. Mark si fermò un attimo, aspettandosi di sentire abbaiare il cane, che però era scomparso. Dopo un breve silenzio, udì un lamento stridulo e straziante e capì che Hercules era nei guai. "In guai seri", pensò, avvertendo l'angoscia della cagnetta.

Si voltò di scatto e corse verso le scale; Mel prese la vestaglia, infilò i piedi nelle ciabatte e fece per seguirlo.

«Vado io», le disse lui, indicando con la testa la stanza di Evie. Probabilmente stava diventando nevrotico, ma al momento non gli andava di lasciare le figlie incustodite.

Giunto in cucina, cercò la chiave del laboratorio, ma non era appesa al solito gancio.

"Maledizione!" «Mel, la chiave!» urlò, e corse in giardino, dove i guaiti del cane erano sempre più pressanti. Che cavolo era successo? Capì tutto quando si avvicinò al garage e notò l'assenza della finestra che lui non aveva ancora aggiustato, anche se rientrava nella lista di cose da fare nel tempo libero. Il gatto doveva essere balzato all'interno inseguito da Hercules, che poi era rimasta imprigionata dentro.

«Tranquilla, Hercules», disse calmo e deciso, mentre si avvicinava alla finestra. «È tutto a posto, piccola.» Sbirciò nel garage e deglutì. «Va bene, ferma lì. Arrivo.»

«Mark?» Mel, con Evie in braccio, lo vide arrampicarsi sulla finestra per raggiungere il cane. «Dov'è la chiave?» chiese.

«Non c'è», le rispose lui, fissando Hercules che se ne stava lì seduta, emettendo un gemito debole e penoso.

«Cosa è successo? Sta bene?» gridò Mel ansiosa, mentre lui scendeva con cautela dall'altra parte per accovacciarsi vicino alla cagnetta. Parlandole con dolcezza, cercò di farla girare per poter esercitare pressione sulla ferita.

"No", pensò Mark. "Non sta per niente bene." Come sollevarla senza farle ancora più male? «Sta perdendo sangue», annunciò, con tutta la calma che riuscì a trovare. Non voleva mandare nel panico l'animale, e neanche Mel. «Parecchio sangue dalla zampa anteriore. Abbiamo bisogno della chiave, Mel. Ricordi dove l'hai lasciata?»

«Sul gancio. Ne sono sicura... Oddio.» Con Evie appiccicata addosso, Mel sbirciò nel laboratorio e rimase sconvolta nel vedere il sangue che usciva a fiotti dalla zampa del cane e Mark che cercava di fermarlo con le dita.

«Chiama il veterinario», le disse. «Vedi se possono mandare qualcuno con urgenza. «Devo farla uscire di nuovo da...»

«Melissa!» Era Jade, che urlava dalla parte opposta del giardino «Cosa è successo?»

«Hercules!» gridò Mel. «Si è ferita. Ho perso la chiave. Non possiamo...»

«È sul tavolino dell'ingresso», la interruppe Jade. «Sono sicura che l'hai lasciata lì. Aspetta. Vado a vedere.»

"Grazie a Dio", pensò Mark, risollevato. La ragazza aveva un tempismo impeccabile. A giudicare dalla quantità di sangue che aveva perso, il cane era sicuramente sotto shock. Se l'avesse sollevata sulla finestra, probabilmente l'avrebbe ammazzata. Bisognava rallentare l'uscita del sangue alzandole la zampa, ma per riuscirci avrebbe avuto bisogno di un altro paio di mani...

Mel aveva chiamato il veterinario? Frustrato, provò a calmare almeno sé stesso. Tentò di asciugarsi il sangue che aveva in faccia strofinando il viso contro la spalla. Quel laboratorio pieno di sostanze tossiche e combustibili era veramente una zona ad alto rischio. Ne avevano discusso e avevano deciso di tenere la chiave appesa al gancio, perché fosse facilmente rintracciabile, in caso di necessità, ma fuori dalla portata di Poppy.

E lui aveva promesso di aggiustare la finestra il prima possibile. Si sentiva l'unico, vero colpevole. Fra il lavoro e tutte le esigenze delle figlie, Mel aveva un milione di cose da fare. Mark dubitava che sarebbe riuscito a destreggiarsi altrettanto bene ogni santo giorno.

«Aspetta, piccola», disse teneramente. «Non per niente ti chiami Hercules, no?» Pregò in silenzio, alzando lo sguardo al cielo; poi, all'improvviso, la porta si aprì.

«Mel ha chiamato il veterinario», disse Jade, entrando nel laboratorio e accovacciandosi accanto a lui. «Ha detto di esercitare pressione sulla ferita e di correre da lui. Mel sta rimettendo Evie a letto. Cosa posso fare io?»

«Io sollevo il cane», rispose Mark. «Tu dovresti occuparti della ferita. Tieni le mani premute qui e qui.» Indicò i punti in cui un attimo prima lui stesso aveva esercitato pressione. «Non ti crea problemi?»

Jade balzò subito in piedi, con fare determinato. «Sono pronta.»

Quando arrivò alla stazione di polizia, Mark stava ancora pensando a Hercules. E a Mel, che naturalmente si incolpava per tutto quello che era successo. Non avrebbe dovuto essere così brusco. Avrebbe voluto scusarsi, ma poi era arrivato un altro messaggio di Lisa, che lo informava che l'ispettore capo Edwards non era molto contento della sua assenza, e mentre lui digitava una risposta, Mel era tornata nel garage.

Se non altro, a quanto pareva, la cagnetta era salva. Grazie a Dio c'era Jade, che si era persino offerta di andare a ritirare Hercules dal veterinario, anche se non rientrava certo fra i suoi compiti di babysitter, mentre Mel cercava di salvare il salvabile in laboratorio e chiamava un vetraio. Quella ragazza era arrivata da pochissimo tempo e ora Mark si domandò come avesse fatto sua moglie a cavarsela così a lungo senza di lei. Eppure ci era riuscita, permettendo a lui di dedicarsi al suo lavoro con tutto l'impegno che richiedeva. Tuttavia, anziché apprezzare, lui aveva sottolineato una piccola svista di Mel, come se fosse stato un errore imperdonabile. Che stronzo. L'aveva abbandonata lì in laboratorio, a raccogliere i cocci della sua scultura da una pozza di sangue coagulato. Anche se gli aveva detto che non importava, aveva evitato di guardarlo in faccia. Si era scostata i capelli dal viso, rimanendo concentrata sul lavoro. Lui, non sapendo bene cosa fare e ormai terribilmente in ritardo, le aveva dato un bacio sbrigativo sulla guancia dicendole che doveva andare. Di sicuro, anche a lei ogni tanto sarebbe piaciuto filare via di casa e lasciare a qualcun altro il compito di raccogliere i cocci. Doveva assolutamente chiederle scusa.

Varcando la porta di sicurezza dell'ufficio principale, Mark si rese conto di doversi cambiare la fasciatura alla mano. All'inizio, mentre si occupava del cane, non si era neppure reso conto del taglio. In fin dei conti, c'era talmente tanto sangue che sarebbe stato difficile distinguere il proprio da quello dell'animale.

«Crisi sul fronte domestico, *di nuovo*?» domandò l'ispettore capo Edwards, quando Mark passò davanti al suo ufficio aperto per raggiungere la sala operativa.

La battuta cominciava a essere stantia. Mark sospirò e chiese scusa. In effetti, a un certo punto della sua carriera, c'erano state parecchie crisi sul fronte domestico. Quando Mel era stata male e tutto stava andando a rotoli, lui aveva cercato di medicarsi da solo con l'alcol, concedendosi qualche bicchiere di troppo. Mel lo sapeva, e per questo stava attenta che non bevesse di notte. Anche Edwards, e in alcune occasioni l'aveva persino ripreso formalmente. E a ragione: Mark non era concentrato sul lavoro.

Un grave errore commesso nel corso di un'indagine gli

aveva tolto il sonno la notte: non si era accorto che un uomo della sua squadra aveva infranto la catena di custodia, compromettendo la validità delle prove. Il teppista, dunque, era stato rilasciato e poi aveva colpito di nuovo, riducendo in fin di vita un anziano, solo perché si era rifiutato di consegnargli il telefonino. Il vecchio era deceduto una settimana dopo. Mark non si sarebbe mai perdonato per quell'orribile incidente. E a quanto pareva, Edwards non aveva intenzione di farglielo dimenticare. Non gliene faceva una colpa, ma quell'insistenza era davvero superflua, com'era fuori luogo l'atteggiamento irritante di Cummings.

L'aggressione a quest'ultimo non gli aveva disturbato un granché il riposo notturno. Continuava a molestare le donne senza ritegno. E ad andare a puttane. Se c'era uno che infangava il buon nome del corpo di polizia era proprio lui. Mark non era in grado di provarlo – non ancora – ma sospettava che si fosse impadronito di un certo quantitativo di droga sequestrata dopo un arresto di spacciatori, pensando che nessuno ci avrebbe fatto caso. Il pacchetto che l'aveva visto passare a una prostituta assomigliava molto a crack, il che significava che Cummings approfittava della tossicodipendenza della donna. Che l'avesse fatto in cambio di informazioni o favori sessuali, non era ben chiaro. In ogni caso, era un individuo disgustoso.

Quando passò davanti alla scrivania di quell'imbecille, vide che lo stava osservando con interesse. Mark era convinto che volesse fargli perdere di nuovo le staffe. Probabilmente, sapeva che lo stava tenendo d'occhio e cercava di provocarlo, nel tentativo di rendere meno credibili le eventuali accuse che avrebbe potuto rivolgergli. In realtà, l'unica speranza di inchiodarlo era raccogliere abbastanza prove affinché fosse quantomeno sospeso durante le indagini.

«Cavolo, speriamo che non fosse una domestica», commentò Cummings, alle sue spalle.

Mark scosse la testa, sorridendo sarcastico. Con enorme sforzo, lo ignorò e andò dritto per la sua strada. Al momento, aveva cose molto più importanti da fare che perdere tempo con quel cretino.

«Che cosa abbiamo per le mani?» domandò, appena fu entrato nella sala operativa.

«Il sangue era sicuramente di Daisy», disse un componente della squadra, confermando quel che aveva già scritto Lisa. «Circa un anno fa aveva subito un'appendicectomia, perciò abbiamo potuto ottenere il gruppo sanguigno dall'ospedale. Mi sa che dobbiamo chiamare di nuovo la Scientifica.»

La famiglia non l'avrebbe presa bene. Mark sospirò sconsolato. «I genitori hanno saputo spiegare in qualche modo quella macchia di sangue?»

«Secondo la madre, un paio di settimane prima si era tagliata un piede in cucina. Il marito ha confermato. Stiamo ancora raccogliendo informazioni da eventuali testimoni, parenti e amici.»

«Grazie, Lisa.» Mark le sorrise. Era stanco. «È saltato fuori qualcosa dalla videocamera in garage?» domandò, ignorando Cummings, che era entrato senza il benché minimo senso di urgenza, sedendosi scompostamente sul bordo di una scrivania.

Cummings, però, non aveva nessuna intenzione di essere ignorato. «Strano che lo chieda proprio lei», lo interruppe.

Mark cominciò a massaggiarsi una tempia e lo guardò. «Ti spiace illuminarmi?» chiese con pazienza.

«Ho appena controllato», replicò. «Ho notato un'auto che passava lentamente davanti alla casa.»

Lisa rimase colpita quanto Mark da quell'utilissima informazione. «Alle quattro del mattino circa», continuò tranquillamente. «In tre occasioni diverse, nelle tre settimane precedenti la scomparsa della bambina.»

«Dunque?» Mark, sempre più irritato, lo esortò a continuare.

«Mi sembrava un'auto familiare...» disse Cummings, sostenendo lo sguardo di Mark.

«Su, cazzo, sputa il rospo!» tagliò corto Lisa. «Non abbiamo tutto il giorno da perdere.»

Cummings sorrise lentamente. «È una Audi Q5 color argento.» Lasciò l'informazione sospesa nell'aria. «Intestata all'ispettore investigativo Mark Cain.»

13.

Melissa

«Sta dormendo come un sasso», disse Jade, entrando nel laboratorio. «Hai bisogno di una mano?»

Mel alzò lo sguardo dal pavimento sporco di sangue che stava ripulendo: ce n'era una quantità incredibile, Mark ci aveva fatto il bagno. In parte, era del marito, se ne era accorta quando era tornato dall'ambulatorio del veterinario. Aveva preso una benda e l'aveva aiutato a fasciarsi la mano. Anche se continuava a perdere molto sangue, non vedeva l'ora di andare al lavoro, perché era in ritardo. Mel non poteva fargliene una colpa.

Mark non aveva detto quasi nulla sulla scultura in frantumi. In fin dei conti, però, era comprensibile. Non poteva essersi reso conto dei danni, impegnato com'era a fermare il sangue che usciva dalla zampa del cane. La scultura non era importante. O meglio, era importante per lei, e il fatto che fosse andata irrimediabilmente distrutta prima che potesse farne un calco l'aveva turbata nel profondo: Garden & Homes stava valutando l'ipotesi di distribuirla in tutto il paese. E tuttavia era ben poca cosa rispetto a tutto quello che era successo. Povera Hercules.

Più inquietante era stata la reazione chiaramente irritata di Mark per il fatto che lei si fosse dimenticata di mettere a posto la chiave. Dopo quello che avevano fatto insieme sotto la doccia, se ne era andato via in fretta, dandole un lieve bacio sulla guancia.

Probabilmente era per via dello shock, pensò. Inoltre, era ancora stanchissima. Aveva la mente offuscata, come se avesse del cotone nel cervello. Doveva andare a fare una camminata veloce o qualcosa di simile. Mark era comprensibilmente agitato, e lei ipersensibile: gli ormoni le causavano continui sbalzi d'umore. Grazie a Dio, c'era Jade. Se non fosse stato per la sua presenza di spirito, le cose sarebbero potute andare molto peggio.

«Mel», ripeté la ragazza. «Ti serve aiuto?»

«No, grazie», rispose lei, abbozzando un sorriso, nel tentativo di ricomporsi. «Jade, sei stata una roccia, non so proprio cosa avrei potuto fare senza di te, ma ormai ho quasi finito di pulire.»

«Mi spiace moltissimo per la tua splendida scultura.» Sospirò tristemente e si avvicinò ai cocci posati sul banco. «Che peccato!»

Mel si scostò i capelli dal viso. Erano sporchi e arruffati. «Non è la fine del mondo.» Scrollò le spalle. «Ma avrebbe potuto esserlo, se non ci fossi stata tu. Dovrò ricominciare daccapo.»

«Be', chiamami, quando hai bisogno di tempo per lavorare», le suggerì Jade. «Mi dispiace moltissimo per quel che è successo. Naturalmente, sarei più che felice di badare a Poppy e Angel finché ne avrai bisogno.»

«Angel?» Mel la guardò con espressione curiosa.

«Oh, scusa... Evie.» Jade scosse la testa. «Curavo una bimba della stessa età, prima che i suoi genitori si trasferissero.»

«Ah...» Mel annuì. «Che bel nome.»

«Sì.» Jade sorrise. «Era una bambina bellissima. Assomigliava molto a Evie.»

Mel sorrise. In effetti, Evie era bellissima. La più bella del reparto maternità, a suo parere. Anche se il suo giudizio era leggermente di parte. «Senti, Jade, non ti dispiacere di nulla», la rassicurò, sporgendosi sul banco per prendere la chiave, che da ora in poi si sarebbe accertata di riporre al suo posto. «Non è certo colpa tua.»

«Un po' sì. È stato Felix a causare tutto», le ricordò, seguendola per aiutarla a portare fuori i cocci. «Se non fosse stato per il gatto, Hercules non si sarebbe lanciata attraverso la finestra.»

«Be', sì, in effetti...» Mel ne fu un po' rassicurata. Si guardò intorno. Decise che per il momento aveva fatto tutto quello che poteva e chiuse la porta.

«Per forza che Mark era così nervoso», commentò Jade, sospirando avvilita.

Mel la guardò, mentre l'aiutava a portare la spazzatura verso i bidoni. «Te ne sei accorta anche tu?» domandò demoralizzata.

«Un po'», ammise Jade con riluttanza. «Ma in fin dei conti, con tutto quel che stava succedendo e quella donna che continuava a mandargli messaggini...»

«Una donna?» Mel inarcò un sopracciglio e Jade lasciò la frase in sospeso.

«Lisa, mi pare di aver sentito, prima che andasse a lavorare. Stavo passando e ho sentito senza volere», si affrettò a chiarire, notando lo sguardo interrogativo di Mel.

Quest'ultima sorrise divertita. «È una collega», le spiegò. Jade non doveva assolutamente pensare che Mark avesse l'abitudine di chiamare altre donne dalla loro camera da letto, sennò rischiava di farsi una pessima idea della loro famiglia.

«Ah, sì, immaginavo qualcosa del genere.» Jade annuì. «È un po' invaghita di lui, o sbaglio?»

"Davvero?" Mel non se ne era accorta. Ma in fin dei conti non faceva molto caso ai tanti messaggi e telefonate che il marito riceveva. Sapeva che erano una necessità di lavoro.

«È meglio che io torni da Evie», disse Jade, arretrando per consentire a Mel di sistemare il bidone al suo posto. «A meno che non preferisca andarci tu...» Indicò la casa con un cenno del capo.

Mel seguì il suo sguardo. A dire il vero, non c'era niente che desiderasse fare di più che tornare nella cameretta della bambina, annusare il suo profumo di cucciola e chiudere gli occhi per cinque minuti. Purtroppo, però, c'era ancora la faccenda della finestra da sistemare.

«No.» Fece un sorriso stanco e si passò una mano sul collo indolenzito. «Sì, sarebbe perfetto, se non ti dispiace. Devo ancora chiamare il vetraio e mi sa che nel frattempo è il caso di tappare il buco in qualche modo.»

«Non c'è problema», rispose Jade sorridendo. Poi si girò, camminando spedita verso la casa. «Se fossi in te, non mi prenderei la briga di coprire la finestra», urlò. «Mi sono già sbarazzata del gatto.»

"Come... sbarazzata...?" Mel la rincorse. «In che senso, te ne sei sbarazzata?» le gridò dietro, ma la ragazza si stava già infilando in casa dalla porta di servizio.

14.

Mark

Stava scherzando, vero? Guardò prima Cummings, appoggiato scompostamente al davanzale della finestra, poi l'ispettore capo Edwards, seduto alla sua scrivania con espressione impassibile, e fece una risatina incredula. «Non sta parlando sul serio, vero?» gli chiese, sconvolto all'idea che il capo potesse solo sospettare che lui non fosse passato di lì per puro caso.

«Non sembra molto divertito, eh?» osservò Cummings sarcastico.

«Si sieda, per piacere, ispettore Cain», ordinò Edwards, fulminando Cummings con lo sguardo. *Almeno quello...*

Mark si passò una mano fra i capelli e rimase fermo dov'era, in balia di un tumulto di sentimenti che oscillavano fra la rabbia e l'incredulità.

«Dobbiamo procedere per eliminazione, ispettore. Dovrebbe saperlo meglio di me.» Edwards guardò lui e poi la sedia. «Si sieda.»

Era una follia. Mark contò in silenzio fino a cinque, per non cedere alla tentazione di cancellare il ghigno soddisfatto dalla faccia di Cummings; poi obbedì e attese furente che Edwards finisse di scrivere quel cazzo che aveva di tanto importante da scrivere da costringerlo a ignorarlo in quel modo.

Alla fine, l'ispettore capo posò la penna, si appoggiò allo schienale della poltroncina e intrecciò le dita sul petto. «Allora?» disse, fissando Mark imperturbabile.

«Allora... cosa?» domandò Mark agitato. Il suo superiore non si rendeva conto delle intenzioni di Cummings? Stava cercando ogni pretesto per compromettere la sua credibilità. Ovvio che non se ne rendeva conto, visto che Mark non gli aveva ancora rivelato i propri sospetti, ma a quel punto intendeva farlo al più presto possibile.

Edwards si sporse in avanti con gli occhi a palla. «Ispettore, obbedisca agli ordini», lo avvertì sottovoce. «Voglio dettagli, per piacere. Perché stava passando da Farley Village nelle prime ore del mattino in tre occasioni diverse?»

Mark prese un profondo respiro e cercò di controllare la rabbia. «Stavo cercando di fare addormentare Evie», rispose, guardando Edwards dritto negli occhi e accertandosi di sostenere il suo sguardo.

«Be', è una scusa veramente originale», sogghignò Cummings. «Glielo concedo. Questa non l'avevo mai sentita...» Un'occhiata di fuoco dell'ispettore capo lo zittì all'istante.

«Le spiace spiegarsi meglio?» domandò Edwards, rivolto di nuovo a Mark.

"Mi dispiace eccome", pensò lui. Eppure, per quanto gli risultasse odioso parlare di queste cose davanti a un personaggio tanto sprezzante del matrimonio e dei bambini quale era Cummings, probabilmente non aveva altra scelta.

«Evie ha avuto una fase in cui non riusciva a riaddormentarsi fra la poppata delle tre e mezzo e quella delle sei e mezzo», spiegò riluttante. «Mel aveva bisogno di dormire. Era esausta. Evie tende a prendere sonno in macchina. Perciò io la caricavo sull'auto e andavo a fare un giro con lei.»

«Naturalmente, stava cercando di vincere la medaglia di "padre dell'anno"», commentò sarcastico Cummings. «Ha l'abitudine di calcare stradine tortuose con la neonata in macchina, eh?»

«Metto su della musica. Classica», ribatté seccamente Mark. «La fa addormentare.»

«E si accerta di essere filmato. La pagano bene quelli della Audi, come protagonista della pubblicità del giro per il sonnellino, è così?»

Mark serrò la mascella e non reagì. Cummings non aspettava altro.

Edwards afferrò la penna e prese a tamburellare sulla scrivania con la fronte increspata. «E sua moglie confermerà, vero?»

«Per forza!» sbottò Cummings. «Posso suggerire di far ingrandire il video, signore», disse, rivolto a Edwards, «per accertarci che la bambina fosse in...»

«No, non può suggerire un bel niente», lo interruppe bruscamente l'ispettore capo.

Cummings lo fissò confuso. «Ma lei...»

«Abbiamo finito, sergente Cummings. Grazie.» Edwards si rivolse di nuovo a Mark con un vago sorriso sulle labbra. «Mark, di' a Melissa di chiamarmi, okay?»

Per un attimo, Mark fu colto alla sprovvista. «Ehm, sì, non c'è problema», rispose, un po' divertito, mentre Edwards tornava a esaminare i propri documenti.

«Tutto qui?»

«Per ora, sì», confermò il capo.

Cummings guardò prima l'uno poi l'altro, scuotendo la testa sprezzante. «Cazzo, non ci posso credere.»

«Sergente, esca immediatamente!» ordinò Edwards, senza alzare lo sguardo.

«Che cos'è, una barzelletta?» si lagnò Cummings, mentre Mark si incamminava verso la porta per andare a svolgere il proprio lavoro: cercare una bambina scomparsa.

«Sei tu la barzelletta, Cummings», ribatté Mark, diretto al proprio ufficio.

Prima di seguire Mark, Lisa fissò il collega da capo a piedi con disprezzo. «Ti hanno rovinato la festa, eh, Cummings?»

«Ho fatto solo il mio dovere», ribatté lui, deviando verso la propria scrivania. «Dubito che l'ispettore Cain avrebbe esitato a denunciarmi, se fosse stato nei miei panni.»

«Ci puoi scommettere», confermò Mark, chiedendosi se fosse il caso di ufficializzare i propri sospetti, anziché prenderlo a pugni.

Decise di lasciare perdere i gesti impulsivi e passare all'azione. Quella sera chiese in prestito il veicolo di un poliziotto. Sapeva che avrebbe dovuto approfittare del tempo d'attesa dei risultati degli esami della Scientifica per stare con la sua famiglia, soprattutto dopo la catastrofe di quella mattina, ma l'espressione insolente di Cummings mentre usciva lentamente dall'ufficio aveva rafforzato la sua determinazione a prenderlo con le mani nel sacco. Credeva davvero che la presenza della sua auto nei video della telecamera avesse qualche importanza? Di poter trovare qualcosa di così losco nella vita privata o lavorativa di Mark da farlo iscrivere sul registro degli indagati? L'unica sua caduta di stile era stata causata dal comportamento disgustoso dello stesso Cummings. E si sbagliava di grosso se pensava che Mark si sarebbe tirato indietro solo per evitare l'accusa di perseguire una vendetta personale.

Seguendolo a distanza di sicurezza, lo vide parcheggiare davanti a un alto edificio degli anni Sessanta, al settimo piano del quale abitava Tanya Stevens. Situato a Birmingham, appena dopo l'uscita dell'autostrada M5, era notoriamente un quartiere sovrappopolato. Secondo Mark, quel palazzo fatiscente avrebbe dovuto essere demolito già da anni. Cummings non andava a trovare la donna per amicizia, questo era poco ma sicuro. Tanya, che normalmente veniva sorpresa a lavorare nelle strade del centro, riceveva solo di rado i propri clienti regolari a casa. Cummings era uno di loro?

Fece il giro dell'isolato per dare il tempo al sergente di entrare, aspettò che arrivasse qualcuno per infilarsi nel portone, ma poi notò con sorpresa che l'imbecille era ancora parcheggiato fuori. Che fare? Mark rifletté un attimo e poi entrò nel parcheggio del palazzo adiacente. Era possibile che Cummings l'avesse visto, ma notando il finestrino del guidatore aperto e una nuvola di fumo di sigaretta, si rassicurò. Quel bastardo stava aspettando tranquillo in macchina, cosa che non stupiva affatto.

Di lì a pochi minuti, Tanya arrivò. Evidentemente, non lo considerava un cliente regolare, oppure non si fidava a farlo entrare in casa sua. Come prostituta, era scaltra e selettiva. Era chiaro che i suoi standard escludessero individui viscidi e maschilisti come Cummings. Sarebbe stata disposta a fornire informazioni su di lui, con il giusto incentivo? Mark ne dubitava. L'aveva conosciuta in occasione della scomparsa della ragazza che lavorava nella zona vicino alla sua. Purtroppo, ogni tanto succedevano cose del genere. Alcune se ne andavano; più di frequente, venivano spostate dai loro protettori. Altre morivano per abuso di stupefacenti. A volte, invece, le ragazze erano mandate all'ospedale dai loro affascinanti datori di lavoro o da non meno affascinanti clienti che le malcapitate non avevano avuto l'accortezza di evitare. Mark aveva faticato a convincere le ragazze che era di gran lunga più interessato alla loro incolumità che al mestiere che facevano. Due di loro – sia pur con riluttanza – alla fine si erano convinte della sua buona fede ed erano diventate sue informatrici. Purtroppo, non Tanya. A meno che Mark non le avesse garantito una scorta di ventiquattr'ore per suo figlio, gli aveva detto, non aveva nessuna intenzione di fare incazzare il suo protettore.

Vide la donna affacciarsi al finestrino di Cummings e scambiare due chiacchiere con lui. Poi andò a sedersi sul sedile del passeggero. Mark rifletté sul da farsi. Non aveva nessuna voglia di fotografare le orrende attività sessuali di quell'uomo, ma se per caso le avesse passato della droga, aveva bisogno di prove.

Rendendosi conto che il sergente aveva messo in moto l'auto, probabilmente per evitare di essere filmato da qualche telecamera, Mark accese a sua volta il motore. Dubitava che l'amplesso sarebbe durato molto. Lei non vedeva l'ora di uscire da quella macchina. Poi Mark avrebbe potuto parlarle, magari in cambio di denaro.

Mentre stava per immettersi sulla strada, all'improvviso Cummings rallentò. Mark rimase sorpreso: o gli aveva fatto la sega più veloce della storia o era in corso una trattativa di qualche tipo. Qualcosa di serio, a quanto pareva. Appena notò il linguaggio dei loro corpi, socchiuse gli occhi e si slacciò la cintura di sicurezza.

Ma che c... Vide Cummings girarsi verso Tanya, afferrarla per la gola e scaraventarle la testa contro il finestrino laterale. Un attimo dopo, Mark era uscito dalla propria auto.

Era quasi arrivato al veicolo, quando la portiera si spalancò e Tanya cadde sul marciapiede. "Bastardo." Cummings rimise in moto e Cain pensò che stesse per pigiare sull'acceleratore. Poi, vedendo Tanya distesa a terra immobile, andò istintivamente da lei.

«Tanya? Notando un rivolo di sangue sulla strada, si accovacciò per valutare le condizioni della ragazza, spostandola con delicatezza. Appena lei aprì gli occhi, Mark tirò un sospiro di sollievo.

«Ciao. Come stai?»

Tanya sbatté le palpebre disorientata, poi capì in fretta chi era. «Ah, una meraviglia», borbottò increspando la faccia. «Come cazzo credi che... *Ahia!*»

«Non muoverti», disse Mark, mentre lei cercava di alzare la testa. «Forse bisogna chiamare un'ambulanza.»

«Sì, bravo. Ottima idea, detective Cain. Sono lunga distesa con le chiappe al vento e lui dice: "Non muoverti".» Fece una smorfia, poi si sollevò a sedere imprecando e contraendo il viso.

Nonostante la lunga esperienza di poliziotto, Mark sorrise imbarazzato. Si chiese se fosse il caso di aiutarla ad abbassarsi la gonna cortissima che indossava. Decise di no, offrendosi invece di sostenerla. Hai battuto la testa», disse, mentre lei si aggrappava al suo braccio per cercare di rialzarsi in piedi. «Potresti aver subito un trauma cranico.»

«Ma figurati. Non so neanche perché ho perso sangue. Si capisce che sei un detective.» Sospirò, alzò gli occhi pesantemente truccati al cielo e si mise in cerca del tacco perduto, senza il quale era decisamente sbilenca. «Senti, ci fai un favore?» disse, indicandolo con la testa.

Mark l'assecondò coscienziosamente, offrendole il braccio, mentre vacillava nel tentativo di infilare il piede nella scarpa. «Ti accompagno a casa», disse. Immaginò di ricevere un bel po' di insulti per quell'invito, ma non aveva intenzione di lasciarla da sola in quelle condizioni.

«Meno male che sei un cavaliere della minchia», borbottò Tanya, mentre lui la scortava verso la sua auto. «Coglione...» aggiunse sprezzante.

Leggermente sorpreso – non sapeva bene cosa avesse fatto per meritarsi l'insulto – Mark si girò verso di lei e l'oggetto della sua attenzione, ossia l'auto di Cummings che stava passando lentamente accanto a loro.

«No, cazzo!» urlò Mark, appena vide il flash di una fotocamera e il suo subalterno che si allontanava in macchina sorridendo.

15.

Mark

Quando imboccò il vialetto di casa, Mark tirò un sospiro di sollievo. Era sfinito. Tanya, per un attimo, aveva avuto la tentazione di fregare Cummings, fornendo a Mark prove sui passaggi di droga... «Certo che vivi proprio su una nuvoletta», gli aveva detto. «Cosa credi che dirà Eric, se verrà a sapere che mi sono messa a parlare con la polizia, eh?»

Eric, quella merda d'uomo che la sfruttava, probabilmente l'aveva imbottita di droga sin dall'inizio e con tutta probabilità non le avrebbe detto un bel niente: si sarebbe limitato a riempirla di pugni o peggio. Era stato un piano destinato al fallimento. Cummings, evidentemente, sapeva che il suo superiore lo stava seguendo, e lui aveva fatto la figura del fesso. Senza dubbio, il sergente aveva promesso della droga a Tanya come ricompensa e poi, sapendo che Mark non si sarebbe schiodato di lì, aveva deciso di divertirsi in un altro modo.

"Idiota." Maledicendo la propria stupidità, Mark scese dall'auto e si diresse alla porta d'ingresso, cercando di scrollarsi di dosso la giornata. Mel non aveva certo bisogno di sentire quella brutta storia, né di vederlo lontano anni luce, a pensare a Daisy, la bambina scomparsa, o ai sordidi piani di Cummings. Quando era a casa, Mel aveva bisogno che lui fosse presente, concentrato sulla famiglia.

Chiedendosi cosa fosse successo nel frattempo, entrò con una certa trepidazione. Aveva chiamato prima, apprendendo da Jade che Hercules stava bene. Le aveva lasciato un messaggio per Mel, ma lei non aveva richiamato, cosa di per sé preoccupante.

«*Papààà!*» Poppy, già in pigiama, arrivò di corsa dal salotto.

«Ciao, Poppet», disse lui, sollevandola in braccio. «Come sta la mia bambina di sette anni preferita?»

«Shhh.» Poppy si portò il dito alle labbra. «Hercules sta dormendo.»

«Ah, sì?» Mark imitò l'espressione solenne della figlia. «Allora, parlerò pianissimo, te lo prometto», bisbigliò, alzando lo sguardo verso Mel, che lo stava fissando con un sorriso incerto.

Risollevato, Mark si avvicinò alla moglie per darle un bacio più affettuoso rispetto a quello con cui si era congedato quella mattina, benché con lieve imbarazzo, visto che Poppy era incastrata in mezzo a loro.

«Come sta?» domandò sottovoce, allontanandosi delicatamente.

«Bene. Ha perso molto sangue, ma secondo il veterinario si rimetterà perfettamente entro un paio di giorni.»

«Ma deve riposare molto per venticinque ore», aggiunse Poppy, dandosi un'aria di importanza.

«Venticinque, eh?» Mark cercò di non ridere e aggrottò la fronte pensieroso. «Allora, saliamo le scale in punta di piedi e leggiamo la storia della buonanotte pianissimo. Mi sa che è già passata l'ora di andare a letto, eh, signorina?»

Poppy si incupì immediatamente, poi, vedendo Jade scendere le scale, si illuminò di nuovo in viso. «La metto io a letto.» Poppy esultò, poi, temendo di aver svegliato il cane, si coprì la bocca con una mano. «Sembri distrutto.» Jade sorrise a Mark con empatia.

«Sicura?» le domandò Mel. «Per oggi hai già fatto fin troppo, mi pare.»

«Sono sempre felice di dare una mano nei momenti di crisi», la rassicurò la ragazza. «Così voi due potrete parlare un po'.»

«Mi sa che siamo diventati le ruote di scorta», disse Mark, vedendo Poppy tendere le mani verso Jade, chiaramente felicissima di essere messa a letto da lei, anziché dal padre.

«Notte, Poppet», le disse, schioccandole un bacio sulla guancia, prima di passarla alla babysitter. «Sogni d'oro.»

«Notte, papà.» Poppy gli fece un cenno sbrigativo; poi, mentre salivano le scale, scrutò Jade in viso. «Dopo mi rimbocchi le coperte?» le domandò.

«Ma certo!» La ragazza annuì rassicurante. «Sono bravissima a rimboccare le coperte.»

«E alla Peppa?»

«Se non le rimbocco anche a lei, rischia di mettersi a piangere», rispose Jade seria.

«E controlli che non ci sia l'insetto mostruoso?»

«Non oserebbe mai avvicinarsi, se ci sono io. Ho il distintivo da babysitter, che uccide tutti i mostri. Comunque, sì, controllo lo stesso per assicurarmi che non si sia intrufolato di nascosto...»

«Ti voglio bene, Jade.» La voce affezionata di Poppy risuonò fino al piano di sotto.

Mark e Mel si scambiarono un'occhiata divertita. «A quanto pare, sono in esubero», commentò Mark, allentandosi il colletto della camicia mentre si dirigeva verso la sala per vedere come stava Hercules, enormemente grato a Jade per essersi offerta di mettere a letto la bambina dopo quell'orribile giornata.

«Non contarci troppo.» Mentre le passava accanto, gli pizzicò il sedere. Poi fece un enorme sbadiglio.

«Cara moglie, mi sa che per stasera non ce la puoi proprio fare», osservò Mark sorridendo.

«Certamente no, dopo un bicchiere di vino, ma credo che ce lo siamo meritati», gli disse. «A quel punto, dovrai fare tutto da solo. Ma senza fare rumore», aggiunse, abbassando la voce, appena entrarono in sala. Hercules stava russando rumorosamente sul divano.

«Ah, sì?» Mark rifletté. «Potrebbe essere una sfida interessante.»

16.

Jade

Dopo aver rimboccato le coperte a Poppy e alla Peppa e controllato che Evie stesse bene, scese silenziosamente al piano inferiore. Immaginò che i due fossero in cucina, a cenare insieme, parlando delle rispettive giornate. “Che bel quadretto familiare...”

Giunta davanti alla porta della sala – dove il cane continuava a dormire e aveva smesso di ringhiarle contro, se non altro –, si mise in ascolto.

«Mi dispiace moltissimo per aver perso la chiave», sentì dire a Melissa. Oddio, perché quella stupida non si faceva crescere un paio di palle e non la smetteva di chiedere scusa, soprattutto per un errore che non aveva commesso? Per forza Mark era disperato! Be', non le avrebbe permesso di offrirgli il suo corpo per rimediare ai suoi peccati. Si sarebbe addormentata prima ancora di posare la testa sul cuscino.

«Sono io che devo chiedere scusa», ribatté Mark, che evidentemente stava per addossarsi tutta la colpa. «Avrei potuto evitare di fare lo stronzo ed essere un po' più comprensivo. Mi dispiace moltissimo per la scultura. Non credo sia recuperabile, eh? Voglio dire, non avevi fatto ancora il calco, vero?»

A quanto pareva, era abbastanza interessato alle sculture di merda che faceva sua moglie da conoscere qualcosa sull'intero processo di produzione. Jade si accigliò: non sapeva bene se rallegrarsene o no. In fin dei conti, però, era naturale: Mark era un tipo molto premuroso, non poteva cambiare carattere di punto in bianco, e lei non avrebbe mai voluto che lo facesse.

«No.» Melissa sospirò. «Ma ne ho cominciata un'altra. Jade è stata bravissima a prendersi cura di Poppy e Evie mentre ero nel laboratorio.

Jade sorrise fra sé e sé. Le piaceva che Melissa l'elogiasse.

«Però ho pensato che forse, almeno per un po', dovrei smettere di lavorare», continuò.

"Oh, no, per piacere!" Jade alzò gli occhi al cielo, mentre quella scema si metteva a fare la santarellina.

«Cosa?» A Mark andò di traverso il vino. Jade lo sentì chiaramente. Per forza...

«In fondo, non è così essenziale, no?» continuò Melissa, con nauseante abnegazione. «Cioè, ovvio che è importante per me, ma posso sempre interrompere l'attività per un periodo. Dedicare più tempo alle bambine.»

Ci fu una pausa. Ovviamente, si aspettava che Mark desse la risposta giusta, e lui, essendo l'uomo che era, non la deluse.

«È importante anche per me», disse con trasporto. «Tu sei la tua arte. Non dovresti rinunciare a una parte fondamentale di te solo perché ti senti in colpa. Sei una madre fantastica. Poppy ne è un esempio lampante. Ed Evie, a parte quel breve periodo in cui aveva perso il ritmo fra una poppata e l'altra, è una bimba superfelice. Nessuno ha colpa per quel che è successo stamattina. Sono cose che capitano.»

Melissa fece un respiro profondo e sbadigliò. «Sì, lo so», disse. «Forse sono solo stanca.»

«A quanto pare, abbiamo avuto tutti e due una giornata di merda», osservò Mark.

«Oddio, mi dispiace», disse Melissa, scusandosi di nuovo. «Presa come sono da me stessa, mi sono persino dimenticata di chiederti come stai.»

«Non molto bene», rispose lui.

Sentendo strisciare la sedia per terra, Jade stava per sgattaiolare di nuovo al piano di sopra, ma poi si accorse che Mark era diretto dalla parte opposta. Probabilmente, stava andando a prendere dell'altro vino dal frigo.

«Che cavolo aveva l'ispettore capo Edwards?» domandò

Melissa, mentre lui versava il vino. Se fosse stato il bicchiere di sua moglie, quella notte avrebbe dormito come un sasso. Anzi, come un cadavere. Magari fosse stato tanto facile. «Non ci potevo credere: mi ha chiesto se era vero che di notte uscivi in macchina con Evie, e non da solo.»

Mark fece una pausa, poi disse: «E tu l'hai confermato, vero?».

«Ovvio», gli garantì Melissa. «Non ricordavo quando fosse successo di preciso, naturalmente, ma gli ho detto che la portavi in giro per cercare di farla addormentare.»

«Se avessi ricordato quando era successo di preciso, sarebbe stato strano», osservò Mark un po' sovrappensiero.

«Allora perché me l'ha chiesto?» insistette Melissa.

Ci fu un'altra pausa, seguita da un profondo sospiro. «Cummings», rispose lui a denti stretti.

«Il tuo sergente investigativo?»

«Purtroppo, sì.» A quel punto, Mark era in tensione. «Ricordi che tempo fa c'era stato... come dire... un alterco fra noi?»

«Certo che me lo ricordo. Quella specie di maniaco sessuale. Mi avevi raccontato tutto. Gli avevi tirato un pugno.»

«Non abbastanza forte», rispose Mark con rabbia, riempiendosi il secondo bicchiere. «Ha un debole per le donne più giovani, al lavoro come fuori. Molesta le colleghe. È del tutto inammissibile.»

«E nessuno l'ha mai ripreso? Denunciato?» domandò Melissa incredula.

«No.» Mark rise sarcastico. «Nemmeno la ragazza che era stata palpeggiata da quel bastardo. Aveva paura di perdere il lavoro. Alla fine della fiera, mi sono beccato io un richiamo ufficiale. Mi hanno pure messo sotto osservazione psicologica, tanto per rincarare la dose.»

E lei non lo sapeva? Jade stava ascoltando a bocca aperta accanto alla porta della cucina. Quell'egocentrica di merda. Non gliene importava niente di lui.

Melissa rimase senza fiato. «Cosa? Oh, no...»

«È successo appena dopo la morte di Jacob. Non riuscivo a controllare le emozioni. Lo sentì sospirare.

«Proprio perché avevi perso un figlio! Avrebbero dovuto capirlo, avrebbero dovuto sapere che a prescindere dalle tue condizioni emotive, non avresti mai aggredito una persona senza essere provocato.»

«Mel, non è che mi abbia esattamente provocato», disse Mark, con un po' meno enfasi. «Mi ha fatto incazzare come una iena, ma agli occhi dei superiori non c'era stata una vera provocazione.»

«Idioti», sbottò Melissa furente. «L'ispettore capo Edwards sa bene quanto tu abbia sofferto per Jacob. Sa che faresti qualsiasi cosa per i bambini, persino guidare di notte per cercare di farli addormentare. Non riesco davvero a credere che qualcuno possa fare simili insinuazioni per puro spirito di vendetta.»

«Mel, c'è dell'altro», riprese Mark, bloccandosi subito dopo. «Che rimanga fra noi, okay? Non ho prove.»

«Cosa?» Melissa aspettò.

«L'ho visto andare a puttane. L'ho seguito. Credo, anche se non posso esserne certo, che si sia preso della droga, magari da scene del crimine o dal magazzino delle prove...»

Mark fece un'altra pausa, come se si stesse chiedendo quante informazioni divulgare. «Pare che fornisca droga alle prostitute, alcune delle quali chiaramente minorenni.»

«Stai scherzando...» Melissa rimase senza fiato, incredula.

«Magari fosse uno scherzo... Il bello è che sa che lo sto tenendo d'occhio. Sospetto che stia cercando di screditarmi, prima che riesca a raccogliere abbastanza prove contro di lui, in modo che venga cacciato dalle forze di polizia e, si spera, sbattuto in galera.»

«Quindi è un predatore sessuale e uno spacciatore», ringhiò Melissa. «Che individuo disgustoso! Non capisco perché abbiano chiuso un occhio.»

L'ultima informazione procurò a Jade un improvviso accesso di nausea. Suo malgrado, provò di nuovo quella sensazione in fondo allo stomaco: il dolore, la repulsione, l'impotenza di essere alla mercé di un individuo del genere, che la toccava, la palpava e la penetrava sbavando.

Chiuse gli occhi, provando un senso di claustrofobia in

quel corridoio e cercando di allontanare i ricordi: l'odore insopportabile di quell'uomo, un miscuglio di birra e umori corporei, l'espressione dei suoi occhi mentre la scrutava smanioso in faccia, ulteriormente eccitato dalla paura di essere scoperto, dal terrore della ragazzina che aveva davanti. Il sapore in bocca. Non avrebbe mai dimenticato quel sapore acido e salato che le ostruiva la gola, procurandole il vomito.

Con la fronte imperlata di sudore e il cuore che batteva all'impazzata, non udì la sedia di Melissa arretrare sul pavimento. Però si accorse dell'improvviso silenzio. Percependo il contatto dei corpi, spalancò gli occhi. Non poteva permetterlo.

Era giunto il momento di annunciare la sua presenza. Fece qualche passo indietro e si mise a cantare. Era la ninnananna che le cantava sua madre quando era piccola, anche se in realtà non le importava proprio nulla che lei piangesse o meno. «*Hush, little baby, don't say a word, Mama's going to buy you a mockingbird. And if that...* Ops! Scusate», disse, fingendosi imbarazzata di vedere Melissa in braccio a Mark. Lo stava baciando! Probabilmente gli stava ficcando la lingua in gola, quella puttana.

Appena la vide, Melissa scattò in piedi. Mark, poverino, sembrava voler sprofondare nel pavimento. Jade si ricompose e gli sorrise. Non era colpa sua, ricordò a sé stessa. Stava solo cercando di essere un buon marito. Avrebbe continuato a farlo, finché non avesse capito chi era Melissa in realtà. Lui era semplicemente una brava persona. Lei lo aveva sempre saputo, anche prima di sentire le rivelazioni su quel Cummings. Jade non poteva forzare la mano. Doveva agire con prudenza, togliergli delicatamente le fette di salame dagli occhi. Alla fine, si sarebbe reso conto che dare tutto il suo amore a una donna debole che lo aveva scambiato per un pollo da spennare significava buttare via la propria vita.

Quanto a questo sergente Cummings, che stava cercando di rovinarlo, era ora di dargli una lezione. Avrebbe fatto in modo che Mark raccogliesse prove da usare contro di lui. Non poteva istigarlo a fornirle della droga, perché in tal caso Mark avrebbe scoperto che c'era sotto il suo zampino, ma era sicura di poterlo istigare a fare altre cose. Sì, sfruttare la sua patetica tendenza ad abusare delle donne per mandarlo in rovina era un'impresa assolutamente fattibile. Decise che era ora di fare la conoscenza di quel delizioso individuo.

«No, non devi scusarti, Jade», disse Melissa, quando la ragazza andò a riempire il bollitore. «Siamo noi che non dovremmo stare qui a sbaciucchiarci.»

"Sbaciucchiarci? Che termine stucchevole." Jade cercò di nascondere l'immensa irritazione con un sorriso melenso.

«Mi sa che abbiamo perso il controllo.» Melissa sorrise e sbadigliò. Poi si stiracchiò, mettendo un po' troppo in mostra le tette con quella maglietta scollata, per i gusti di Jade. Mark non poteva fare a meno di notarle, no?

«Perché non vai a farti un bel bagno caldo di sopra?» suggerì lui, distogliendo lo sguardo, mentre si alzava in piedi. «Ci penso io a riordinare la cucina.»

«Buona idea», intervenne Jade, forse con un po' troppo entusiasmo. «Sembri distrutta», aggiunse, immaginando che, considerata l'età della donna, non fosse un'osservazione molto gradita. «Do una mano a Mark e poi ti porto una cioccolata calda di sopra.»

«Oh, no, non ti disturbare, Jade», disse Melissa. «Sei gentilissima, ma per oggi hai già fatto fin troppo.»

«Non c'è problema», le garantì Jade, apprestandosi a sparecchiare. «Me ne faccio una anche per me. «Hai bisogno di riposare bene tutta la notte, vero, Mark?»

«Pare proprio di sì.» Vedendo la moglie tentare, senza riuscirci, di reprimere un altro sbadiglio, lui sorrise. A quel punto, Melissa ammise la sconfitta e si diresse alla porta insonnolita.

17.

Mark

Era veramente esausta. Mark vide la moglie dormire a pancia in giù, come al solito, il viso girato verso di lui. "Pronta a essere baciata." Si soffermò a guardare le sue labbra, i suoi bellissimi capelli ramati sparsi intorno alla testa in modo sensuale. Desiderava tanto fare l'amore adagio con lei; sì, era vero che gli aveva suggerito di fare tutto da solo, ma immaginò che svegliarla non sarebbe stato un preliminare molto piacevole.

Si spogliò senza fare rumore, ringraziò di nuovo Dio per averle mandato Jade, che era rimasta al piano di sotto per accertarsi che Hercules stesse bene. Aveva mantenuto la promessa di preparare una cioccolata calda per Melissa e gliel'aveva portata di sopra, controllando al contempo che Evie e Poppy dormissero. Quando lo aveva visto sonnecchiare sul divano, lo aveva praticamente spedito a letto. Era davvero un angelo mandato dal cielo, proprio nel momento in cui ne avevano più bisogno.

Sicuro che Jade si sarebbe premurata di spegnere le luci – lui aveva già controllato due volte che gli ingressi fossero chiusi a chiave – si infilò a letto accanto a Melissa.

Lei non si mosse. Prima di spegnere l'abat-jour, la osservò di nuovo attentamente. Non le fremevano neppure le ciglia. Quella notte non era proprio il caso di fare l'amore in modo lento e sensuale. Mel aveva ritirato il proprio interesse dal mondo. Pazienza, avrebbero potuto rifarsi il giorno dopo. Mark sollevò il piumone sopra le spalle della moglie e le diede un lieve bacio sulla guancia. A quel punto, lei si mosse, sistemandosi nella posizione abituale, ossia girata di schiena, con il sedere contro di lui. Mark sorrise, allungò un braccio e la strinse a sé.

Continuava a svegliarsi. I sogni erano infestati da vivide immagini della bambina scomparsa, raggomitolata in un luogo buio e freddo, cui se ne sovrapponevano altre appartenenti a un tempo e a un luogo diversi: un'altra bambina, anche lei rannicchiata, gli occhi bianchi e vuoti, che gridava di terrore in fondo a una stanza annerita dal fumo, irraggiungibile. Cercò disperatamente di svegliarsi. Il pianto straziante era sempre più forte. Troppo forte. Insopportabile.

Mark si girò nel letto e si alzò a sedere. Con l'incavo del collo bagnato di sudore, sbatté le palpebre nell'oscurità e si rese conto che i lamenti erano reali. Erano lì, in casa, non nella sua testa.

"Evie?"

Si alzò dal letto, controllò l'orologio e vide che non era neppure lontanamente l'ora della poppata. Senza sapere bene perché, andò nel panico e corse in corridoio. Giunto davanti alla stanza della neonata, udì la dolce ninnananna. «*Hush, little baby...*»

Jade. Mark sentì il ritmo cardiaco tornare più o meno alla normalità. Evidentemente, era arrivata prima di lui. Un angelo mandato dal cielo. Poco ma sicuro. Tirò un sospiro di sollievo; poi, ricordando di essere nudo come un verme, fece dietrofront e tornò in camera da letto, dove Mel continuava a dormire come un sasso. Era davvero incredibile: di solito, se solo Evie o Poppy facevano uno starnuto, si svegliava all'istante.

18.

Mark

Era scomparsa da due settimane. Erano passati quattordici giorni e quattordici fredde notti, e non avevano ancora la minima idea di dove fosse finita. Mark osservò attentamente la foto più recente di Daisy: era una bambina graziosa con le guance rosate, dai colori simili a quelli di Poppy. Non sembrava affatto infelice, spaventata o sola. Il suo sorriso non mostrava ombre inquietanti. Era una bambina normale e fiduciosa. Una bambina che, probabilmente, era stata privata per sempre della sua innocenza. Deglutì bile, cercando di allontanare le immagini evocate dai pensieri, e si passò le mani fra i capelli. Non sapeva perché, ma era certo che fosse viva. Le immagini che vedeva ogni notte in sogno, dapprima elusive e sfuggenti, erano diventate talmente nitide che gli sembrava quasi di poter allungare la mano e toccarla. La paura della bambina era tangibile: la percepiva chiaramente. Sentiva anche l'odore dell'ambiente circostante: muffa, umidità, pellame. Una casa di campagna, chissà dove: avrebbe potuto essere ovunque. Si stava immaginando tutto? Qualcuno avrebbe potuto chiamare il fenomeno «istinto di pancia». Mark, però, temeva fossero solo illusioni.

Stanco morto, si sedette pesantemente alla scrivania. Che cosa avevano scoperto? Gli esperti della Scientifica avevano trovato altre tracce di sangue, ma erano talmente piccole da non essere significative e forse provenienti dalla ferita al piede di cui avevano parlato i genitori. Benché non si potesse ancora escludere nulla, il padre e la madre sembravano essere estranei alla scomparsa della figlia.

Le ricerche continuavano sia in loco sia in tutto il paese, ma Mark cominciava a rimanere a corto di idee. Incapace di ignorare l'insistente sensazione che fosse ancora viva, si era preso la briga di far visita ad alcune case dei dintorni. Aveva intenzione di andare a dare un'occhiata alla Hawthorn Farm, a circa due chilometri da casa sua. La proprietaria, rimasta vedova di recente, non sarebbe stata contenta di un'altra intrusione, ma Mark doveva pur fare qualcosa. La donna era già abbastanza occupata a badare al figlio, che tutto sommato era un bravo ragazzo, ma non esattamente una cima. Una volta, nove anni addietro, era stato arrestato. Secondo il fascicolo, era stato accusato di atti osceni in luogo pubblico, ma poi la denuncia era stata ritirata, perché un tizio del luogo aveva trascinato la figlia quindicenne alla stazione di polizia. A quanto pareva, la giovane e il suo fidanzato avevano deciso di nascondere per scherzo i vestiti di «Dylan il mollaccione», mentre faceva il bagno nudo nel fiume. Allora sedicenne, non si era mai ripreso dallo shock: è proprio vero che a volte i ragazzini sanno essere crudeli. Ora viveva in uno dei piccoli cottage della fattoria e sembrava un essere innocuo, che a quanto pareva non aveva mai fatto nulla di male o di riprovevole. Eppure, Mark voleva tornare alla fattoria nella vana speranza che gli fosse sfuggito qualcosa.

Sospirò e controllò di nuovo il computer. Probabilmente, rileggere le testimonianze non l'avrebbe aiutato a scoprire nulla di nuovo, ma doveva assolutamente darsi da fare. Prese un altro fascicolo e vi diede una scorsa, sollevando al contempo il telefono che stava squillando.

«Ciao, Mark, sono io», disse Mel, sovrapponendo la propria voce alle grida di Evie, che lo fecero irrigidire immediatamente. Adesso la bambina si svegliava diverse volte a notte e sua moglie sembrava costantemente nervosa. Anche se da quando era arrivata Jade – Mark cercò di cacciare il pensiero che però gli balenò comunque in testa – Mel non si era più alzata dal letto. La ragazza, a quanto pareva, aveva le antenne sempre dritte. Nelle ultime settimane l'aveva incontrata alcune volte in corridoio (ora aveva incominciato a indossare i boxer a letto, per ogni evenienza).

«Ti sei ricordato di prenotare il tavolo per stasera?» gli domandò.

"Merda." «No, mi dispiace.» Mark strizzò gli occhi, rendendosi conto di essersene completamente dimenticato. Sarebbero dovuti uscire a cena con i Chandler per festeggiare il compleanno di Emily, ma gli era sfuggito di mente. Le notti insonni, insieme agli incubi sempre più frequenti, cominciavano a pesargli.

«Oh, cavolo, Mark... Pensavo l'avessi fatto qualche giorno fa.» Mel sembrava veramente disperata.

«Mel, lo faccio adesso», le promise.

«Lascia stare. Lo faccio *io*», ribatté lei irritata. «In ogni caso, dubito che sia rimasto un tavolo libero.»

«Mel, davvero, ci penso io», ripeté lui, preoccupato dall'evidente agitazione della moglie. Aveva provato a non dare troppo peso alla sua irritabilità, attribuendola allo stress, ma francamente era allarmato. Che si alzasse o meno la notte per badare a Evie, era sfinita. Si vedeva chiaramente. Non era mai stata il tipo da andare in agitazione per cose tipo un lavandino gocciolante; anzi, di solito prendeva la cassetta degli attrezzi e cambiava le guarnizioni da sola. Ora, invece, il gocciolio insistente in lavanderia la stava facendo impazzire. Mark l'aveva già messo nella lista delle cose da fare nel weekend. Non era niente di che, ma evidentemente era importante per Mel. Sembrava... molto nervosa. Non avrebbe potuto descriverla altrimenti. Ma non era da lei.

Stava per assicurarle di nuovo che avrebbe sentito il ristorante e l'avrebbe richiamata subito dopo, quando lei si mise a ringhiare al telefono: «Oh, santo cielo, adesso è saltato anche il quadro elettrico. Mark, o spendiamo un po' di soldi per questa casa o la vendiamo!». Poi buttò giù.

Per un attimo, lui rimase a fissare il cellulare scuotendo la testa incredulo. Quella casa l'aveva scelta Mel. Anche se sorgeva in mezzo alla campagna silenziosa, era abbastanza vicina ad altre abitazioni per non farli sentire isolati dal mondo. Se ne era innamorata a prima vista, soprattutto del garage in fondo al giardino, che sarebbe stato perfetto per ricavarci un atelier. «È una casa fantastica per una famiglia», aveva detto con i suoi begli occhi verdi che luccicavano. E aveva fatto in modo che anche lui se ne innamorasse. Mark aveva avuto qualche riserva. Nonostante le evidenti qualità – pavimenti e infissi di quercia, camini di pietra e numerose finestre che affacciavano sulla meravigliosa campagna dell'Herefordshire, rendendo gli ambienti estremamente ariosi – richiedeva importanti lavori di ristrutturazione. Anche se potevano contare sul piccolo fondo fiduciario lasciato dalla madre di Mel, avrebbero dovuto affrontare le spese quando e se avessero racimolato abbastanza soldi. Lo sapevano tutti e due. Finora non era stato un problema. Finora...

Mark represse una brutta sensazione, chiedendosi se il recente comportamento della moglie non potesse derivare da qualche problema pregresso a cui non aveva fatto caso. Dopo aver avuto Poppy, non aveva sofferto di depressione post partum. Possibile che ne risentisse adesso? Mark non ne aveva idea. Si chiese se fosse il caso di suggerirle di prendere un appuntamento con il dottore, ma non ne aveva nessuna voglia, ricordando quanto avesse faticato a liberarsi da medici e cure farmacologiche dopo la morte di Jacob. E tuttavia...

«Ehi, sei ancora fra noi?» gli disse Lisa, in piedi accanto alla sua scrivania.

«Ah, scusa.» Mark si riscosse dai suoi pensieri. «In realtà, ero a chilometri di distanza.»

«Me ne ero accorta. Caffè», disse lei, posando una tazza accanto al suo PC. «Sei conciato da buttar via», aggiunse bruscamente.

Mark si passò una mano sulla guancia non rasata e si raddrizzò sulla sedia. Probabilmente Lisa aveva ragione, e Edwards non l'avrebbe presa bene. «Grazie», le disse. Poi, bisognoso di una sferzata di caffeina, afferrò la tazza. «I tuoi complimenti sono un vero toccasana per il mio ego.»

«Un vero toccasana sarebbe dormire una notte intera.» Lisa inclinò la testa di lato, osservandolo pensierosa. «È Evie a disturbare il tuo sonno di bellezza? Anche se naturalmente non ne hai bisogno.»

«Naturalmente», confermò Mark, abbozzando un sorriso. «Ha perso il ritmo», le disse, felice di potersi confidare con lei. Non era la prima volta che succedeva e rendeva più agevole la collaborazione, soprattutto adesso che Cummings, dopo una malattia misteriosa, era tornato in pista. Quando Mark aveva saputo che si era messo in malattia, non era rimasto sorpreso. Forse sperava di evitare di affrontarlo direttamente. Ricordando come aveva trattato Tanya Stevens, si sentì ribollire il sangue nelle vene.

Lisa alzò gli occhi al cielo comprensiva. «Ah, i neonati...» Fece un sospiro profondo. «Se qualcuno mi avesse detto cosa mi aspettava, non avrei mai fatto sesso.»

«Meno male che l'hai fatto solo due volte, eh, Moyes? Che marito coraggioso...» commentò sgradevolmente Cummings, strizzandole l'occhio, mentre le passava accanto diretto alla macchinetta del caffè.

Lisa, anziché verbalizzare i propri pensieri, decise di alzare il medio. «Immagino che abbiate usato i soliti trucchi», disse a Mark. «Rumore bianco, temperatura, illuminazione, diverse tecniche per cullarla. E, se per caso i rimedi non funzionano, prendere profondi respiri...»

«Sì, tutto. Anzi, ci ha provato Jade.»

«Jade?»

«La babysitter.»

«Ah.» Lisa annuì, anche se sembrava perplessa. «Non sapevo che ce l'aveste.»

«L'abbiamo appena assunta», disse Mark. «Vive con noi, grazie a Dio. È bravissima con le bambine, ma...»

«Quindi le escursioni notturne non hanno dato i risultati sperati», disse Cummings sarcastico, filandosela nella direzione opposta.

«Vaffanculo, Cummings», ribatté Lisa al posto di Mark, captando l'agitazione dell'amico.

Mark si voltò indignato. Era veramente un pezzo di merda. «Ti spiace uscire un attimo...» Si rivolse di nuovo a Lisa accennando alla porta, nella speranza di ricevere qualche consiglio sulla moglie lontano dalle orecchie di quell'infame. Lisa le era stata amica nel momento del bisogno, ed essendo lei stessa madre di due bambini, comprendeva bene quel genere di problemi.

«Con piacere. Certi stronzi rendono l'aria davvero irrespirabile...» Guardò Cummings storcendo la bocca, poi si girò e raggiunse la porta.

«Insomma, cosa sta succedendo?» domandò a Mark, appena furono in corridoio.

Lui si mise a camminare. Ci mancava solo che Cummings venisse a sapere altro sulla sua vita. «Non ne sono sicuro», disse, passandosi una mano sul collo. «Forse non è nulla.»

«Il che spiega come mai tu sia arrivato di nuovo in ritardo, con la barba di due giorni.»

«È molto evidente, vero?» Mark avrebbe dovuto rimediare in qualche modo. «È per via di Mel», disse. «Cioè, forse lei non c'entra niente ed è colpa mia, ma lei è... come dire... sempre stanca, irritabile.»

«Be', per forza, se Evie ha perso il ritmo delle poppate. Si fa una fatica terribile ad alzarsi dieci volte a notte.»

«Sì, sì, lo so.» Mark sospirò massaggiandosi le tempie. «Solo che non si alza lei di notte. È questo il punto. Dorme come un sasso. Non sente neppure Evie. Ci pensa Jade. Di solito, arriva prima di me. Abbiamo il freezer pieno di latte, perciò non è un problema, ma...» Non essendo in grado di spiegare quale fosse il vero problema e chiedendosi se fosse realmente un problema, lasciò di nuovo la frase in sospeso.

Lisa lo scrutò in volto. «Sei preoccupato per lei.»

«Un po'», ammise lui risollevato. Gli sembrava di tradire sua moglie parlando di lei alle sue spalle, ma doveva capire se erano solo paranoie o no, e Lisa era la persona giusta a cui chiederlo. «Forse sto esagerando, ma visto che conosci i nostri trascorsi, volevo chiederti se per piacere potessi passare da noi con un pretesto qualsiasi. Per dirmi cosa ne pensi.»

«Vengo volentieri, non la vedo da un secolo. Sarà bello fare due chiacchiere. Stasera esco presto: Anna ha lezione di danza. Dopo averla accompagnata, passerò a farle visita. E già che ci sono, darò un'occhiata alla babysitter, per vedere se ha bisogno di un secondo lavoro in nero. Sembra fin troppo perfetta per essere vera.»

19.

Lisa

"Babysitter?!" Lisa strabuzzò gli occhi. Più che a una babysitter, la ragazza che venne ad aprire la porta assomigliava a un'attrice in attesa di fare un'audizione per *Baywatch*.

«Buongiorno.» Lisa abbozzò un sorriso e distolse lo sguardo dal petto della giovane, difficile da non notare sotto il tankini rosso che indossava, abbinato a un paio di striminziti short bianchi. Sì, bisognava ammetterlo, il sole di inizio estate aveva fatto qualche rara apparizione, ma la ragazza non era un po' troppo svestita per il lavoro che doveva svolgere?

«Buongiorno.» La ragazza non ricambiò il sorriso.

«Mel è in casa?» domandò Lisa, un po' in imbarazzo, lì in piedi sulla porta. Come una ragazzina di dieci anni che chiede dell'amichetta e viene scrutata da capo a piedi dalla madre.

«Sta riposando a letto.» Indicò vagamente dietro di sé e continuò a fissarla con curiosità. «Non sono sicura che stia dormendo.»

«Be', anche se salgo di sopra, non credo proprio che si faccia dei problemi», disse Lisa, accennando alla scala. «Siamo vecchie amiche. Sono Lisa, Mark è...»

«Un collega di lavoro», concluse la babysitter, che non dava segno di voler spostare il suo bel culetto per farla passare.

Lisa sorrise paziente e aspettò un attimo prima di chiederle: «E tu invece sei...».

«Oddio, mi scusi.» Alla fine, la giovane sorrise. «Jade. La babysitter di Mark. E anche di Mel, naturalmente. Ho dimenticato le buone maniere. Adesso vado a chiamarla.»

«Non ti preoccupare, salgo io», replicò Lisa, provando un

senso di disagio mentre entrava, anche se non sapeva bene il perché, a parte il fatto che, evidentemente, Mel doveva essersi bevuta il cervello per esporre il marito a una simile tentazione. Mark però non era quel genere d'uomo. Un tempo Lisa tendeva a pensare che i maschi fossero tutti uguali. Del resto, era stata sposata con un troglodita al cui confronto persino Cummings sembrava affascinante, e più di recente aveva frequentato un coglione che – come aveva scoperto in seguito – aveva un bisogno compulsivo di scoparsi qualsiasi bipede in gonnella, preferibilmente giovane. Mark era devoto a Mel. Non l'aveva mai visto guardare altre donne. Non era certo un santo, ma nel periodo più buio della sua vita si era capito molto bene quanto amasse la moglie.

«Tanto devo andare di sopra a recuperare la giacchetta di Evie.» Jade indicò la bambina nel passeggino, già pronta per uscire. «Stiamo andando al parco, intanto che Poppy è dalla sua amichetta. Aspetti pure qui, torno subito.»

Lisa la osservò salire in fretta le scale, sforzandosi di non giudicarla. A parte l'impasse iniziale sulla porta di casa, sembrava abbastanza gentile. E probabilmente aveva ragione a non lasciare entrare in casa chiunque dichiarasse di essere amica di Mel. Era solo un filino invidiosa, tutto qui.

Cercando di scrollarsi di dosso le preoccupazioni, Lisa si abbassò al livello di Evie. «Non possiamo mica essere tutti superbelli e intelligenti, vero, tesoro?» Sorrise, felice di vedere che la neonata aveva un'ottima cera. I risvegli notturni erano solo un problemino passeggero, niente di che.

«Allora, che cosa combini, monellina?» le domandò, curvando un dito per accarezzarle le rosee guanciotte. «Teniamo svegli la mamma e il papà? Eh? Vuoi che la zia Lisa venga a cantarti una ninnananna?» Appena Lisa agitò il sonaglio a forma di bruco, la neonata sfoderò un ampio sorriso sdentato.

«Sei proprio una bimba stupenda, vero, Evie?» disse Lisa, notando con sollievo che faceva gli usuali risolini e gorgoglii, agitando le manine.

La piccola era a posto. E avendo gli stessi tratti delicati e gli stessi occhi verdi luminosi della madre, sarebbe diventata una bellezza mozzafiato.

«Lisa?»

Sentendo la voce di Mel, si girò immediatamente, ma appena la vide, per poco non le svanì il sorriso dalle labbra. Altro che occhi luminosi: ora erano esausti e cadenti. Sembrava veramente a pezzi. Qualsiasi cosa stesse succedendo, doveva andare dal medico, e in fretta.

20.

Melissa

«Sono secoli che non ci vediamo», disse Mel, sorridendo felice, anche se si sentiva da schifo. Quando Jade l'aveva avvisata dell'arrivo di Lisa, dicendo scherzosamente che era quella che mandava tanti messaggini al marito, Melissa era appena uscita dalla doccia. Aveva cercato, senza riuscirci, di scrollarsi di dosso il torpore, poi aveva rovistato nell'armadio nella speranza di trovare qualcosa di vagamente sexy da indossare quella sera. Ma, vedendo Jade in forma smagliante, si era arresa e si era infilata i soliti leggings con una vecchia T-shirt. E adesso si ritrovava davanti Lisa, perfetta anche con un semplice paio di jeans addosso. I capelli corti e gli enormi occhi azzurri le davano un'aria da piccola elfa... molto attraente, per giunta.

Sospirò fra sé e sé, scostandosi i capelli umidi dal viso. Doveva davvero fare qualcosa per rimettersi in sesto. Prendere delle vitamine, barrette energetiche o simili. Andare in palestra o a correre con Mark. Pensando al marito, le venne un tuffo al cuore. Sarebbe rimasta molto sorpresa se avesse ancora desiderato fare qualcosa con lei. L'aveva trattato malissimo al telefono. Non sapeva proprio cosa le stesse succedendo. Avrebbe voluto dormire ventiquattro ore su ventiquattro. Non facevano l'amore da quel giorno orribile in cui Hercules si era fatta male, e da allora Mark non aveva più detto una sola parola. Probabilmente, non osava, visto che lei aveva sempre i nervi a fior di pelle. Quando non stava dormendo, sbadigliando o brontolando, era in laboratorio a lavorare. O almeno ci provava. Da quando era saltato il quadro elettrico, il forno aveva smesso di funzionare. Le era venuta voglia di urlare. Fra la scultura da rimodellare daccapo – visto che non aveva ancora fatto il calco – e gli altri lavori già commissionati che non aveva neppure cominciato, non le rimaneva quasi tempo per stare con le bambine. Sembrava strano che in famiglia ci fosse ancora qualcuno che desiderasse avere a che fare con lei. Forse era il caso di andare dal dottore, rifletté Mel. L'idea non le piaceva affatto. Era da tempo che si teneva alla larga da medici e farmaci, evitando persino gli antidolorifici durante il ciclo.

«È colpa mia.» Lisa percorse il corridoio per andare ad abbracciarla. «Sono stata presa dal lavoro e dai bambini, che assorbono tutta la mia energia. In ogni caso, dopo aver portato Anna a danza, stavo passando di qui e ho pensato di cogliere al volo l'occasione. Come stai?» Scrutò l'amica dalla testa ai piedi, increspando la fronte.

«Sembri un po'...»

«Sono un disastro, lo so.» Mel sorrise, cercando di non prendersela. Lisa era molto schietta.

«Esausta», concluse Lisa con diplomazia, osservandola preoccupata. «Stai bene, cara?»

«Sì, bene», mentì Mel, agitando la mano per liquidare il discorso. «È un virus, credo. Non riesco a scrollarmelo di dosso. Sono completamente senza forze.»

«A differenza di qualcun altro...» osservò Lisa, vedendo Jade scendere di corsa le scale sorridendo.»

«Trovata!» Agitò la giacchetta e si avvicinò al passeggino. «Su, angioletto», disse, spingendo Evie verso la porta. «Andiamo a prendere una boccata di aria fresca, così lasciamo chiacchierare Mel con la sua amica, eh?»

«Ti chiama "Mel" e non "mamma" con la bambina?» domandò Lisa, lanciandole un'occhiata obliqua, mentre Jade sollevava il passeggino per uscire di casa.

«L'avrà detto per sbaglio.» Mel sorrise a Lisa e corse alla porta. «Aspetta un attimo», disse, chinandosi per dare un bacio sulle piccole labbra perfette di Evie. La bimba si agitò e alzò la testa verso Jade. Melissa cercò di non risentirsi: ultimamente, tendeva a ingigantire le cose, ossessionando sé stessa e tutti gli altri. Si raddrizzò per far passare Jade.

«Hai preso l'acqua?» le gridò dietro. «Sì, anche un pannolino di scorta e il parasole. Andrà tutto bene. Ti preoccupi troppo, Mel.»

Negli ultimi tempi, più del solito, a meno che non fosse troppo stanca per pensare. Era esasperata da sé stessa. In fin dei conti, cosa le mancava? Aveva una babysitter perfetta, una casa bellissima, benché bisognosa di continue riparazioni, un bravo marito che amava alla follia, due bambine meravigliose. Avrebbe dovuto essere felice. Perché invece si sentiva così... giù?

«È molto carina, vero?» commentò Lisa, osservando la babysitter percorrere agilmente il vialetto. «E magra. Al confronto, mi sembra di essere una specie di giovenca.»

Mel rise. «Be', allora io cosa dovrei essere? Una balena?»

Appena rientrarono in casa, Lisa la guardò di nuovo da cima a fondo. «Non credo proprio», replicò. «Sei dimagrita.»

«Davvero?» Mel abbassò lo sguardo per osservarsi. "Un piccolo barlume di luce nel buio profondo", pensò, poi ebbe un altro tuffo al cuore. Che senso aveva fare certi pensieri? Sentirsi in quella maniera? «Immagino sia lei la nuova babysitter», continuò Lisa, mentre si dirigevano in cucina per farsi un caffè e scambiare quattro chiacchiere. «Vive qui, vero?»

"Informazione fornita da Mark", immaginò Mel. «Esatto. Aveva comprato il Monk's Cottage in fondo alla strada, poi si è incendiato e si è trasferita da noi. La casa è completamente bruciata. Devi averla notata passando.»

Forse le sarebbe servito un bel po' di tempo per farsi bella, pensò Mel, guardando l'orologio appeso alla parete; poi, mentre Lisa si sistemava su uno sgabello dell'isola, andò a prendere il bollitore.

«Sì, l'ho notata», rispose Lisa. «Insomma, te la sei ritrovata sulla porta di casa.»

«Sì.» Mel versò il caffè nelle tazze, ma mancò leggermente la mira, imprecando fra sé e sé. «In realtà, ci conoscevamo appena, ma siccome era rimasta in mezzo alla strada...»

«Vi siete messe a parlare?»

«Ovvio.» Mel prese le tazze e le portò sul tavolo, questa volta senza rovesciare nulla, grazie a Dio. «È stato orribile. Ha perso tutto quello che aveva. L'ho invitata a dormire da noi per una notte e siccome stavamo pensando di cercare una babysitter... Be', si può dire che è cascata proprio a fagiolo. Mi scoccia ammetterlo, ma è arrivata al momento giusto. Anzi, con un tempismo perfetto, oserei dire. È un dono del cielo.»

«Così dice anche Mark.» Lisa aveva un tono scettico. «Ed è qualificata, immagino.»

«Certo. Ha fatto un corso di puericultura. Altrimenti, non l'avrei mai assunta.» In realtà, le venne in mente che si era dimenticata di chiederle le referenze, ma cercò di non sentirsi troppo in colpa. La ragazza si era dimostrata più che all'altezza del ruolo.

«Okay.» Lisa annuì. «Ma non ti dispiace avere un'altra donna in casa?»

Mel la guardò divertita. «Intendi una bella ragazza?»

«Mah, era solo un pensiero.» Lisa scrollò le spalle.

«Non tutti gli uomini sono come Paul», ribatté Mel gentilmente. Sapeva che l'ultimo fidanzato di Lisa l'aveva lasciata per una modella più giovane di lei.

Mentre prelevava un biscotto dalla scatola, Lisa le lanciò un'occhiata scettica, come a dire: «Sì, figurarsi».

L'allusione non andò molto a genio a Mel. Inspirò, cercando di non reagire in modo esagerato. Negli ultimi tempi le era capitato spesso di immaginare cose inesistenti. Aveva persino pensato che Jade avesse fatto abbattere il gatto che diceva di amare così tanto. Ci aveva messo un secolo a domandarglielo. Jade era inorridita e aveva spiegato di averlo affidato a un'amica. Mel si era sentita malissimo.

«Allora», disse, abbozzando un sorriso, «di cos'altro avete parlato tu e Mark, oltre che degli attributi della babysitter?»

Lisa la guardò negli occhi. «Non è che abbiamo parlato così tanto. Abbiamo scambiato due parole», ribatté lei, rimanendo sul vago.

«Tipo?» domandò Mel, scrutandola attentamente sopra il bordo della tazza.

Lisa posò il caffè e la guardò negli occhi. «È preoccupato

per te, Mel», disse, osservandola con una strana espressione in faccia.

«Ah.» A quel punto, Melissa provò un forte disagio allo stomaco. «Bene», disse, valutando la situazione. «Quindi voi due parlate di me...»

Lisa distolse lo sguardo imbarazzata. «Be', sì, ogni tanto capita di parlare di te, naturalmente. Ma stavolta si è confidato solo perché è preoccupato. Lui...»

«Ti ha parlato della nostra vita intima?» Mel aveva la bocca asciutta e le guance in fiamme. «È di questo che discutete fra voi?»

«No!» ribatté Lisa seccamente. «Mark non lo farebbe mai. Lo sai benissimo. È solo preoccupato per te...»

«Vi scambiate un mucchio di messaggini, no?» la interruppe Mel con rabbia. Le parve che Lisa sapesse un po' troppe cose su quello che Mark faceva o non faceva. Lei, invece, evidentemente no. Non avrebbe mai immaginato che suo marito parlasse della loro vita privata con cani e porci.

Lisa allargò le mani incredula. «Solo per questioni lavorative. Mel, Cristo santo, non penserai davvero che io...»

«Anzi, sei tu a mandargli messaggini.»

«Per piacere, Mel!» Lisa alzò gli occhi al cielo. «Sai benissimo che sono SMS di lavoro.»

Lei, però, non poteva saperlo. Si fidava ciecamente di Mark. Perlomeno, si era fidata finora. In passato aveva sospettato che ci fosse stato qualcosa fra lui e Lisa. Di sicuro, erano usciti insieme. Ricordò la prima volta che l'aveva incontrato, quando aveva denunciato il suo ex. «Grazie per ieri sera», gli aveva detto Lisa, cingendogli la vita con un braccio. «Grazie per ieri sera!» Mel l'aveva sentita chiaramente. Aveva immaginato che ci fosse qualcosa fra loro. Si era sbagliata, o almeno così le avevano fatto credere. L'aveva chiesto a Mark, cercando di assumere un tono indifferente. Lisa aveva bisogno di una spalla su cui piangere, le aveva spiegato. Era ancora sposata con l'ex marito violento e stava avendo dei problemi. "Sì, e chissà cos'altro le aveva dato per consolarla", pensò furibonda. Le avevano chiaramente mentito. Del resto, non rinunciava mai al suo ruolo di eroe e salvatore, no?

Socchiuse gli occhi. «Te l'ha chiesto lui di venire qui?»

Lisa non rispose. Evidentemente, non sapeva cosa dire. Quindi i sospetti di Mel erano fondati.

«Sì o no?» ripeté, con la voce incrinata.

«No», replicò Lisa sospirando a lungo. «Come dicevo, stavo passando di qui. Anch'io sono preoccupata per te, perché sei mia amica. Volevo vederti di persona...» Lisa si interruppe, sentendo arrivare un SMS al momento sbagliato.

O al momento giusto, pensò Mel, terribilmente umiliata. Il fatto che Mark avesse discusso con Lisa dei loro problemi privati, anche se si supponeva che fosse un'amica, era incomprensibile. Con chi altro ne aveva parlato? Con tutta la stazione di polizia? «Non guardi chi ha mandato il messaggio?» le domandò, osservandola attentamente. «Potrebbe riguardare i tuoi figli.»

Consapevole di non avere altra scelta, Lisa prelevò il telefono suo malgrado.

«È di Mark?» domandò Mel, con un nodo allo stomaco. Ne era sicura.

Lisa lesse il messaggio. Restò in silenzio. E non la guardò neppure in faccia.

Mel cercò di non perdere il controllo. «Be', allora?»

Lisa sospirò, chiuse gli occhi e annuì.

"Colta con le mani nel sacco." Livida di rabbia, Mel rimase zitta, tendendo freddamente la mano.

Lisa esitò un attimo. «Non ci sono mai state discussioni *intime* fra noi», disse, passandole il telefono con riluttanza. «Mark era solo preoccupato per te, punto e basta.»

Ignorandola, Mel prese un respiro e lesse quel cazzo di messaggio che non avrebbe mai voluto scoprire né interpretare, e si sentì crollare il mondo addosso.

Faccio un salto a Hawthorn Farm. Spero sia andato tutto bene con Mel. Grazie per avermi ascoltato. Domani vorrei fare quattro chiacchiere con te, preferibilmente in privato. Ti prometto che sarò perfettamente pulito e sbarbato, bello come il sole.

21.

Mark

Mark si sporse verso il sergente Cummings e batté forte i pugni sulla scrivania del subalterno, in attesa che accampasse qualche scusa penosa per aver maltrattato una donna.

«È un'informatrice.» Cummings incredibilmente si mise a ridere, anche se Mark colse una punta di nervosismo nei suoi occhi. Erano soli, senza testimoni: stavolta, se avesse perso le staffe, avrebbe potuto dargli la lezione che desiderava dargli da tempo.

«E per questo l'hai scaraventata fuori da un'auto? Perché esattamente?» domandò a denti stretti, continuando a fissarlo negli occhi.

«Che cazzo è, un interrogatorio?» Cummings arretrò con la sedia, alzando gli occhi al cielo. «Mi stava strizzando le palle, va bene?» Guardò Mark con aria umiliata. «Cosa avrebbe fatto lei, ispettore Cain?»

"Se fossi stato nei panni di Tanya? Non credo proprio che desideri saperlo, Cummings." «Come mai?» gli domandò bruscamente. «Come mai ti stava strizzando le palle?»

L'uomo allargò le mani. «Che cazzo ne so io? Si vede che la coca le ha dato alla testa.»

"Eh, sì, certo." Mark non se la bevve. Si alzò in piedi, ficcandosi le mani in tasca, senza però staccare gli occhi dal sergente. «La coca che le hai fornito tu.» Era un'affermazione, non una domanda.

«Ah, no, assolutamente no!» Cummings balzò in piedi furente. «Io pago le ragazze in contanti.»

Mark non poté trattenersi dal lanciargli un'occhiata sprezzante. «Comprese quelle che ti scopi?»

«A volte.» Scrollò le spalle, guardando Mark in faccia. «Non tutti hanno la comodità di avere una moglie a casa, no? *Signore.*»

Mark risucchiò aria fra i denti. "Tieni le mani a posto", intimò a sé stesso, mandando giù bile.

«Presumo che disponga di prove contro di me», continuò Cummings, in tono di sfida.

Mark distolse lo sguardo disgustato.

«Lo sapevo che non ne aveva», sogghignò il sergente, tornando a fissare lo schermo del computer.

Mark contò silenziosamente fino a dieci. Aveva una voglia pazza di afferrarlo per il collo e sollevarlo dalla sedia, infischiandosene delle conseguenze. «E le foto?» domandò, trattenendosi a fatica dal sottrargli il telefonino dalla tasca.

Cummings alzò lo sguardo dallo schermo con indifferenza. «Quali foto?»

Mark serrò la mascella. «Quelle che ti ho visto scattare, Cummings. In futuro, se hai intenzione di fotografare qualcuno di nascosto, ti conviene togliere il flash.»

L'altro aggrottò la fronte con aria perplessa, poi annuì come se avesse improvvisamente compreso il problema. «Era l'accendino. Mi stavo accendendo una sigaretta.» Sfoderò un sorriso indifferente. «Probabilmente, potrebbe denunciarmi anche per quello, visto che ero in un'auto della polizia... dipende dal suo livello di disperazione.» Fissò Mark da capo a piedi con disprezzo, poi, sapendosi al sicuro da qualsiasi accusa, abbassò lentamente lo sguardo.

"Non ho ancora prove, Cummings, ma stai pur certo che me le procurerò. Molto presto."

Con un nodo allo stomaco, si girò e uscì dall'ufficio sbattendo la porta. Intendeva ancora andare a Hawthorn Farm. Poi doveva tornare a casa di corsa, farsi la doccia e uscire con Mel. Lisa aveva ragione, lì dentro c'era un'aria irrespirabile.

22.

Jade

«Ha fatto una cosa veramente orribile, non ci posso ancora credere», disse Dylan, guardando Evie, che dormiva soddisfatta dopo la poppata. Jade sospirò fra sé e sé, chiedendosi se avesse senso affidarsi a quell'idiota. Era veramente ritardato. Non l'aveva neppure riconosciuta, e dire che erano stati compagni di classe. Bisognava ammettere che dopo l'intervento al viso e con le lenti a contatto azzurre, era cambiata parecchio. Per non parlare dei capelli. Prima erano di un castano insignificante, mentre ora se li era tinti di una tonalità di biondo da far girare la testa. Comunque si vedeva che lui era rincoglionito, aveva sempre un'espressione idiota stampata in faccia. D'altra parte, ricordò Jade a sé stessa, era facile da manipolare. Ecco perché doveva stimolare il suo ego da molaccione, insieme ad altre parti della sua anatomia. Quando fosse arrivato il momento di perdere di vista la piccola Evie per un attimo – anzi, quando Melissa, con il cervello annebbiato che si ritrovava, avesse perso di vista sua figlia – Dylan sarebbe stato capace di tenere la bocca chiusa. Gliel'aveva già dimostrato.

«Ero giovane.» Jade raccolse la borsa della bambina, attraversò il fienile e lo raggiunse sospirando mestamente. «In realtà, mi ha aiutato.»

«Cosa?» Dylan si girò verso di lei, aggrottando la spessa fronte contrariato. «Mettendoti incinta?»

«Mi dava dei soldi, Dylan. Sennò non avrei neppure avuto un tetto sulla testa», gli ricordò. Naturalmente, quando si era presentata da lui in lacrime, anche Dylan le aveva offerto ospitalità. Grazie a Dio, si era reso conto che il suo cottage, minuscolo e spartano com'era, non era adatto ad alloggiare tutti quanti e che Jade non se ne sarebbe potuta andare via senza portare con sé la figlia. E poi, quando avesse deciso di fuggire, avrebbe dovuto avere la certezza che il padre naturale non cercasse di riprendersi la bambina.

«Eh, già, si sta ancora approf...» Dylan corrugò ulteriormente la fronte nel tentativo di trovare la parola giusta.

«Approfittando», lo aiutò cortesemente Jade.

«Sì, ecco.» Dylan annuì compito, gonfiando il grosso petto a barilotto. «È sbagliato, vero? Fa pure il poliziotto. Dovrebbe dare l'esempio a tutti gli altri. Mia mamma dice sempre che le persone che hanno una posizione di autorità dovrebbero essere...»

Dylan lasciò la frase in sospeso, non sapendo bene come avrebbero dovuto essere i poliziotti.

«Irreprensibili.» Jade alzò gli occhi al cielo di nascosto e gli diede corda. «Sì, tua mamma ha ragione. Ma io non avevo nessuno, capisci? Non avevo né madre né padre. Avevo solo lui. Non le hai detto niente delle bambine, vero, Dylan?» aggiunse in fretta. «A tua madre?»

Lui scosse la testa deciso. «No, parola di boy-scout.»

Quando lo vide sollevare le dita nel segno della promessa, Jade fece una smorfia.

«E a nessun altro, vero?» insistette lei, osservandolo attentamente. Quando Dylan era a disagio o imbarazzato, diventava rosso come un pomodoro. Non era difficile capire se aveva mentito.

«Non ho detto una parola», le assicurò, scuotendo di nuovo esageratamente la testa.

«Bene.» Jade gli diede un buffetto sulla guancia e gli sfiorò l'inguine con l'altra, facendogli risucchiare aria fra i denti. «Nessuno ci deve allontanare l'uno dall'altra, dico bene? E se scoprissero che ho partorito le bambine prima di avere l'età giusta, ci separerebbero di sicuro.»

«Non ho detto niente a nessuno, te lo giuro.» La voce di Dylan si alzò di un'ottava, quando lei gli afferrò delicatamente i testicoli, procurandogli un'erezione istantanea.

«Sei una roccia, Dylan.» Gli avvicinò le labbra all'orecchio, ansimando forte. «Sono tanto fortunata ad avere un fidanzato come te.»

Dylan annuì. «Mi piace essere il tuo fidanzato», disse lui. Poi avvampò, segnalando il proprio imbarazzo. La guardò, abbassando subito gli occhi. «Però non dovresti vivere da lui. Perché sei la mia fidanzata.»

Jade smise di somministrargli le proprie cure e gli sollevò il mento per fissarlo amorevolmente negli occhi. Dylan era un uomo malleabile, ma ora che aveva scoperto a cosa poteva servire il suo pene, oltre che a pisciare, cominciava a dare segni di possessività. Bisognava assolutamente evitare che il suo ego maschile lo inducesse a fare qualcosa di imprevedibile. «Solo finché non avrò ricostruito la casa. E poi così ho la possibilità di vedere le mie figlie.»

Dylan si strofinò il naso con la mano. Era comunque contrariato.

"Accidenti." Jade sperava di non doversi prendere la briga di fargli un pompino per distrarlo. Non ci avrebbe impiegato molto, ma doveva davvero tornare a casa. «E poi potrai venire a vivere da me, no?» Lo tenne a bada allettandolo con un premio futuro. La prospettiva di dormire tutte le notti con lei l'avrebbe mantenuto in carreggiata.

«E le bambine?» domandò Dylan, guardandola incerto.

«Anche le bambine», lo rassicurò lei, sorridendo dolcemente. «E tua mamma potrà venirci a trovare tutte le volte che vorrà. Anzi, potrà addirittura trasferirsi da noi.»

Dylan si illuminò in volto. «Potrebbe cucinare la cena.»

«Saremo una grande famiglia felice», disse Jade, anche se a quel punto dovette sforzarsi un pochino per riuscire a sorridere.

Dylan annuì contento, poi si accigliò di nuovo. «Ma quell'altra?» domandò. «Non credo che le faccia bene, stare lontana da te...»

«Oh, lei è a posto.» Jade agitò una mano irritata. Per come sparava ai topi e tirava il collo alle galline senza fare una piega, non si era aspettata che si affezionasse alla bambina. «Sta molto meglio con te che con me.»

Dylan non sembrava convinto.
«Lo sai che *lui* non la vuole, Dylan.» Jade sbatté le palpebre con impazienza. «È meglio che rimanga dov'è per un po'. Però stai attento a non far scoprire niente a tua madre... Shhh.» Jade sentì arrivare un'auto e tese l'orecchio.
Era perplessa, visto che quell'imbecille di Dylan e quella depressa di sua madre non ricevevano quasi mai visite. Si portò un dito alle labbra e camminò in punta di piedi per sbirciare da una fessura del portone del fienile, e poi... Oh, merda!

23.

Mark

Appena scese dall'auto, Mark decise di dare un'occhiata in giro, prima di bussare alla porta della fattoria. Se era sfuggito qualcosa agli agenti, non aveva molte probabilità di scoprirlo facilmente, eppure non riusciva a scrollarsi di dosso la sensazione che Daisy fosse ancora viva e tenuta rinchiusa in un posto vicino a casa sua. Continuava a tormentare i suoi sogni. La notte, però, era visitato anche dalle urla di quella bambina morta in modo terrificante, raggomitolata nella culla con un pupazzo guercio stretto al petto. Prima che le grida insopportabili lo facessero svegliare di soprassalto, sentiva quell'odore: un fumo denso, soffocante, che bruciava i polmoni.

Nei sogni con Daisy c'era sempre odore di campagna. Mark non aveva idea del perché continuasse ad avere simili incubi, che lo privavano del poco sonno che gli era concesso fra un risveglio di Evie e l'altro. Immaginava che dipendesse dal fatto che lui stesso aveva due bambine. Viveva nel terrore che anche a loro potesse succedere qualcosa di orribile, impossibile da comprendere, e di non poterle salvare, pur disponendo delle sue risorse di poliziotto.

Mark si riscosse dai propri pensieri per guardarsi intorno. Quella che un tempo era stata una fiorente azienda agricola specializzata in prodotti caseari era ormai un luogo desolato. La stalla e le scuderie erano tristemente prive di inquilini. Decise di cominciare dal più piccolo dei due fienili, spaventando dei polli striminziti, che uscirono starnazzando dal pollaio. Una volta entrato, si chiese perché fosse andato lì. Al pari del resto della fattoria, era pieno di polvere e in stato di totale abbandono. Il tetto era rinforzato da vecchie travi di legno; da quelle trasversali pendevano funi e catene. Per il resto, non c'era un granché e nessun nascondiglio.

Eppure, quell'odore umido, terroso e pungente di muffa e morbido fieno gli era familiare. Mark sospirò per la delusione. Avrebbe dovuto basarsi su fatti, non su strani voli di fantasia. Stava solo rievocando memorie d'infanzia. Uno in particolare, quando era stato selezionato fra i bambini più indigenti della scuola per partecipare a una vacanza a dorso di pony. Poi aveva capito che neppure lì era al sicuro. L'aveva sentito arrivare, prima ancora di vederlo; suo padre era inferocito e stava sbraitando in modo incoerente nel piccolo ufficio vicino alle scuderie. Chissà come, era riuscito ad arrivare fin là. Era andato a prenderlo. Mark, però, non aveva nessuna intenzione di tornare a casa con lui. Benché fosse ancora piccolo, sapeva che il genitore non sarebbe riuscito ad acciuffarlo. Stavolta no. Si era imboscato; in realtà, trascorreva metà della propria vita nascosto. Dopo aver deciso che il sottotetto del fienile era un rifugio troppo ovvio, si era messo a correre verso le scuderie, accucciandosi nell'angolo di un box. C'era un orribile tanfo di pelle, fieno e cacca di cavallo. Suo padre gli faceva più paura degli zoccoli dell'animale, che pure erano abbastanza minacciosi per un bambino di dieci anni. E poi si era sentito solo. Dopo quell'episodio, i compagni di scuola avevano cominciato a prenderlo in giro ancora più del solito. "Lascia perdere", si disse. Erano solo ricordi morti e sepolti.

Deciso a consegnare i fatti alla storia e a smettere di inseguire ombre, Mark girò i tacchi e attraversò di nuovo il cortile, oppresso dal senso di isolamento che quel luogo evocava.

24.

Jade

«Non muoverti», bisbigliò Jade, con il cuore che batteva all'impazzata. Mentre osservava Mark attraversare la fattoria, provò paura, ma anche un'innegabile eccitazione sessuale. «Non mi può trovare.» Con occhi imploranti, guardò Dylan, decisamente imbronciato; si portò un dito alla bocca e lanciò un'occhiata a Evie.

"Accidenti!" Perché cavolo era venuta a cercare Dylan quando non l'aveva trovato al cottage? Era già in ritardo. Avrebbe dovuto andarsene direttamente.

"Per favore, Angel, continua a dormire." Vedendo la bambina agitarsi nel sonno e sbattere le palpebre, come se fosse sul punto di svegliarsi, Jade si mise a pregare. Non poteva trovarla lì. Non poteva assolutamente. Sentì montare il panico nel petto. Avrebbe potuto mentire a denti stretti, ma non c'erano scuse per aver esposto la bambina a simili pericoli. Lui non l'avrebbe mai perdonata. Jade non poteva rischiare. E sarebbe potuta andare ancora peggio. Quel mollaccione di Dylan avrebbe potuto piantarla in asso, anche se gli aveva ripetuto ogni cosa una marea di volte. E poi chissà cosa sarebbe potuto succedere? Mark era un detective. Avrebbe potuto portare Dylan alla stazione di polizia e interrogarlo. Quanto avrebbe resistito prima di vuotare il sacco e dirgli dov'era la bambina?

Quando vide l'ingresso del casolare principale della fattoria che si apriva, Jade chiuse gli occhi risollevata e deglutì. Mark si girò verso la porta, poi si fermò per prelevare il telefonino dalla tasca.

Appena parlò, Evie si agitò nel sonno. Naturalmente, aveva sentito il timbro intenso e profondo della voce del padre. Jade si affrettò a sollevarla dal passeggino. «*Hush, little baby, don't say a word...*» recitò sottovoce, cullandola dolcemente. Poi, prese il succhiotto dalla scatolina attaccata al passeggino e glielo mise in bocca; si girò di nuovo verso il portone del fienile, trattenendo quasi il fiato per sentire quel che diceva.

«No, dai, stai scherzando, vero?» Jade udì il tono scioccato della voce di Mark. «Ma cosa diavolo le è saltato in mente?»

Jade attese, mentre Mark ascoltava la persona all'altro capo della linea, chiunque fosse.

«Gliel'hai detto, no?, che sono solo messaggi di lavoro?» continuò Mark, passandosi nervosamente una mano fra i capelli.

Jade provò un brivido di eccitazione. Evidentemente, Melissa aveva colto le sue velate allusioni sui messaggini di Lisa. Ed era ora. Jade si era chiesta se non fosse giunto il momento di dare una bella lezione a quella donna.

«Sì, va bene, a parte quello che ho mandato mentre eri lì con lei.» Mark sospirò avvilito e alzò gli occhi al cielo. «Okay, grazie, Lisa. No, non è colpa tua. Sarà meglio che torni a casa.»

Jade vide Mark terminare la chiamata, fissare il cellulare per un attimo, come se si stesse chiedendo se fosse il caso di fare un'altra telefonata prima di andare dalla madre di Dylan, che lo stava aspettando in piedi sulla porta della fattoria. Poverino. Sentiva quasi il suo dolore. Le dispiaceva vederlo soffrire così tanto. Era una crudeltà. Ma per poter essere gentile con lui, avrebbe dovuto essere crudele. Non aveva alternative. Erano due anime gemelle. Avrebbe cancellato ogni suo dolore con dolci e teneri baci, accolto il suo seme e partorito i suoi figli con gioia. Alla fine, lui l'avrebbe ringraziata per avergli aperto gli occhi.

25.

Melissa

«Allora, che ne pensi?» domandò Mel a Poppy, girandosi verso di lei, dopo aver salutato con la mano il papà della sua amichetta, che l'aveva gentilmente accompagnata a casa. Di sicuro, lui aveva apprezzato il nuovo look. Era fuori dal «mercato» da un po' di tempo, ma sapeva ancora cogliere i segnali. Poppy, però...

Alzò lo sguardo dalla bambola Baby Annabell che stringeva al petto e fissò la madre con espressione incerta. «Sembri Jade», bisbigliò, con gli enormi occhi color cioccolato pieni di ammirazione.

«Ah, sì?» Mel si infilò le dita fra i nuovi riccioli biondi regalati da una tinta acquistata in fretta e furia al supermercato. «Be', lo prendo come un complimento.»

Sorrise e tese la mano, aspettando che Poppy gliel'afferrasse. La bambina esitò per un attimo; del resto, pensò Mel, era naturale, visto che all'improvviso si era ritrovata una nuova mamma sulla porta di casa. In realtà, l'intenzione non era quella di assomigliare a Jade. Semmai, le interessava il look di Lisa, dando per scontato che Mark preferisse le bionde. Per un soffio aveva resistito alla tentazione di tagliarsi i capelli corti, anche se aveva una gran voglia di farlo, oltre che di tagliuzzare le camicie del marito.

Fantasticò su quell'ultima idea. Ma no. Decise che sarebbe stata superiore. Non avrebbe neppure affrontato l'argomento con lui. Sarebbe stata la quintessenza della calma. Non aveva nessuna intenzione di mettersi a frignare in un angolo. E tuttavia aveva pianto, per il dolore e la terribile umiliazione. Era troppo stanca per opporre resistenza. Poi, intravedendo il proprio volto patetico e sfinito allo specchio, aveva pensato: "Che si fottano tutti e due", Mark e la sua sedicente amica Lisa. Non avrebbe fatto scenate, non si sarebbe messa a inveire e a recriminare davanti alle bambine, voleva solo tornare a essere com'era fino a poche settimane prima. Voleva sentirsi bene, padrona della situazione. Per questo doveva combattere. Aveva fatto scorta di vitamine, gettandole alla rinfusa nel cestino della spesa. A partire dal giorno dopo, avrebbe messo la sveglia per alzarsi presto alla mattina. Avrebbe mangiato in modo sano e fatto esercizio fisico; inoltre, si sarebbe rimessa a lavorare sul serio. Non si sarebbe lasciata fagocitare di nuovo dai farmaci. Assolutamente no. Poi, per riemergere dal precipizio, avrebbe dovuto lottare con le unghie e con i denti. Questo desiderava Mark? Avere una moglie talmente comatosa da permettergli di farsi i cavoli suoi, di farsi tutte le donne che voleva? Ma no... Mandò giù il groppo che aveva in gola. In realtà, suo marito non era così. Non il Mark che conosceva lei. Era sempre stato affidabile, disponibile, l'unico punto fermo della sua vita quando tutto il resto sembrava sfuggirle dalle mani. Era stato la sua roccia.

D'altra parte, anche lui era umano, no? Forse era stanco, emotivamente sfinito. Forse aveva bisogno di un po' di sostegno e lei non se ne era accorta. Non si sarebbe lasciata andare, si ripropose risoluta, non l'avrebbe accusato di nulla né aggredito. Avrebbe aspettato, osservato, valutato la situazione. Perché se i suoi peggiori timori erano fondati, e cioè se era vero che non l'amava più – che era possibile... l'amore non durava per forza in eterno, no? – gliel'avrebbe letto negli occhi.

Assorta nei suoi pensieri, Melissa non si era resa conto che Poppy le stava strattonando una mano. «Mamma», le disse imbronciata, «perché rimani a piangere in mezzo al corridoio?»

«Non sto piangendo», replicò Mel, sbattendo le palpebre.

«Sì, invece. Hai le guance bagnate», osservò Poppy, spalancando gli occhioni innocenti, incupiti dalla preoccupazione.

«Non sto piangendo, tesoro», la rassicurò Mel, prendendola in braccio. «Quando mi sono lavata i capelli, mi è finito dello shampoo negli occhi, tutto qui.»

Cercando di placare il panico che cominciava a impadronirsi di lei, strinse forte a sé la perspicace figlia di sette anni. Poppy l'aveva guardata come se fosse una pazza. Era forse impazzita? O stava impazzendo? Per un certo periodo della sua vita la realtà era stata inafferrabile come acqua di mare che scivola sulla sabbia. Non riusciva neppure a portare a termine i compiti più semplici di ogni giorno.

Non poteva lasciarsi andare di nuovo, tornare a essere talmente incapace di controllare le proprie emozioni da non riuscire neppure a badare a sé stessa, figurarsi alla famiglia. Con un tuffo al cuore, osservò il faccino confuso della bambina e si sentì sempre più determinata. Non si sarebbe persa di nuovo in quel luogo desolato, abbandonando le figlie.

Poppy arretrò con la testa, scrutandola in faccia con curiosità, come se non sapesse bene come comportarsi con lei. «Dov'è Jade?» domandò.

Mel abbozzò un sorriso. Considerato il suo comportamento negli ultimi tempi, non poteva certo biasimarla. «Sta tornando», rispose. «È andata a trovare un'amica, ma sarà di nuovo qui prima che io e papà usciamo. Andiamo a mettere il pigiamino, eh? Poi potrai aiutare la mamma a truccarsi e a farsi bella. Che ne dici?»

Poppy l'osservò per un altro secondo. «Ma sei già bella, mamma», disse, con espressione seria e preoccupata al tempo stesso.

Mel deglutì.

26.

Mark

Mark si affrettò verso casa, maledicendo la propria sconsideratezza. Aveva agito alle spalle di sua moglie. Non aveva senso negarlo. Lei non avrebbe voluto sentire spiegazioni. Ormai l'aveva fatto e basta. Ed era pentito. Ma se per caso le era venuto il dubbio che potesse approfittare di qualche loro problema personale per... Non l'avrebbe fatto mai. Mel doveva conoscerlo abbastanza bene da sapere che non avrebbe mai rischiato di perdere la sua famiglia, di perdere lei.

Parcheggiò rapidamente sul vialetto d'entrata, fece un respiro ed entrò in casa, cercando di rimanere il più calmo possibile. Era lui nel torto. Non aveva idea di che cosa stesse succedendo a Mel – non era mai stato tanto preoccupato per lei – ma in ogni caso lui aveva peggiorato gravemente la situazione.

«Papààààà!» Poppy lo accolse con l'entusiasmo di sempre, correndogli incontro in corridoio, seguita a ruota da Hercules, che sembrava di nuovo in forma.

Mark diede due pacche affettuose al cane e prese in braccio la figlia. Era in pigiama, un altro indizio di normalità. Ma perché era truccata? Mark osservò divertito le labbra lucide della bambina e le palpebre con l'ombretto grigio.

«Sono bellissima!» annunciò con un sorriso smagliante, schiacciandosi le guance colorite dal fard.

Mark spalancò gli occhi. «Poco ma sicuro.» Sorrise, baciandola delicatamente sul nasino, per non rovinarle il trucco. «Dov'è la mamma?»

«Si sta provando tutto l'armadio», rispose Poppy.

«Ah», annuì lui. «Non so se le starà molto bene, ma comunque...»

«Non tutto il mobile, sciocchino.» Poppy alzò gli occhi al cielo. «Si sta provando tanti vestiti per essere bellissima.»

Mark ringraziò Dio per quell'apparente ritorno alla normalità, fatta eccezione per la faccia truccata di Poppy. «Allora sarà meglio che vada anch'io di sopra a farmi bello, sennò rischio di fare brutta figura vicino a lei.» Sorrise, diretto alle scale.

«Aspetta», disse Poppy agitandosi fra le sue braccia e puntando il dito verso la sala, dove, a giudicare dai rumori provenienti dalla televisione, era in onda Scooby-Doo. «La mamma ha detto che potevo vedere tutto il cartone.»

«Però vai a letto appena finisce», disse Mark, posandola di nuovo a terra. Si rialzò in piedi, guardò la figlia scuotendo la testa e si girò verso le scale. Poi rimase di sasso.

«Be'?» domandò Mel, fermandosi su uno scalino per osservarlo attentamente.

«Mmm...» Mark si sbottonò il primo bottone della camicia e la guardò lentamente dal basso in alto, notando il tacco dodici, le lunghe gambe ben proporzionate, l'attillato abitino rosso che metteva in risalto ogni curva e che lei stessa in precedenza aveva giudicato un po' troppo volgare, anche se Mark – lo ricordava bene – le aveva assicurato che le stava da dio ed era supersexy. Alzò lo sguardo, soffermandosi sui seni che strabordavano dalla profonda scollatura e poi sul viso. Era truccata – pesantemente – che non era da lei. Ma furono soprattutto i capelli ad attirare la sua attenzione.

«Wow!» disse.

«In senso buono o cattivo?» domandò Mel, scrutandolo in volto. Vedendo l'espressione della moglie, Mark capì che non stava cercando la sua approvazione.

«Buono», le assicurò lui. «Sei... una favola.» Non stava mentendo. Toglieva davvero il fiato. L'unica cosa che lo turbava leggermente era che non assomigliava a sé stessa. Mark non ebbe il coraggio di dirle che amava i suoi capelli al naturale: di un rosso rame fiammeggiante.

«Ho pensato di provare a cambiare look», spiegò Mel. «In

fin dei conti, la varietà aggiunge un po' di pepe alla vita», aggiunse, guardandolo dritto negli occhi, mentre scendeva in corridoio. «Non credi?»

Rendendosi conto dell'allusione, Mark rimase a corto di parole. Avrebbe voluto chiedere scusa, ma lì in corridoio, immobilizzato dallo sguardo indagatorio e dall'espressione di sfida di Mel, con Jade che li fissava dal piano di sopra, non gli parve opportuno.

«Ehm, mi conviene cambiarmi», disse, accennando con la testa alle scale. «Ci metto due minuti.» Con un sorriso incerto, si apprestò a salire i gradini, interrogandosi sul cambiamento repentino della moglie. Anche se gli aveva sorriso di rimando... dietro quell'allegria gli stava nascondendo qualcosa. Era veramente bellissima, uno schianto, e sembrava anche padrona di sé, eppure quell'atteggiamento non gli pareva per niente naturale, aveva l'impressione che stesse facendo uno sforzo immane.

Al piano di sopra, incontrò Jade e la seguì in camera di Evie, per dare un'occhiata veloce alla figlia. Vedendola addormentata, tirò un sospiro di sollievo e si girò di nuovo verso la porta, andando quasi a sbattere contro la ragazza. Non si era reso conto che era direttamente alle sue spalle.

«Oh, scusa», le disse, afferrandole gli avambracci, per impedirle di cadere all'indietro. «Ti ho fatto male?»

«No», gli assicurò lei. «Shhh.» Sorridendo, si portò un dito alle labbra e gli fece cenno di uscire dalla stanza.

«Ti conviene sbrigarti», gli bisbigliò, appena furono in corridoio, indicando Mel al piano di sotto – era quasi arrivata in sala e stava dicendo al cane di uscire a fare pipì –, «sennò rischi di peggiorare la situazione.»

Quindi era chiaro che era nei guai. «Già, mi sa che le devo delle scuse.» Sorrise senza troppa convinzione, immaginando che Mel le avesse "confidato" la stupidaggine che aveva combinato.

«Cioccolatini», suggerì Jade. «Con me funzionano.»

Mark annuì e abbassò la testa con gratitudine. Anche se i cioccolatini erano severamente vietati. Dato che Poppy era allergica ai latticini, avevano stabilito che non dovessero circolare per casa. Magari dei fiori, pensò, ma poi si chiese come avrebbe potuto interpretarli.

«Se ti può consolare, secondo me stavi solo cercando di capire come ragionano le donne», aggiunse sagacemente Jade.

«Sì, infatti. Solo che è stato un autogol, giusto?» Mark fece una smorfia, sconcertato dalla propria inettitudine. «Cercherò di profondermi in scuse. E di offrirle i piatti più costosi del menu. Comunque, non dovremmo tornare molto tardi», disse, girandosi verso la camera da letto matrimoniale. «In caso di emergenza, hai tutti i numeri, vero?»

«Tutti a portata di mano», lo rassicurò lei. «Se necessario, vi chiamo, ma non ti preoccupare. Sono sicura che non ci saranno problemi.»

27.

Jade

“Non ci saranno problemi... qui. Al ristorante, forse...”

Jade osservò Mark dirigersi accigliato verso la camera matrimoniale. Per forza... con una moglie così strana e agghindata come una sgualdrina... Poi, canticchiando fra sé e sé, andò in camera sua e prelevò una scatola di scarpe da un alto scaffale dell’armadio. Mentre ragionava sugli effetti collaterali dei vari farmaci e nascondeva di nuovo le capsule a lento rilascio sotto alcuni oggetti e foto ricordo, qualcuno bussò leggermente alla sua porta.

Chiuse in fretta il coperchio della scatola e la ripose al suo posto. Era Mark, Melissa diceva sempre solo «sono io» con la sua odiosa voce cantilenante. Jade atteggiò la bocca al sorriso. Si girò verso la porta, si tolse in fretta la maglietta e il reggiseno. Prese poi la vestaglia che Melissa le aveva gentilmente messo a disposizione e se l’infilò, lasciandola abbastanza aperta sul davanti da esporre un bel po’ di seno bianco latte, dopodiché spalancò la porta.

«Oddio!» esclamò, sbattendo le palpebre mortificata, quando Mark vide quel che doveva vedere e distolse subito lo sguardo. «Mi dispiace», mormorò, socchiudendo la porta e sbirciando pudicamente da una fessura. «Pensavo fosse Melissa.»

«No, no, è colpa mia», disse Mark, da bravo gentleman. «Ti prego di accettare le mie scuse. La prossima volta mi annuncerò.» Si stava massaggiando la fronte come faceva sempre. Naturalmente, era costernato.

«Scuse accettate», disse Jade, stringendosi la cintura della vestaglia intorno alla vita per mettersi meno in mostra. «Adesso sono presentabile, puoi girarti.»

Mark obbedì, decisamente a disagio. C'era da aspettarselo, immaginò lei. Jade continuò a sorridere, mangiandoselo con gli occhi: era talmente sexy con quella giacca di lino blu navy, con sotto una camicia aderente azzurra, un paio di jeans scuri e una cintura di pelle. Per un attimo, indugiò su quest'ultima, poi tornò a guardarlo in faccia. Alto, moro, di una bellezza mozzafiato: era suo. O, almeno, lo sarebbe stato molto presto.

«Volevo solo dirti che stiamo uscendo.» Sorrise nervosamente. «Poppy è ancora in sala. Saremo di ritorno verso le undici.»

«Vado subito a prenderla. Buona serata!» gli disse allegramente, mentre lui si avvicinava alle scale. «E non bere troppo.»

«No, no. Devo guidare.» Mark agitò la mano mentre scendeva.

«Così ne rimarrà di più per Melissa», gli urlò dietro. "Speriamo una bottiglia intera."

Poppy si addormentò a tempo di record, abbracciata a Peppa Pig sotto le coperte, mentre Hercules sonnecchiava protettiva ai suoi piedi. Jade lanciò un'occhiata torva al cane e uscì dalla stanza in punta di piedi. Poi rientrò, per dare da mangiare al pesciolino rosso. L'acqua cominciava a essere di nuovo sporca, notò. Sospirò e versò un'altra dose abbondante di cibo. "Ammazzati da solo, Nemo." Che vita era, girare a vuoto in un vaso pieno di acqua sporca? Una crudeltà, pensò. Poi, gliene versò dell'altro per sicurezza, si girò per fare la linguaccia al cane, aprì la porta senza fare rumore, uscì e la richiuse alle proprie spalle.

Sbirciando nella cameretta di Evie, notò la manina che usciva dalla culla e si rese conto che era ora di darle da mangiare. «Arrivo, tesoro», la rassicurò; poi, continuando a canticchiare, tornò in camera da letto a prendere la sua sacca sportiva e scese in cucina. Qui prelevò dal frigo il contenitore sigillato di latte materno lasciatole da Melissa e lo rovesciò nel lavandino. Appena si era trasferita a casa loro, aveva avuto la brillante idea di svezzarla: mentre preparava il latte artificiale, si congratulò con sé stessa per la lungimiranza. Con quella madre incurante e imbottita di psicofarmaci, il latte materno avrebbe fatto male alla piccola.

Mise il latte nel microonde e tornò di sopra, sollevando Evie dalla culla. Ora aveva gli occhietti vigili: l'aspettava un bel bagnetto, seguito da un biberon di latte tiepido e da una dolce ninnananna.

«Probabilmente, a quella stupida di Melissa sfuggiresti di mano e ti farebbe annegare nell'acqua, vero, Angel? O magari ti infilerebbe nel forno e ti cuocerebbe viva.» Con voce melodiosa, la chiamò teneramente con il suo vero nome, che le si addiceva molto di più. La posò con cura sul fasciatoio per cambiarla.

«Sei proprio una bambina bellissima, vero, tesoro?» Le sfilò le braccine e le gambette paffute dalla tutina a righine rosa, sorridendo con gli occhi sgranati; appena la bimba ricambiò il sorriso, Jade scoppiò a ridere; poi le soffiò sul pancino, facendola sghignazzare felice.

«Sei l'angioletto bellissimo della mamma, vero?» disse, drizzando la schiena e sollevando la bimba nuda in aria. «Non ti preoccupare, tesoro, la mamma non permetterà a quella cattivona di Melissa di farti del male. Sennò il papà soffrirebbe troppo, vero?»

Tenendola più in alto possibile, come piaceva a Evie, la fece girare in aria. «Pussa via!» bisbigliò a Hercules, che le stava ringhiando dal corridoio.

28.

Melissa

«È davvero favolosa. Non so proprio come abbia fatto a cavarmela finora senza di lei», disse Melissa, parlando con Emily e Adam della sua eccellente babysitter. «È fantastica con le bambine, vero, Mark?»

«Ehm, sì. Però l'hai già detto, Mel.» Mark guardò preoccupato prima lei poi il suo bicchiere di vino.

La moglie lo ignorò. Si era bevuta solo un paio di bicchieri. E qualcuno doveva pur riempire le pause imbarazzanti nella conversazione, visto che Mark, come al solito, non aveva un granché da dire.

«È arrivata con un tempismo pazzesco», proseguì, parlando con gli amici, più che con lui. «Cioè, ha avuto un'esperienza terribile, la sua casa ha preso fuoco, ma dal nostro punto di vista è stata una manna dal cielo. Anche Mark l'apprezza, vero? Bisogna dire, però, che lui ha un debole per le bionde. Ma io...» Si sollevò una ciocca di capelli per sottolineare la propria trasformazione.

«Sei diversa», osservò Emily, guardando prima Mel, poi Mark. «Devo dire però che preferisco il tuo colore naturale. Anzi, stavo proprio dicendo ad Adam che mi piacerebbe...»

«Non posso permettermi di lasciare precipitare le cose. Sapete, come siamo fatte noi donne...» Mel agitò il bicchiere con il vino nella direzione di Emily. «Voglio dire, avere bambini è la cosa più naturale del mondo, però sarebbe bello sfornarli di botto...» Si infilò un dito in bocca per produrre uno schiocco. Non le riuscì, ma rese benissimo l'idea. «E poi tornare a essere belle come prima. Certo, una deve essere stata bella anche prima. E magra.» Aggrottò la fronte, pensando al corpo che aveva prima di partorire le bambine.

«Be', tu sei sempre stata uno schianto, prima e dopo.» Ci aveva pensato Adam – che Dio lo benedica – a farle il complimento, visto che suo marito era rimasto zitto, chiaramente imbarazzato, a giudicare dall'espressione che aveva in faccia. Mel non ci fece molto caso. Aveva dentro una tale rabbia... Come si permetteva di giudicarla, proprio lui?

«Ma non deve costare nessuno sforzo», continuò imperterrita, finendo il bicchiere in un sorso solo e sbattendolo di nuovo sul tavolo. «Lisa è così al naturale, vero, Mark? Un'adorabile creaturina dei boschi.»

Mark abbassò lo sguardo, prendendo un profondo respiro, più a disagio che mai.

«Non so come faccia a tenere testa a tutti quei maschi, come poliziotta. Oh, scusate, *sergente investigativo.*» Mel agitò la mano, fingendo di scusarsi. «Probabilmente, li tiene tutti letteralmente in pugno...» aggiunse rabbiosa. Ridacchiò per la propria battuta, trattenendo al contempo le lacrime, e afferrò la bottiglia di vino.

«È finito, Mel», le disse gentilmente Mark, lanciando un'occhiata cauta a Emily.

«Be', allora, ne ordiniamo un'altra.» Mel guardò un cameriere agitando la bottiglia.

«Comincia a essere tardi, Mel», insistette Mark. «Mi sa che dovremmo...»

«Un altro Pinot Grigio, per piacere», disse lei al cameriere che si era avvicinato al tavolo, sbattendo le ciglia con un sorriso civettuolo.

Questi annuì con cortesia e, senza badare al velato corteggiamento di Mel, afferrò la bottiglia vuota. "Ah, pazienza, peggio per lui. Probabilmente sarà gay. Troppo carino per non esserlo." Mel lo fissò da capo a piedi, strizzando l'occhio a Emily con fare cospiratorio. «Adam», disse, girandosi verso l'amico, «un altro rosso?»

Adam guardò prima Mark, poi lei. «No, grazie, Mel, ne ho già bevuto fin troppo», rispose sorridendo gentilmente.

«Ma non devi nemmeno guidare!» gli ricordò Mel. «Siete

venuti in taxi. Che senso ha prendere il taxi, se non si ha intenzione di bere? Su, lasciamoci un po' andare. Si vive una volta sola!»

Adam alzò una mano e si grattò dietro l'orecchio, un gesto che faceva tutte le volte che era agitato, come le aveva confidato una volta Emily. E in effetti si vedeva che era un po' inquieto. Mel gli diede una sbirciata. Probabilmente per colpa di Mark, che se ne stava lì seduto imbronciato.

Che motivi aveva per essere tanto depresso? Semmai era *lei* che avrebbe dovuto sentirsi giù... Era stata lei a rovinare la festa? No di certo. Lanciò un'occhiata sprezzante al marito e afferrò il suo bicchiere quasi pieno. «E va bene. Almeno finisci il vino di Mark», disse, travasandolo nel calice di Adam. «Tanto ormai è chiaro che non lo finirà mai.»

«Neppure io, mi sa», disse l'amico, allontanandosi per evitare gli schizzi che stavano imbrattando di rosso la linda tovaglia.

«Ops, scusate!» Mel chiuse un occhio e sorrise fiaccamente. «Non importa. Ti ordino un bicchiere intero.»

«Mel...» Mark le afferrò il braccio mentre agitava il bicchiere vuoto in aria. «Non lo vuole.»

«Eh?» Si girò inviperita. «L'hai deciso tu al posto suo? Adesso sai anche leggere nel pensiero, oltre a essere perfetto da ogni punto di vista e un vero genio nell'interpretare i sentimenti delle donne? Cazzo, come sei in gamba, mi lasci sempre di stucco. Sei stato soprattutto astutissimo a mandare un messaggino segreto a Lisa, proprio mentre era seduta nella mia cucina.»

Nel ristorante calò un silenzio di tomba; tutti i presenti sembravano aver posato coltelli e forchette per guardare nella loro direzione. Mel non ci fece caso. Era di nuovo colpa sua? E perché? Perché stava facendo uno sforzo monumentale per divertirsi quando l'uomo di cui si era sempre fidata ciecamente si era rivelato un traditore? Pensava davvero che credesse ai fragili tentativi di Lisa di persuaderla che non avevano fatto altro che scambiarsi messaggi di lavoro? *Figurarsi!*

Asciugandosi una lacrima dal viso, afferrò bruscamente la bottiglia dal cestello di ghiaccio portato dal cameriere. «Forza, sorridete un po', tutti quanti!» esclamò, riempiendosi di nuovo il bicchiere. «Siamo qui per festeggiare il compleanno di Emily!»

Lanciò un'occhiata a Mark, che si rifiutava di guardarla negli occhi, e poi a Adam, che preferì controllare il telefono. Poi si sporse per riempire il bicchiere a Emily. «Dovremmo mollare qui questi due guastafeste e andare in giro per bar», le propose, rivolgendo un altro sguardo significativo a Mark. «Questi due si sono dimenticati come si fa a divertirsi.»

Emily coprì il proprio bicchiere con la mano. «In realtà, mi sa che dobbiamo andare, Mel.» Sorrise dispiaciuta. «Kayla non è per niente contenta della sua babysitter. Sai come fanno a volte le undicenni...»

«Ah.» Ricordandosi di avere anche lei due figlie, Mel abbassò lo sguardo. «Sì, sì, certo. Scusa... ho parlato senza pensare.»

«Il taxi è già arrivato.» Emily allungò la mano per stringerle un braccio. «Ti chiamo domani. Stammi bene, cara.»

Poi, lanciando un'occhiata significativa a Mark, si alzò per andare ad abbracciare forte l'amica. I due uomini scattarono in piedi in sincrono, lasciando Mel seduta al tavolo, frastornata. Aveva rovinato il compleanno della sua amica. Rovinato tutto. *No!* Era colpa di Mark, non sua. Stava solo cercando di stare allegra. Cos'avevano, tutti quanti?

«Ti chiamo per sapere degli chalet», disse Mark, stringendo la mano a Adam.

«Sì, dai.» Adam sorrise. «Abbiamo costruito altre casette lungo il fiume. Sarebbe bellissimo invitarvi a cena e farvi fare un tour guidato.»

Emily andò ad abbracciare Mark. Forte. Mel la guardò in preda alla gelosia, senza comprendere le proprie emozioni. In cuor suo, sapeva che Mark non poteva aver fatto niente di simile. La famiglia era tutto per lui. Allora perché soffriva così tanto? Perché desiderava fargli del male? Forse perché era stato troppo bello per essere vero? Perché *lui* era troppo bello per essere vero? Probabilmente, il suo eroe si era stancato di combattere. Si era stancato di lei. Come biasimarlo?

Adam ed Emily se ne andarono e Mark corse a pagare il conto, prima che lei perdesse completamente la dignità.

«Tutto a posto?» le domandò, quando tornò da lei infilandosi il portafoglio in tasca e si abbassò per cingerle le spalle con un braccio. Cercò di guardarla negli occhi, ma lei girò la testa.

Non voleva vedere il dolore negli occhi di suo marito, e l'umiliazione. Aveva solo provato a divertirsi un po'. Non era colpa sua. La causa di tutto era *lui,* non lei.

Il cuore di Mel, sempre più pesante, era come un sasso freddo nel petto. Prese la bottiglia di vino, stringendola avidamente a sé. La stavano guardando tutti. Si sentiva addosso i loro sguardi pieni di disapprovazione. Ma non gliene importava nulla.

«Vai pure. Io resto», annunciò, alzandosi precariamente in piedi, quando il cameriere troppo bello per non essere gay arrivò al tavolo. «Mi metto a ballare sul tavolo con Miguel.»

Inciampò in avanti, sembrava avere una gamba molto più corta dell'altra – a quanto pareva, aveva perso una scarpa – e con la mano che stringeva la bottiglia agganciò il collo del giovane. «Balla con me, Miguel», gli bisbigliò, cercando di fissarlo negli occhi, anche se non riusciva a metterlo a fuoco.

«Mel?» Sentì qualcuno afferrarla per la vita, cercando di staccarle la mano dal collo dell'uomo. «Dobbiamo andare a casa», le disse la voce all'orecchio, mentre la stanza vacillava intorno a lei. Non c'era traccia di rabbia nella voce di Mark. Era dolce, preoccupato, spaventato.

"Oh, mio Dio!" Mel ebbe paura.

Si sentì mancare il terreno sotto i piedi: le sue gambe si sciolsero come burro e mille schegge di vetro verde schizzarono sul pavimento al rallentatore.

29.

Mark

Mentre Mark l'aiutava a salire in macchina, Mel non parlò. Da quando il medico del pronto soccorso aveva suggerito al marito di accertarsi che lei non bevesse così tanto in futuro, era rimasta taciturna. Aveva distolto lo sguardo mentre le medicavano il taglio al braccio, che fortunatamente non necessitava di punti. Con la stessa espressione assente, si era ritirata in un luogo buio e solitario in cui lui non avrebbe potuto seguirla. Mark aveva già visto quello sguardo. Immaginò che non avesse senso tentare di parlarle ora, e prima di sistemarsi al posto di guida la fece sedere il più comodamente possibile. Quando salì in macchina, si allungò sul sedile di fianco per allacciarle la cintura di sicurezza, respirò profondamente, preparandosi mentalmente ad affrontare quel che li aspettava. «Tutto okay?» le domandò, senza sapere bene cosa dire e neppure cos'altro arrischiarsi a dire.

Mel annuì in modo vago, incerto, tenendo lo sguardo fisso sulle proprie mani, posate lievemente in grembo. Mark sospirò dentro di sé, chiedendosi cosa sarebbe successo dopo quella sera.

Mentre accendeva i tergicristalli che si muovevano impotenti contro l'improvviso acquazzone di tarda primavera, Mel parlò. «Le bambine stanno bene?» domandò con un filo di voce.

"Alla fine, ti sei ricordata di avere due figlie?" pensò Mark, dibattuto fra la disperazione, la rabbia e un senso di colpa immane. In realtà, sentiva l'impulso di appoggiare la testa sul volante e piangere. Non sapeva cosa fare, come risolvere la questione. L'esperienza gli diceva che non era in grado di farlo, ma che avrebbe dovuto provarci per forza. Non poteva lasciarla sprofondare in un luogo a lui inaccessibile. Come era successo? Perché finora non aveva captato alcun segno premonitore?

Mark afferrò con forza il volante, arretrò bruscamente e uscì dal parcheggio. «Stanno bene», rispose dopo un attimo di pausa, che gli servì per ricomporsi. Non avrebbe avuto senso farla sentire in colpa, aggravando ulteriormente il suo stato di prostrazione. «Jade ha la situazione in pugno. Non ti preoccupare.»

Non lo guardò. Non poteva, o non voleva, guardarlo. Mark mandò giù il groppo che aveva in gola, esitò e poi, con cautela, allungò la mano per afferrare quella della moglie. «Domani parleremo un po'», disse impacciato. «Per il momento, torniamo a casa. Hai bisogno di riposare. Resistette alla tentazione di dirle che il giorno dopo si sarebbe sentita meglio. Aveva il presentimento che non sarebbe andata così, che le cose non sarebbero migliorate per molto tempo.

Mel non rispose. Si girò verso il finestrino e rimase in silenzio, osservando la buia notte accanto a sé.

Grosse gocce di pioggia si spiaccicavano violentemente contro il parabrezza e Mark era concentrato sulla guida. Ringraziò di nuovo Dio per l'arrivo di Jade. Anche se le circostanze che l'avevano costretta ad abbandonare la propria casa erano davvero orribili, Mark era felicissimo che fosse arrivata nella loro vita in quel momento. L'ultima volta che Mel si era ammalata era riuscito a cavarsela da solo, ma ora che avevano due bambine a cui badare, dubitava di potercela fare. Stava forse gettando la spugna? Stava immaginando lo scenario più fosco? Quello strano comportamento della moglie ricordava la grave depressione in cui era sprofondata tempo prima, ma la stupida idea di coinvolgere un'altra persona nei loro problemi privati aveva acuito il suo malessere. Evidentemente, si era convinta che il marito avesse una relazione con Lisa.

Mark doveva affrontare una cosa alla volta. Innanzi tutto, avrebbe dovuto persuadere Mel a farsi vedere da un medico.

Nel frattempo, avrebbe dovuto farle percepire la propria presenza al suo fianco. Per quanto fosse turbato da quei sintomi improvvisi, Mel doveva sapere che per lui era molto più che la madre delle sue figlie. Era la donna che amava e lui, nonostante i propri difetti e mancanze, ricambiava il suo amore. Se la persona solare e indipendente che conosceva era stata momentaneamente eclissata da una nube scura, lui avrebbe lottato al suo fianco per far risplendere di nuovo il sole. Era determinato. Doveva trovare il modo di convincere anche lei.

Imboccò il vialetto d'accesso di casa, spense il motore e attese. Mel sembrava riluttante a muoversi. Lui immaginò che fosse alle prese con le proprie emozioni contrastanti e aspettò un attimo prima di sollecitarla con delicatezza a scendere dall'auto. «Pronta?»

Quando entrarono in casa, Jade li stava aspettando in corridoio, la cintura della vestaglia ben chiusa davanti. Con espressione apprensiva, guardò le scarpe che Mark stringeva in una mano. Mel si era rifiutata di rimettersele, benché faticasse a reggersi in piedi anche senza.

Il marito la stava sostenendo per la vita con il braccio libero. Si strinse nelle spalle, immaginando che fosse superfluo parlare più di quanto avesse fatto dopo la visita all'ospedale.

Jade sorrise comprensiva. «Preparo un tè», disse, concedendo loro un po' di spazio.

«Grazie», rispose Mark, sistemando le scarpe all'entrata e accompagnando premurosamente Mel verso le scale. Non era sicuro che sarebbe stata in grado di bere alcunché, ma forse le avrebbe fatto bene. In ambulanza aveva vomitato quel poco cibo che aveva mangiato.

Mel si fermò. «Poppy e Evie stanno bene?» domandò, rivolta a Jade.

La ragazza fece un passo indietro. La osservò da capo a piedi, chiaramente preoccupata. «Sì, bene. Dormono come due angioletti», la rassicurò con un sorriso. Mark gliene fu riconoscente.

Mel annuì abbozzando un tremulo sorriso, poi si strinse le

braccia intorno al corpo e permise a Mark di condurla su per le scale.

Si fermò al piano di sopra, guardando prima la stanza di Poppy, poi quella di Evie. Mark sperò che non volesse per forza entrare. Quando la vide procedere oltre, tirò un sospiro di sollievo. A parte il fatto che le avrebbe certamente svegliate, Poppy non avrebbe certamente voluto vederla in quello stato.

Con le braccia ancora avvolte intorno al corpo, entrò in camera da letto.

«Ti vado a prendere qualcosa per dormire», propose Mark, e lei si bloccò al centro della stanza, incerta.

Lui entrò in bagno, prelevò la camicia della moglie appesa alla porta, chiedendosi se fosse il caso di aiutarla a entrare nel box doccia. Cambiò subito idea, ripensando con un tuffo al cuore all'ultima volta che avevano fatto la doccia insieme, quando tutto sembrava procedere a meraviglia fra loro. Lo stesso mattino in cui Hercules si era fatta male – ricordò – comprendendo all'improvviso che neppure allora la situazione era idilliaca come sembrava. Era troppo assorbito dal lavoro per rendersene conto.

«Ti do una mano», disse, tornando nel punto della stanza in cui si era fermata Mel. «Ti va di sederti sul letto?» le domandò, mettendosi accanto a lei, pronto ad afferrarla, caso mai avesse perso l'equilibrio. «Semplificherebbe molto le cose.»

Mel non si mosse. «Mi dispiace», mormorò, piena di rimorso. A Mark venne da piangere.

Per un attimo esitò, poi la prese fra le braccia. «Non ti preoccupare», la rassicurò, attirandola a sé. «Non è la fine del mondo.»

«Mi dispiace moltissimo», disse ancora Mel con la voce rotta, procurandogli una stretta al petto.

«Non ti preoccupare, tesoro», ripeté lui, girandola delicatamente verso di sé, mentre un singhiozzo le scuoteva tutto il corpo. «Vedrai che riusciremo a superare questa fase, te lo prometto.»

Le sfuggì un altro singhiozzo, poi si lasciò andare contro il marito, appoggiando la testa alla sua spalla.

Mark premette la mano sui suoi bellissimi capelli rosso rame ora biondi. Non erano più i capelli di Mel. La malattia faceva parte di lei, e Mark si rese conto di doverla accettare, anche se fosse durata per sempre. Ma non era la parte preponderante di lei, la persona che era veramente. In qualche modo, avrebbe affrontato la situazione; avrebbe aiutato la moglie a superare le difficoltà.

«Mi prometti una cosa, Mel?» le domandò con cautela.

Mel annuì contro la sua spalla.

«Prendi un appuntamento con il dottore?»

Mark sperò con tutte le sue forze che rispondesse di sì. Lei detestava l'ambulatorio medico. Quando ci doveva portare le bambine, non aveva problemi, ma per sé ci andava solo in caso di emergenze. Lui non era in grado di convincerla, ma sperava che la moglie si rendesse conto dell'urgenza della situazione.

«Sì», rispose lei alla fine con un certo sforzo. «Ci vado, te lo prometto.»

Mark respirò con sollievo e la strinse più forte. «Bene», disse. «Allora, che ne dici di infilarci sotto le coperte, al calduccio? Non so tu, ma io sono stanco morto.»

La baciò teneramente sulla testa e arretrò per sollevarle il mento e guardarla negli occhi. I suoi splendidi occhi verdi, del colore della felce dopo la pioggia, erano oppressi da un'ansia e da un'incertezza strazianti. «Sono bravissimo a fare le coccole.» Abbozzò un sorriso.

Mel rise, le uscì un suono abbastanza stridulo. «Il mio eroe...» disse, con espressione estremamente triste.

«Al tuo servizio», rispose Mark, augurandosi di essere l'uomo di cui aveva bisogno, di essere abbastanza forte. Ce l'avrebbe fatta: era assolutamente necessario, non aveva alternative.

Mark l'aiutò a lavarsi la faccia e i denti e a cambiarsi, anche perché immaginò che togliersi quell'abitino attillato con una mano sola sarebbe stato impossibile anche da sobri.

Cercando di trovare un equilibrio fra marito e infermiere, la coprì con il piumone. Lei era girata di spalle, raggomitolata. Mark ebbe un tuffo al cuore. Controllò il monitor della neonata, che per fortuna era rimasta tranquilla, poi rifletté un attimo e lo silenziò; si spogliò in fretta e si infilò a letto accanto a lei. Forse al momento non aveva bisogno di un amante, ma di una persona che non la facesse sentire sola. Sperava che avesse bisogno di lui.

Sfiorandole la guancia con un bacio lieve, le cinse il corpo con un braccio. Chiuse gli occhi: la sentì irrigidirsi e trattenere le lacrime. Mark non sapeva bene cosa fare, cosa dire. Non era in grado di curare i sintomi. «Ti amo, Melissa», le mormorò infine all'orecchio, rimpiangendo di non poterglielo dimostrare... ma sarebbe stato un gesto di inaudita insensibilità. Decise di tenerla stretta a sé, in attesa che smettesse di piangere e si rilassasse contro di lui. Continuò ad aspettare, finché il respiro di lei rallentò e il petto cominciò a salire e scendere in modo regolare. Poi si alzò dal letto senza fare rumore.

Era terribilmente stanco, ma sentiva un bisogno irrefrenabile di andare a controllare le bambine. Doveva anche avvisare Jade che il monitor era spento per quella notte. La sentì scendere al piano di sotto e immaginò che, turbata da quel che era successo, non riuscisse a dormire. Sperava solo che non si fosse scoraggiata. Finora non si era reso conto del bisogno che avevano di lei. Adesso più che mai.

La trovò in cucina, intenta a preparare un biberon. L'aveva chiaramente colta di sorpresa. La ragazza sussultò, lasciando andare bruscamente il pedale del bidone della spazzatura e contraendo il viso per il rumore.

«Oh, scusa», disse arrossendo. «Non ti avevo sentito.»

«No, è colpa mia. Mi spiace di averti disturbata», replicò Mark, scusandosi per la seconda volta nel giro di ventiquattr'ore.

Jade sfoderò un ampio sorriso. «Non c'è problema. Stavo solo accertandomi che il biberon di Evie fosse pronto. Non volevo che piangesse troppo a lungo, svegliando Melissa. Come sta?»

«Abbastanza bene... diciamo.» Mark scrollò le spalle incerto. Non sapeva quanto fosse il caso di rivelare, dopo aver commesso l'errore di confidarsi con Lisa. Siccome però Jade non aveva l'aria di volersene andare da un momento all'altro, immaginò che dovesse aver capito, almeno in parte, quel che stava succedendo.

«Ho preparato un tè per Mel.» Jade indicò la tazza mentre lui le si avvicinava. «Magari è il caso di scaldarlo un pochino nel microonde.»

«Si è addormentata come un sasso», disse Mark sfinito. «Magari me lo bevo io.»

«Non quello.» Jade prese la tazza, rovesciando il tè nel lavandino prima che lui avesse il tempo di afferrarla. «Scusa, è pieno di zucchero e so che non ti piace dolce.»

Mark aggrottò la fronte. Da quando in qua Mel aveva cominciato a usare lo zucchero?

«Ho pensato che potesse darle un po' di energia», disse Jade, anche se lui non le aveva chiesto nulla. «Te ne preparo un altro.»

"Ah. Okay, ha senso", si disse Mark. Quella notte era tutto possibile. «No, lascia stare, Jade, mi sa che mi faccio un drink.» Non avrebbe dovuto, ma francamente aveva bisogno di qualcosa di più forte del tè. «Non credo che tu abbia voglia di farmi compagnia mentre bevi il tuo tè, notando la sua tazza mezza piena.

Jade esitò per un attimo. «Mi piacerebbe molto», disse. «Non ha senso andare a letto, tanto Evie sta per svegliarsi.»

«No, infatti.» Mark immaginò che neppure lei avrebbe dormito molto quella notte. «Mi spiace per tutto il trambusto, Jade. Mel non ha l'abitudine di bere. Ogni tanto si fa un bicchiere, ma... Credo che ci sia sotto qualcosa di più...»

Mark sospirò avvilito... Non sapeva davvero da dove cominciare.

Jade gli diede una strizzata al braccio. «Su», gli disse. «Mi puoi raccontare tutto mentre ti fai il tuo drink della buonanotte.»

Prese la sua tazza e si diresse in sala. Mark la seguì riconoscente; sia per la comprensione sia per la disponibilità a rimanere. A quanto pareva, non era sul punto di dare le dimissioni e scappare a gambe levate.

Raggomitolata sul divano, Jade attese che Mark si versasse una dose abbondante di whisky. Prese un respiro, fece roteare pensieroso il liquore ambrato nel bicchiere e infine bevve.

«Evidentemente, ne avevi bisogno», commentò Jade, mentre Mark attendeva che l'alcol facesse effetto.

«Già.» Si passò una mano fra i capelli e si sedette in poltrona. «Che strana nottata.»

«Ne vuoi parlare? Voglio dire, probabilmente ti sembrerà di tradire un po' Melissa, mentre dorme al piano di sopra», aggiunse intuitivamente, «ma se hai bisogno di sfogarti, sono brava ad ascoltare.»

Mark annuì. La parola traditore riassumeva piuttosto bene la situazione, ma cosa avrebbe potuto fare? Jade, in ogni caso, sapeva che c'era un problema. Sperava solo che non lo giudicasse troppo difficile da gestire.

«Temo che Mel manifesti dei sintomi di depressione. Non ne sono ancora sicuro, ma i segni ci sono tutti. Ne ha già sofferto in passato. In forma grave.»

Fece una pausa per vedere la reazione di Jade. Il problema era che alcuni semplicemente non erano in grado di accettare la malattia mentale, e questo spiegava in larga misura come mai Mel se la fosse presa così tanto quando aveva saputo che si era confidato con un'altra donna. Il fatto invece che sospettasse una relazione extraconiugale dipendeva soprattutto dalla visione negativa che aveva di sé negli ultimi tempi. Mark ne era consapevole, anche se questo non semplificava certo le cose.

Jade parve digerire l'informazione e annuì.

Aveva un'espressione preoccupata, ma non scioccata, notò Mark. Dopo qualche istante continuò. «Abbiamo perso un bambino. Parecchi anni fa. Un maschio nato di sei mesi.» Avendo studiato a fondo l'argomento nel tentativo di aiutare Mel a superare il trauma, sapeva che i sintomi potevano non avere una causa evidente e che in taluni casi la persona affetta non era neppure consapevole del problema; in ogni caso, riteneva opportuno informare Jade delle circostanze, per il bene di Mel.

Jade impallidì. Ora sembrava veramente turbata. «Oddio, Mark, è terribile! Povera Melissa!»

«Infatti.» Mark prese un altro sorso di whisky. «È stato veramente orribile, a essere sinceri. A un certo punto, ho addirittura temuto di perdere anche lei. Pensavo di averla già persa emotivamente. Alla fine, è tornata da me, ma...»

Lasciò la frase in sospeso. Non si era reso conto di aver vuotato il bicchiere, finché Jade non si avvicinò per toglierglielo di mano. «Ne vuoi un altro?» gli domandò gentilmente.

Mark guardò prima lei poi il bicchiere. L'alcol era una misera consolazione, in realtà. In passato ne era stato dipendente, ma ora sentiva il bisogno di anestetizzarsi, almeno per quella sera. «Solo un pochino, però.» Le sorrise. «Grazie, Jade.»

«Stavi dicendo?» lo incoraggiò la ragazza, mentre gli versava una piccola dose di liquore.

«Non si guarisce mai del tutto», le confidò. «Mel ha dovuto fare un grosso lavoro su sé stessa. Ha preso antidepressivi, prescritti per tentativi ed errori, si è sottoposta a psicanalisi. Detestava andare dal medico. Detestava sé stessa. Da allora è vissuta nel terrore di precipitare di nuovo in quello stato. Immagino che tutti e due sperassimo fosse guarita per sempre.» Di sicuro, lui se l'era augurato con tutto il cuore. Naturalmente, era stato come nascondere la testa nella sabbia, anziché accettare il fatto che non sarebbe «guarita» mai più.

Mark si sporse in avanti e si strofinò la faccia esausto, poi, vedendo che Jade gli aveva posato una mano sulla spalla, alzò lo sguardo sorpreso. «Mi dispiace, Mark», gli disse piena di empatia. «So che deve essere stato difficilissimo per te. È dura per chi soffre, ma anche per le persone più vicine.»

Mark prese il bicchiere da Jade e la guardò con espressione curiosa.

«Mia madre», spiegò Jade, sorridendo tristemente. «Ha lottato per anni con la depressione. Vi capisco.»

Mark provò un enorme sollievo e poi si preoccupò di nuovo, ricordando la situazione personale della ragazza. «È così che è...?» Si bloccò, non sapendo se domandare se avesse perso la vita nella peggiore delle circostanze.

Jade scosse la testa. «No, i miei genitori sono morti in un incidente d'auto», rispose lei, tornando al divano. «La macchina si è incendiata», spiegò, sedendosi in un angolo del sofà e raccogliendo le gambe sotto di sé. «Una terribile coincidenza.»

"Cristo." Gli tornarono in mente orribili ricordi: le immagini della bambina morta che tormentava i suoi sogni, chiamandolo senza sosta. Per poco non gli andò di traverso il whisky.

«Tutto bene, Mark?» chiese Jade, scattando in piedi. «Hai l'aria di uno che ha appena visto un fantasma.»

Mark finì il bicchiere d'un sorso. «Sì», riuscì a dire annuendo. «Sono sfinito.» "Decisamente", pensò. Doveva dormire. E doveva assolutamente evitare di bere quella roba dopo tante notti insonni interrotte da incubi simili a vere e proprie allucinazioni. «Anche tu sarai esausta.»

«Un po'», ammise Jade.

«Mi dispiace. Per i tuoi genitori», disse Mark. «Deve essere stato un colpo terribile.»

«Sì, infatti. Ma quando è necessario, si trova la forza per reagire, no?» Sorrise stoicamente e scrollò le spalle; poi, sentendo che Evie era in procinto di svegliarsi, si girò di scatto verso la porta.

«Vado io», disse Mark, abbandonando il bicchiere sul tavolino. «Cerca di dormire un po'.»

Quando lui la raggiunse in corridoio, Jade gli afferrò il braccio. «Ho già preparato il biberon», gli ricordò. «Vai da Melissa.» Sorrise rassicurante. «Magari ha bisogno di te. E non ti preoccupare, Mark, non me la svignerò alla prima occasione. Anche le bambine avranno bisogno di aiuto.»

Cinque minuti dopo, passando davanti alla stanza della neonata, sentì Jade cantare dolcemente la ninnananna e provò un'ammirazione immensa per quella ragazza. Non sapeva proprio come avesse fatto a rimanere allegra e positiva dopo aver perso i genitori in quel modo.

Sbirciò in camera di Poppy. Come al solito, appena lui fece capolino, Hercules drizzò le orecchie. Sembrava tutto normale. Eppure, la normalità gli stava sfuggendo di mano... Di nuovo.

Infilandosi a letto per la seconda volta con Mel, allungò delicatamente la mano verso di lei. Aveva bisogno di sentire che era tutta intera, rassicurarla con la sua presenza al suo fianco, anche se, a giudicare da come dormiva da alcune settimane a quella parte e considerata la quantità di alcol che aveva ingurgitato, dubitava che fosse sveglia.

Mark era quasi sicuro che avesse già bevuto quel giorno. Altrimenti i pochi bicchieri di vino consumati al ristorante non l'avrebbero ridotta in quello stato quasi comatoso.

Chissà da quanto tempo stava bevendo di nascosto, si chiese. Chissà quale era stato il motivo che aveva fatto precipitare le cose, inducendola a ricorrere all'alcol a mo' di stampella, come aveva fatto in passato. Non poteva saperlo. Se solo l'avesse capito, se solo fosse stato un po' più attento, forse avrebbe potuto fare qualcosa per aiutarla. Forse...

Mel si agitò un po' fra le sue braccia. Niente di più. Mark si avvicinò, baciandole delicatamente la guancia e strofinandosi il viso per asciugarsi una lacrima salata.

30.

Jade

“Uffa! Cosa c’è ancora?” Jade era nel bel mezzo di una conversazione telefonica con Dylan – era agitato per la bambina, che secondo lui sembrava «malaticcia» – quando udì il trambusto al capo opposto del piano superiore. Uscì dalla propria stanza come una furia e fece appena in tempo a cancellare l’espressione irritata dal proprio viso, quando vide Mark sbucare dalla camera matrimoniale. Dopo pochissime ore di sonno, seguite all’orribile serata in compagnia della moglie malata di mente e a due bicchieroni di whisky, era conciato ancora peggio di qualche ora prima. Ovviamente in preda al panico, non si era preso la briga di indossare altro che i pantaloni della tuta.

Apprezzando la vista, Jade spense il flash dalla fotocamera e scattò una foto per poterlo ammirare con comodo in seguito, poi lo seguì verso la stanza della figlia maggiore, che stava strillando come un’aquila.

«Poppy? Che cosa è successo?» Mark entrò inciampando nella camera della bambina, chiaramente sconvolto. Jade, un passo dietro di lui, contemplava l’idea di avvelenare Hercules, che vedendola, si era messa a ringhiare sommessamente.

«Dimmi cosa è successo...» Mark raggiunse preoccupato il letto della figlia. Seduta a gambe incrociate, la piccola teneva in grembo il vaso con il pesciolino rosso.

«Nemo è morto», gemette, asciugandosi il naso con il braccio e alzando gli occhi verso il padre. «Galleggia sull’acqua. È morto, papà. È morto!»

“Brutta mocciosa.” Quanto le sarebbe piaciuto farle mangiare quel pesce di merda per colazione. Rimanendo sulla porta della stanza, Jade notò inviperita che l'acqua puzzolente aveva impregnato la camicia da notte della bambina e il piumone sottostante. E a chi sarebbe toccato lavarlo, visto che Melissa era utile quanto una scoreggia nello spazio?

«Su, dai, Poppet.» Mark si avvicinò al letto della figlia abbracciandola e baciandola sulla testa. "Che gesto tenero..." Jade non resistette alla tentazione di scattare un'altra foto.

«Fammi vedere, magari sta solo dormendo.» Mark la consolò dolcemente.

«Non sta dormendo!» Le lacrime sgorgarono di nuovo dagli occhi di Poppy. «È morto!»

Mark annuì comprensivo, la strinse più forte a sé e poi infilò la mano nell'acqua.

"Che schifo!" Jade arretrò vedendo il pesce galleggiare sopra il palmo della sua mano. Lo osservò estasiata soffiare dolcemente sul pesce. Era veramente la persona più dolce e gentile che avesse mai conosciuto. Nonostante i ripetuti tentativi di resuscitarlo, il pesce non mosse neppure una pinna e Mark assunse un'espressione mortificata. «Mi sa che forse hai ragione», ammise alla fine, sospirando avvilito. «Credo che Dio se lo sia preso per metterlo nell'acquario di Gesù bambino.»

Mark guardò Poppy stringendosi tristemente nelle spalle. A giudicare dalla piega ostinata che aveva sulla fronte, Poppy non era convinta. «Ma perché Dio lo vuole per l'acquario di Gesù bambino?» insistette lamentosa.

"Per darlo in pasto agli altri cinquemila pescioloni", pensò Jade, alzando gli occhi al cielo fra sé e sé, benché non potesse fare a meno di ammirare la fantasia di Mark.

«Perché...» Lui esitò e aggrottò la fronte, in cerca di una qualche spiegazione.

«Perché l'acquario di Gesù bambino è l'oceano», gli venne in soccorso Jade, appena le lanciò un'occhiata disperata.

Poppy la guardò con due occhioni speranzosi e sbatté le palpebre.

«Una parete della sua cameretta è fatta di vetro», continuò Jade, andando a inginocchiarsi davanti a lei, anziché sedersi sul bordo del letto bagnato. «Lui tiene d'occhio tutti i pesci per assicurarsi che i piccoli che si sono persi trovino le loro mamme e i loro papà e vadano a nuotare nel paradiso dei pesci tutti insieme, per sempre.»

Poppy guardò estasiata prima Jade poi Mark e viceversa. «Come Dory? Anche lei ha trovato la sua mamma e il suo papà», bisbigliò, entusiasmandosi all'idea.

«Proprio come lei.» Mark sorrise a Jade, immensamente risollevato.

«Il film parla proprio di questo, vero, Mark?» La dolcezza dei suoi tristi occhi color cioccolato le procurò un istantaneo tuffo al cuore e dovette alzarsi subito in piedi, per non sciogliersi davanti a lui.

«Eh, sì.» Mark stette perfettamente al gioco. «È una storia vera.»

Poppy guardò il padre e poi Jade, con due occhioni così fiduciosi da risultare quasi commoventi. «Mi aiuti a seppellirlo, Jade?»

«Certo», le promise con un sorriso rassicurante. «Prima però vado a vedere cosa combina Evie.» Indicò la cameretta della bambina, che stava piangendo, perché era stata svegliata di gran lunga troppo presto.

«E io mi sa che devo occuparmi di te, signorina.» Mark rimise con cura il pesce nell'acqua e si alzò in piedi. «Per ora lo lasciamo lì al sicuro», disse, afferrando il vaso dalle mani della bambina.

Lo posò sulla toeletta sistemata contro la parete opposta, e quando Jade si diresse alla porta le strizzò l'occhio con fare cospiratorio. Lei sussultò nel profondo. Mark si girò di nuovo verso la figlia, che secondo Jade pretendeva veramente troppo da lui. Non era sano. «Forza, Poppet, scendi dal letto», disse, sollevandola dal materasso. «Non possiamo mandare Nemo nel paradiso dei pesci con un vestito tutto bagnato, no? Mani in alto», ordinò, offrendo a Jade un'altra opportunità di scattare una foto mentre le sfilava la camicia da notte dalla testa.

La presenza di una bimba nuda che rabbrividiva e si contorceva non le andava molto a genio, ma con Mark a torso nudo... come si faceva a resistere? E in seguito, se per caso Poppy fosse scomparsa, Mark avrebbe apprezzato le foto, immaginò.

Canticchiando allegramente, andò nella cameretta della neonata. Appena intravide Melissa uscire barcollando dalla stanza matrimoniale, si infilò rapidamente all'interno. Chiuse la porta e rabbrividì. Con quegli occhi spenti, la faccia bianca come un lenzuolo e i capelli biondi spaventosamente spettinati, quella donna sembrava una carcassa trascinata in casa dal gatto. Per un attimo le tornò in mente quel felino pulcioso che avevano creduto di sua proprietà. Sperava davvero che a Dylan non venisse in mente di andare a frugare in fondo al freezer. Siccome il giovane preferiva la cucina di sua madre ai propri disastri culinari, non era affatto probabile, quindi Jade aveva avvolto il pacchetto nel cellophane, poi l'aveva infilato in un sacchetto per la spesa e infine in una scatola di plexiglas con su scritto LATTE PER NEONATI. Gli aveva intimato di non aprire assolutamente la scatola finché il latte non fosse stato pronto all'uso; in ogni caso, avrebbe dovuto spostarlo al più presto.

Jade corse a prelevare Evie dalla culla. «Ciao, bambina bellissima.» Le sfoderò un sorriso. «Adesso ti cambio e ti do da mangiare, va bene? Non vogliamo che quella scema di Melissa venga a rompere le scatole, vero, Angel? No, no, no.» Quando la bambina – chiaramente deliziata di vederla – cominciò a ridacchiare allegramente mostrando le gengive, Jade allargò il sorriso.

Sistemandola nell'incavo di un braccio, le afferrò una manina e le baciò le minuscole dita. «Noi due vogliamo che se ne vada via, vero, tesoro mio?» bisbigliò. «Via dalla nostra vita una volta per tutte!»

31.

Mark

La ricerca di Daisy era stata èstesa a zone più lontane, soprattutto boschi, frutteti, aziende agricole produttrici di birra e sidro. Nel frattempo, Mark studiava attentamente le mappe storiche del territorio, in cerca di edifici abbandonati con accesso diretto alla cantina e proprietà magari non più esistenti in superficie, soprattutto se munite di fosse biologiche chiuse o di un posto qualsiasi in cui nascondere un piccolo corpo.

«Come va tutto il resto?» gli domandò Lisa, tornando da un sopralluogo in centro, dove un gruppo di giovani sfaccendati aveva deciso di combattere la noia telefonando alla polizia per segnalare l'avvistamento della bambina. Un altro falso allarme.

Mark pensò che gli stesse chiedendo di Melissa. Edwards quella settimana l'aveva ripreso due volte per i suoi ritardi. A causa del pandemonio che regnava a casa sua, erano diventati la norma. Mel era passata dal sonno pesante a continui risvegli notturni, in cui pretendeva di allattare la figlia. Mark ne sarebbe stato felice, se non fosse stato per il fatto che si sentiva in dovere di sorvegliarla come un falco, e non era una bella sensazione. Inoltre, così facendo aveva di nuovo fatto sballare il ritmo di Evie. Jade doveva avere la pazienza di una santa. Anche se non l'aveva detto esplicitamente, si capiva dall'espressione degli occhi che non era contenta di affidare la piccola alla madre. Mel stava anche cercando di rimettersi in carreggiata con il lavoro accettando le commissioni di Garden & Homes. Per Mark era stato un gran sollievo, finché non l'aveva aiutata a caricare delle creazioni di ceramica in macchina, scoprendo una borsa piena di bottiglie di vino vuote.

«Viviamo alla giornata.» Mark sorrise, lanciando a Lisa uno sguardo sfinito, grato che l'amica si prendesse la briga di informarsi. Gli aveva rivelato nei dettagli quale era stata la reazione di Melissa all'SMS che lui le aveva mandato la settimana precedente. A quanto pareva, Mel era rimasta abbastanza calma, l'aveva mandata via dicendole che dubitava che se la fosse scopata, visto che suo marito preferiva donne più giovani e più «dotate» di lei. Mark contrasse di nuovo il viso immaginando la scena. Lisa, ovviamente, aveva smesso di mandargli messaggi di prima mattina, il che significava che, quando arrivava al lavoro, raramente era informato sugli sviluppi delle indagini.

«Continua a illudersi che la bambina sia ancora viva», disse Cummings, passando davanti alla scrivania di Mark, diretto alla porta. Ovviamente, immaginava che stessero parlando di Daisy.

«È sempre possibile», sottolineò Lisa.

«È assolutamente impossibile», urlò il sergente dal corridoio. «Starà facendo crescere nuove margherite su un prato.»

«Che uomo volgare!» sbottò Lisa ad alta voce. «Non possiamo proprio fare niente per mandarlo via? Dobbiamo per forza condividere l'ufficio con quel coglione?»

«Non è tanto facile, visto che suo padre gioca a golf con Edwards; e, fidati, ci sto provando», le assicurò Mark. Francamente, avrebbe preferito lavorare nel bagno, piuttosto che dividere l'ufficio con quell'uomo, ma per il momento non aveva altra scelta.

Si alzò sospirando. Aveva individuato un luogo plausibile: un cottage che un tempo sorgeva ai margini della terra degli Hawthorn. Doveva radunare alcuni agenti in uniforme per andare a dare un'occhiata.

«Magari ingaggio un sicario», mormorò Lisa furente.

Mark fece un sorriso tremulo. «Buona idea. Purtroppo, è illegale.»

«Allora ci vuole un piano B.»

Mark inarcò un sopracciglio.

«Mettergli dei lassativi nel caffè, visto che gli piace tanto spargere merda in giro.»

Mentre prendeva la giacca, Mark scosse la testa. «Evitiamo di sporcarci le mani», disse.

«Mark... se hai bisogno di qualcosa, di parlare, sai dove trovarmi, d'accordo?»

«Grazie, Lisa.» Mark annuì con gratitudine. «Magari ne approfitterò. Al momento, però, credo che le cose siano abbastanza sotto controllo.»

Sempre che Mel accettasse di farsi aiutare e andasse dal dottore... "Oh, cazzo!" Mark controllò l'orologio e prese il telefono. Voleva ricordarle l'appuntamento.

32.

Melissa

Dopo aver tentato più volte di allattare Evie, sotto gli sguardi esasperati di alcuni pazienti in sala d'attesa, Mel si arrese. Le veniva da piangere. Balzò in piedi, premendosi la bambina contro la spalla. Aveva già provato a cullarla, a cambiarla, a farla girare in passeggino, ad agitare dei giocattoli trovati nello studio, a camminare avanti e indietro, ma Evie continuava a urlare.

Sempre più angosciata, Melissa sentì squillare il telefono e per poco non le venne un infarto. Lo estrasse frettolosamente dalla tasca del soprabito. Quando vide che era Mark, disse bruscamente: «Cosa vuoi? Sono qui!».

«Volevo solo sapere come stai», replicò lui. «Accertarmi che stesse andando tutto bene.»

«Sono solo venuta dal dottore, non sono partita per una spedizione nell'Antartico. Non c'è bisogno che mi telefoni per sapere come sto.»

«Va bene.» Mark si interruppe. «È Evie che sta piangendo?»

Mel era tentata di buttargli giù il telefono. Ovvio che era lei, chi altro poteva essere? «Sì», rispose brusca. «Sto cercando di allattarla.»

Il marito tacque, irritandola ancora di più. Se sentiva piangere sua figlia, perché non andava direttamente da lei? «Immagino che Jade non sia lì con te...» disse lui con cautela.

«No. Io non ho bisogno della babysitter, Mark.» Mel era sempre più seccata. «Sono adulta. Sono capace di andare da sola dal dottore.» Persino mentre parlava, le venne di nuovo da piangere. Aveva bisogno di una babysitter, per Evie. Questo era chiaro. Ma era lei la madre. Allora perché non riusciva più a combinare niente di buono per sua figlia?

«Ci sei andata in *macchina*?» A quel punto, Mark parve incredulo.

Mel si staccò il telefono dall'orecchio, lo fissò e terminò la chiamata. Perché non si fidava di lei? Perché continuava a sorvegliarla, come se si aspettasse un suo passo falso da un momento all'altro? Stava forse per fare un passo falso? Fino a poco tempo prima aveva solo immaginato di essere felice e soddisfatta? E che lo fosse anche Evie, come tutta la sua famiglia?

Stava impazzendo, per caso? Possibile che fosse l'unica a non essersene accorta finora? Una paura gelida le strinse lo stomaco, e dita di ghiaccio le afferrarono il cuore, la mente. In quella stanza affollata si sentì all'improvviso completamente sola.

«Che cos'hai, tesoro?» bisbigliò, schiacciando il viso sulla morbida testolina lanuginosa della bambina e aspirando l'odore che avrebbe dovuto legare per sempre madre e figlio. Eppure, Evie non la voleva. Era come se attraverso i suoi occhietti innocenti vedesse che sua madre non era più in sé.

Mel non fece caso alle grosse lacrime che le rigavano le guance e al singhiozzo angosciato che le sfuggì dalla gola. Non udì neppure chiamare il suo nome, finché il dottor Meadows non le si avvicinò, le cinse le spalle con un braccio e la condusse delicatamente nella stanza delle infermiere.

Mel attese che il medico finisse di esaminare gli appunti. Nel frattempo, vide un'infermiera tubare con Evie, che dopo aver terminato un biberon di latte artificiale stava gorgheggiando felice. Aveva quasi deciso di non andare dal medico, ma Mark aveva insistito così tanto che non se l'era sentita di mancare all'appuntamento. Ora era contenta di aver seguito il suo consiglio. Il dottor Meadows era stato gentilissimo, era persino riuscito a farle tornare un po' di fiducia in sé stessa. Nonostante le lamentele dei pazienti in coda, si era preso il suo tempo per accertarsi che lei, e soprattutto Evie, ricevessero le cure necessarie. Aveva atteso che si ricomponesse e poi l'aveva accompagnata personalmente nel proprio studio, permettendole così di evitare i bisbigli e gli sguardi compassionevoli della gente in sala d'attesa. Di sicuro, non ne aveva bisogno.

L'aveva ascoltata mentre cercava goffamente di scusarsi e di spiegare che stava andando tutto bene nella sua vita e non sapeva assolutamente perché si sentisse in quella maniera. I sintomi non erano comparsi gradualmente, bensì all'improvviso, come una bomba.

Lui le aveva chiesto di spiegargli come si sentisse di preciso. Dopo un attimo di esitazione, Mel aveva riassunto i sintomi che conosceva fin troppo bene: mancanza di energia, sfinimento, sonno eccessivo o insufficiente, perdita di appetito. Irritabilità, agitazione e talvolta apatia. Ogni sua ammissione aveva acuito la paura. Aveva problemi a concentrarsi e a prendere decisioni. Mel manifestava tutti i sintomi della depressione di cui pensava di essersi liberata. La sensazione più inquietante era il terrore di non essere in grado di badare alla figlia neonata. Anzi, di rischiare addirittura di farle del male.

«E questo la fa sentire in colpa?» domandò sagacemente il dottor Meadows, guardandola negli occhi. Era uno sguardo pieno di compassione, per nulla giudicante, come invece lei aveva temuto. A quel punto Melissa si pentì di non aver chiesto aiuto prima.

Prese un lungo respiro e annuì.

«Prova sentimenti di impotenza e si colpevolizza? Pensa al suicidio o a farsi del male?» la spronò gentilmente il medico. «Non c'è nulla di cui vergognarsi, signora Cain», si affrettò ad aggiungere, vedendola abbassare lo sguardo.

Mel annuì di nuovo. Aveva cercato di non permettere alla sua mente di imboccare quella strada nei momenti più bui, ci aveva provato con tutte le sue forze, ma vedendo gli occhi addolorati e confusi di Mark e sentendo al contempo l'impulso perverso di farlo soffrire ancora di più, aveva cominciato a pensare che lui sarebbe stato meglio senza di lei. Il fatto che avesse avvertito il bisogno di parlare con un'altra donna aveva intensificato quei sentimenti. Secondo Mel, Mark non avrebbe mai capito fino in fondo quale sofferenza atroce le avesse procurato l'idea che lui non fosse riuscito a comunicare direttamente con lei.

Il dottor Meadows si lasciò andare contro lo schienale della sedia con il mento appoggiato alle mani giunte e un'espressione pensierosa. «So che ha già manifestato gli stessi sintomi in precedenza. Il processo di guarigione non è così facile, vero?»

«No.» Mel lo sapeva molto bene. Aveva imboccato una strada lunga e tortuosa, piena di montagne da scalare e trappole in cui inciampare.

«Ammettendolo, ha già vinto metà della battaglia», continuò lui. «A volte la gente tende a giudicare, mi sa che fa parte della natura umana...» Sospirò. «Non si giudichi attraverso gli occhi degli altri. Questa è la cosa più importante da ricordare. La depressione post partum è un sintomo comune. Se le malattie mentali non fossero considerate ancora vergognose, sono sicuro che molte donne ammetterebbero di sentirsi esattamente come lei.»

"Davvero?" si chiese Mel. Le neomamme non erano forse le giudici più severe di sé stesse?

«Disponiamo di nuove tecnologie, siamo in grado di riaggiustare le cose», scherzò, strizzandole l'occhio.

Mel si rilassò un pochino, che era esattamente l'obiettivo del dottore.

Magari fosse stato così facile. «Intende un trapianto del cervello? Perfetto.» Sorrise al medico. Faceva un bell'effetto: quando aveva smesso di sorridere?

«All'inizio, credo che ci vorrà un breve ciclo di antidepressivi», spiegò lui. «Se sente il bisogno di parlare, anche un po' di psicoterapia potrebbe aiutarla. Suo marito la sostiene, signora Cain?»

«Sì», rispose lei con un po' di esitazione. «Ma... ci è già passato anche lui.» Lasciò la frase in sospeso.

Meadows annuì. «Mi scusi se le do un piccolo suggerimento: secondo me, vorrebbe aiutarla. Mentre lei era con l'infermiera, è venuto a chiedere come stava. La sta aspettando.»

Vedendo Mark cambiare espressione mentre si avvicinava alla figlia, Melissa provò un senso di gioia mista a un dolore palpabile, insopportabile. Si sentiva scoppiare il cuore nel petto. Non era giusto. Non era colpa di Mark. Il problema era *lei*, Melissa. Il suo stupido cervello disfunzionale.

Se prima poteva allontanarsi da casa quando voleva, ora si sentiva costretto a rimanere vicino a loro, perché era legatissimo alle figlie, non si poteva certo negare. Ma sarebbe riuscito a sopportare tutto questo? Di nuovo?

«Ehi, miracolo della natura», sussurrò, prendendo delicatamente in braccio la figlia. La osservò estasiato, come se non potesse credere ai propri occhi. Mel deglutì.

«È bellissima», disse l'infermiera, sospirando udibilmente, quando Mark si piegò per baciare con tenerezza la piccola fronte di Evie.

Lui sorrise: era il sorriso dolce e adorante che i padri riservano alle figlie. «Come la sua mamma», replicò sottovoce, girandosi a guardare Mel.

Vedendo i suoi occhi pieni d'amore oppressi da un'ansia terribile, Mel soffocò un singhiozzo. Doveva migliorare. Doveva assolutamente rimettersi in sesto, per il bene di Mark e delle sue bambine.

33.

Mark

Mark slacciò la cintura del seggiolino di Evie e la prese in braccio; poi, vedendo l'auto della moglie imboccare il vialetto di casa, tirò un sospiro di sollievo.

«Ecco la mamma!» disse dolcemente, aspettando che Mel parcheggiasse, prima di entrare. Non poteva rimanere. Anche se Lisa lo stava coprendo, doveva tornare al lavoro appena possibile. Si augurava che Jade fosse in casa. Sperava con tutte le sue forze che Melissa non insistesse per guidare. L'ultima cosa che desiderava al mondo era che sua moglie pensasse che lui intendesse privarla della sua indipendenza, ma al momento non la riteneva idonea alla guida, soprattutto con una bambina in macchina. Era esausta e distratta, e lui temeva che avesse cominciato a bere durante il giorno.

Come volevasi dimostrare, Mel scese dall'auto e si diresse all'ingresso prima di lui, poi tornò subito indietro a prendere le chiavi. Dopodiché fece di nuovo dietrofront per prelevare la borsa della bambina.

«Grazie per essere venuto, Mark. Adesso andrà tutto bene», disse, superandolo per andare ad aprire la porta. Fece per afferare il seggiolino di Evie, come se si aspettasse che lui glielo passasse senza battere ciglio e tornasse al lavoro.

«La porto dentro io.» Mark le sorrise, diretto all'ingresso.

Mel annuì a denti stretti, ma si scostò per farlo passare. «Vado di sopra?» le domandò, mentre lei lo seguiva in corridoio.

«No», Mel ricambiò il sorriso, anche se sembrava ancora a

chilometri di distanza. «La tengo con me in cucina per un po'. Mi è mancata la sua compagnia.»

Mark temeva che dopo tutto quel trambusto la bambina fosse stanca e potesse diventare irritabile.

«Fra poco la porto di sopra», continuò Mel, togliendosi il soprabito.

Lui annuì ed entrò in cucina, avvicinandosi all'isola al centro del locale. Esitò di nuovo. La bambina era al sicuro lì sopra? "Certo che sì", rimbrottò sé stesso immediatamente dopo. Non era così probabile che Mel la facesse cadere accidentalmente a terra su quel pesante seggiolino. Per ogni evenienza, lo sistemò al centro del ripiano.

«Sono arrivati i periti?» gli domandò Mel entrando in cucina, mentre Mark toglieva la giacchetta alla neonata.

«Come?»

«I periti per l'incendio. Mi chiedevo se Jade avesse ricevuto il nullaosta per cominciare i lavori di ricostruzione della casa.»

Mark cercò di riflettere. Aveva notato che Jade non sembrava molto interessata alla propria casa. Praticamente, non ci si avvicinava neppure. In fin dei conti, però, non doveva essere facile frugare fra i rimasugli inceneriti della propria vita, fra mille progetti per il futuro andati in fumo. «Credo che siano arrivati un paio di settimane fa. Ha detto che si stava facendo fare dei preventivi. Perché?»

«No, niente. Ero solo curiosa.» Scrollò le spalle, avvicinandosi al bollitore con aria preoccupata. «Ti piace?» domandò di punto in bianco. Mark rimase perplesso, sforzandosi di capire a cosa stesse alludendo.

«Mi piace cosa?» Controllò il pannolino di Evie, poi si avvicinò al frigo per prendersi dell'acqua.

«Il colore dei miei capelli.» Mel si girò verso di lui. I suoi splendidi occhi verdi erano colmi di un'insicurezza che lui non si sapeva spiegare. Mark si sentì impotente.

La guardò attentamente, notando il pallore del volto, accentuato dalla tonalità dei capelli. «A dire il vero», disse, sperando di non peggiorare la situazione, «preferisco il tuo colore naturale.»

Mel, apparentemente impassibile, annuì. «Caffè?» domandò, distogliendo lo sguardo.

«No, grazie.» Preoccupato dal repertino cambiamento di discorso, Mark l'osservò attentamente. «Devo tornare al lavoro.»

«Scusami. Ovvio.» Mel fece una pausa. «Stavo pensando di tingermeli di nuovo.»

I capelli, immaginò Mark. «Buona idea», disse lui, tornando da Evie, che Mel non aveva ancora degnato di uno sguardo da quando era entrata in cucina.

«Mark, mi racconteresti mai una bugia?» gli domandò, cambiando di nuovo argomento.

«Mai», rispose lui deciso. In realtà, gli sembrava di mentire persino in quel momento, assecondando l'ostinazione della moglie a ignorare l'enormità del loro problema. Avrebbe voluto affrontare la questione senza mezzi termini, parlare fuori dai denti, non in quel modo rigido e pieno di pause innaturali. Come poteva sperare di aiutarla, se lei non si fidava di lui? «Perché me lo chiedi?»

Mel ignorò anche quella domanda. O forse non l'aveva neppure sentita. L'espressione impassibile che aveva in faccia gli impediva di stabilirlo con certezza. Lei preparò il caffè in silenzio, raggiunse la porta sul retro, l'aprì e si sedette al tavolo del cortile.

Senza il caffè. Mark notò che era ancora posato sul ripiano.

«Torno subito, tesoro.» Placata la sete della figlia, Mark prese della carta assorbente e le asciugò la bocca, poi raggiunse Mel con il caffè.

«Fra poco devo andare», le ricordò, posando il caffè sul tavolo del cortile e controllando l'orologio, chiedendosi se fosse il caso di telefonare per avvisare che era intervenuta un'emergenza. Ma quante volte avrebbe potuto farlo? Forse sarebbe stato il caso di tenersi un'altra possibilità per una situazione più urgente. Cacciò il pensiero. «Mel, tutto a posto?»

Lei non rispose.

«Mel?»

«Sì, bene», disse alzando lo sguardo, senza però dare segno di vederlo.

«Evie ha bevuto dell'acqua.» Mark fece un nuovo tentativo, sperando che lei dicesse qualcosa; sperando che quell'impasse si risolvesse come d'incanto.

Mel sorrise. «Bene.»

Esasperato, Mark guardò di nuovo in cucina, dove era rimasta Evie. Per il momento era tranquilla, anche se dubitava che sarebbe rimasta tale per molto tempo. Non gli andava di lasciarla lì da sola, mentre la moglie era in cortile. «Jade torna presto?»

«Dovrebbe», rispose Mel. «È andata dal dentista con un dente. Intanto che torna a casa, va da Poppy.»

Con il mal di denti, immaginò Mark. *Andrà a prendere* Poppy *da scuola.* Sempre più preoccupato dall'apatia di Mel, prese una sedia e le si sedette davanti. «Ti va di prendere le medicine? Gli antidepressivi?»

Mel scrollò le spalle indifferente.

«Li hai già presi? La prima dose...»

Stavolta scosse la testa.

Eppure, sembrava più assente che mai. Mark, frustrato, insistette. «Secondo te, è una buona idea guidare sotto l'influsso dei farmaci?» Doveva affrontare l'argomento della guida, a costo di passare per un maniaco del controllo. L'unica alternativa era sottrarle le chiavi dell'auto, cosa che voleva assolutamente evitare.

Mel alla fine lo guardò con diffidenza. «Se pensassi di non essere in grado di guidare, non lo farei.»

Mark annuì. «Se per caso i farmaci compromettono la tua idoneità alla guida, devi informare la motorizzazione...»

Mel si accigliò e poi scrollò di nuovo le spalle, come se la questione l'interessasse solo di striscio. Mark era sempre più apprensivo. Cosa avrebbe potuto fare? Non riusciva a cavarle niente di utile.

Alla fine, decise di afferrare il toro per le corna. Non aveva altra scelta. «E stai evitando di bere alcol, vero?»

«Evitando...?» Melissa girò la testa di scatto e lo scrutò in faccia. «Stai scherzando?» Scoppiò a ridere incredula.

Mark sostenne il suo sguardo. «Proprio per niente», le garantì. Avrebbe fatto qualsiasi cosa per lei. Credeva – sperava –

che lei lo sapesse. Però non era disposto a rischiare di perdere le sue figlie.

«Da quando in qua ubriacarsi per una volta sola dopo non so quanto tempo è diventato un crimine?» Lo fissò, divertita e arrabbiata al tempo stesso.

«Hai preso una sbronza assurda», le ricordò Mark, non trovando parole migliori per descrivere l'episodio.

«Sì, proprio assurda!» Mel alzò la voce. «E mi spiace di averti messo in imbarazzo. Mi spiace di aver perso il controllo... Ma insomma, Mark, quante volte dovrò scusarmi ancora? Da allora non ho più bevuto una sola goccia d'alcol.»

«Bene.» Mark fece un pesante sospiro. Non si era aspettato che l'ammettesse, ma quantomeno che non lo negasse.

«Cosa significa quel sospiro?» domandò Mel, sempre più inferocita.

Mark si passò una mano sul collo. «Niente. Sono preoccupato, Mel. Tutto qui.»

«Che guidi sotto l'effetto dei farmaci?»

«Ovvio.» Lui la guardò negli occhi. Erano di brace, iniettati di sangue. La osservò attentamente, notando che il tempo di reazione della pupilla sembrava rallentato. Il dettaglio consolidò la sua determinazione. «Non voglio che tu corra dei rischi...»

«Guidando sotto l'effetto dell'alcol?» Mel terminò furente la frase.

«Entrambe le cose», aggiunse Mark sconsolato.

«Non guido mai quando bevo», ribatté Mel aggressiva. «Non l'ho mai fatto!»

Mark si premette forte la base del naso con indice e pollice.

«*Mark?*» Mel stava aspettando una risposta, ma lui non poteva dire quel che pensava veramente, e cioè che non poteva più fidarsi di lei e che questa consapevolezza lo stava uccidendo.

«Non ci posso credere!» Mel arretrò bruscamente con la sedia e tornò in cucina come una furia. «Perché, già che ci sei, non mi fai soffiare nel palloncino?»

Mortificato dalla propria mancanza di tatto, Mark si affrettò a raggiungerla in casa.

Vedendola aprire e chiudere sbattendo tutti gli armadietti della cucina, provò un tuffo al cuore.

«Su, guarda!» sbraitò. «Controlla tu stesso!»

«Mel, smettila.» Mark lanciò un'occhiata a Evie, allarmata da tutto quel baccano.

«Non dimenticare di guardare in frigo.» Mel lo raggiunse a passi pesanti, aprendolo di scatto. «Cioè, ci sarà per forza una bottiglia in fresco...» Si bloccò, fissando quel che c'era dentro, poi chiuse di nuovo lo sportello. «*Oh, no, cazzo!*»

Mark dovette reprimere la rabbia. Non sapeva bene che senso avesse quella scenata, ma stava accadendo davanti a Evie.

«Chi ha spento il frigo?» urlò Mel, mentre lui le andava incontro.

Mark si irrigidì, confuso. «Cosa?»

«Il frigo. L'interruttore sulla parete è spento!» Mel indicò il muro e afferrò di nuovo la maniglia del frigo. «Merda», farfugliò. «Merda, merda... merda!»

"Oh, Cristo." «Mel...» Sentendo la voce strozzata della moglie, si rese conto del problema. Stava per avvicinarsi a lei, quando vide entrare Jade con Poppy per mano, gli occhioni vigili e sgranati. Nell'altra manina stringeva un pesciolino rosso. Mark rimase ulteriormente mortificato, rendendosi conto che le avevano rovinato brutalmente un momento di gioia.

«Cosa è successo? Mark? Mel?» Jade, chiaramente sconcertata, lasciò la frase in sospeso.

Mark alzò la mano per quietare le acque. Poi, vedendo che Jade aveva capito, accennò con la testa a Evie e si avvicinò alla moglie.

«È andato a male» disse lei, cominciando a piangere sul serio. «È andato tutto a male.»

Lui allungò una mano, accarezzandole dolcemente la schiena, cercando di attirarla a sé. Non sapeva cos'altro fare. Non era in grado di risolvere la situazione.

«Perché la mamma piange?» bisbigliò Poppy preoccupata, rivolta a Jade.

«Mi sa che ha il mal di testa», rispose la babysitter sottovoce, avvicinandosi a Evie, che ora stava manifestando il proprio disagio urlando.

Mark fece un cenno di apprezzamento e cercò di consolare la moglie, ma lei gli resisteva, lo respingeva. All'improvviso, Melissa lanciò uno sguardo accusatorio a Jade e disse: «Sei stata tu?».

«A fare cosa?» Jade fissò confusa prima Mel poi Mark. «Non so bene che c...»

«Il freezer», spiegò Mark, sfinito. «Qualcuno l'ha spento.»

«Io no.» Jade sembrò allarmata. «Almeno non mi pare...»

«Be', qualcuno deve averlo fatto per forza!» tagliò corto Mel, facendo indietreggiare sia Jade che Poppy.

Mark guardò Jade come per scusarsi e cinse le spalle della moglie con un braccio. «È stato un incidente», disse dolcemente, rendendosi conto del turbamento di Mel. Determinata a continuare ad allattare Evie al seno, si era tirata il latte ogni giorno, religiosamente, assicurandosi che il freezer fosse sempre ben rifornito.

«È andato tutto a male», ripeté Mel, prendendo un respiro profondo, scossa da un brivido improvviso.

«Mi dispiace molto, tesoro.» Mark cercò di stringerla a sé, ma lei non voleva essere abbracciata. Non sembrava volerlo accanto. Aveva il corpo rigido, le emozioni precariamente chiuse dentro di sé. "È come una molla pronta a scattare", pensò Mark.

«Non importa.» Prese un tremulo respiro. «Avevo comunque intenzione di svezzarla. Tanto adesso non posso più allattarla... Metterei a rischio mia figlia, giusto? Mark, sarai felice di sapere che sono abbastanza lucida da comprendere questa cosa...»

"I farmaci." Mark chiuse gli occhi. Accidenti. Non ci aveva neppure pensato, ma evidentemente sua moglie sì, che pure era in condizioni pietose. Mel si divincolò da lui e si allontanò.

Mark esitò un attimo; poi, sentendola salire le scale, fece per seguirla. Non poteva lasciarla, non in quello stato.

«Mi dispiace», disse Jade in lacrime, mentre lui le passava

davanti. «Mi dispiace. Non credo davvero di essere stata io, ma se per caso...»

Notando l'espressione mortificata della ragazza, come se si sentisse in colpa, Mark si fermò per posarle una mano sulla spalla. «È stato un incidente», ripeté deciso. «Può essere stato chiunque.» "Persino Mel." Nello stato in cui si trovava al momento, in effetti, era possibile che l'avesse fatto lei stessa.

Jade annuì, ma rimase avvilita. Molto. Mark sperò che l'incidente non la convincesse a levare le tende.

«Vado in farmacia», propose invece, riuscendo chissà come a sorridere. «A prendere del latte artificiale. Vedrai che Evie starà bene. Non ti preoccupare, Mark.»

Lui chiuse gli occhi, risollevato. Se c'era una che sapeva cosa fare in quel momento era proprio Jade. «Sarebbe fantastico. Grazie.»

«Non c'è problema», lo rassicurò. «Vuoi venire con me, Poppy?»

«Sì.» La bimba annuì in fretta, come se al momento fosse disposta ad andare ovunque, piuttosto che rimanere a casa.

«Posso portare anche Evie», suggerì Jade. «Non dovremmo impiegarci molto tempo. Magari così avrete modo di...» Accennò diplomaticamente alle scale. «Sempre che a Mel non dispiaccia che prenda la sua macchina...»

«No, figurati.» Mark indicò con la testa il ripiano al centro della stanza, poi si chinò per abbracciare la figlia. «Fai la brava, Poppet», disse, notando angosciato l'espressione confusa della bambina. «E ricordati che intanto che la mamma non si sente bene, devi obbedire a Jade. Fai tutto quello che ti dice, capito?»

«Sì», gli promise la figlia, annuendo coraggiosamente.

Mentre saliva le scale, Mark sentì Jade calmare Evie e chiacchierare con Poppy, assicurandole che per il momento Dory sarebbe stata bene nel lavandino, nella sua acqua speciale per pesci. Si sentì fortunato. Quando Mel l'aveva assunta frettolosamente, lui aveva temuto che non fosse qualificata. Questo era accaduto un lungo mese prima. Ovviamente, i suoi timori erano infondati. Non solo era abbastanza competente da gestire le bambine nei momenti di crisi, ma anche abbastanza premurosa da farlo con piacere. Era indispensabile, ora lo sapeva con certezza. Avrebbe dovuto fare il possibile per metterle a disposizione tutto quello che le serviva, compresa l'auto di Mel. Se fosse rimasta – e lui sperava con tutto il cuore che fosse così – avrebbe dovuto utilizzarla regolarmente.

Quando Mark si svegliò a notte fonda, rimase innanzi tutto sorpreso per il silenzio. Poi, tastando il letto accanto a sé, si accorse dell'assenza di Mel e andò nel panico.

Sollevò di scatto il piumone, inciampandoci quasi, mentre si infilava i pantaloni della tuta per uscire in corridoio. Non vedendo luci accese da basso, puntò dritto verso la stanza della neonata, sbirciando prima in camera di Poppy. La bambina dormiva profondamente, con Hercules lealmente raggomitolata ai piedi del letto. A quanto pareva, anche lei doveva aver lottato con le coperte. Ordinando al cane di rimanere dov'era, si infilò all'interno per coprire l'esile corpo della figlia.

La porta della stanza di Evie era insolitamente chiusa. Sia lui sia Mel preferivano tenerla leggermente aperta. Mark rimase fuori, in ascolto; poi, non udendo nulla, abbassò la maniglia ed entrò, guardando apprensivo la culla.

Evie, distesa a pancia in giù con una manina accanto al viso, sembrava addormentata. Bisognoso di accertarsi che stesse bene, si chinò sulla culla trattenendo il respiro. Vedendo fremere le palpebre della neonata immersa nei suoi sogni, chiuse gli occhi e tornò a respirare.

Mel, in piedi al centro della stanza, non sembrava consapevole della presenza del marito. Incerto sul da farsi e temendo fosse sonnambula, Mark ebbe un attimo di esitazione. Poi, vedendola irrigidire le spalle e respirare profondamente senza staccare gli occhi dalla figlia, le si avvicinò senza fare rumore.

«Non le farei mai del male», gli mormorò, appena si fermò dietro di lei.

«Lo so.» Sentendo la voce addolorata della moglie, si chiese da quanto tempo fosse lì in piedi a piangere sommessamente. Ebbe una fitta al cuore. «So bene che non le faresti mai del male, Mel», le disse. Mentre la stringeva a sé, cercò disperatamente di allontanare la sensazione che se solo l'avesse lasciata andare, avrebbe potuto perderla per sempre.

34.

Melissa

Melissa si mise a urlare mentalmente, ordinando al corpo di reagire. Con un senso di costrizione al petto, cercò di correre, di respirare, ma un vortice le risucchiava i piedi verso il basso. L'aria era densa, putrida; il fumo soffocante le bruciava i polmoni. Terrorizzata, si protese verso Evie, cercando di staccarsi di dosso le mani che le serravano le gambe come morse: braccia senza corpo che si levavano e torcevano come grigi rampicanti dalla palude. La sentiva piangere. I primi gemiti strazianti si mutarono in lacrime di terrore: sua figlia si stava disperando. Qualcuno la stava scuotendo, le stava facendo del male e lei non poteva...

Hush, little baby, don't say a word...

"Jade?"

«Buongiorno», le disse allegramente la ragazza.

Mel si sforzò di aprire gli occhi, sbattendo le palpebre pesanti, abbagliata dalla luce di cui la giovane sembrava circonfusa.

«Buongiorno», ripeté Jade, in piedi sopra di lei. «Ti ho portato il tè.»

Mel tentò di mettere a fuoco l'immagine, deglutì. Aveva la gola completamente secca. Con enorme fatica, provò a sollevarsi a sedere.

«Aspetta.» Jade fece un passo di lato.

Mel socchiuse gli occhi e vide la luce del sole filtrare attraverso le tapparelle. Erano quelle di casa sua, notò con immenso sollievo.

«Stavi dormendo come un sasso.» Jade tornò visibile. «Non volevamo svegliarti, perciò...»

«Chi altro?»

«Mark», precisò Jade, chinandosi per aiutarla a sistemarsi sui cuscini. «Ha detto che hai preso sonno dopo le tre, così abbiamo pensato di non disturbarti.»

Aveva di nuovo parlato al plurale. Non sapeva se le facesse piacere. Neppure che la lasciassero dormire fino a quell'ora assurda. L'ultima volta che era stata male, aveva orari a dir poco sballati. All'epoca, non aveva alcun motivo, o voglia, di alzarsi dal letto. Ma ora era diverso. Aveva una famiglia, da cui al momento si sentiva chissà come esclusa, anche se forse era solo un'idea paranoica. Doveva assolutamente tornare alla vita di sempre, alzarsi e darsi da fare. Non voleva arrendersi, stare a letto a lottare con incubi che sembravano troppo reali per essere sogni e la facevano sprofondare ulteriormente in una buia voragine. «Dov'è andato?» domandò, sollevando il piumone e tentando di mettersi a sedere: un compito non certo facile con il corpo e il cervello che parevano immersi in morbida melassa.

Jade tese una mano per aiutarla a raddrizzarsi. «Ha portato Poppy a scuola. E oggi Evie ha la visita medica programmata, perciò...»

«L'ha portata Mark?» chiese Mel sorpresa. «Ma non dovrebbe essere al lavoro?»

«Ha detto che voleva passare un po' di tempo con lei. Sarei andata io, ma...»

«Più che altro, voleva tenerla alla larga dal pericolo», commentò Mel rabbiosa. Vedendo l'espressione allarmata di Jade, si sentì subito in colpa. Di nuovo.

«È in buona fede, Melissa», replicò Jade, incerta, chiaramente timorosa di essere interrotta o zittita. «Ti capisco, davvero. A volte vorresti che ce ne andassimo tutti via e non ti trattassimo come un'incapace, ma lui sta solo cercando di rendersi utile.»

Era vero. Mel lo sapeva. Sospirò fra sé e sé. D'un tratto ripensò a quello che le aveva appena detto la ragazza e la guardò con curiosità. «Davvero mi capisci?»

Jade esitò per un attimo e poi annuì. «Anch'io ho preso farmaci», ammise con imbarazzo. «Solo per un breve periodo, dopo che i miei genitori...» Mel la scrutò in faccia, cercando di metabolizzare questa nuova informazione sulla babysitter. «Adesso sto bene. Probabilmente, avrei dovuto dirlo subito, ma...» Abbassò la testa e lasciò la frase in sospeso con aria imbarazzata.

«Pensavi che non ti avrei assunta?» disse Melissa con empatia. I disturbi mentali erano più conosciuti di un tempo, ma suscitavano ancora molti pregiudizi e il timore dell'ignoto. Mel l'aveva provato sulla propria pelle. Però non avrebbe mai immaginato che Mark potesse giudicarla incapace di badare alle sue stesse figlie.

Jade annuì lentamente. «Scusa», disse con un filo di voce.

Mel si sentì ancora più mortificata. La ragazza era stata efficiente e molto affettuosa con Poppy ed Evie e si era fatta in quattro per dare una mano. Inoltre, aveva affrontato situazioni che la maggioranza della gente avrebbe evitato. E lei, anziché dimostrarle gratitudine, l'aveva accusata di aver sabotato la sua scorta di latte, anche se era stato chiaramente un errore accidentale. Jade doveva sentirsi malissimo.

«Non devi scusarti.» Mel le afferrò la mano e la povera ragazza sembrò sul punto di piangere. «Sappi che ti avrei assunto comunque e sappi che sei una babysitter fantastica e te ne sono immensamente grata.»

«Sul serio?» La ragazza sorrise. Aveva un sorriso bellissimo.

«Sul serio.» Mel le strizzò la mano. «Sono io che devo chiederti scusa. Non avrei dovuto accusarti in quella maniera per il freezer. L'interruttore è messo in un punto tale che è facile schiacciarlo per sbaglio. L'ho fatto anch'io con il bollitore. In ogni caso, scusami.»

«Non hai bisogno di scusarti», ribatté Jade, sollevando la tazza di tè e porgendogliela. Poi le passò le medicine. Doveva avergliele date Mark. Temeva che dimenticasse di prenderle o le lasciasse in giro. A Mel sarebbe piaciuto dimenticare di ingoiare quei farmaci maledetti. Persino senza, le girava la testa come se fosse ubriaca fradicia.

Non stupiva che lui sospettasse che bevesse in segreto. Eppure, le dispiaceva che le avesse rivolto quell'accusa. Sembrava che non si fidasse di lei.

Mel fissò le minuscole capsule che Jade le stava porgendo. Sembravano così innocue...

«Ti aiuteranno», insistette, vedendo la sua esitazione

«Per le prime settimane no di sicuro.» Consapevole degli effetti collaterali dei farmaci, che avrebbero peggiorato le cose prima di migliorarle, Mel sospirò e li mandò giù con il tè. «Basta che sopporti gli sbalzi di umore», aggiunse. Ora che Jade le aveva fatto quella rivelazione, si sentiva più libera di confidarsi con lei.

«Se fai una scenata, mi giro dall'altra parte», le promise.

Mel sorrise. «Se fossi in te, me ne andrei subito. Mi sa che sto per farne una proprio adesso.»

Jade spalancò gli occhi preoccupata. Aveva dei begli occhi. Azzurro limpido, come quelli di una bambina. Era anche innocente come una bambina.

«I capelli...» Melissa fece una smorfia. «Che cavolo faccio, adesso?»

Jade inclinò la testa di lato. «Tingili di nuovo del tuo colore naturale», rispose Jade. «Magari me li tingo anch'io. Mi piace l'idea di averli rosso rame. Nel frattempo, te li puoi legare. Vieni, ti faccio vedere.»

Le afferrò le mani per farla alzare in piedi, guidandola verso lo specchio dell'armadio, dove le raccolse i capelli in uno chignon alto e stretto.

"Ahia!" Le aveva tirato un po' i capelli, pensò Mel, ma sembrava scortese farglielo notare.

«Così, vedi?» Jade sorrise e attese la sua reazione.

Mel si osservò attentamente allo specchio. Stava meglio, probabilmente, ma dubitava che sarebbe diventata luminosa ed energica come Jade. Almeno non entro breve. Era sfinita: pallida e tirata. Si chiese di nuovo come potesse esserle successa una cosa simile. La determinazione di prima svanì leggermente; per giunta, all'improvviso la stanza prese a ruotare intorno a lei. Ma perché? Perché si sentiva così stordita, prima ancora di iniziare la cura farmacologica?

«Dovresti metterti un po' di fard», suggerì Jade, osservandola pensierosa. «Finché non ti tornerà un po' di colore in faccia.»

Allora anche lei si era accorta che aveva la pelle giallastra. «Chissà cosa penserà Mark», disse Mel, alzando di nuovo gli occhi al cielo. A casa non si truccava mai il viso; tutt'al più, metteva un po' di correttore sotto gli occhi, anche perché il fard non si accoppiava bene con gli spruzzi di creta. Probabilmente, il marito avrebbe pensato che avesse intenzione di provarci con un altro cameriere. Ricordando l'episodio al ristorante, lo sguardo atterrito del giovane e l'espressione mortificata di Mark, provò un imbarazzo terribile.

«Cosa dovrei pensare di cosa?» domandò Mark, osservandola curiosamente, mentre entrava in camera da letto.

«Della nuova acconciatura», intervenne Jade, evitando diplomaticamente di parlare del pallore di Mel. «Cosa ne pensi?»

Mark la guardò attraverso lo specchio, mentre Jade le sollevava i capelli. «Sexy», rispose sorridendo.

Il sorriso non coinvolgeva gli occhi, notò Mel. Non vi colse nessuna luce maliziosa o allusione sottile. Era distrutto, pallido quanto lei, esausto.

«Ah, scusate, devo andare. Sono in ritardo», disse Mark, afferrando il cellulare. Se lo infilò in tasca senza guardarlo. Per abitudine, si chiese Mel, o perché non voleva leggere i messaggi davanti a lei? «Credi che oggi ti sentirai bene?» le domandò.

«Sì. Perché non dovrei sentirmi bene?» rispose la moglie seccamente, irritata dal tono paternalistico che colse nella sua voce e pentendosene subito dopo.

«Vado a controllare Evie», disse Jade, uscendo dalla stanza con discrezione. «Scusa, Mark, è ancora sul seggiolino?»

«In sala, dorme profondamente», confermò lui, ancora un po' confuso. Si girò verso la ragazza, distogliendo lo sguardo da Mel. «Fra poco è ora di darle il latte, quindi ho pensato di lasciarla stare per un po'.»

«Ottima idea.» Jade si diresse alla porta. «Così avrò tempo per preparare il latte.»

«Grazie, Jade.» Stavolta fu un sorriso di sollievo, offuscato da una tristezza palpabile.

Mel provò un tuffo al cuore. Suo marito non avrebbe voluto trovarsi lì. Era ovvio. Poi vedendo Jade sfiorargli il braccio con la mano, si sentì annodare lo stomaco. Mel distolse gli occhi dallo specchio. Era confusa: perché l'aveva fatto? Lo commiserava? Desiderava rassicurarlo? Era un gesto troppo intimo. Doveva per forza rendersene conto. Anche *lui*. Proprio lì, sotto il suo naso. Nella sua camera da letto.

«Mel? Tutto bene?» domandò Mark, mentre lei si girava di scatto verso il bagno.

«Sto bene, Cristo santo...» "Vi prego, smettetela di chiedermelo." Mel chiuse la porta del bagno e ci si appoggiò contro, nel disperato tentativo di trattenere le inutili e patetiche lacrime che fluivano dai suoi occhi; di autoconvincersi che era solo paranoia e che stava di nuovo interpretando le cose nel modo sbagliato.

35.

Jade

Jade non sapeva proprio perché non si fosse sbarazzata prima della bambina. All'inizio, le aveva fatto pena. Per forza, con quella pazza furiosa di sua madre che le inveiva contro al supermercato, mettendola in imbarazzo... Quella donna era una stronza pazzesca, vestita come una puttana: minigonna, tette in mostra, rossetto rosso sangue, una ferita scarlatta al posto della bocca. Osservando la scena dall'altro capo del corridoio, le labbra di gomma che si muovevano in modo esagerato, mentre urlava contro la figlia colpevole di aver fatto cadere accidentalmente un espositore – «Deficiente! Guarda cosa hai combinato!» – Jade si era sentita accapponare la pelle. Aveva riconosciuto il terrore della bambina. Lo stesso che aveva provato lei stessa, quando quella megera di sua madre si era messa a ringhiare come una cagna rabbiosa e se ne era andata via, lasciandola da sola con lui. Di nuovo, si era sentita raggelare giù in fondo allo stomaco; di nuovo, aveva provato quella paura terribile, quella repulsione e quel dolore; quel senso di impotenza, mentre lui si spingeva dentro di lei, grugnendo e gemendo; e quella disperazione, quando aveva cercato di convincere sua madre che *non era stata colpa sua*!

Daisy aveva urlato la stessa cosa – «Non è stata colpa mia, mamma!» – fissando quella orribile troia egocentrica con le guance rigate da enormi lacrime salate. In cerca di conforto, senza alcuna speranza di riceverne.

Avrebbe potuto essere lei.

Irresistibilmente attratta da loro, Jade le aveva seguite, passando lentamente davanti alla casa con l'auto di cui si era in seguito disfatta: ora che lavorava per la famiglia Cain, non le serviva più un veicolo personale. Nelle notti seguenti si era avvicinata a piedi; aveva osservato e aspettato. Aveva visto la madre accusare istericamente il padre della bambina, talmente ubriaca dopo le libagioni festaiole da non riuscire nemmeno a reggersi in piedi. «Mi fai schifo», gli aveva gridato torcendo il viso, con gli occhi pieni di odio. «Brutto pedofilo di merda!»

A quel punto, Jade aveva preso la sua decisione. Quei due non meritavano di essere genitori, ma di bruciare all'inferno. Prima, però, avrebbero dovuto imparare, rendersi conto di quel che avevano fatto. Avrebbero dovuto perdere la bambina, a cui stavano rubando l'innocenza e rovinando l'infanzia, abusando della sua fiducia e del suo amore.

Lei, ovviamente spaventata, aveva seguito subito Jade, che le aveva promesso di portarla al sicuro. In quel momento, era sincera. La bambina le ricordava la sua sorellina. Purtroppo, proprio come la sua sorellina, si era messa a rompere le scatole. Del resto, Poppy non era da meno. Lei, però, era incredibilmente viziata e pretendeva davvero troppo da Mark. Jade doveva ancora prendere una decisione sul suo conto. Sperava davvero che avesse delle qualità in grado di redimerla. Non voleva che Mark sopportasse il terribile dolore di perdere un altro figlio, anzi, una figlia, a meno che non fosse stato strettamente necessario.

Questa qui, però... Era dura tenerla occupata e portarle da mangiare, con Dylan che continuava ad agitarsi e a telefonarle. E ora che le cose cominciavano a smuoversi con Mark, era diventata veramente un peso per lei.

Jade sospirò. Dylan le stava alle calcagna, era nervoso come non mai, spaventato a morte che la madre scoprisse il suo segreto e si rendesse conto di avere un figlio idiota e patetico. Guardò la bambina che, grazie a una dose abbondante di Calpol, stava dormendo tranquilla. «Sta bene», lo rassicurò, girandosi verso di lui. «È solo un raffreddore. Dopo il sonnellino starà anche meglio.»

Dylan la fissò con espressione ebete per un attimo, si asciugò il naso con la manica della camicia e la seguì verso la porta della camera da letto. «Sicura?» le domandò, quando furono al piano di sopra. «Il fatto è che ieri notte, quando sono andato a controllarla, non sembrava respirare bene. Si sentiva un rumore nel petto, hai presente?»

Jade lo guardò da capo a piedi. Notò la fronte increspata dalla preoccupazione, come un cancello a cinque sbarre, i jeans sollevati un po' troppo sopra la caviglia – senza dubbio, glieli aveva tirati su la madre – e le ascelle sudate. Dovette tenere a bada l'immensa agitazione. «Dylan, è mia figlia e sono pure diplomata in puericultura. Lo saprò bene io, non ti pare?»

Sorrise dolcemente e gli accarezzò la guancia – quel giorno non aveva nessuna intenzione di carezzargli nessun'altra parte anatomica, proprio no – poi, nauseata dall'odore di umori corporei misti a merda di maiale che sembrava emanare costantemente da lui, si girò di scatto verso le scale.

Prese la borsa, attraversò il minuscolo salotto e andò dritta alla porta d'ingresso.

«Te ne stai già andando?» domandò Dylan, seguendola come un cagnolino fastidioso, mentre lei finalmente usciva a prendere una boccata di aria fresca.

«Devo andare a prendere Poppy a scuola.»

Sentendoselo di nuovo addosso e domandandosi come facesse un uomo grande e grosso come una porcilaia ad avere paura della sua stessa ombra, Jade sospirò. Naturalmente, il fisico robusto del giovane le tornava utile, oltre al suo evidente ritardo mentale, che però la esponeva a un rischio enorme. Se l'avessero messo alle strette, Dylan avrebbe certamente vuotato il sacco: non era in grado di mentire in modo convincente neppure per salvarsi la vita. Probabilmente, Jade avrebbe dovuto prendere una decisione anche sul suo conto. Era un vero peccato, ma non avrebbe potuto fare altrimenti.

«Allora, la porterai via subito?» chiese Dylan, scrollando goffamente le enormi spalle rotonde. «Perché a volte mia mamma viene qui a parlare con i maiali.» Indicò con la testa il punto del campo dove stavano grufolando le orribili bestie.

Immaginando quella donna triste e sciatta che parlava con i maiali, Jade fu costretta a soffocare una risata. Non stupiva affatto che non ci fossero altri uomini, a parte Dylan, a farle compagnia.

«Sì, te lo prometto. Solo che...» Jade ebbe un attimo di esitazione. «Sai che lui non la vuole», continuò, guardandolo con gli occhi lucidi. «Le farà di sicuro qualcosa di orribile. Per il momento, sta molto meglio qui.»

Quel "lui" era Mark, che Dylan pensava essere anche il padre di Daisy, un uomo che non si sarebbe mai sognato di torcere un capello a un bambino. L'inesauribile pazienza di Mark cominciava a preoccuparla. Jade doveva fargli capire che Melissa non era altro che una palla al piede, che lo stava trascinando nell'abisso. Doveva lasciarla. La ragazza non aveva intenzione di condividerlo ancora per molto.

Gonfiando il petto virilmente, la guardò annuendo. «Lo so», disse comprensivo, cingendole le spalle con l'enorme manona. Le vennero i brividi. «Fa niente», disse impacciato. «Può rimanere ancora un po'. Cercherò di tenere alla larga mia mamma.»

«Grazie, Dylan.» Jade gli sorrise e ringraziò silenziosamente Dio di averlo convinto a cambiare la serratura della casa. Con quella donna triste che si aggirava nei paraggi, avrebbe dovuto risolvere al più presto la questione della bambina, pensò. «Sapevo di poter fare affidamento su di te. Me ne occuperò presto.» Controllò l'orologio e sospirò tristemente. «Ora è meglio che vada.»

Gli diede un bacio leggero sulla guancia e si girò, resistendo all'impulso di pulirsi la bocca. Non sapeva esattamente cosa fare di Daisy. Darla in pasto ai maiali? Mentre valutava le opzioni a disposizione, si mise a cantare fra sé e sé. *Hush, little baby...*

36.

Mark

«Ciao, Poppet.» Appena entrò in casa, Mark sollevò la figlia in aria. Era in ritardo. Molto più del previsto, dopo aver perlustrato una casa demolita situata all'interno del raggio di ricerca stabilito per Daisy Evans. Siccome aveva scoperto che l'edificio aveva uno scantinato, valeva la pena di controllarlo. Purtroppo, era stato un altro buco nell'acqua. Ora Mark era esausto e frustrato. «Non dovresti essere a letto?» Accennò con la testa all'orologio in corridoio, dove le lancette a forma di mano avevano superato da un bel po' le sette e mezzo.

«Ci stavo andando.» Poppy spalancò gli occhioni, mentre lui la metteva di nuovo a terra. «Ma la mamma ha detto che sarebbe venuta a rimboccare le coperte a Dory.»

«Ah, okay.» Mark annuì, poi aggrottò la fronte, chiedendosi come si facesse, di preciso, a rimboccare le coperte a un pesciolino rosso. «Ma dov'è la mamma?»

«Sta lavorando», rispose Poppy, seguendolo in cucina. «Sarà completamente *sausta*», aggiunse, tirando un lungo sospiro.

«Esausta», la corresse Mark, rivolgendo uno sguardo interrogativo a Jade, che al momento era impegnata a infilare il biberon nello sterilizzatore.

«È nel laboratorio da stamattina», spiegò la ragazza, girandosi per accendere il bollitore, che ora, notò Mark, era attaccato a una presa molto lontana dal freezer.

«Ha lavorato tutto il giorno?» Mark era sorpreso. Temeva che gli effetti collaterali dei farmaci, difficili da gestire nelle prime settimane, potessero impedirle di lavorare. Mel, però, era una guerriera, ricordò a sé stesso. Non si era mai arresa facilmente, come dimostravano le due bellissime bambine che avevano avuto. Inoltre, il lavoro per lei era terapeutico, quindi forse la stava aiutando a reagire. Ma rimanere là fuori per tutto il giorno e per buona parte della serata? Sperava che non stesse esagerando.

«È venuta a vedere come stava Evie una o due volte, ma niente di più», continuò Jade. «Vuoi che porti Poppy di sopra e le legga una storiella della buonanotte, mentre vai a fare due chiacchiere con lei?»

«Sarebbe perfetto. Grazie, Jade.» Mark immaginò che Poppy non sarebbe rimasta addolorata dalla notizia. Era molto grato a Jade e strabiliato dalla sua capacità di adattamento. Riconosceva anche lo sforzo che stava facendo per essere amica di Mel. Sua moglie ne aveva certamente bisogno, soprattutto adesso che i rapporti con Lisa si erano raffreddati. Non era ancora riuscito a capire che diavolo le fosse saltato in testa, ma probabilmente per il momento sarebbe stato meglio mettere da parte la questione.

«Sì! *La Sirenetta*!» Poppy batté le mani felice.

No, non era addolorata. «Immagino che sia più brava di me a fare la voce di Lily...» osservò Mark.

«È una femmina, sciocchino. Lily è una sirena femmina», lo informò Poppy.

Mark sospirò platealmente. «Meno male che sono molto forte, sennò una notizia del genere mi avrebbe devastato.»

Quando lui si chinò per darle il bacio della buonanotte, Poppy gli premette la manina sulla guancia, guardandolo preoccupata negli occhi. Poi lui li incrociò e lei scoppiò a ridere. «Stai scherzando», esclamò, facendo convergere le pupille al centro per cercare di imitarlo.

«Sì, un pochino», disse Mark, schioccandole un bacio sul bel nasino a patata. «Brava, vero che mi vuoi bene più del cielo?»

«E della luna.»

«E di tutte le stelle. Buonanotte, Poppet. Immagino che l'insetto mostruoso non ti stia dando più fastidio, eh?»

«No. Jade l'ha ucciso», rispose lei allegramente, mentre la ragazza l'accompagnava alla porta.

«Con un solo colpo di spada antimostri», confermò Jade, alzando gli occhi al cielo bonariamente.

«Un solo colpo? Wow. Sei un uomo più coraggioso di me», disse Mark, fingendosi enormemente meravigliato, mentre si dirigeva verso la porta sul retro.

«*Papààà, è una femmina!*» urlò Poppy dal corridoio.

«Lo so, me ne sono accorto», urlò Mark di rimando.

Anziché entrare direttamente rischiando di spaventarla, Mark bussò leggermente alla porta e aspettò.

«È aperto!» gridò Mel un attimo dopo.

«Come va?» domandò lui entrando.

Mel si allontanò dalla scultura a cui stava lavorando.

«A dire il vero», rispose, scostandosi la frangia dalla fronte con il dorso della mano, «abbastanza di merda.»

Mark la scrutò, sperando che lei non se ne accorgesse. Aveva la faccia imbrattata di creta. Qualche settimana prima, avrebbe potuto pulirgliela con il pollice, sfiorando le sue morbide labbra con le proprie. Ma ora? Gli sembrava di camminare sulle uova, non poteva mai prevedere le reazioni della moglie. Gli conveniva tastare prima il terreno.

«Probabilmente stai tirando un po' troppo la corda», si azzardò a dire. «Dovresti prenderti una pausa.»

Mel lo guardò esasperata. «Grazie per il consiglio, detective», ribatté con evidente sarcasmo. «Non so se l'hai capito, ma sono molto in ritardo con le consegne. Naturalmente, però, sei troppo preso da altro per farci caso.»

A quanto pareva, era un terreno veramente accidentato. «In che senso?»

«Niente.» Mel scrollò le spalle, prese un attrezzo e riprese a lavorare. «Ultimamente, sei un po' distratto, tutto qui.»

Mark la guardò basito. «Non mi sembra giusto, da parte tua, Mel», disse, chiedendosi se fosse il caso di sottolineare che l'unica cosa da cui si era distratto era il suo lavoro di poliziotto.

«Non è giusto neppure trattarmi come un'invalida.» Mel gli lanciò un'occhiata di fuoco. «O come un'idiota.»

Mark trasalì. Non era vero. O sì? Benché fosse tremendamente stanco, cercò di riflettere; poi si rese conto che probabilmente aveva ragione lei. Gli venne in mente la frase "Io non ho bisogno di una babysitter", e quanto la irritasse sentirsi domandare ogni due secondi come stava. Doveva fare un passo indietro. Concederle un po' di spazio. Smettere di comportarsi come il suo babysitter.

«Okay.» Annuì, passandosi una mano fra i capelli. «Se mi sono comportato così, ti chiedo scusa. Sono solo preoccupato. Non puoi farmene una colpa.»

Mel lo squadrò. Con una certa diffidenza, notò Mark. «Allora perché sei tornato così tardi?» gli domandò. «Se sei così preoccupato, perché torni tardi?»

"Perché anch'io devo recuperare. Non è che sia una passeggiata neppure per me", pensò Mark. «È il mio lavoro», rispose. «La bambina scomparsa. Abbiamo individuato un posto che poteva offrire un potenziale nascondiglio. Dovevamo controllare.»

Mel parve momentaneamente intristita dalla notizia. Poi aggrottò la fronte. «Con Lisa?»

Di nuovo, quel tarlo. «Sì, con Lisa», rispose esasperato. «Lavoro con lei. Cosa vuoi che faccia?»

«Che mi dica la verità», suggerì Mel, scrollando di nuovo le spalle.

«La verità?» La fissò attonito. Pensava davvero che andasse in giro a scoparsi altre donne? «Cristo, Mel. Non so proprio cosa stia succedendo nella tua testa, ma...» Si interruppe, rendendosi conto di essere sul punto di dare una risposta impulsiva.

Mel tacque. Continuò a scolpire.

Era inutile. «Vado a controllare le bambine.» Si massaggiò le tempie, sospirò forte e, prima che dalle sue labbra sfuggisse qualcosa di cui si sarebbe certamente pentito in seguito, girò i tacchi.

Quando fu giunto alla porta, Mel lo fermò. «Scusa!»

Mark si voltò di nuovo. Doveva rimanere calmo, ricordò a sé stesso, a prescindere dalla rabbia che aveva dentro. Al momento, Mel non era in grado di ragionare lucidamente. Lui lo sapeva, ma questo non gli semplificava certo la vita.

«Il forno non funziona ancora bene; sembra andare tutto a rotoli, persino il lavandino è otturato.» Mel agitò una mano nella direzione dell'acquaio. «E... anch'io! Anch'io, Mark! Sono tutta sbagliata», urlò, schiacciandosi un blocco di creta contro il petto. «Non riesco a fare niente di buono per Evie. Sembra convinta che Jade sia sua madre, e anche Poppy sembra preferire la sua compagnia. Io... io non riesco più a ragionare come si deve!»

Mel lo guardò con espressione implorante, prendendo un profondo respiro, nel disperato tentativo di capire.

Mark avrebbe voluto poterle spiegare qualcosa. Al momento, era confuso, chiuso, del tutto impotente. «Ti amo, Mel. Io amo solo te! Non guardo nessun'altra, non voglio nessun'altra. Per piacere, puoi dare per scontata almeno questa cosa?»

Mel si premette la fronte con la base della mano. «Lo so», disse alla fine. «Ti conosco, solo che...»

Lo scrutò in faccia.

"Solo che cosa?" Era consumato dall'apprensione. Lei non aveva detto che l'amava. L'amore non era una garanzia a vita, giusto? Non è che se ne voleva andare? Forse era anche per questo che stava succedendo quel disastro? Mark fece un passo verso di lei, poi sentì un colpo forte contro la porta alle sue spalle.

Cazzo! Imprecò fra sé e sé, poi guardò Mel. Cercando di assumere un'espressione un po' meno corrucciata, si voltò per aprire la porta.

«Scusate. Ho dovuto dare un calcio alla porta, anziché bussare», disse Jade, con un vassoio in mano. «Spero di non essere inopportuna, ma ho portato un tè per Mel. Prima aveva detto che il bollitore non funzionava. La guardò con un sorriso. «Ti ho portato anche le pastiglie, così non dimentichi di prenderle.»

37.

Jade

Jade non fu sorpresa di trovare Mark ancora in sala, a bere quello che aveva l'aria di essere il secondo bicchiere di whisky. Aveva finito il primo appena era sceso al piano inferiore, un po' trasandato, eppure sexy, con i pantaloni della tuta e una T-shirt. Mel si era addormentata prima ancora che lui uscisse dal bagno e non aveva voluto disturbarla. Era veramente un uomo gentile e premuroso. Non pensava mai a sé stesso. Anche lui dormiva poco e male la notte, costantemente disturbato dai risvegli di Evie e dalla bisognosa Melissa che voleva per forza andare dalla bambina, rendendola ancora più irritabile, e ora persino dagli incubi urlanti di quella stronza. D'altro canto – Jade si sforzò di essere un po' compassionevole – non poteva farci niente. Con tutti i farmaci che prendeva, era persino incredibile che quel giorno fosse riuscita ad alzarsi dal letto per andare a fare le sue stupide terrecotte in fondo al giardino. Sperava che mandasse giù tutte le pillole. Avrebbe dovuto tenerla d'occhio.

«Ti spiace se mi vengo a sedere con te?» gli domandò, entrando in sala. Non poteva lasciare quel pover'uomo lì da solo, abbattuto com'era. Stava fissando il fondo del bicchiere, come in cerca di risposte. Aveva bisogno di compagnia, di essere confortato dall'abbraccio di una brava donna. "Succederà presto, amore mio."

Mark sollevò lo sguardo, sorridendo fiaccamente. Jade sarebbe stata pronta a tutto, pur di premere dolcemente le proprie labbra sulle sue e allontanare tutte le sue preoccupazioni.

«È stata dura, eh?» le domandò.

«No.» Jade sorrise rassicurante. «Ma un bicchiere di vino rosso non sarebbe male, se non ti dispiace. Magari mi fa rilassare un po'. È stata una giornata intensa.» Sbadigliò e si stirò, allargando il più possibile le braccia per mettere in mostra il petto, coperto solo da una sottile maglietta aderente.

Mark abbassò fugacemente gli occhi, prima di tornare a guardarla in faccia. Sorrise di nuovo: aveva chiaramente apprezzato la vista. «Prego, prenditi pure tutto quello che vuoi...»

Jade fu tremendamente tentata di invitarlo a fare la stessa cosa, ma... era troppo presto. Era ancora troppo preoccupato per Melissa, convinto di essere responsabile per lei, in debito con lei perché aveva partorito le sue figlie, neanche avesse compiuto un miracolo. In effetti, secondo Jade, era davvero un miracolo che fosse riuscita a sfornarne due, visto che quella donna era veramente un'incapace. Chissà che sollievo aveva provato Mark, quando finalmente era riuscita a rimanere incinta e a tenersi le bambine, mettendo fine all'obbligo dei rapporti sessuali meccanici fra loro. Jade dubitava che ne ricavasse molta soddisfazione. Ora men che meno.

Decise che forse era ora di intervenire. Di fare l'amore a lungo con lui, lentamente. Il solo pensiero di accogliere il suo pene duro dentro di sé le procurò un piacevole brivido di eccitazione. Le pareva quasi di sentirlo.

«Un altro?» Si girò, agitando la bottiglia di whisky, convinta che lui notasse il suo sguardo bruciante di desiderio. Chissà, magari avrebbe mandato a quel paese tutti i suoi principi e l'avrebbe posseduta lì in salotto. Purtroppo, invece, non stava guardando lei, ma le foto della sua cazzo di famigliola felice allineate sulla mensola del camino. Accidenti a Melissa. Jade tenne a bada l'irritazione. Non era colpa di Mark, ma di quella stronza che lo teneva per le palle e lo manipolava. Prima smetteva di torturarsi e la lasciava, meglio era per lui.

«Mark?»

«Sì?» Si girò di scatto verso di lei. «Ah, scusa. Ehm...» Guardò lei e poi la bottiglia, notando i suoi seni, che si trovavano strategicamente dietro il whisky. Infine, alzò di nuovo lo sguardo. «Perché no?» disse alla fine, porgendole il bicchiere.

Quel pover'uomo era distrutto. Aveva bisogno di un massaggio, di mani sicure, capaci di sciogliere le contratture muscolari. Gli versò la solita dose moderata di liquore con un'aggiunta e gliela portò. Mentre gli passava il bicchiere, le dita di lui sfiorarono le sue, procurandole una scossa di tensione sessuale in tutto il corpo.

«Grazie», le disse, sorridendo con tale voluttà che lì per lì fu tentata di mandare all'aria i suoi piani ben meditati per togliersi direttamente la maglietta. Ma no. Doveva essere lui a decidere. Non doveva essere avventata. Non poteva dargli un pretesto per attribuire a lei la colpa, caso mai gli avessero tolto le figlie. Anche se era molto improbabile: Melissa non sarebbe mai stata reputata in grado di badare a loro, sempre che non decidesse di fare un favore a tutti mettendo per sempre fine alla sua triste esistenza, prima che si cominciasse a discutere di affidamenti. In ogni caso, conveniva agire con cautela.

Sfoderò un sorriso incoraggiante e andò a sedersi di fronte a lui, ancheggiando in modo seducente, ma non troppo sfacciato. Mentre si raggomitolava sulla poltrona, lo osservò riflettere per un attimo, probabilmente si stava chiedendo come avesse fatto a rimanere intrappolato in un matrimonio così distruttivo. «Sono brava ad ascoltare», gli disse.

Mark tornò a prestarle attenzione, con espressione pensosa. «Non mi ero reso conto della gravità della situazione», mormorò.

Jade attese, sperando che aggiungesse qualcosa, ma lui tacque, massaggiandosi una tempia. «Sono felice di essere qui», disse. «A dare una mano.»

Mark annuì.

«E come stanno andando le indagini?» domandò lei, desiderosa di offrirgli quel sostegno morale che sua moglie gli negava.

«Non tanto bene.» Mark sospirò e prese un lungo sorso di whisky. «Mi era sembrato di aver trovato una pista plausibile, un possibile nascondiglio nella fattoria degli Hawthone, ma...»

"Oh, merda!" Nella testa di Jade scattarono campanelli d'allarme. «Non hai avuto fortuna, immagino?» domandò, cercando di non apparire un po' troppo interessata, mentre si sforzava di elaborare un piano. Avrebbe dovuto parlare con Dylan, chiedere aiuto, corromperlo o lusingarlo. Non sarebbe stato così difficile, pensò. Quell'uomo era malleabile come la creta di Melissa, ma non c'era tempo da perdere.

«No.» Mark scosse la testa sconsolato. «A quanto pare, è stato un buco nell'acqua. E dire che ero sicurissimo che fosse lì.»

Sospirò di nuovo, si alzò in piedi e andò alla credenza per riempirsi il bicchiere.

«Per questo sei tornato tardi?» chiese Jade.

«Sì, mi spiace. Sono tornato ancora più tardi del previsto. Se avessi saputo che Mel stava lavorando, avrei cercato di tornare prima.»

«Non è un problema», lo rassicurò Jade. «Ovvio che ogni tanto tu sia costretto a fare gli straordinari. È inevitabile, visto che vi state occupando di una bambina scomparsa.» Ebbe un attimo di esitazione, poi si fece coraggio. «Mi spiace che Mel, a quanto pare, non si renda conto della situazione.»

Mentre si lasciava andare contro lo schienale, Mark le lanciò uno sguardo interrogativo.

«Vi ho sentito parlare di sfuggita, quando ho portato il tè nel garage.»

Mark annuì, serrando la mascella. «Un tempo era molto comprensiva», disse, sorseggiando il whisky. «Adesso sembra che non si fidi più di me. Non sono ancora sicuro di capire perché.»

«E questo ti preoccupa?» Jade tastò il terreno con cautela.

Mark esitò, come se non sapesse quanto fosse il caso di confidarle. «Francamente», disse un secondo dopo, «mi terrorizza.»

«Perché?» insistette Jade, spronandolo con gentilezza a parlare.

Mark si passò una mano sul viso. «Non saprei... Okay, è malata, ma comincio a chiedermi se sia ancora...» Si interruppe, prese il bicchiere di whisky, lo posò di nuovo e si alzò in piedi.

«Sembra sempre più distante da me», disse alla fine. «Non so bene come reagirei, se dovessimo separarci.»

"Cosa?" Con il cuore in tumulto, Jade lo fissò intensamente.

«Ho visto quali danni può provocare la divisione di una famiglia», continuò lui, infilandosi le mani in tasca e avvicinandosi alla finestra con lo sguardo perso nel vuoto. «Non voglio che le mie figlie vivano un'esperienza del genere», le confessò con la voce carica di tensione.

Il cuore di Jade si ristabilizzò leggermente.

"Non succederà", si disse, sempre più determinata. Non ci sarebbe stato il classico scenario di famiglia distrutta. Angel era sua. L'amava. Era la sua bambina. Non l'avrebbe mai tolta a Mark. Lui doveva saperlo. Su Poppy, che a quel punto cominciava a darle veramente sui nervi, non aveva ancora preso decisioni, ma avrebbe potuto tollerarla, almeno per un breve periodo, se suo padre rischiava di soffrire così tanto per la sua perdita.

«Merda!» sbottò lui all'improvviso, allontanandosi dalla finestra per raggiungere la porta.

Jade fece per seguirlo; poi, sentendo il pianto di Evie, corse in corridoio. «Vado io», gli disse, trattenendolo per il braccio, mentre saliva le scale. «Hai bevuto un paio di whiskini», gli ricordò gentilmente, guardandolo negli occhi. Ci vide un'angoscia straziante.

Mark annuì e scese di nuovo i gradini, un po' malfermo sulle gambe, notò Jade. «Un paio di troppo», ammise con vergogna.

«Mi sa che probabilmente ne avevi bisogno», replicò lei comprensiva. «Appena ho sistemato Evie, vado a vedere come sta Melissa. Perché non ti stendi sul divano? Sei un po' alticcio. Forse per stasera ti conviene evitare di disturbarla.»

L'indomani mattina, sapendo che Melissa sarebbe rimasta in laboratorio ancora per un po', Jade finì di riordinare la cucina. Aveva fatto un po' di fatica a manomettere il tubo sotto il lavello, ma a quel punto il blocco di creta era sistemato al posto giusto.

Consapevole della necessità di entrare in azione, era rimasta sveglia tutta la notte per cercare di capire cosa fare e alla fine aveva trovato una soluzione. Per quanto riguardava Mark, avrebbe dovuto distruggere per sempre la sua immagine di principe azzurro agli occhi di Mel, convincendola che non era il marito perfetto che aveva sempre immaginato. Il problema era che lei non se ne sarebbe mai andata di casa senza portare via anche le figlie, e Jade non le avrebbe mai permesso di sottrarle Angel. Neppure Mark. Per quanto fosse spaventato dalla fragilità e dalla demenza della moglie, per lui le figlie venivano prima di tutto. Se Melissa non era disposta a togliere spontaneamente il disturbo senza le bambine, Jade doveva fare in modo che se ne andasse contro la sua volontà.

A tal fine, doveva accertarsi che Mark cominciasse a preoccuparsi meno per la moglie e più per sé stesso. Doveva arrabbiarsi molto, e Melissa doveva rendersi conto di quanto fosse deluso da lei. Doveva capire che lui era preoccupato per le figlie, come sarebbe stato qualsiasi padre amorevole, e che l'unica via di uscita era il ricovero di Mel in un reparto di psichiatria. Lei, naturalmente, avrebbe reagito in modo irrazionale e violento, si sperava. Più Jade ci pensava, più le piaceva l'idea. Quella donna se ne sarebbe andata, e presto, in un modo o nell'altro.

E Jade avrebbe preso tranquillamente il suo posto.

"Presto, staremo tutti insieme, amore mio." Si rivolse mentalmente alla sua adorata Angel. "Rimarremo solo io, te e papà. Sarà bellissimo, vero?"

Che fare di Poppy? Era già una bambina esigente; in mancanza della madre, poteva solo peggiorare. Aggrottò la fronte. Non ci aveva ancora pensato. Avrebbe dovuto sbarazzarsene. Non aveva altra scelta. Ma... Mark stravedeva per lei. Sarebbe stato inconsolabile.

Sì, ma poi avrebbe avuto ancora più bisogno del suo conforto, no? Sorrise al pensiero. E se fosse rimasta incinta entro breve – cosa molto probabile, appena avessero cominciato a scopare come ricci – Mark avrebbe avuto altro a cui pensare.

Controllò l'orologio alla parete: per convincere Dylan a eliminare Daisy, sarebbe dovuta uscire al più presto possibile. Preparò il tè e poi aprì la credenza per prendere le medicine di Melissa, gettando il contenuto di una capsula nella tazza e posando sul vassoio un'altra pastiglia che lei avrebbe ingoiato obbediente.

Le avrebbe portato anche un paio di biscotti. Non aveva senso preoccuparsi della linea, visto che Mark aveva ben altre preferenze.

Si era forse dimenticata di qualcosa? Ah, sì. La vodka, il drink preferito di Melissa: perfetto per un'alcolizzata che cerca di non avere il fiato puzzolente. Canticchiando allegramente, la ragazza andò in corridoio a prendere una bottiglia da mezzo litro dalla propria borsetta – ne aveva comprate alcune – poi svitò il tappo e andò a rovesciarne un bel po' nel lavandino del bagno del piano inferiore. Tornò in cucina e posò la bottiglia mezza vuota nella credenza sotto il lavandino, abbastanza in fondo da risultare nascosta. Finché Mark non avesse sgomberato lo spazio sotto l'acquaio per sbloccare il tubo ed evitare disastri.

38.

Melissa

«È aperto», urlò Melissa sentendo bussare alla porta del garage. Poi, rendendosi conto che poteva essere solo Jade che le portava il tè con i biscotti, si ripulì le mani sporche di creta e andò ad aprire.

«Come va?» domandò la giovane, con il solito sorriso smagliante.

Mel esibì un sorriso decisamente meno gioioso. «Male.»

Mentre teneva la porta aperta per permettere a Jade di entrare, fece un cenno a Hercules; durante il giorno, la cagnetta preferiva starsene raggomitolata in un angolo del laboratorio, piuttosto che in cucina con Jade. Mel non riusciva a capire come mai avesse un'antipatia così forte per quella povera ragazza e ringhiasse tutte le volte che la vedeva. Secondo Jade, era perché da piccola era stata morsa da un cane e quindi era rimasta un po' nervosa in loro presenza: evidentemente, Hercules lo percepiva. Eppure quella reazione appariva tutto sommato come un mistero, visto che normalmente era un animale assai placido.

«Su, bella, esci di qui.» Melissa rivolse di nuovo un cenno al cane, che continuava a fissare Jade con diffidenza mentre posava il vassoio. «Forza, Hercules, fuori!» ritentò, dandole una leggera pacca sulla coscia, ma l'animale non si mosse. Si rese conto di essere sempre più irritata. Negli ultimi tempi succedeva sempre più spesso; per forza, era sempre esausta. Si sentiva come uno zombi. Era forse il caso di chiedere al dottor Meadows di cambiare farmaco o di ridurne la dose? Aveva incubi talmente vividi e terrificanti da far sembrare i sogni la realtà e la veglia un'illusione. Mel sapeva di aver terrorizzato lo stesso Mark in diverse occasioni, urlando nel sonno. D'altro canto, l'ultima cosa che desiderava fare era assumere sedativi ipnotici in aggiunta agli antidepressivi, anche se sarebbe stato l'unico modo per farsi una dormita decente.

«Va bene. Puoi uscire dopo, ma poi non ti lamentare se te la devi tenere...» Mel sospirò, chiuse la porta e si avvicinò a Jade, che stava osservando la sua scultura, traendo probabilmente le sue stesse conclusioni.

Si sentiva uno zombi anche quando scolpiva.

«L'hai finita», commentò Jade con entusiasmo. «Brava, Mel!»

«Finita sì, ma purtroppo non è venuta altrettanto bene.» Mel osservò la propria opera con occhio critico. L'uomo e la donna parevano stringersi l'uno all'altra in preda al terrore e alla disperazione, anziché con amore. Dov'era la passione? La sensualità? Il desiderio?

«Ma è bellissima!» Jade sembrava sorpresa. «Molto evocativa.»

«Cosa evoca, di preciso?» ribatté Mel cupa. «Dovrebbe essere un abbraccio dopo l'estasi dell'amore, l'intreccio dei cuori e dei corpi, due amanti inestricabilmente uniti l'uno all'altra, non due persone addolorate.»

Jade osservò per un istante i due amanti privi di passione. «Magari lui non è stato un granché...»

Mel ci mise un pochino a capire. «Oddio.» Scoppiò a ridere. «Dici che ci dovrei lavorare ancora?»

La ragazza scrollò le spalle senza sbilanciarsi. «Be', per me è stupenda, ma so benissimo che non andrà bene finché non ne sarai convinta anche tu. Ti toccherà ammansire un po' l'orgoglio ferito dell'ometto», concluse, girandosi verso la porta. «Ho pensato di andare a fare un giro, prima di prelevare Poppy da scuola.»

«Ah, sì?» Mel cercò di tenere a bada il terrore che subito si impadronì di lei. Il terrore – se ne rese conto all'istante, profondamente avvilita – di dover badare a sua figlia da sola.

«Vado al negozio di DIY», continuò Jade tranquilla. «Provo a farmi venire delle idee per il cottage, sempre che comincino i lavori. Non ti preoccupare, mi porto via anche Evie, così puoi continuare a lavorare.» Il panico si mutò subito in sollievo, seguito a ruota dall'ansia. Cosa avrebbe fatto, quando Jade non avesse più abitato da loro? Come se la sarebbe cavata da sola?

Jade si fermò sulla porta. «Cosa ti piacerebbe mangiare per cena? Potrei passare al supermercato e comprare qualcosa di buono, se non ti...»

«No!» tagliò corto Mel. Poi si bloccò, facendo un profondo respiro. Cosa le era preso? Doveva darsi una mossa! Certo che era in grado di cavarsela da sola. Evie era figlia *sua*. L'amava con tutta sé stessa. Si era persa per un attimo, niente di più. Non bisognava vergognarsi di soffrire di depressione post partum, e neppure sentirsi in colpa. Doveva solo trovare il modo di tornare in sé, di controllare le proprie emozioni, la sua vita, la sua bambina. Un passo alla volta.

Si calmò e guardò Jade, che la stava fissando sbattendo le ciglia divertita. «Avevo pensato di cucinare io stasera», spiegò Mel. «Grazie infinite per l'aiuto che ci dai, Jade. Te ne sono veramente molto grata. Senza di te, saremmo morti di fame, ne sono sicura, ma non è giusto pretendere che tu cucini tutte le sere. Fai già fin troppo.»

«Non mi dispiace affatto.»

«Insisto», ribatté Mel, annuendo decisa. «Devi prenderti una pausa. E, a essere sincera, anche a me farà bene staccarmi un po' da questi due amanti depressi.»

«Non c'è problema», disse Jade comprensiva. «Allora, cosa prepari?»

Mel ci pensò un attimo. «Spaghetti al ragù», decise. Avrebbe scongelato la carne trita nel microonde e probabilmente gli altri ingredienti erano già in casa. In ogni caso, c'era abbastanza per preparare un pasto gustoso, servito con pane all'aglio, che Poppy e Mark adoravano.

«Perfetto», commentò Jade ammirata. «E io comunque a quel punto sarò tornata, così, se avrai bisogno di una mano, potrai contare su di me.»

Mentre Jade usciva allegramente dalla porta, Mel rafforzò

la propria determinazione a non chiedere aiuto. Era capace di cucinare in casa sua, Cristo santo.

Nel frattempo... ammansire l'orgoglio ferito del maschio non sarebbe stato sufficiente: quel tipo necessitava di un intervento chirurgico molto impegnativo.

Ricominciare tutto daccapo con il forno inutilizzabile – cosa che l'avrebbe costretta a trasportare il tutto all'università e pregare in ginocchio i responsabili di lasciarle utilizzare i loro strumenti – le avrebbe fatto perdere molto più tempo del previsto. Purtroppo, però, quella scultura non andava bene: era al di sotto dei suoi standard. A malincuore, gettò gli amanti nella spazzatura e andò a prendere un nuovo pezzo di creta da impastare e modellare il giorno dopo.

Lasciare i biscotti incustoditi nelle vicinanze di un Labrador, comunque, era stato un errore fatale.

«Hercules! Cattiva!» Mel sgridò la cagnetta, lasciando cadere la creta. L'afferrò per il collare, ma lei resistette ai suoi tentativi di farla uscire e finì per rovesciare la tazza, leccando avidamente i rimasugli di tè. «Fuori, ti ho detto di andare fuori!» Trascinò l'animale alla porta per sbatterlo in giardino. Era furente e nessuno avrebbe potuto accusarla di esagerare. E se fosse saltata addosso a Poppy per rubarle del cibo? O addirittura a Evie?

Erano veramente un po' troppo tolleranti con quella bestia. Il fatto che dormisse sul letto di Poppy, con la figlia più piccola a pochi metri di distanza, sul lato opposto del corridoio, avrebbe potuto essere pericoloso. Mark, però, era convinto che avrebbe protetto la bambina, se qualcuno si fosse intrufolato in casa. Al massimo, avrebbe potuto ammazzare l'intruso di leccate.

Se proprio intendeva farla girare per casa, suo marito avrebbe almeno dovuto portarla da un addestratore. Se non fosse stato possibile educarla, avrebbe dovuto trovarle un'altra famiglia. In fin dei conti, Jade aveva impiegato pochissimo tempo a sistemare il suo gatto, pensò arrabbiata, raccogliendo la tazza da terra e scoprendola incrinata. La sbatté sul vassoio borbottando; poi si fermò e cercò di calmarsi. Si era lasciata sopraffare di nuovo dalla rabbia. Per una tazza.

Neppure costosa. Dio, era proprio vero che stava perdendo il senso delle proporzioni... per non parlare dell'idea di dare via Hercules a dei perfetti sconosciuti...

Pensò alla facilità con cui Jade si era liberata del gatto. Chissà come aveva fatto a sparire così in fretta. Di sicuro non l'aveva fatto abbattere, no? Ma no, aveva detto di averlo affidato a degli amici.

Sentendosi in colpa per aver giudicato Jade capace di sbarazzarsi di un animale in quel modo – pur essendo determinata a non alimentare quel sentimento –, Mel si girò per asciugare il vassoio e vide che la capsula destinata a lei era impregnata di tè e che la polverina si era sparsa dappertutto.

Per fortuna, Hercules non l'aveva ingoiata. Esasperata da sé stessa, spostò il vassoio e sfogò la frustrazione sulla creta. Avrebbe preso la pastiglia appena fosse rientrata in casa per preparare la cena. Sperò che anche quella non finisse per essere disastrosa come tutte le cose che cercava di fare.

39.

Jade

"No, dai, è ridicolo! Jade si fermò a poca distanza dal cottage, rendendosi conto che la madre di Dylan parlava veramente con i maiali. E non solo facendo moine tipo: «Chi è la più bella porcellina della mamma?». Intratteneva vere e proprie conversazioni con le bestie. Evidentemente, era un po' svitata come quel mollaccione di suo figlio.

«Sai, Inky, hanno detto che la fattoria è tenuta male», stava dicendo tristemente all'animale. «E che la nostra gestione della fattoria aumenta il rischio di inondazioni. Mai sentito niente di simile! Con le loro norme e regolamentazioni hanno ammazzato il mio Charlie, me l'hanno ammazzato di lavoro. Non mi hanno lasciato più nulla. A parte Dylan, naturalmente.»

La donna sospirò avvilita, fermandosi a guardare i campi. Forse stava contemplando l'idea del suicidio, pensò Jade disgustata, visto che l'unica cosa che le rimaneva era Dylan.

«Mi piacerebbe che questo posto tornasse com'era prima», continuò la donna, piegandosi per raccogliere un secchio di metallo pieno di sbobba puzzolente da dare alle bestie.

"Uh, che schifo!" Jade arricciò il naso. Probabilmente erano i resti dei maialini appena nati. Dove cavolo era finito Dylan? Si rese conto che era scomparso. Senza dubbio era ancora più idiota di quanto aveva sospettato, visto che lasciava gironzolare sua madre lì intorno, con la bambina a meno di dieci metri di distanza. Jade si affrettò in direzione della donna. La madre di Dylan non aveva la chiave, ma se le fosse saltato in testa di sbirciare dentro?

«Buongiorno, signora Jackson!» disse Jade ostentando allegria. La donna sussultò vistosamente e si girò di scatto, lasciando andare il secchio.

«Dylan è a casa?» le domandò con un sorriso languido.

Tenendo la mano premuta sull'ampio petto, la donna fece alcuni respiri e poi socchiuse gli occhi. «Perché?» domandò sospettosa.

«Volevo chiedergli se ha voglia di andare in paese», improvvisò Jade. A dire il vero, non si sarebbe mai fatta vedere con lui in paese, né da nessun'altra parte. Neanche morta.

«Perché?» ripeté la donna.

«Perché siamo amici», spiegò paziente Jade.

La signora Jackson incrociò le braccia e inclinò la testa di lato. «Eh già, e mentre noi due parliamo, alla mia Inky stanno spuntando due alucce», disse, cercando di essere spiritosa, cosa che davvero non si addiceva a una donna in tuta di jeans sporca di merda, che aveva cura della propria igiene personale quanto suo figlio. Sì, certo, Jade poteva capire il suo cinismo. Dylan, che attirava attenzione solo per quanto era sfigato, aveva tanti amici quante cellule cerebrali.

«Mi protegge, signora Jackson», spiegò la ragazza, perdendo leggermente la pazienza. Evie stava dormendo in macchina. C'era il finestrino aperto; se avesse pianto, l'avrebbe sentita di sicuro. In ogni caso, non aveva tutto il giorno da perdere. «Vicino a lui mi sento più sicura, con tutti quegli idioti che vengono a darmi fastidio.»

La signora Jackson inarcò un sopracciglio, nell'evidente tentativo di capire se stesse dicendo la verità.

«È in casa?» domandò di nuovo Jade, sempre più inquieta. Sperava che non fosse uscito, lasciando la bambina da sola.

«Sta aggiustando il tetto del fienile», rispose l'altra, distogliendo lo sguardo indifferente.

Jade fissò la schiena di quella donna maleducata. Poi la finestra del piano di sopra del cottage. "Porca troia!" La bambina stava gironzolando per la casa. Se si fosse affacciata alla finestra, quella stronza l'avrebbe vista di sicuro.

Jade era irritata. Aveva dovuto fare in modo che la signora Jackson non trovasse la bambina, e ora era in ritardo. Parcheggiò davanti al pub e mandò un SMS a Dylan. Lui era preoccupato, perché a quanto pareva, sua mamma era uscita senza dirgli niente. Quell'imbecille era ancora appiccicato alle sottane della madre. Jade scosse la testa esasperata.

Non ti avrà visto. Sarà andata a trovare delle amiche, o a fare la spesa, che ne so io. Oggi sono impegnata con le bambine. Ci vediamo domani mattina.

Sarebbe dovuta arrivare là il più presto possibile. Non poteva permettere che Dylan facesse scenate proprio adesso. Le serviva. E non solo per spostare la bambina: Jade aveva altri piani che richiedevano la sua partecipazione. Essendo alto e moro, avrebbe potuto essere facilmente scambiato per Mark alla guida dell'auto di Mel. Ecco perché da ora in poi avrebbe dovuto trattarlo con il massimo tatto, rassicurandolo fisicamente ed emotivamente.

Tenendo d'occhio l'entrata del pub, attese paziente la risposta di Dylan; appena arrivò, tirò un sospiro di sollievo.

Ok xfetto xxx

Alzando gli occhi al cielo per la scrittura abbreviata e aspettandosi che le mandasse un altro messaggio prima di sera, Jade gli spedì una faccina sorridente con tre baci in risposta. Poi il sergente investigativo Cummings uscì finalmente dal pub e lei si tranquillizzò. Dopo aver cercato informazioni su di lui in internet e averlo seguito, aveva appreso che gli piaceva farsi una birretta a pranzo; e anche più di una, quando era fuori servizio.

Era esattamente come Mark l'aveva descritto una volta, confidandosi con Melissa: un puttaniere sessista che si lasciava guidare dal cazzo. Jade sospettava che questo l'avrebbe reso malleabile quanto Dylan.

In attesa del momento giusto per agire, lo vide fermarsi nel parcheggio, ripulirsi i denti con le dita e fissare lascivamente due ragazze vestite in modo succinto che avevano la metà dei suoi anni e si dirigevano alla loro auto vacillando su tacchi vertiginosi. «Spero proprio che tu non abbia esagerato con gli alcolici, Taylor», urlò a una di loro. «Non vorrai che ti arresti proprio adesso, eh?»

«Dipende...» rispose lei, sorridendogli civettuola.

"Dipende da quanto è disposto a pagare." Jade increspò il labbro e sospirò: probabilmente era giunto il momento di sfoggiare la sua mercanzia. Quel tipo non sapeva resistere a un paio di tette. Si girò a controllare Evie, che per fortuna dormiva profondamente. Si aggiustò il reggiseno e abbassò la maglietta aderente per mettersi il più possibile in mostra; dopo di che scese dall'auto. Con il telefono attaccato all'orecchio, si scostò i capelli dal viso e fissò con la dovuta costernazione la ruota sgonfia della vettura. Poi si piegò in avanti dalla vita in giù per vedere meglio. Indossava i jeans più aderenti che aveva e immaginò che lui si stesse godendo la vista.

«Un'ora?» disse disperata all'interlocutore inesistente. «No, il problema è che ho una bambina in macchina e devo tornare dai suoi genitori. Sì. Va bene, aspetto. In realtà, non ho altra scelta, o sbaglio?»

Sentendo avvicinare una certa persona, Jade sospirò e terminò la «telefonata».

«Problemi?» le chiese il sergente Cummings da dietro, anche se Jade sapeva bene che la sua unica preoccupazione era quella di scoparsela.

La ragazza si girò, assumendo un atteggiamento cauto e femminile. Poi, appena lui esibì il distintivo, si mostrò estremamente risollevata. Quel coglione era convinto di averla colpita. «È un foro piccolissimo», disse, stringendosi sconsolata nelle spalle. Purtroppo, non ho la pompa per le gomme e devo riportare la bambina dai suoi genitori.»

Cummings seguì il suo sguardo verso Evie addormentata sul seggiolino dell'auto. «Non li puoi chiamare?» le domandò.

No, non era esattamente Sir Lancillotto. «Certo che adesso li chiamo, ma fra poco la madre dovrà uscire.» Jade controllò l'orologio. «*Cavolo!* Probabilmente, mi licenzieranno.»

Continuando a scrutarla dalla testa ai piedi, l'uomo si strofinò il mento con aria pensierosa. «Neppure io ho una pompa per pneumatici in macchina, ma...» Guardò le tette di Jade, poi la gomma, infine si girò annuendo. «Aspetta un attimo, vado a chiedere nel bar. Il proprietario ce l'avrà di sicuro.»

«Ah, sì?» Jade sembrò quasi sciogliersi. «Sarebbe gentilissimo, non so come ringraziarla.»

«Non c'è problema», disse Cummings, fissando la mano di Jade posata sul proprio braccio, per poi sollevare lentamente lo sguardo, soffermandosi compiaciuto sul seno. «Perché non mi aspetti in macchina? Una scollatura come quella potrebbe attirare qualche imbecille.»

"Qualche imbecille come te?" «Grazie, allora salgo.» Jade sbatté le ciglia e si girò verso l'auto.

Cummings le tenne la portiera aperta, per poterla osservare meglio mentre saliva timidamente, appoggiando prima il sedere, poi una gamba dopo l'altra, adagio, con un sorriso da gatta morta.

«Non andare via.» Le strizzò l'occhio, soddisfatto di sé, poi si girò e corse nel pub.

Cinque minuti dopo, Jade lo osservò gonfiare la gomma con la dovuta ammirazione. «Sei molto forte», osservò civettuola... «Sei molto bravo a pompare...» aggiunse con un tono carico di allusioni sessuali.

Lui interruppe l'ottimo pompaggio per scrutarla negli occhi. «Così dicono», replicò speranzoso, valutando le sue probabilità di rimorchio.

Jade abbassò gli occhi per esaminare l'altezza e la robustezza dell'uomo, poi tornò a guardarlo in faccia. «Si vede», disse, passandosi la punta della lingua sulle labbra in modo provocante.

A quel punto, Cummings parve lì lì per venire e si mise a pompare più forte.

«Sei un vero eroe», aggiunse lei, quando fu pronta a levare le tende, sbattendo le ciglia senza ritegno. «Non so proprio come ringraziarti.»

Il sergente torse le labbra in un ghigno orrendo. «Be', io un'idea ce l'avrei», buttò lì, abboccando come un pesce. «Posso invitarti a prendere un drink?»

«Dovrei essere io a offrirtelo», sottolineò Jade.

«Domani sera?» propose lui impaziente. «Ti vengo a prendere, se vuoi...»

«Meglio di no, sono una babysitter, vivo con la famiglia. Magari i miei datori di lavoro non la prendono bene. Ci vediamo qui alle sette e mezzo.»

«Perfetto», rispose lui, ispezionando per l'ultima volta tutto quel bendidio che non avrebbe esitato ad assaggiare. «Allora, non vedo l'ora di rivederti.»

"È fatta", pensò Jade. Sarebbe stato divertente vedere quella merda di spacciatore pervertito beccarsi il premio che meritava. «A domani», disse, dandogli un lieve bacio sulla guancia e sentendolo sospirare soddisfatto.

40.

Lisa

«Se la prenda pure comoda, Cain», disse l'ispettore capo Edwards, tamburellando impaziente con le dita sulla scrivania di Mark con aria a dir poco scettica.

«Sì, signore... È qui, da qualche parte.» Mark fece scorrere di nuovo la posta, senza trovare quello che stava cercando. Era conciato da far spavento: gli occhi cerchiati di scuro, la barba di due giorni, sembrava non dormisse da un mese. Lisa sapeva che al capo non sarebbero sfuggite neppure le zaffate di whisky giunte fino a lei: Edwards aveva un fiuto da segugio.

Il sergente Moyes guardò Mark. Vedendo Edwards consultare l'orologio con fare plateale, come se stesse aspettando da mezz'ora e non da pochi minuti, alzò gli occhi al cielo.

«Trovato!» urlò Lisa. «Glielo mando subito, signore», disse mentre inviava il rapporto della Scientifica richiesto dal superiore.

«Grazie», le rispose lui sbrigativamente. «Ispettore investigativo Cain, nel mio ufficio. Adesso, per piacere», aggiunse, girando i tacchi e dirigendosi nella sua stanza.

Mark si lasciò andare contro lo schienale della sedia e si batté la fronte con la base della mano. Cummings gli passò accanto con un ghigno soddisfatto e lui lo fissò minaccioso. Il sergente era appena tornato in ritardo dalla pausa pranzo, e a giudicare dall'espressione che aveva in faccia, doveva aver seguito una dieta liquida.

«Dormire durante l'orario lavorativo... eh, no, signore, non va per niente bene... Le consiglio di annacquare un po' di più le bevande. E magari di fare un po' meno escursioni notturne...»

«Dovresti fare il comico, Cummings, non sto scherzando...» intervenne Lisa. «Magari al centro dell'autostrada», aggiunse, infilando la mano nel cassetto in cerca della sua scorta di emergenza di mentine ultraforti. Anche a lei era capitato di farsi un bicchiere mentre si arrovellava sui propri problemi. Mark, però, sembrava aver scolato una bottiglia intera.

«Vedi di mandarne giù una prima di entrare», gli raccomandò, lanciandogli le caramelline.

«Grazie, Lisa», rispose Mark, alzandosi fiaccamente dalla sedia.

«Andiamo a berci qualcosa dopo?» gli chiese, appena girò intorno alla sua scrivania, immaginando che avesse bisogno di sfogarsi un po'.

Mark abbozzò un sorriso. «Mi sa che non è proprio il caso, ma grazie comunque. E poi stasera cucina Mel.»

«Ah.» Lisa annuì. «Sarà per un'altra volta, allora. In bocca al lupo», aggiunse, vedendolo passarsi una mano fra i capelli nel vano tentativo di avere un aspetto più decente, prima di ricevere il cazziatone.

"Cucina Mel?" Lisa aggrottò la fronte. "Be', deve aver fatto progressi", pensò. Da quel che aveva detto Mark, la situazione a casa era ulteriormente peggiorata: per capirlo, bastava vedere come veniva conciato al lavoro. Anche le decisioni che prendeva erano un po' sconclusionate. Il giorno prima aveva mandato agenti in uniforme a controllare un sito già scrupolosamente perquisito in precedenza. A volte si alzava dal computer, lasciando in bella vista informazioni riservate. Lisa si era accorta anche di quello. Era preoccupata, soprattutto per quella Miss Baywatch, che era entrata in scena più o meno quando le cose erano cominciate ad andare a rotoli. A Mel e Mark aveva fatto comodo trovare una babysitter senza tetto con tanto di diploma in cerca di lavoro, ma Lisa non poteva fare a meno di pensare che anche Jade avesse avuto la sua bella convenienza.

La presenza di una ragazza alla pari poteva causare problemi coniugali? E poi i lavori di ristrutturazione della casa incendiata non sembravano cominciare mai. Mark amava la moglie e le figlie più di qualsiasi altra cosa al mondo, Lisa non ne dubitava assolutamente, ma era una strana coincidenza che Mel, di punto in bianco, cominciasse a sospettare che Mark la tradisse... anche se con *lei*, e non con Jade. Mark Cain era un bell'uomo, e in altre circostanze sarebbe stata tentata di avere una relazione con lui, ma in realtà erano solo buoni amici. Mel era forse impazzita, arrivando a invitare a vivere da loro una ragazza così giovane e bella? Non toccava a lei giudicare le altre donne, ma le era sembrata un po' troppo svestita per le mansioni che svolgeva.

Lanciò un'occhiata all'ufficio di Edwards, dove Mark strisciava i piedi per terra imbarazzato, mentre il capo lo strigliava ad alta voce, con somma soddisfazione di Cummings. Forse si era fatta un'impressione sbagliata sul conto di Jade, probabilmente a causa del raffreddamento dei rapporti fra lei e Mel, eppure...

Lisa non rimase particolarmente sorpresa di non trovare un cavolo di niente su quella Jade Hart su Google. Mel aveva fatto tutti gli accertamenti del caso? E Mark? Avevano vagliato i documenti e i diplomi della donna? Anche se era ovvio che non li avesse... Almeno non quelli originali. Dovevano essere bruciati insieme alla casa, no? Un po' troppo comodo, per i suoi gusti. Forse, una volta stabilito che Jade era un angelo mandato dal cielo, Melissa aveva deciso di tralasciare i controlli.

Immaginando l'età di Jade, Lisa stava passando in rassegna tutti i nomi dei ragazzi iscritti al college nelle varie annate, quando udì Edwards alzare la voce. Non era per niente contento. A quanto pareva, neppure Mark. «Ieri sera sono uscito», urlò con veemenza. «Sì, mi sono fatto un paio di drink. Da quando in qua è diventato un reato?»

«Da quando i postumi delle sbornie le intorpidiscono il cervello! È distrutto, se ne torni a casa!»

Lisa contrasse il viso e si girò verso Cummings. Quel bastardo stava gongolando.

«Immediatamente!» concluse il capo mentre Mark usciva furente dall'ufficio.

Lisa chiuse la finestra aperta sul computer e corse dall'amico, che stava già prelevando rabbiosamente la giacca dallo schienale della sua sedia. «È andata bene, eh?»

«Sempre meglio. Ti mando un SMS... anzi, ti chiamo domani.» Si diresse alla porta a passi pesanti. Cummings si alzò per aprirgliela e Lisa vide Mark serrare la mascella.

41.

Mark

Cercando di calmarsi, Mark mise su della musica rilassante e decise di farsi un giro in macchina prima di tornare a casa. Purtroppo, la *Sonata numero due* di Chopin riuscì solo ad aumentare la rabbia e la frustrazione. Cummings lo stava forse tenendo d'occhio? Studiava i filmati delle telecamere stradali per qualche perverso obiettivo che prima o poi sarebbe saltato fuori? Probabile. "Bastardo." Fece un sospiro e mise *L'ascesa dell'allodola* di Vaughan Williams – uno dei pezzi preferiti di Evie – nel tentativo di capire cosa stesse succedendo nella sua vita. Edwards aveva ragione, naturalmente: non era in grado di fare il proprio lavoro. Gli scocciava però che il capo avesse fatto quella scenata in presenza di Cummings, che di sicuro ci aveva goduto immensamente.

Era stanco, del tutto esaurito. Doveva seguire il consiglio del superiore e prendersi un periodo di licenza. In quelle condizioni, non sarebbe stato utile a nessuno. Almeno, Edwards non l'aveva mandato a lavorare come giardiniere volontario. Per un attimo aveva temuto che lo facesse. Era già qualcosa.

Quando si fu ricomposto, tornò a casa. Non poté fare a meno di sperare di trovarci il calore di un tempo, di poter spostare magicamente l'orologio indietro o avanti. Avrebbe voluto mettere fine a quell'allucinazione una volta per tutte. In realtà, era impotente. Come tutti, del resto. Non poteva fare altro che esserci. Non si sarebbe tirato indietro. Se sua moglie stava combattendo, lui avrebbe combattuto al suo fianco.

Quando frenò, notò che mancava l'auto di Mel, il che significava che Jade e le bambine non erano ancora tornate. Meno male. Per quanto amasse le figlie, sarebbe stato bello passare un po' di tempo da solo con la moglie.

Mark parcheggiò, entrò in casa ed ebbe un tuffo al cuore. Non ci sarebbe stata nessuna conversazione intima fra loro e neppure una bella cenetta. Dalla cucina provenivano solo rumori e imprecazioni. Alla fine, sentì: «Hercules, porca miseria, togliti dai piedi!». Mark si fermò sulla porta, sbalordito dal marasma che regnava nel locale.

«Mel?» La prima cosa che vide fu la bottiglia di vino rosso aperta sul banco dell'isola – mezza vuota, notò con un'altra stretta al petto. Si girò con cautela verso la moglie che, a quanto pareva, stava pescando degli spaghetti simili a vermi dal lavello colmo d'acqua. «Che succede?» domandò, sforzandosi di non giudicarla.

«'Sta cazzo di casa sta andando a pezzi, ecco cosa succede!» Mel si scostò i capelli dalla faccia, sbatté lo scolapasta sul gocciolatoio e si girò furente verso di lui. «Non va giù l'acqua, cazzo. Te l'avevo detto che le tubature fanno schifo. Sta andando tutto a catafascio! Hercules, fuori dai piedi!» Guardò inferocita il cane che si stava mangiando gli spaghetti caduti a terra.

Quando la vide afferrare Hercules per il collare e trascinarla malamente alla porta, Mark sussultò.

«No, dai, smettila.» Mark si mise in mezzo e sospinse delicatamente l'animale verso l'uscita sul retro. «Tutti i cani fanno così.»

«Sì, frugano fra i rifiuti!» ribatté seccamente lei, chinandosi a raccogliere gli spaghetti da terra. «Perché tu non l'hai portata dall'addestratore... Per forza, eri troppo preso dal lavoro! Come al solito. Ha dormito per un'ora al centro della cucina. Mentre cercavo di preparare da mangiare, ero costretta a girarle intorno. È completamente fuori controllo!»

"Cosa?" Mark non riusciva proprio a capire. A causa dei suoi impegni di lavoro la cagnetta aveva perso una o due lezioni, ma era stata addestrata eccome. "Oh, Cristo!" Stava per aiutarla a pulire per terra, ma poi si affrettò a raggiungere il gas, su cui era posata una padella sul punto di prendere fuoco.

«Merda!» imprecò, afferrandola d'impulso per il manico e lasciandola subito andare. La padella cadde pesantemente sul fornello e il sugo schizzò sulle piastrelle di ceramica, aggravando il caos generale.

Mel alzò la testa di scatto. «Che cavolo ti è saltato in testa?»

«Era rovente!» "Accidenti." Mark scosse la mano ustionata e si avvicinò al lavandino per sciacquarla. Poi si accorse di non poterlo fare e imprecò fra sé e sé.

«Ti sei fatto male?» gli chiese Mel preoccupata.

Lui prese uno strofinaccio, lo bagnò e se lo avvolse intorno alla mano. «No», rispose seccamente, voltandosi a guardarla. «Hai bevuto?»

Mel scosse la testa confusa. «Cosa?»

Lui alzò gli occhi al soffitto, imponendosi di non perdere il controllo. «Il vino?» Con la testa indicò la bottiglia.

Lei inclinò il capo, osservandolo curiosa. «L'hai aperta tu, quella bottiglia. Ho aggiunto un cucchiaio di vino al ragù. Vuoi farmi soffiare nel palloncino? Vuoi raccogliere un po' di sugo da terra e farlo analizzare dalla Scientifica?»

"Fantastico." Mark si impose di restare calmo. «Mel...» Si avvicinò alla moglie. «Scusami, solo che...»

«Hai fatto due più due e hai tratto le tue conclusioni, eh?»

Lui sospirò e annuì fiaccamente. «Sbagliate», ammise. «Mi dispiace. Sto...» lasciò la frase in sospeso, non sapendo neppure cosa volesse dire.

Mel lo scrutò ancora per un attimo. «Dispiace anche a me», disse delusa, distogliendo lo sguardo e uscendo in corridoio.

Dopo aver pulito la cucina e prelevato la cassetta degli attrezzi, Mark stava per controllare cosa fosse successo sotto il lavandino, quando Jade e le bambine tornarono a casa. Mentre entravano dalla porta principale, Poppy stava parlando concitatamente. Del pancione gigante della sua maestra, immaginò lui, sentendole arrivare in cucina.

«Ma il bambino come ha fatto a entrarci dentro?»

Mark contrasse il viso.

«Ce l'ha messo Gesù bambino. Così sta bello comodo e al sicuro, finché non sarà abbastanza grande da uscire», rispose astutamente Jade.

«Come noi abbiamo messo Dory nel vaso, eh? Così sta bella comoda e al sicuro finché non diventa grande?»

«Esatto.»

"Ottima risposta, Jade", pensò Mark sorridendo, quando la babysitter arrivò in cucina insieme alle due bambine. Al suo posto, probabilmente non avrebbe saputo cosa dire.

«*Papààà*!» Poppy, come sempre, gli si gettò fra le braccia, senza badare agli attrezzi che il padre aveva in mano.

«Ciao, bellezza. Come è andata la scuola?»

«Bene.» Poppy annuì, sganciandosi dal collo del padre per permettergli di alzarsi in piedi. «Abbiamo messo la mano sulla pancia della signorina Winters. È enorme!»

Come gli occhi di Poppy. Mark non poté fare a meno di ridere.

«Stanno imparando un po' in anticipo come nascono le api e gli uccellini», disse Jade, mentre posava con cautela Evie sul suo seggiolino.

«Oddio, spero di no.»

«Nella versione adatta ai bambini, credo.» Jade gli si avvicinò sorridendo, poi osservò accigliata il lavandino. «Oh.» Lo guardò con aria dispiaciuta.

Mark scrollò le spalle. Era in pena per Mel. Le doveva delle scuse. Sperava solo che le accettasse, una volta sbloccato il lavandino e trovata un'alternativa agli spaghetti al ragù.

«Che cosa c'è da mangiare?» Poppy si alzò in punta di piedi per sbirciare nel lavandino.

«McDonald's d'asporto», rispose Jade, allontanandola dall'acquaio. «Puoi venire con me a prendere gli hamburger.»

«Sììì!» esultò la bambina, chiaramente felice della soluzione.

Mark tirò un sospiro di sollievo. «Grazie, Jade», disse, sentendosi di nuovo in debito con lei.

«Non c'è problema», lo rassicurò la ragazza. «Porto anche Evie. Manca circa un'ora alla prossima poppata e a quel punto dovremmo essere di ritorno.»

Mark, riconoscente, tornò sotto il lavandino. «Cazzo», sbottò, afferrando una cosa che non avrebbe dovuto trovarsi là sotto.

«Papà!» Poppy si girò. «Hai detto una parolaccia!»

«Ehm... hai ragione. È una parola bruttissima. Scusami, Poppet. Ho battuto la testa.» Sorrise a denti stretti, lanciando un'occhiata a Jade, che naturalmente aveva capito il motivo dell'imprecazione.

«Oh, no!» Allarmata, Poppy tornò da suo padre. «Ti sei fatto male?» gli chiese, con la piccola fronte increspata.

«Sì, molto male», rispose Mark con voce roca, girandosi per sistemare la bottiglia di vodka prelevata da sotto il lavandino sopra il ripiano da lavoro.

42.

Jade

Vedendo il numero del chiamante, Jade lasciò Poppy da sola in cucina a mangiare i suoi cereali e corse in giardino a rispondere.

«È colpa mia!» Dylan le urlò nell'orecchio, prima ancora che lei potesse aprire bocca. «È colpa mia. Lei è lì a terra e io...»

«Su, su, Dylan, calmati! Cosa è successo? Cosa hai fatto?»

«Mia mamma! È... morta! È...» Emise un singhiozzo gutturale e scoppiò a piangere.

«Rimani dove sei!» disse Jade con fermezza. «Non toccare niente e non dire niente a nessuno. A nessuno, Dylan.»

L'uomo soffocò un altro singhiozzo angosciato. Poi un altro ancora.

"Accidenti, sta perdendo il controllo." «Dylan!» Jade cominciò ad andare nel panico. «Mi senti?»

«È colpa mia!» ripeté il giovane, come un pappagallo terrorizzato.

«Ma no, non è colpa tua. Non c'eri neanche», urlò Jade. «È vero o no?» si affrettò ad aggiungere.

Dylan tirò su con il naso. «No», rispose timidamente un attimo dopo. «Stavo aggiustando il tetto del fienile e quando ho finito non riuscivo a trovarla. Pensavo che fosse uscita, come avevi detto tu, ma...» Gli sfuggì un altro singhiozzo.

«Dylan, nessuno ti darà la colpa, te lo garantisco.» Jade raddolcì il tono della voce. Doveva fare in modo che si controllasse. Ci mancava solo che a quel cretino saltasse in testa di chiamare il numero di emergenza. «Ma mi devi ascoltare.

Devi rimanere calmo, resta lì e non parlare con nessuno, nemmeno al telefono. Fallo per me, okay?»

Ci fu una pausa, in cui lo sentì singhiozzare. «Okay», mormorò Dylan incerto. «Arrivi?»

«Certo che arrivo. Sarò lì appena avrò portato Poppy a scuola», lo rassicurò. «Andrà tutto bene, amore mio, ti aiuterò a risolvere la questione. Preparati una tazza di tè con lo zucchero e stai lì seduto, okay?»

«Okay», rispose lui, con un leggero sollievo nella voce.

"Grazie a Dio." Dopo aver placato momentaneamente Dylan, Jade tornò dentro di corsa per finire di preparare il caffè a Mark. Aveva fretta di uscire, ma prima doveva controllare come andavano le cose fra quei due. Non si erano baciati né avevano fatto la pace. Questo lo sapeva per certo. Melissa aveva dato la buonanotte a Poppy e a Evie, poi si era chiusa in camera da letto. Per forza. Evidentemente, aveva deciso di mantenere un profilo basso. Quando lei era uscita con le bambine per andare da McDonald's, Mark era nero di rabbia. Al loro ritorno, era molto sulle sue. Poi Jade aveva portato al piano di sopra una zuppa calda con il necessario ingrediente aggiuntivo e Melissa le aveva raccontato con voce tremula che avevano litigato per la cena disastrosa e che da quel momento in poi lui l'aveva ignorata. In poche parole, Mark aveva elegantemente evitato di discutere con quella deficiente del suo vizio di bere. Probabilmente, perché avrebbero finito per litigare davanti alle bambine, cosa che Mark voleva assolutamente evitare. Era davvero un uomo adorabile. Dopo aver aiutato la figlia maggiore a costruire un gioco di Peppa Pig e averla messa a letto, aveva trascorso il resto della serata ad ascoltare la sua musica prediletta nel tentativo di distrarsi, immaginò Jade. Poi aveva dormito sul divano, procurandosi cuscino e lenzuola dall'armadio asciugabiancheria. Ciò significava che forse sarebbe stata una sistemazione permanente.

"Perfetto." Jade canticchiò allegramente fra sé e sé. Chi avrebbe detto che un pezzetto di creta potesse scatenare un simile putiferio?

«Finito tutto?» Mentre passava davanti a Poppy con il caffè, le sfoderò un sorrisone radioso.

«Sì», rispose la bambina, sollevando la ciotola e rovesciandosi le ultime gocce di latte in bocca.

«Bravissima!» disse Jade, anche se aveva una gran voglia di tirarle un ceffone. Quella porcellina golosa ignorava del tutto le buone maniere. Doveva proprio togliersi dalle palle. «Allora vai a metterti le scarpe, tesoro», aggiunse Jade. «Stamattina ho un appuntamento. Se ti prepari veramente in fretta, poi ti porto le caramelle. Che ne dici?»

«Sì!» Poppy batté le mani felice, scese dalla sedia e corse alle scale.

"Mocciosetta viziata." Tenendo a bada l'irritazione, Jade entrò in sala senza fare rumore. Forse Mark stava ancora dormendo. Dopo tutto quello che era successo, la ragazza dubitava che avesse riposato bene.

E invece lo trovò seduto sul divano, a fissare la vodka posata sul tavolino, chiaramente incerto su come affrontare l'argomento con la moglie egocentrica e bisognosa che si ritrovava. "Povero Mark." Il cuore di Jade batteva per lui. «Buongiorno», disse, cercando di non far trapelare il buon umore. Non voleva apparire insensibile.

Mark si strofinò il viso e si alzò in piedi. Era sfinito. «Buongiorno.» Si sforzò di sorridere, per gentilezza, che carino...

«Ti ho preparato il caffè.» Jade si avvicinò per appoggiare la caraffa sul tavolo. «Con un bel po' di caffeina. Mi sa che ne hai bisogno.»

Lanciò un'occhiata alla vodka e sorrise comprensiva.

«Sì, infatti.» Mark sospirò sconsolato. «Grazie, Jade», disse, apprestandosi a piegare alla bell'e meglio le lenzuola aggrovigliate. Di sicuro, non aveva riposato bene.

«Come stai?» gli domandò lei, apprestandosi ad aiutarlo.

«Neanche male», mentì lui. «Un po' stanco.» Poi aggiunse, mortificato: «Mi dispiace...». Abbassò per un attimo lo sguardo imbarazzato. «Se vuoi dare le dimissioni, ti capisco.»

«Pensi che vi pianterei in asso così? Neanche per sogno! Le bambine hanno bisogno di stabilità. Non voglio aggravare la situazione.» Sbatté il lenzuolo, piegandolo rapidamente. «Però, date le circostanze, potrei cambiare piani, se lo ritieni necessario...»

«Piani?» Mark assunse un'espressione confusa. Era andato lievemente nel panico, notò Jade con piacere. Gli sarebbe mancata, ma di sicuro mai quanto lui sarebbe mancato a lei.

«Ne ho già parlato con Mel. La mia amica Samantha... oggi riceve i risultati della biopsia. Le ho detto che sarei andata a trovarla.»

«Oh, no... vai pure», rispose Mark con enfasi. «Non cambiare piani. Sono certo che potremo farcela per...» Lasciò la frase in sospeso. La guardò speranzoso.

Che amore di uomo! Si trovava davvero in una situazione intollerabile. Prima riusciva a liberarlo, meglio era per lui. «Solo per un giorno, lo rassicurò. «Lei però vive a Londra, perciò tornerò tardi.»

«Non c'è problema.» Mark sorrise risollevato. «Io ho un paio di giorni di libertà, quindi potrò occuparmi di Evie e scarrozzare Poppy avanti e indietro. In ogni caso, mi sa che hai bisogno di prenderti un po' di riposo, anche se non so se in questo caso si possa parlare di riposo... Fai i miei migliori auguri di pronta guarigione alla tua amica. Spero che vada tutto bene.»

Anche in quel momento, stava pensando ad altri. Jade ebbe un tuffo al cuore. Quell'uomo era un tesoro. «Intanto che vado, porto Poppy a scuola», disse. «Evie sta dormendo profondamente. Deve mangiare alle nove. Hai il mio numero di cellulare, se necessario. Buona fortuna con...» Si interruppe e guardò di nuovo la vodka. «Tutto, insomma.»

«Sì, grazie. Ne avrò bisogno, mi sa.» Ora aveva un'espressione decisamente disperata, notò la ragazza soddisfatta.

Jade vide Dylan in fondo al campo di maiali e mentre scendeva dall'auto lo chiamò. Siccome non rispondeva, urlò di nuovo, poi imprecò, aprì il cancello e si diresse verso di lui.

«Dylan!» A quel punto era veramente inviperita. Sciaguattare nel fango e nella merda di maiale con le sue scarpe da ginnastica non rientrava esattamente fra le sue attività preferite.

Alla fine, mentre aggirava la porcilaia tenendosi a distanza di sicurezza da Oinky e Inky, il bestione si voltò verso di lei.

«È colpa mia», disse, con espressione patetica, la faccia sudata, del colore dello stucco umido.

«Dylan...» Jade raddolcì il tono, cercando di nascondere l'irritazione. Ma non sentiva che voce stava facendo? Sembrava un bambino di due anni, accidenti a lui. «Qualsiasi cosa sia successa, non è stata...»

All'improvviso, lui guardò in basso. Lei lo imitò e dovette reprimere un violento conato di vomito. "Oh, cazzo." Le avevano mangiato mezza faccia.

«Oh, mio Dio! Dylan!» Jade, sinceramente inorridita, distolse lo sguardo dalla donna. In futuro, avrebbe dovuto guardarsi da quelle bestiacce carnivore. «Che cavolo hai fatto?»

«Niente!» Dylan spalancò gli occhi terrorizzato. «Era arrabbiata», disse sulla difensiva. «Ieri mattina abbiamo litigato. Voleva che telefonassi allo zio Bob e gli chiedessi un lavoro, ma io non volevo lavorare in cantiere. Ho detto che volevo rimanere qui, alla fattoria. Lo zio Bob non mi vuole bene ed Eric prende sempre i tranquillanti. Non voglio lavorare a Birmingham. Io gliel'ho detto e lei si è arrabbiata moltissimo. Non mi voleva parlare e io...»

«Dylan, smettila!» Jade si avvicinò, afferrandogli le spalle con le mani. Il giovane stava sbattendo le palpebre rapidamente: era sul punto di andare in iperventilazione o di pisciarsi addosso. «Una cosa alla volta. Chi è Eric?»

«Mio cugino. Mi prende sempre in giro.» Dylan si asciugò il naso con un braccio e guardò a terra imbarazzato.

"Mah, chissà perché..." Jade represse un sospiro e assunse l'espressione irritata di circostanza. «Sarà sicuramente un idiota», commentò, sapendo che Dylan aveva bisogno di sentirsi dire esattamente quello, poi si preparò a chinarsi per esaminare la donna con più attenzione.

«È morta, Dylan.» Si sollevò in fretta in piedi e lo guardò piena di compassione.

«Morta?» gemette lui.

"Sì, idiota, è morta." Jade annuì solenne. Sembrava abbastanza morta, ma siccome aveva percepito un debolissimo battito cardiaco alla base del collo, sospettava che non lo fosse ancora del tutto. Che fare di lei? La scelta più pietosa sarebbe stata quella di portare a termine il lavoro, cosa impossibile in presenza di Dylan. Alla fine, i maiali l'avrebbero divorata tutta intera, ma ci avrebbero impiegato un po' di tempo e non era certo il caso di lasciarla là fuori.

«È colpa mia.» Dylan deglutì.

Jade digrignò i denti. Se l'avesse ripetuto un'altra volta, con quella voce lamentosa, sarebbe finito anche lui in pasto ai maiali. «Dylan, non è colpa tua», gli disse, decisa. «Ma è vero che qualcuno potrebbe pensarlo.»

Lo guardò dritto in faccia cercando di non far caso al pomo d'Adamo che sobbalzava grottescamente nella sua gola. «Probabilmente è morta da sola, avrà avuto un attacco di cuore o simili. Ti ha mai detto di avere dei dolori al petto?»

Il faccione di Dylan perse il poco colore che aveva. «Dopo la morte di papà», rispose, bisbigliando con voce roca. «Diceva che sentiva male al cuore.»

«Ah, ecco. Vedi che non è stata colpa tua. Forse è stato il ritorno di Mark Cain alla fattoria.»

«Cain?» domandò Dylan, aggrottando la spessa fronte. Una scintilla di rabbia gli illuminò gli occhi. "Bene", pensò Jade. Le serviva bello incazzato, non timido e piagnucoloso come un bambino piccolo. Pronto a fare qualunque cosa fosse necessaria. Aveva un piano. Innanzi tutto, Mark avrebbe dovuto essere «visto» mentre bazzicava certe zone in macchina. Questo – sempre che Dylan riuscisse a seguire le sue istruzioni – avrebbe persuaso Melissa che il marito non era l'eroe senza macchia che lei aveva sempre immaginato. Quella cogliona doveva togliersi dalle palle, prima che il povero Mark fosse costretto ad assumere farmaci.

«Mentre lui si aggirava per la fattoria come un segugio, sarà stata tremendamente stressata e avrà avuto un infarto. Bastardo. Potrebbe persino tornare», disse, suscitando la reazione sperata.

«Oh, merda.» Dylan guardò spaventato dietro di lei, come se si aspettasse di vederlo comparire da un momento all'altro, con tanto di lampeggianti blu.

«Dobbiamo spostarla da qui», riprese Jade determinata.

«Ma...» Dylan sembrava incerto. «Non dovremmo chiamare un'ambulanza?»

«Dylan... è morta», ripeté Jade. O almeno sarebbe crepata molto presto, a giudicare dalla quantità di sangue che aveva perso. «E non abbiamo molto tempo. Lui potrebbe tornare», gli ricordò. «Non possiamo lasciarla qui in bella vista, no? Se anche non ti accusa direttamente di omicidio, ti farà di sicuro qualche brutto scherzo, soprattutto se ha qualche sospetto su noi due, come è molto probabile. Si sarà pur chiesto perché continuo a tornare da queste parti.»

Dylan lanciò un'altra occhiata a sua madre e rifletté. Avrebbe fatto come gli aveva detto Jade. A lei pareva quasi di sentire gli ingranaggi del suo cervello scricchiolare. «E dobbiamo spostare anche Daisy. Oggi. La portiamo in macchina e mettiamo la tua povera mamma nel fienile dove rimarrà al sicuro finché non potremo darle degna sepoltura. Che ne dici?»

Dylan non sembrava convinto al cento per cento, ma l'idea della sepoltura parve placarlo.

«Non ti preoccupare.» Gli schioccò un bacio sulla viscida guancia. Fra le ghiandole sudoripare di Dylan che pompavano a mille e quella vecchia strega senza faccia che la fissava dal basso, Jade stava per vomitare. «Ti aiuterò, te lo prometto.»

Intendeva dire che gli avrebbe offerto supporto morale. Jade non aveva nessuna intenzione di sporcarsi le mani. Quella sera avrebbe incontrato il magnifico sergente investigativo Cummings. Solo l'idea della sua vicinanza le faceva accapponare la pelle, però intendeva sfoggiare un look molto provocante.

«Dobbiamo andare, Dylan», gli disse circa un'ora dopo con gentilezza, osservandolo piangere come un bambino – scosso da brividi e singulti – per la sua povera mamma quasi defunta.

Jade capì che, se non gli avesse messo un po' di premura, quello sarebbe stato capace di rimanere lì per sempre. Soffocò un sospiro esasperato e cercò di consolarlo. Gli sfregò delicatamente un braccio, facendosi venire i brividi, e non in senso buono. «Vieni, amore mio», lo ammansì, incoraggiandolo ad allontanarsi. «Dobbiamo spostare Daisy. Ora tua madre sta riposando in pace.»

«Secondo te, è felice?» Dylan la guardò implorante.

"Oh, sì, come una pasqua." Jade dovette fare uno sforzo immane per rimanere seria. «Certo che è felice. Dylan, adesso ha raggiunto il tuo papà. Non sentirà più male al cuore. Non soffrirà più.»

Pacificato, il giovane annuì lentamente. «Addio, mamma», sussurrò goffamente, asciugandosi il naso con il dorso della mano mentre tornavano al cottage. Se intendevano sistemare ogni cosa intanto che Mark andava a prendere Poppy a scuola, dovevano darsi una mossa. Melissa non sarebbe stata un problema. Le aveva rifilato una dose di farmaci in grado di mettere al tappeto un cavallo.

43.

Melissa

Quando alla fine Mark arrivò in camera matrimoniale, Melissa era distesa a letto. Non avrebbe voluto. Si era sforzata di alzarsi e di vestirsi. Nonostante l'intenso capogiro, era riuscita ad arrivare a metà strada dal letto al bagno, ma poi si era arresa ed era tornata indietro.

«Mark?» Mel fece di tutto per tirarsi su a sedere. Stava cercando disperatamente di ricostruire quello che era successo nelle ultime settimane, nel tentativo di capire come accidenti avesse fatto a ridursi in quello stato: aveva ricordi frammentari, scollegati. Non sembrava in grado di separare i sogni dalla realtà, i fatti si perdevano come pennacchi di fumo nell'aria.

Fece appello alla poca energia che le rimaneva per gettare le gambe fuori dal letto e mettersi in piedi. Fece un passo, inciampò. Confusa e gravata da terribili sensi di colpa, ebbe un doloroso tuffo al cuore. Mark, a differenza di quel che avrebbe fatto poco tempo prima, non si diede neppure la pena di aiutarla. Con il viso bianco come un lenzuolo e un'espressione imperscrutabile in faccia, rimase sulla porta a guardare. Stava aspettando che cadesse? Mel deglutì.

«Ecco qui», disse un attimo dopo, attraversando la stanza. Mel era di nuovo crollata pesantemente a letto. «Se proprio non ne puoi fare a meno, prenditela.»

Si fermò davanti a lei, alzò la mano sinistra e gettò una bottiglia sul piumone.

"Vodka?" Mel fissò la bottiglia confusa. «Io non...» A fatica, alzò di nuovo lo sguardo verso di lui.

«Non beviamo vodka.»

«A quanto pare, qualcuno di noi sì», ribatté lui, scrutandola negli occhi. I suoi erano scuri, furenti, *accusatori*?

Lei sbatté le palpebre, momentaneamente stordita, poi colse l'inquietante implicazione. «Credi sia stata io?» domandò incredula.

«Era sotto il lavandino. Di sicuro, non ce l'ho messa io», replicò lui freddo. «Allora, dimmi, chi potrebbe essere stato?»

Mel lo fissò stupefatta. Possibile che pensasse davvero...? No, figurarsi. Non beveva mai vodka. Non le piaceva neppure. «Non è mia. Può essere stato chiunque, tranne me.»

Mark sostenne lo sguardo della moglie. A parte il fremito eloquente della guancia, rimase impassibile. «Bene», disse seccamente e si girò dall'altra parte.

«Mark! Non ce l'ho messa io. Non è mia!» Mel aveva una voce disperata. Lo sentì persino lei.

Mark si fermò.

«Non è mia. Te lo giuro.»

Lui si infilò le mani in tasca, con le spalle sempre più tese.

«Perché avrei dovuto mettercela, secondo te?» lo implorò. «Perché mai avrei dovuto farlo, per poi dirti che il lavandino era otturato? Perché avrei dovuto fare una cosa simile?»

Lui alzò le spalle. «Perché te ne eri dimenticata?»

«Non è mia!»

Mark si girò. «Allora, chi può avercela messa?» domandò rabbioso. «Eh? Jade? Poppy? Evie?»

Mel scosse la testa, confusa e spaventata dal tono di voce del marito e da quell'incubo che era diventata la sua vita. Lo stava perdendo. Si stava allontanando da lei. Un attimo alla volta, sotto i suoi stessi occhi. Era sempre più distaccato. E lei non poteva farci niente.

«Hercules?» urlò Mark, visto che lei non rispondeva, facendola sobbalzare sul letto. «Le fatine della minchia?»

Mel trattenne le lacrime. Non intendeva piangere. Non davanti a lui. Sentì una dolorosa stretta al petto, perché sapeva che se si fosse messa a piangere, lui non l'avrebbe consolata. «Non lo so», balbettò, frugando nel proprio cervello disfunzionale e rendendosi conto suo malgrado che c'era una sola persona potenzialmente in grado di farlo. «Jade», bisbigliò alla fine. «Deve essere stata lei.»

«Okay.» Mark rise amaramente. «Se non ci fosse lei», disse rabbioso, «questa casa andrebbe a rotoli.»

Il commento la colpì come un pugno allo stomaco. Rimase zitta. Non riusciva a parlare.

Mark risucchiò aria fra i denti e si voltò disgustato. «Me ne vado», disse con voce roca. «Non ce la faccio più.»

«Sennò chi può essere stato?» gli urlò dietro Mel. «Chi altro potrebbe aver... Oh, mio Dio...» Si bloccò. Ebbe un terribile presentimento. «Sei stato tu.»

Lui non rispose. Inciampò, ma non si guardò più indietro.

«Vuoi che me ne vada, vero?» Mel mandò giù il sapore aspro, malato, che aveva in bocca. «Mark, vuoi che me ne vada?» gli domandò, in preda a un tumulto di emozioni. «Per questo stai cercando di convincermi che sto impazzendo? Perché mi vuoi mandare via? Per poter stare con Lisa? O con qualcun'altra, magari? Con chi? Con quante altre donne intrattieni conversazioni *intime*?»

Mark restò in silenzio. Il cuore di Mel batteva all'impazzata. Lo vide uscire lentamente dalla porta senza dire una sola parola.

44.

Mark

Seduto all'isola della cucina, si prese la testa fra le mani, chiedendosi se fosse davvero lui quello che stava andando fuori di testa. Lei ne era convinta. Pensava che avesse altre donne. Peggio ancora, lo riteneva capace di orribili manipolazioni. E a quale scopo? Per sostituirla con un'altra? "Cristo."

Deglutì e si alzò. Si avvicinò alla credenza, prese i farmaci prescritti a Mel, tirò fuori il foglietto illustrativo e lesse di nuovo gli effetti collaterali, nel disperato tentativo di spiegarsi quello che stava succedendo.

Sua moglie aveva perso il senso della realtà, era paranoica fino alla follia. Aveva delle allucinazioni. Soffriva di incubi e di insonnia quasi tutte le notti. Il fatto che fosse intorpidita, intontita, depressa e irritabile era compatibile con il farmaco, ma non quel comportamento estremo. Doveva parlare con il suo medico curante; sperava che Meadows non si rifiutasse di rispondere alle sue domande per proteggere la privacy della paziente. Chissà come, però, Mark dubitava che cambiare farmaco avrebbe risolto qualcosa. Melissa aveva bisogno di aiuto... più di quanto lui o il medico di base fossero in grado di offrirle. Necessitava di cure specialistiche. Forse avrebbero dovuto addirittura ricoverarla. "Oh, mio Dio, no!" Mark non riusciva neppure a tollerare l'idea. Ma se era necessario per il bene delle bambine... Quanto stavano già risentendo della situazione?

Grazie a Jade, Poppy non sembrava far molto caso a quello che stava accadendo, anche se qualche sera prima, quando le aveva raccontato la storia della buonanotte, gli aveva chiesto perché la mamma fosse così strana. La notte precedente aveva pregato Dio che la mamma tornasse a sorridere. Mark si asciugò rabbiosamente una lacrima dalla guancia. Evie stava bene, dormiva meglio di prima. Dopo la poppata delle undici, era rimasta seduta sul suo seggiolino per un'ora buona, sorridendo, gorgheggiando e tendendo le manine verso i giochini del seggiolino. La coordinazione fra occhi e mani era buona. Evie era una bambina felice. Per il momento, non sembrava turbata.

Si domandò se fosse il caso di portare a Mel qualcosa da bere, poi decise di no. Quando era andato a ritirare il pranzo che lei non aveva neanche iniziato, dormiva come un sasso, completamente dimentica del mondo. Lui ne aveva approfittato per controllare gli armadietti del bagno. Neppure quando aveva toccato il fondo dopo la morte di Jacob gli era venuto il dubbio che potesse assumere un'overdose di farmaci. Ora, invece, gli balenò il pensiero.

Era ora di guardare in faccia la realtà, si disse. Rovistò in casa in cerca di bottiglie nascoste. Non avrebbe mai immaginato neppure di fare una cosa simile. Non voleva dimostrare nulla, né affrontarla di nuovo di petto: doveva solo sapere.

Tre bottiglie, tutte parzialmente vuote. Mark le allineò in cucina con un senso di nausea. Una era ficcata sotto il cuscino di una poltrona: quella di Melissa. Un'altra fra le lenzuola dell'armadio asciugabiancheria. Un'altra ancora in una scatola di plexiglas, all'interno di una credenza poco utilizzata. Se non avesse cercato, avrebbe potuto sfuggirgli. Quante ce n'erano ancora? Sotto il materasso, magari. Un paio nello studio? Di sicuro ne teneva un po' anche là dentro. "Cazzo!"

Afferrò la prima bottiglia, la strinse forte, tentato di sbatterla contro il muro. Non lo fece solo perché c'era anche Evie in casa con lui. Respirò a fondò, ne svitò il tappo. Mel gli aveva assicurato che non le avrebbe mai fatto del male. Ma perché gliel'aveva detto? Le era forse balenato il pensiero? Ne aveva avuto l'impulso? Non c'era da stupirsene, visto che si sorbiva tutto quell'alcol insieme alle pillole. Rovesciò furiosamente la prima bottiglia nel lavandino precedentemente intasato, poi la seconda e infine la terza.

Era stata la creta a ostruire il tubo. Mentre rovesciava l'ultima bottiglia, si bloccò. Com'era possibile? All'inizio aveva pensato che Mel si fosse lavata le mani e la terra si fosse accumulata in fondo. Solo che non erano tanti frammenti, bensì un blocco compatto.

Mentre rifletteva, si diresse alla porta di servizio per andare a buttare via le bottiglie e a ispezionare il laboratorio. Prima di abbassare la maniglia, si fermò, pensando a Evie. Ma no, non le avrebbe mai fatto del male, concluse, e uscì.

Tuttavia, si mise a cercare molto in fretta. Controllò nel forno, sugli scaffali, nelle credenze, sui banchi da lavoro. Stava tornando alla porta, quando ricordò il bidone della creta. Non poteva aver nascosto qualcosa persino lì dentro, no? In fin dei conti, però, i tossicodipendenti facevano proprio così. Gliel'avevano insegnato tutti quegli anni di servizio nella polizia. Si piegò in avanti, si tirò su la manica e scavò nell'umida creta di scarto. *Ecco,* pensò tristemente, quando tastò con la mano quello che aveva tutta l'aria di essere un oggetto avvolto in un sacchetto di plastica.

Serrò la presa e cercò di tirarlo fuori, ma a quanto pareva la creta non se ne voleva separare. Ma che cazzo era, una bottiglia da due litri? Tirò più forte e il pacco finalmente si staccò, facendolo cadere sui talloni e sfuggendogli di mano. Lo raccolse da terra, lo guardò curioso, tolse un po' di terra dalla plastica e lo lasciò subito andare, sbilanciandosi all'indietro.

"Mio Dio..." Con il cuore che batteva all'impazzata e lo stomaco sottosopra, prese atto mentalmente di quello che gli occhi si rifiutavano di riconoscere.

Il gatto aveva gli occhi sbarrati e terrorizzati, la bocca spalancata, la plastica appiccicata al muso.

Con mano tremante, si versò un bicchiere di whisky. Lo ingollò in un sorso solo, se ne versò un altro e stava per buttarlo giù, quando si rese conto dell'ora. "Merda! Poppy!" Mark si batté la fronte con la mano, inspirando a fondo e cercando di ricomporsi: di riportare un po' di equilibrio in una vita che gli stava sfuggendo di mano.

Tentando di riprendersi in fretta, sbatté il bicchiere sul tavolo, andò in cucina e versò dei granuli di caffè solubile in una tazza. Si preparò una bevanda nera e densa, aggiungendo acqua fredda per poterla ingurgitare rapidamente quanto il whisky. Quanto ne aveva bevuto? Due dita? Tre? Se ne era dimenticato. Gli tremavano ancora le mani. Forte. Corse su per le scale, maledicendo gli scalini scricchiolanti, e si avvicinò alla camera matrimoniale. Desiderava controllare che da Mel fosse tutto a posto, ma non voleva assolutamente svegliarla. Finché non avesse capito cosa stava succedendo, non sarebbe stato capace di parlare con lei in modo decente. Ma cosa poteva saperne lui? Nessuno, a parte uno psichiatra esperto, sarebbe stato in grado di fare una diagnosi attendibile.

Con il cuore in tumulto, entrò in camera da letto. Mel dormiva a pancia in giù, come sempre. Di norma, non si sarebbe preoccupato, sennonché non riusciva a capire se stesse respirando o meno. Si avvicinò, esitò e poi si accovacciò per osservarle il viso. Vedendo rapidi movimenti dietro le palpebre, appoggiò la testa alle mani risollevato. Aveva voglia di piangere. Di urlare. Di prendersela con il Dio in cui non era sicuro di credere. Quale Dio poteva permettere una cosa simile? Perché?

Doveva andare a prendere Poppy. Doveva portare Evie con sé. Non poteva lasciarla a casa in quella situazione. Controllò di nuovo in bagno, sperando che non gli fosse sfuggito nulla, poi andò nella stanza della neonata e, parlandole con dolcezza, sollevò il suo corpicino caldo e fragile dalla culla. La bambina protestò leggermente, ma non si mise a piangere. Mark fu grato di quella piccola gentilezza.

Le medicine. Non poteva lasciarle alla portata di Mel. Ma non poteva neppure eliminare dalla casa tutti i potenziali strumenti di suicidio. Cosa accidenti avrebbe dovuto fare? Pensando alla lunga fila di coltelli in cucina, sapeva che non ce l'avrebbe fatta mai. Almeno non da solo. Guardando Hercules che agitava nervosamente la coda, chiuse gli occhi per scacciare l'orribile immagine del gatto attonito e terrorizzato. Poteva arrischiarsi a lasciare incustodita anche la cagnetta?

45.

Jade

Quando vide Mark uscire dal vialetto di casa, per poco non le venne un infarto. Parcheggiata nella viuzza retrostante, attese con il fiato in gola. L'apprensione le faceva formicolare la pelle. Poi, notando che Mark stava svoltando nella direzione opposta, chiuse gli occhi risollevata. Evidentemente, stava andando a prendere Poppy in ritardo; Melissa doveva aver richiesto tutta la sua attenzione. Come se quel pover'uomo non avesse già abbastanza guai, senza una moglie alcolizzata e imbottita di farmaci. Jade capiva perché Mark sentisse il dovere di rimanere – ovvio, lo conosceva bene – ma era necessario che si rendesse conto che per le bambine vivere in quell'ambiente rischiava di essere ancora più nocivo di una separazione. Tuttavia uno come lui si sarebbe sentito un po' in colpa a lasciare una donna così bisognosa di attenzione. Era una brava persona, non poteva farci niente, per questo non aveva ancora chiesto l'intervento di specialisti. Jade gliene avrebbe parlato, con discrezione, a tempo debito. Nel frattempo, doveva alzare la posta in gioco. Se Mark esitava a fare ciò che evidentemente andava fatto, ossia allontanarla da casa sua, Jade doveva fare in modo che la stessa Melissa avesse ottimi motivi per lasciarlo.

«Sicura che non era meglio portagliela a casa? Dirglielo, insomma», domandò Dylan, irritandola oltre misura. Non gli aveva già spiegato con dovizia di particolari che Mark non voleva la bambina?

Jade tenne a bada il nervosismo e gli parlò. «Dylan, sarebbe troppo rischioso», disse, facendo un sorriso triste di circostanza. «È un uomo... imprevedibile. E comunque, qualunque cosa io dica, tutti i suoi colleghi si schiererebbero subito dalla sua parte. Fidati, è meglio così. Sarà più al sicuro a casa mia, per il momento.»

«Ma... casa tua non è tutta bruciata?» Stava guardando il cottage, che era poco più di un rudere annerito. "Oddio, durante la distribuzione dei cervelli, doveva essere stato proprio l'ultimo della coda..."

«Ho creato un bell'ambiente nel seminterrato», gli assicurò Jade. «Le ho preso il suo piumone e i suoi giochi preferiti. Starà bene.»

«Mi sembra un po' pallida», osservò Dylan, girandosi a guardare la bambina preoccupato.

Jade dovette ammettere che in effetti era abbastanza smunta, la pelle del viso era bianca come un giglio. Ma il Calpol avrebbe aiutato. E probabilmente dopo un sonnellino avrebbe avuto una cera migliore. Almeno non era nelle mani di quella stronza di sua madre e di quel pedofilo di suo padre, che avevano reso tanto triste la sua breve vita. Con un po' di fortuna, si sarebbe spenta tranquillamente, che era sempre meglio che essere bruciata viva in un forno.

«Ha bisogno di prendere un po' di sole, cosa che succederà presto. Sempre che stasera tu faccia quel che ti dico. Posso contare su di te, vero, Dylan?» Sospirò, sforzandosi di assumere un'espressione esitante e vulnerabile.

Dylan si sciolse subito. «Fidati di me», rispose in tono virile, posando la manona su quella di Jade. «Non ti deluderò, te lo prometto.»

«Neppure io deluderò te.» Jade abbozzò un sorriso tremulo. «Non vedo l'ora che sia tutto finito. Così potremo stare tutti insieme, come è giusto che sia.» Consapevole di dovergli ricordare cosa significasse vivere insieme, si avvicinò, gli posò una mano sulla guancia, facendo scivolare l'altra fra le sue gambe. Dylan strizzò subito gli occhi ed emise un gemito basso e roco.

"Merda!" Dylan schiacciò forte le labbra contro le sue. Chiaramente eccitato, le ficcò la lingua in bocca, a fondo. Jade spalancò gli occhi. Piena di ribrezzo, sentì la lingua del bestione roteare come una schifosissima lumaca nella sua bocca. Abbassò la mano, esercitando abbastanza pressione sulle palle da acuire il desiderio, evitando però di scatenare il danno irreparabile.

«Domani», disse ansimando, scostandosi da lui, prima che gli saltasse in testa che stesse per fargli un pompino.

Dylan emise una specie di gemito. «Promesso?» le chiese con voce strozzata.

«Certo», rispose lei, abbassando le ciglia e sporgendosi per dargli un bacio sulla guancia paffuta. «Adesso, sai dove andare, vero?» gli domandò, slacciandosi la cintura di sicurezza per scendere dall'auto.

«Sì.» Dylan passò al posto di guida della macchina di Melissa contraendo leggermente il viso. «Seguo il navigatore satellitare, poi, quando arrivo a destinazione, faccio un po' di giri.»

«E poi?» lo incalzò Jade.

Dylan aggrottò la fronte. «Guiderò piano», disse, annuendo deciso.

«Esatto. E poi?» Jade, sorridendo, lo incoraggiò a continuare.

«Rimango vicino al marciapiede», rispose, soddisfatto di sé.

«Perfetto.» Jade gli sfoderò un altro sorriso. «E ricorda, lo stai facendo anche per la tua povera mamma. Dobbiamo fare in modo che l'ispettore Cain soffra il più possibile, che la sua reputazione sia rovinata per sempre e che sia giudicato incapace di adempiere ai suoi doveri di poliziotto e di padre. Lo porteranno in caserma e lo interrogheranno, e a quel punto io sarò libera. Potrò prendere le mie figlie e andarmene via. Quando capiranno che razza d'uomo è veramente, nessuno gli crederà più. Soprattutto se dimostrerò di avere una dimora stabile con te, caso mai i servizi sociali dovessero fare dei controlli... che faranno di sicuro.»

Sperava che quell'imbecille non combinasse disastri. Doveva dimostrare che Mark frequentava i quartieri a luci rosse. Sapeva che Melissa non avrebbe mai tollerato una cosa simile.

«Non dimenticare di passare veloce davanti agli autovelox», gli ricordò. «Ma non troppo.» Voleva che prendesse un paio di multe in alcune zone sospette della città, ma non che lo fermassero. In tal caso, Jade sarebbe stata costretta a dichiarare che Dylan aveva rubato l'auto, o ad ammazzarlo.

«Non me lo dimenticherò.» Dylan si allacciò la cintura di sicurezza e afferrò il volante, con espressione estremamente determinata.

"Un uomo in missione", pensò Jade stanca, alzando gli occhi al cielo, mentre andava a prelevare la sua sacca dal bagagliaio. Mark doveva aver pensato che servisse per il viaggio a Londra, ma in realtà conteneva il necessario cambio di vestiti per l'appuntamento di quella sera.

Il problema era: cosa fare di Dylan, una volta compiuta la missione? A quel punto, non avrebbe più avuto bisogno di lui. Una caduta dal tetto del fienile, magari? No. Avrebbe dovuto salirci con lui, o magari drogarlo e trascinarcelo sopra, cosa impossibile senza un argano. Appenderlo a una trave del fienile? Quello sì che sarebbe stato fattibile. In fin dei conti, aveva ammazzato sua madre. La tragica scelta di impiccarsi, anziché fare i conti con la propria coscienza, sarebbe stata più che naturale.

46.

Mark

Il dottor Meadows non gli era di grande aiuto. Con Evie in braccio, Mark stava attirando un bel po' di attenzione di cui avrebbe fatto volentieri a meno. Si allontanò da un gruppo di madri che continuavano a rivolgergli sorrisi indulgenti, pensando senza dubbio che avesse un'aria persa, come un pesce fuor d'acqua. Se solo avessero saputo fino a che punto si sentiva perso...

«Non le sto chiedendo di infrangere il diritto alla privacy della paziente», disse al telefono, che teneva con la mano libera, «ma solo di ascoltarmi. Melissa ha urgente bisogno di una diagnosi psichiatrica. Sono preoccupato, molto preoccupato.»

«Rischia di fare del male a sé stessa?»

«Sì. No.» Mark tirò un pesante sospiro. «Non lo so.»

«Ha tentato di fare qualcosa?»

«No, ma secondo me, potrebbe farlo», rispose Mark in tutta sincerità.

«Ci sono stati attacchi psicotici?»

Che cazzo intendeva per attacchi psicotici? Tenendo d'occhio il cancello della scuola e cercando al contempo di placare Evie, che era sempre più irrequieta, Mark rifletté. Come spiegare la situazione? Da dove cominciare? Come cavolo trasmettere la gravità del problema?»

«Allucinazioni?» continuò il medico. «Ossessioni?»

«Entrambe le cose», confermò Mark.

«Pensa che potrebbe mettere in pericolo le figlie?» domandò sagacemente il dottor Meadows. Mark esitò. Il medico precisò: «Glielo chiedo solo per farmi un'idea precisa...».

Mark guardò Evie, afferrandole la manina che agitava in aria e baciandole delicatamente la testa. Aveva i capelli di Mel. Sarebbe diventata identica a sua madre. Bellissima.

«Ho trovato un gatto», disse un attimo dopo sottovoce. Gli mancava l'aria all'idea di pronunciare quelle parole, di parlare di lei in quel modo, eppure sapeva che era necessario. Forse si stava sbagliando, lo sperava con tutto il cuore, ma non poteva permettersi di rischiare. «Nel suo studio. In un sacchetto di plastica. Soffocato, credo.» Mark non osava immaginare quando l'avesse fatto o dove l'avesse tenuto. Aveva ancora in mente l'episodio del freezer. Stavo cercando bottiglie nascoste. In questo periodo, sta... bevendo parecchio, e io...»

Mark si interruppe. Sembrava una follia. Era una follia.

"Maledizione." Vedendo i bambini che uscivano dal campo giochi, tornò in fretta alla postazione iniziale. «Devo andare. Sono venuto a prendere Poppy a scuola», disse, determinato a non fare aspettare la figlia e a non permetterle di sentire nulla, neppure di sfuggita. Almeno per il momento, non aveva bisogno di sapere più di quanto sapesse già.

«Mark, convinca sua moglie a prendere un appuntamento urgente», disse il dottor Meadows, con voce più comprensiva. «Anzi, meglio ancora, lo prenda lei stesso e faccia in modo che ci vada. Le spedisco dei numeri. La squadra di pronto intervento psichiatrico, numeri di assistenza telefonica eccetera.»

Mark si sentì precipitare il cuore in fondo allo stomaco. Cos'altro avrebbe potuto fare? A quanto pareva, proprio niente. Se solo Mel gli avesse parlato, gli avesse aperto la porta... Se solo fosse stata sincera con lui...

47.

Melissa

L'urlo acuto che squarciava il silenzio non faceva parte dell'incubo. Mel spalancò gli occhi. Il telefono era sul comodino, lo squillo insistente la stava riscuotendo dal sonno, che comunque non l'aiutava a fuggire dalla sua vita assurda.

Appena lo afferrò, smise di suonare. Il torpore e la pesantezza delle membra le avevano impedito di rispondere. Con le lacrime agli occhi, Mel fece appello alla poca energia che le rimaneva per liberarsi della coperta, alzarsi maldestramente a sedere e afferrare il cellulare, che riprese subito a suonare. Stava quasi per rispondere, quando vide il nome sullo schermo: *Lisa.*

In preda alla rabbia e all'umiliazione, non rispose. Vide che stava registrando un messaggio vocale. Asciugò lo schermo da una lacrima; poi, con determinazione, se ne asciugò un'altra dal viso e si preparò ad ascoltare il messaggio. Erano due, entrambi di Lisa, più alcuni SMS. Il succo era che, qualsiasi cosa Melissa si fosse messa in testa, era sbagliata. Mel deglutì, tenendo a bada il proprio cuore, che sembrava essersi incuneato dolorosamente nella trachea: ripensò alla rabbia, alla freddezza, alle accuse di Mark. Non si era immaginata quelle cose, e neppure il disgusto con cui le aveva lanciato addosso la bottiglia di vodka. E di sicuro non si stava illudendo di non bere.

I lavandini ostruiti, il forno rotto, il freezer... Si portò involontariamente una mano al petto e inspirò a lungo. La chiave. Povera Hercules...

Espirò. Mark che si confidava con un'altra donna, lo scambio eccessivo di messaggi fra loro, le bugie. Non si era immaginata nulla di tutto ciò.

L'unica cosa che non funzionava davvero era la casa, di cui un tempo aveva amato ogni mattone e ogni oggetto che conteneva. Mark aveva torto marcio. Si stava comportando male. Aveva due figlie, Cristo santo. Evie era piccola e vulnerabile. Poppy lo venerava come un dio. Perché si comportava così? Perché aveva mandato una donna che un tempo lei considerava amica a controllarla, spedendole poi sfacciatamente un messaggio mentre era ancora in casa sua? Perché Lisa stava al gioco? Si erano messi tutti d'accordo per farla uscire di testa o spingerla ad andarsene? *Perché?* Non aveva soldi. La sua eredità era stata investita nella casa. O forse la voleva lui? Lei non aveva nient'altro, niente di...

Voleva le bambine?

Possibile? Sapeva che non si sarebbe mai separata da loro. Mai. E lui voleva fare parte della famiglia: ne aveva bisogno. Ma se non desiderava lei come moglie, come madre delle sue figlie, pensava forse che il modo migliore per ottenere i suoi scopi fosse etichettarla come madre incompetente? Pazza? Farla ricoverare in manicomio? Ottenere una procura sulle sue proprietà? Prendersi tutto. Quella nuova certezza le annodò lo stomaco; le raggelò il sangue nelle vene.

Doveva andarsene.

Mel si alzò, assalita all'istante dalla nausea. Doveva muoversi. Si costrinse a camminare malferma sulle gambe. Quando fu a metà strada dal letto al bagno, le girò di nuovo la testa. Aveva bisogno di farsi la doccia, ma non aveva tempo. Entro breve Jade sarebbe tornata con Poppy. Doveva essere pronta.

Non doveva prendere quelle pastiglie di merda.

Si piegò sul gabinetto e cercò di vomitare quelle che aveva ingerito, ma ebbe solo dei conati dolorosi. Aveva lo stomaco vuoto e irritato. Come il cuore.

"Evie." Si girò verso il lavabo e aprì i rubinetti al massimo, spruzzandosi acqua fredda in faccia. Tornò in camera da letto, si strappò di dosso la camicia – la camicia di Mark – con l'impressione di squarciarsi il petto in due. Si infilò un paio di jeans, una maglietta pulita e un paio di infradito. Sarebbe tornata indietro a prendere il resto. Per il momento, però, voleva solo le sue bambine.

Andò in camera di Evie, facendo un inventario di tutte le cose essenziali di cui avrebbe avuto bisogno per lei. Si diresse verso la culla e si bloccò. Era *vuota.* Ma dov'era...? Jade non l'aveva portata con sé. Prima l'aveva sentita piangere, e non stava sognando. L'aveva sentita.

Mark. Era a casa, anche se avrebbe dovuto essere al lavoro. Aveva perso la cognizione del tempo, ma ne era sicura. L'aveva portata via lui. Ma dove? Sarebbe tornato? Rivide di nuovo la freddezza impenetrabile dei suoi occhi scuri e implacabili. Si sarebbe tenuto stretto Evie, non gliel'avrebbe data mai. Non poteva affrontarlo fisicamente. Non poteva chiamare la polizia. Non poteva chiamare nessuno. Non poteva...

Non poteva combattere contro di lui.

Oddio... Le sfuggì un singhiozzo, si portò la mano alla bocca e si allontanò dalla culla. "Ti prego, fa' che non sia così." Con la nausea e il capogiro, arretrò barcollando di un altro passo, tastò la parete dietro di sé e si lasciò scivolare sui talloni. "Ti prego, fa' che questo incubo finisca."

48.

Mark

Sentendo Hercules mugolare al piano di sopra, Mark lasciò Evie in corridoio. «Poppet, vai a prenderti un gelato», disse, indicando la cucina con un cenno del capo.

«Sì! Vanilla M'Gorilla!» Poppy gettò a terra lo zaino e corse in cucina.

«Perfetto», le urlò Mark, sapendo che non le avrebbe fatto male. «Solo quello, però.»

Salì al piano di sopra e, con apprensione, si fermò in corridoio. Capendo da dove proveniva il lamento, chiuse gli occhi e si mise a pregare in silenzio; quando però si fermò davanti alla porta della cameretta, si sentì pervadere da un misto di sollievo e incredulità.

Quella che piangeva era Mel, seduta sul pavimento della stanza, con la testa del cane appoggiata in grembo.

«Mel?» Provò una pena terribile per lei; mentre le si accovacciava davanti, il cane alzò tristemente la testa verso il padrone.

Melissa lo scrutò freneticamente negli occhi. I suoi erano rossi e gonfi, pieni di dolore e confusione. «Dov'è?» gli domandò, passandosi una mano tremante sotto il naso.

«Chi?» le chiese di rimando Mark, dolcemente. Notando lo sguardo cauto e diffidente della moglie, si sentì mancare leggermente il terreno sotto i piedi. «Dov'è chi? Mel, cosa...»

«Dov'è la mia bambina?» lo interruppe disperata. «Dov'è Evie?»

«Al piano di sotto!» Mark rispose in fretta, in preda al panico. «È da basso», ripeté. Hercules si alzò a sedere e attaccò ad abbaiare, chiaramente preoccupata quanto lui. «Vado a prender...»

«Mamma», si intromise Poppy in piedi sulla porta, «che cosa ti è successo?»

Mark si girò di scatto. La bambina aveva il mento e la mano imbrattati di gelato. Stava per scoppiare a piangere. «Niente, Poppet.» Mark si alzò in piedi e la raggiunse. «La mamma...» Che cosa aveva? Come spiegare la situazione a una ragazzina di sette anni?

«Sto bene, tesoro.» Mel si asciugò gli occhi con la mano e fece un sorriso tremulo alla figlia. «Sono inciampata nelle ciabatte, niente di grave. Sono caduta sul sedere. Ahia, che male!»

Per un attimo, Poppy si accigliò e la osservò incerta. «Ti sei fatta male?»

«Un po'.» Le si incrinò la voce.

«Non piangere, mamma.» Angosciata, la bambina corse da lei e le gettò le braccia al collo con il gelato gocciolante in mano. «Il papà ti strofinerà bene il sedere. Ha le mani magiche. Fa andare via il male.»

Un tempo avrebbero riso fino alle lacrime. Insieme. Ora, invece, Mel non lo degnò neppure di uno sguardo.

«Mi sa che preferisco le tue coccole», disse, affondando la testa nei capelli di Poppy e abbracciandola forte.

L'aveva persa. Mark sentì una fitta terribile al petto. Non c'era modo di comunicare con lei. «Vado a prendere Evie», disse, girandosi verso le scale. Non era tanto tranquillo, sapendo di lasciare Poppy da sola con lei, ma al momento gli sembrava al sicuro. In ogni caso, si affrettò a slacciare la neonata dal seggiolino.

49.

Jade

«Allora pensi di aprire un asilo nido tutto tuo?» domandò l'adorabile sergente investigativo Cummings. Ingollò un sorso enorme di birra, si asciugò la bocca con la mano e si rivolse alle tette di Jade, evidenziate dalla maglietta aderente che indossava.

«Alla fine, sì», disse lei, sporgendosi in avanti per dare il massimo risalto alla scollatura, mentre sollevava il bicchiere di vino, che si era fatta offrire, visto che aveva già dovuto pagare il taxi per andare fin lì.

Ma ne sarebbe valsa la pena. Era certa che l'incontro avrebbe dato frutti positivi. «Prima però dovrò ottenere l'approvazione del progetto di ristrutturazione.»

«Ah, okay.» Alla fine Cummings tornò a guardarla in faccia «E a quel punto ti farà comodo avere a disposizione un poliziotto come me. Con gli agganci giusti», le disse, battendosi un lato del naso e strizzandole l'occhio.

«Davvero?» chiese Jade, fingendosi enormemente colpita.

«Conosco un po' di persone. Potrei smuovere le acque.» Cummings prese il bicchiere, ne fece roteare il contenuto e la guardò negli occhi con espressione inequivocabile.

L'allusione era chiara: avrebbe potuto fare pressione su qualcuno, aspettandosi di essere ampiamente ricompensato per i propri sforzi. Jade afferrò il messaggio neppure troppo subliminale. «Sarebbe fantastico», esclamò. «Te ne sarei immensamente grata.»

Abbassò le ciglia timidamente, lanciandogli uno sguardo denso di sottintesi.

Sul volto di Cummings si disegnò lentamente un ghigno. Anche lui aveva colto l'antifona: se mi gratti la schiena, otterrai in cambio alcune parti della mia anatomia. «Dammi qualche dettaglio in più. Farò in modo che le tue richieste siano approvate», disse, abbassando di nuovo lo sguardo voglioso, per poi tornare a guardarla in volto, anzi a fissarle le labbra.

«Sei veramente un eroe», lo adulò Jade. Poi, sorridendo compiaciuta, si gettò indietro i capelli e si sistemò la maglietta, gonfiando il petto per intensificare i disgustosi appetiti dell'uomo. Era davvero un essere spregevole e fin troppo trasparente. L'idea che si mettesse a sbavare e a leccarla dappertutto le faceva venire il voltastomaco. Ma era necessario.

«Al tuo servizio.» Cummings le strizzò di nuovo l'occhio e sollevò il bicchiere. «Allora, dove lavori adesso?» domandò, inclinando il bicchiere verso la bocca.

Jade ebbe un attimo di esitazione, poi pensò che quell'arrogante di merda non si sarebbe lasciato intimorire dalla rivelazione, anzi, si sarebbe eccitato ancora di più.

«Per un tuo collega, mi sa», rispose, prendendo un sorso di vino con nonchalance. «L'ispettore investigativo Mark Cain e sua moglie. Li conosci?»

A Cummings andò la birra di traverso. «Merda!» balbettò, posando il bicchiere e asciugandosi il mento. «Ah, scusa...» si affrettò ad aggiungere. «Eh, sì, li conosco. Lui è il mio capo.»

Jade notò l'espressione del viso: benché cercasse di non darlo a vedere, il nome gli suscitava un'irritazione che sconfinava nel disprezzo. «Il tuo capo?» La ragazza spalancò gli occhi, fingendosi sorpresa. «Ah...» Fece una pausa, mordendosi preoccupata il labbro inferiore. «Spero che non creerà problemi. Il fatto è che tu, come dire, mi piaci, e...»

«No, no, nessun problema. La mia vita personale riguarda solo me», le assicurò, incrociando le braccia e appoggiandosi allo schienale per ammirarla ancora un po'; nei suoi occhi, notò Jade, era balenata un'espressione di placido trionfo. Godeva immensamente all'idea di scoparsi la babysitter del suo superiore.

E lei ci sarebbe stata. Lo avrebbe coinvolto in giochi erotici che andavano ben oltre le sue più perverse fantasie. Poi si sarebbe presa la sua rivincita personale, presentandosi alla stazione di polizia con chiari segni di aggressione sadica. Considerata la sua reputazione, Jade sospettava che i colleghi, e soprattutto le colleghe, lo considerassero capace di tutto. "Guai a chi tocca il mio uomo, caro il mio futuro ex detective."

«Bene.» Guardandolo negli occhi, Jade passò un dito intorno al bordo del bicchiere, lo intinse nel vino e se lo infilò lentamente in bocca.

"Guai a chi tocca il mio uomo."

50.

Mark

L'idea di lasciare le bambine da sole con Mel per andare velocemente a comprare i suoi farmaci lo aveva inquietato non poco. Ora se ne pentì amaramente.

«Apri, Mel, per l'amor del cielo!» Batté forte sulla porta, rendendosi conto di spaventare Poppy. Non sapeva cos'altro fare, aveva paura anche lui. Pensò di chiamare uno dei numeri fornitigli dal dottor Meadows e si sentì precipitare in un luogo buio da cui non sarebbe più riuscito a riemergere.

«Mel, ti prego», la implorò. «Solo per un attimo. Devo parlarti. Non voglio urlare da dietro la porta. Le bambine...»

Non ci fu risposta.

Sentiva Poppy bisbigliare all'interno. Mel le stava dicendo che era un gioco. *Un gioco!* Cercando di rimanere razionale, Mark appoggiò le mani ai lati della porta e la testa in mezzo.

Cosa poteva fare? Forzarla? Aveva voglia di lasciarsi cadere in ginocchio e piangere. Chi altri avrebbe potuto chiamare? Con chi avrebbe potuto parlare? Aveva mentito a Edwards, dicendogli che stava bene, era solo un po' affaticato e sarebbe tornato al lavoro in settimana. Aveva evitato di rivelare troppi dettagli persino a Lisa, temendo che provasse di nuovo a parlare con Mel, peggiorando solo le cose.

Per il bene di Poppy e di Evie, non potevano andare avanti così.

Rassegnato a comporre l'unico numero che avrebbe potuto chiamare, Mark fece un profondo respiro e arretrò di un passo. Poi la porta si aprì cigolando.

«Voglio che le bambine stiano con me. Stanotte dormiranno con me», disse Mel freddamente.

Vedendola tenace e determinata e sapendo che non ci sarebbe stato modo di fare uscire le sue figlie di lì senza litigare in loro presenza, annuì lentamente e distolse lo sguardo.

«Va bene», disse, con un nodo in gola. «Va bene. Solo...» La implorò con gli occhi, cercando di far breccia nella follia che si era impadronita della sua mente. «Mel, ti prego solo di non chiudere la porta a chiave.»

Mel non rispose, si limitò a squadrarlo dalla testa ai piedi come fosse un perfetto estraneo.

«Ho il terrore che possa scoppiare un incendio», ammise con voce strozzata. «Per piacere, non chiudere la porta a chiave.»

51.

Jade

Jade trovò la casa immersa nella penombra e si incuriosì. Poi, però, vide che Evie e Poppy non erano nelle loro camerette e Mark era seduto per terra nel corridoio del piano superiore, la testa appoggiata alle braccia, profondamente addormentato. Andò su tutte le furie: adesso che cavolo stava combinando quella specie di moglie che si ritrovava?

Si accovacciò per scuotergli delicatamente le spalle e Mark si svegliò di soprassalto.

«Cristo.» Si strofinò la faccia con le mani e lanciò un'occhiata alla porta della camera da letto accanto a sé.

«Mark?» Jade lo osservò preoccupata. «Cosa sta...?»

Lui si portò un dito alle labbra e si alzò senza fare rumore. Le fece cenno di seguirlo verso le scale.

L'avrebbe seguito anche in capo al mondo. Quel pover'uomo sembrava la morte in persona. Maledetta donna! Jade aveva una voglia tremenda di strangolarla con le sue mani, mettendo fine a quella storiaccia una volta per tutte.

Continuando a fissare la camera matrimoniale, lui la informò della nuova decisione di Melissa e delle bottiglie che aveva trovato. Lei ammise con riluttanza che, in effetti, aveva avuto a sua volta dei sospetti; di tanto in tanto, le era sembrata un po' alticcia.

«E non è tutto», aggiunse Mark, d'un tratto nervoso, come se avesse paura della reazione di Jade. «Il gatto...»

«Felix?» lo incalzò lei, con improvvisa eccitazione, immaginando quello che stava per confidarle.

«Mel aveva detto che tu, ehm... Te ne eri sbarazzata...» La guardò con espressione interrogativa.

Jade aggrottò la fronte. «Le ho detto che era scappato», rispose lei, riflettendo. «È stato un po' strano, perché era un gatto casalingo. Ho temuto che fosse andato sotto... Oh, no...» Si portò una mano alla bocca. «Gli è successo qualcosa?»

Mark annuì tristemente e chiuse gli occhi. «Sembra che sia stato soffocato. Mi spiace, Jade.»

«Soffocato?» ripeté la ragazza fingendosi atterrita. «Ma... come? Dove?»

«In un sacchetto di plastica», rispose Mark, con un filo di voce. «L'ho trovato in laboratorio. Nel bidone della creta. Jade, mi dispiace moltissimo. Non potevo non dirtelo. Mi...» Lasciò la frase in sospeso.

«Oh, mio Dio...» Inorridita, Jade lo guardò, poi abbassò lentamente il volto addolorato. «Povero Felix», disse in lacrime. «Povera Mel.» Fissò di nuovo Mark negli occhi e parve sul punto di svenire.

Lui l'afferrò immediatamente, aiutandola a sedersi su uno scalino. «Ti vado a prendere un bicchiere d'acqua», disse, vedendola posare le mani in grembo e appoggiare la testa alle ginocchia.

Quando tornò, lei gli sorrise con gratitudine e prese il bicchiere. Mentre sorseggiava, fece alcuni lenti respiri.

«Tutto bene?» domandò Mark, con espressione talmente ansiosa che Jade dovette fare uno sforzo immane per non afferrargli una mano.

Lei annuì tristemente, come se stesse accettando con coraggio la tragica notizia sul suo amato gatto. «Sto bene, Mark. Davvero. È di Mel che dobbiamo preoccuparci. Ha preso tutti i farmaci prescritti?»

Lui si passò una mano fra i capelli e scosse la testa. «Si è rifiutata», rispose lui distrutto. «Si rifiuta di mangiare. Secondo me, crede che io stia cercando di avvelenarla. Non mi lascia avvicinare alle bambine.»

Si fermò, premendosi l'attaccatura del naso con indice e pollice. «Non so proprio cosa fare, Jade», ammise sconvolto. «Non ne ho la più pallida idea.»

La ragazza si alzò in piedi e gli si avvicinò. Le faceva così pena... Quella donna non poteva tenere le bambine lontane da lui! Era una crudeltà orribile. "Brutta stronza." «Ci provo io», disse, desiderosa di placare la sua angoscia. Inoltre, non vedeva l'ora di capire quanto la bisognosa Melissa fosse vicina al baratro. Sarebbe bastato sospingerla ancora un po' nella direzione giusta perché compisse un gesto drastico: gettarsi dalla finestra o lasciare il marito per sempre. Era questione di giorni. Jade sentì crescere dentro di sé una dolce speranza.

«Le preparo una minestra. Forse da me l'accetta e manda giù qualcosa», disse approfittando dell'occasione per posargli una mano rassicurante sul volto preoccupato. Lo guardò negli occhi, vedendoci un dolore straziante. Mark non sembrava molto convinto, ma annuì fiaccamente.

Jade avrebbe voluto abbracciargli le ampie spalle, troppo appesantite dai fardelli della vita, ma si dovette trattenere. «Stavo pensando...» aggiunse accigliata. «Forse non sarai d'accordo, ma... non è che hai delle pastiglie per dormire?»

Lui le lanciò un'occhiata curiosa. «Sono nella credenza più alta della cucina, perché?»

Notando l'espressione cauta di Mark, Jade immaginò che ci avesse già pensato. «Secondo me, potrebbe essere utile aprire una capsula e mettergliela nella zuppa», suggerì, premurandosi di assumere un'espressione riluttante. «So che così facendo rischiamo di confermare i suoi sospetti, ma... almeno si farà una dormita. Fino a domattina, si spera.» "Magari anche di più." Jade non aveva intenzione di mettergliene una sola. «Così anche Poppy e Evie potranno riposare come si deve. Ne avranno un gran bisogno.»

Mark esitò. Essendo un uomo dall'animo gentile, non era tanto propenso a fare una cosa del genere, ma alla fine si arrese e annuì debolmente.

Jade bussò con delicatezza alla porta della camera da letto. «Mel», disse, «sono io. Posso entrare?»

Ci fu un breve silenzio, poi Melissa l'aprì di qualche centimetro, sbirciando diffidente alle spalle della ragazza, come se si aspettasse un'irruzione di Mark. Bene. La donna era decisamente sul punto di crollare o andarsene. Ma non avrebbe potuto prendersi Evie. Jade non gliel'avrebbe permesso.

«Ti ho portato una minestra», annunciò, entrando in camera, appena Melissa ebbe aperto un po' di più la porta.

Mel si avvolse le braccia intorno a corpo e, quando Jade si girò a guardarla, fissò sospettosa la scodella.

«Ho saputo un po' di cose.» Jade sorrise comprensiva. «La versione di Mark, almeno», precisò, dando a intendere che non era detto che ci credesse. Così facendo, sperava di incoraggiare Melissa ad aprirsi e a vuotare il sacco.

«Jade, sei gentile, ma...» Continuando a guardare la scodella, Mel esitò e poi scosse la testa. «Mi sa che non è il caso di mangiare o bere niente.»

«Non puoi rimanere sveglia senza mandare giù nulla», insistette la ragazza, piena di compassione. «Devi mantenerti in forze, per le tue figlie.»

Si voltò verso le bambine, che dormivano profondamente nel lettone. Era una scena davvero commovente: Poppy teneva il pollice in bocca, avvolgendo protettiva la sorellina con il braccio libero. Era un vero peccato che dovessero essere separate.

Melissa si voltò verso il letto e si bloccò. «Sta cercando di mandarmi via», sbottò piangendo. «O di farmi impazzire. Non so bene quale delle due cose. Probabilmente tutte e due.»

Be', era sulla buona strada per impazzire da sola, si disse Jade, seguendola per posare la minestra sul comodino e accertarsi che la mangiasse. Mel sembrava demente. Era conciata da schifo. Non assomigliava per niente a quella stronza piena di sé con gli occhi luminosi e i folti capelli ondulati raccolti in una coda.

«Mark?» Jade si finse incredula. «Mi sembra un uomo così gentile. Così normale...» Sbatté le palpebre confusa. «Non posso credere che...»

«Che mi stia imbottendo di farmaci?» Mel la fissò addolorata.

Jade spalancò gli occhi. «Davvero?»

«Non mi credi.» Melissa la scrutò in faccia, perdendo ogni speranza.

Jade le si avvicinò. «Non ho detto questo», la rassicurò, posandole una mano sul braccio. «Anch'io ho avuto un uomo violento, Melissa. Era un maniaco del controllo, un sociopatico. Fuori si presentava come una persona perfettamente rispettabile, ma a casa... Credimi, so bene quanto sappiano ferire e ingannare gli uomini.»

Melissa, pallida in volto, la osservò con immenso sollievo. Annuì, chiuse gli occhi e si sedette tremante sul letto. «Mi ha accusata di bere», le confidò. «Troppo. Ma non è vero. Ha persino seminato bottiglie in giro.»

«Oh, cavolo...» Jade sbarrò gli occhi, fingendosi inorridita.

«Era cattivo, rabbioso, freddo.» Melissa strinse ulteriormente le braccia intorno al proprio corpo. «Secondo me... sta raccogliendo prove per dimostrare che non sono in grado di badare alle mie figlie. Sta cercando di togliermi le bambine.» Assunse un'espressione spaventata. "Un po' come quel sacco di pulci", pensò Jade, ripensando al momento in cui gli aveva stretto il sacchetto di plastica sul bel musetto dagli occhi verdi.

Melissa sollevò il mento. «Non glielo permetterò.»

"Non avrai altra scelta." Jade si sedette. Un brivido freddo percorse il corpo di Mel, che – Jade lo notò in quel momento – cominciava a essere un po' scarno. Le conveniva davvero mangiare la minestra.

«Meno male che mi hai messo in guardia sulla sua relazione con Lisa.» Melissa sembrava triste. «Sennò forse l'avrebbero passata liscia. Oh, mio Dio...» Trattenne un singhiozzo. «Adesso cosa faccio, Jade?»

La giovane le afferrò le spalle, stringendogliele per un attimo... un attimo di troppo, per i suoi gusti. «Mangia la minestra», le disse. «Fatti una bella dormita e poi prendi un appuntamento con il dottore.»

Melissa la guardò con i lucciconi agli occhi.

«Devi cambiare farmaco», continuò decisa la ragazza. «Posto che sia vero che Mark ti sta imbottendo di medicine, è evidente che la cura non attenua i sintomi. Devi cambiarla e controllarla da sola. Devi anche avvisare il medico di quel che sta succedendo, per il tuo bene, così sarà tutto registrato.»

Jade sperò con tutte le sue forze di risultare credibile. Quella stupida donna non poteva smettere di prendere medicine. Sarebbe stato un disastro assoluto.

«Devi rimetterti in sesto, Mel. Per le bambine.» Jade le passò la scodella e le strinse di nuovo le spalle.

«Se hai bisogno di un po' di sostegno, ti posso accompagnare.»

«Davvero?» Melissa la fissò di nuovo speranzosa.

«Se vuoi, sì. Non ti preoccupare, sono dalla tua parte, Mel.»

«Grazie.» Melissa sospirò e prese un cucchiaio di minestra. «Volevo scappare. Prendere le bambine e andare via», disse, guardando Jade con espressione incerta. Ma la macchina ce l'avevi tu.»

«Oh, Mel, scusami tanto», disse Jade, fingendosi dispiaciuta. «Se avessi saputo tutte queste cose, non l'avrei certo usata. Non me ne sarei andata.»

«Non importa. Tanto non è il caso che mi metta a guidare in questo stato, con le bambine dietro. E poi non mi conviene andare.»

«Ah, no?» Melissa prese un altro po' di minestra e Jade andò in ansia.

«Ho fatto una ricerca in internet sul telefonino.»

"Che cazzo hai cercato?" Jade cominciava a essere agitata. Molto agitata.

«Non mi conviene lasciare il tetto coniugale. Lo farei solo se le bambine fossero in pericolo, ma non credo proprio che Mark possa fare loro del male. Quindi ho deciso di combattere», aggiunse. «Io di qui non mi muovo.»

"Merda."

52.

Jade

"Grazie a Dio." Jade offrì a Melissa le nuove capsule con un sorriso. Aveva diminuito le dosi di psicofarmaci che metteva nei suoi pasti, ma se lei non ne assumeva proprio, Jade non avrebbe potuto aumentarle di nuovo senza attirare sospetti su di sé. In ogni caso, era riuscita a rifilarle i sonniferi. Non poteva sorvegliarla ventiquattr'ore su ventiquattro, e Mark aveva un bisogno disperato di dormire. Anche a lui avrebbe fatto bene consumare un buon pasto. Aveva detto che si sarebbe comprato qualcosa per cena, ma Jade dubitava che avesse mangiato negli ultimi giorni, mentre faceva da babysitter alla sua bisognosa moglie. Era conciato da paura. Continuando così, si sarebbe ammalato.

«Perché non ti fai un bel bagno?» le suggerì. «Accendi delle candele e crea un bel po' di schiuma. Potresti anche colorarti di nuovo i capelli. Accennò con il capo alla tinta rosso rame che Melissa aveva acquistato in farmacia, determinata a tornare alla «normalità», come se fosse mai stata veramente normale. Era stato penoso ascoltare le stupidaggini che aveva raccontato al medico quella sera. L'uomo aveva annuito comprensivo, fornendole numerosi numeri di telefono per denunciare eventuali forme di violenza coniugale, ma era evidente che anche secondo lui Mel stava uscendo di senno. Jade aveva fatto capire al dottore che era perfettamente d'accordo con lui, assumendo l'espressione dubbiosa e preoccupata che si conveniva.

Melissa, che, con somma irritazione di Jade, stava dando il biberon a Evie seduta sul letto, alzò lo sguardo con un debole sorriso. «Non sarebbe male», disse, «ma Poppy deve fare il bagno. E bisogna raccontarle la storia della buonanotte.»

«Ci penso io a Poppy.» Jade le rivolse un sorriso caloroso, anche se aveva una gran voglia di strozzarla con le sue mani, per come aveva allontanato le bambine da Mark nella sua stessa casa. Alla fine, lui avrebbe dovuto rassegnarsi a vivere senza Poppy, ma al momento non voleva turbarlo ulteriormente, con tutto quello che stava passando. Jade aveva cercato di convincere Mel che suo marito non le avrebbe mai rapite, perché sapeva bene che sarebbe stato uno shock per Poppy. Melissa, però, diffidente come non mai, aveva voluto per forza spostare la culla in camera da letto e aveva chiesto alla figlia più grande di dormire con lei nel lettone, perché si sentiva sola senza il papà, che dormiva sul divano perché era un po' malato.

«Oppure... potresti farti aiutare da Mark», suggerì, decidendo di tentare di nuovo. Se Melissa era determinata a «combattere», Jade doveva alzare la posta in gioco. Doveva fare in modo che Mark non avesse più dubbi sul fatto che quella donna costituiva un pericolo sia per Poppy sia per Evie. Perché ciò accadesse, avrebbe dovuto poter stare con le figlie.

«No.» Mel scosse la testa risoluta, sollevandosi Evie contro la spalla. «Se proprio vuole rimanere qui, deve stare alle mie condizioni. Ha perso ogni diritto di avere la sua famiglia felice. Non posso ancora credere che mi abbia fatto tutte quelle cose. Meriterebbe la galera. Se solo potessi dimostrarlo.» Accarezzò la schiena di Evie e la strinse a sé con atteggiamento possessivo, procurando un tuffo al cuore a Jade.

«Lo so», disse la ragazza, girandosi per preparare la culla del suo angioletto, tutta rossa in viso per la rabbia e la gelosia. «Il problema è che Poppy ne risente. Lei non capisce. Le manca il suo papà.»

Melissa si alzò e si girò per sistemare la piccola nella culla. Jade non riuscì a decifrare la sua espressione, ma sospettò che stesse cedendo. «Dov'è?» domandò.

«È andato a correre.» "Per cercare di sfogare la frustrazione..." Ma non aveva nessun speranza di riuscirci, visto che la

fonte della sua sofferenza viveva sotto il suo stesso tetto.
«Non sei sola, Mel», le ricordò Jade. «Terrò la situazione sotto controllo, di me ti puoi fidare.»

«Lo so.» Melissa sorrise tristemente. «Okay. Mi faccio un bagno», decise.

"Bene." Peccato che avesse preso i sonniferi. Con un po' di fortuna, sarebbe annegata...

«E già che ci sono, mi faccio bella.» Mel alzò gli occhi al cielo. «Be', diciamo presentabile», aggiunse con modestia. Jade fece una smorfia di disgusto. «Anche se ormai non ha neppure tanto senso.»

Vedendo spuntare le inevitabili lacrime, la ragazza le si avvicinò per abbracciarla. Era un esemplare di femmina veramente debole. «Lo fai per te stessa, Mel», si sforzò di dirle. «Per le tue figlie.»

Melissa annuì. «Grazie, Jade», disse, sorridendo riconoscente. «Non so cosa farei senza di te.»

«Figurati, a questo servono le amiche», le assicurò la babysitter, dandole una strizzata alla mano e girandosi verso la porta. «Goditela un po' nel bagno. Prenditela comoda. Io vado a staccare Poppy dalla televisione, prima che le vengano gli occhi a palla.»

53.

Mark

«Come va?» domandò Lisa, appena Mark rispose al telefono.

«In una scala da uno a dieci, undici.» Giunto alla porta, Mark sospirò e si passò un braccio sulla fronte. Aveva corso fino allo sfinimento per cercare di placare la rabbia e la frustrazione. Non aveva funzionato.

«Male, eh?»

«Malissimo», rispose lui onestamente. «Tu come te la passi?»

«Una meraviglia. È bellissimo condividere l'ufficio con Cummings che se ne va in giro impettito come un cane con due cazzi. Pare che sia saltata fuori una nuova tipa... poveraccia. Deve essere miope o gravemente bisognosa di cure psichiatriche.»

Mark rise e poi si domandò quando fosse stata l'ultima volta che l'aveva fatto. «C'è stato qualche sviluppo nelle indagini su Daisy?» si informò, tornando serio. Persino in mezzo a quel disastro, non aveva mai smesso di pensare alla bambina. Qualcosa gli diceva che era ancora viva, chissà dove, chissà come.

«Niente. Ormai l'attenzione sta calando. Sembra che i superiori toglieranno la priorità alle indagini. Mi spiace, Mark», disse Lisa. Le sue speranze che avessero scoperto nuovi indizi, che uno della squadra avesse combinato qualcosa in sua assenza, andarono immediatamente in fumo.

Mark sentì un nodo allo stomaco. Aveva abbandonato Daisy. Avrebbe dovuto condurre meglio le indagini, pensò, sentendo montare la frustrazione.

Avrebbe dovuto fare più attenzione a quel che stava succedendo in casa sua, sotto il suo naso, prima che la situazione gli sfuggisse di mano. Prima di perdere la donna che aveva amato con tutto sé stesso. Che amava ancora.

«Senti, Mark. Avevo in mente di chiamarti per un altro motivo. Forse non è nulla, ma...»

«Evidentemente, sei convinta del contrario», la incitò Mark, sollevando la maglietta umida sopra la testa, mentre si dirigeva in cucina a prendersi una bevanda fresca.

«Ho fatto delle ricerche e...»

Mark, però, la interruppe a metà frase. «Devo andare. Ti richiamo», disse in fretta, terminando bruscamente la chiamata.

«Lisa?» domandò Mel, in piedi vicino al frigorifero.

Mark imprecò fra sé e sé. «Una chiamata di lavoro», disse, sentendosi in colpa, senza sapere perché.

«Sì, certo», disse lei impassibile. Non lo guardò veramente in faccia, lo fissò come se fosse trasparente. «È solo aranciata», aggiunse, indicando significativamente il proprio bicchiere, poi gli passò accanto per uscire in corridoio.

«Merda...» borbottò Mark, prendendosi una Coca-Cola, desiderando però un whisky e anche più di uno. Voleva imbottirsi di alcol fino all'oblio o al coma etilico. «Cazzo», sbottò, sedendosi pesantemente davanti all'isola della cucina. Che cosa era successo? Che cosa cavolo c'era che non andava? Come si erano ridotti così, in nome di Dio? Alzò lo sguardo al cielo, come se là in alto ci fosse qualcuno in grado di rispondere.

Non si era reso conto della presenza di Jade dietro di lui.

«Temo che cominci a risentire pesantemente della situazione...» gli disse con empatia.

«Un pochino.» Sorrise lui sconsolato.

Jade gli cinse le spalle con un braccio. Essendo mezzo nudo, Mark si imbarazzò, ma non sapeva come divincolarsi senza offenderla.

La ragazza lo cavò d'impaccio. «Poppy è pronta per il bagno», gli disse, stringendogli rassicurante le spalle e avvicinandosi ai fornelli. «Vuole che tu le legga *Le ruote del bus* per la buonanotte.»

Mark la guardò sorpreso.

«Mi ha raccomandato di dirti di sbrigarti.» Jade sorrise indicando le scale con la testa.

Gli era permesso di avvicinarsi alle sue bambine? Era già qualcosa, pensò.

54.

Jade

«Poi abbiamo fatto ginnastica artistica...» Mentre attraversava silenziosa il pianerottolo, Jade udì Poppy raccontare a Mark quello che aveva fatto a scuola. «Però non mi piace.» Jade sbirciò da dietro la porta del bagno e vide la bambina corrugare la fronte in quel modo petulante, insopportabile.

«Ah, no? Perché?» domandò Mark.

«Perché mi piace di più nuotare», rispose Poppy, sollevando il faccino, mentre Mark le sciacquava con cura i capelli. «La signorina Winters mi chiama la Sirenetta», gli disse con aria di importanza. «Perché so trattenere il respiro per più di sette... Ahia! *Papààà!*»

«Oops, scusa, Poppet, aspetta un secondo.» Mark balzò in piedi, mentre la bambina si strofinava gli occhi irritati dallo shampoo. «Accidenti», borbottò, quando si girò in cerca dell'asciugamano e non lo trovò.

Jade, con la salvietta mancante in mano, scese le scale di un gradino nell'attimo in cui lui uscì dal bagno per andare a prenderne un'altra dall'armadio asciugabiancheria, mentre Poppy piagnucolava nella vasca: «Papà, brucia!».

La babysitter sospirò. Coperta dall'anta aperta della credenza, si riavvicinò in fretta al bagno. Non aveva bisogno di metterla sotto, la bambina aveva già fatto tutto da sola: sembrava una sirenetta in procinto di annegare.

Dileguandosi prima che Mark tornasse in vista, attese in cima alle scale. Naturalmente, subito dopo lo sentì urlare allarmato: «Poppy! Poppy!». E ancora: «Che cavolo stavi facendo?». Sollevò dall'acqua la bambina, per niente annegata. "Peccato." Jade sbirciò gelosa da dietro la porta.

Spaventata dal tono e dall'espressione del padre, Poppy cercò di divincolarsi.

«Smettila!» Per non rischiare di farla cadere, Mark la strinse più forte. «Poppy!»

«Stavo trattenendo il respiro!» gridò la bambina, scoppiando a piangere.

«Cristo...» L'abbracciò. «Scusami, piccola», mormorò col viso affondato nei suoi capelli bagnati. «Pensavo che...»

Naturalmente, fu premiata. Melissa fece un sacco di moine con quella mocciosetta. Nel frattempo, Mark, a cui per poco non era venuto un infarto, rimase in disparte e a disagio, in preda allo shock e al rimorso, come se avesse fatto davvero qualcosa di male. Quella donna che aveva promesso di amarlo e onorarlo per tutta la vita doveva per forza farlo sentire in colpa? Se anche la bambina fosse annegata, sarebbe stato solo un incidente. Era ovvio. Melissa, che pure un tempo lo considerava il suo meraviglioso cavaliere dall'armatura scintillante, ora lo guardava con orrore, neanche fosse un mostro. "Meglio così", pensò Jade.

Poppy, ignara del disastro che aveva combinato, stava leccando la sua coppetta di gelato alla vaniglia. Come una porcellina. Avrebbero dovuto chiamarla Piggy.

«Forza, piccola, adesso andiamo sotto le coperte.» Mentre sollevava la figlia dallo sgabello dell'isola della cucina, come se la bambina avesse perso l'uso delle gambe, Melissa, che aveva ancora un asciugamano in testa, lanciò un'altra occhiata velenosa a Mark.

Lui non parlò, si limitò a massaggiarsi la fronte con la solita frustrazione. Jade sapeva perché. Stava cercando di evitare di litigare davanti alle bambine. Ma non ce li aveva, gli occhi, quella donna? E un cervello, in quella testa di ruggine che si ritrovava? Non vedeva che lui adorava le sue figlie?

Mentre si avvicinava al bollitore, Jade inspirò profondamente, per poi espirare rabbiosamente dalle narici. «Preparo la cioccolata calda.» Si sforzò di tenere a bada il tono della voce. «Ne vuoi anche tu, Mark?»

Lui, però, rimase lì impalato, come un'anima in pena. Un'anima sola e in pena.

«Non è stata colpa tua», gli sussurrò, avvicinandosi per premergli delicatamente la mano sul petto. «La bambina non si è fatta niente.»

Mark abbassò lo sguardo. La presenza della mano sul petto non sembrava dispiacergli.

«Ma abbiamo rischiato grosso», disse con la voce rotta, come se stesse trattenendo le lacrime. «Non avrei dovuto lasciarla da sola.»

Il bollitore fischiò dietro di loro. Jade sorrise di nuovo affettuosamente e si girò. Non sapeva proprio cosa dirgli. Non c'erano parole per placare il suo dolore. Aveva bisogno di essere confortato, abbracciato. Amato. Desiderato. Era tremendamente tentata di dirgli la verità, e cioè che quella stronza non aveva mai voluto altro da lui che il suo seme, i suoi soldi, il suo status sociale. L'aveva usato senza pietà. Non l'aveva mai amato. Non quanto l'amava Jade.

«Della cioccolata?» propose invece, con il bollitore inclinato su una tazza.

«Eh?» Mark alzò distrattamente lo sguardo. «Ah. No, grazie.» Sorrise tristemente e si voltò verso la sala.

Per andarsi a prendere qualcosa di più forte, sospettò Jade, senza fargliene una colpa. Quanto le sarebbe piaciuto potersi sedere e stendere accanto a lui, premergli l'orecchio sul petto e ascoltare il suo povero cuore che batteva. Sospirando, svuotò due capsule nella tazza di Melissa e si mise a mescolare voluttuosamente. All'improvviso, si bloccò. La cioccolata calda non era senza lattosio, vero?

55.

Melissa

«Poppy, tesoro, spostati di lì.» Dopo essere finalmente riuscita a sciacquarsi i capelli appena tinti, era uscita dal bagno e aveva trovato la figlia distesa di traverso sul letto.

«Poppy?» Strofinandosi per l'ultima volta i boccoli ramati con l'asciugamano, guardò il riflesso della bambina nello specchio e immaginò che avesse preso sonno: non era così strano, dopo tutto quello che era successo quella sera. In cuor suo, sapeva che Mark non le avrebbe mai fatto del male. E lei stessa era uscita tante volte in fretta dal bagno per andare a prendere un asciugamano o un giocattolo, pensò pentita. Naturalmente, non l'aveva ammesso di fronte a Mark. Non voleva dargli altri motivi di recriminazione.

Perché suo marito si stava comportando così? Si bloccò piena di orrore e incredulità. Con una fitta al cuore si chiese se non si fosse sbagliata su tutta la linea sul suo conto. Perché non se ne andava e basta? Da Lisa, magari, se proprio lo desiderava. Perché non accettava il fatto che demolire il loro matrimonio significava abbandonare le figlie? La stava distruggendo a poco a poco. Anzi, la stava ammazzando. Lo odiava per questo. E odiava sé stessa per la propria passività.

«Su, tesoro», bisbigliò alla figlia, che dormiva come un sasso. Le si avvicinò, chinandosi per farla girare di schiena. Poi si sentì sobbalzare violentemente il cuore nel petto.

«Poppy!»

Aveva le labbra gonfie. Non respirava bene.

«Poppy!» urlò ancora Mel, sollevandola fra le braccia. «Mark!»

Udì chiaramente un fischio nel petto della figlia – "Dio mio, ti prego, fa' che non succeda niente di male alla mia bambina!" –, si girò in preda alla nausea, con il cuore che batteva all'impazzata, quasi volesse uscirle dal petto.

Mark entrò di corsa prima ancora che la moglie arrivasse alla porta.

«Gesù Cristo! Che cosa è successo?» Tese subito le braccia verso la figlia.

Mel non protestò, anzi gliela mise fra le braccia. «Non lo so. Pensavo dormisse. Io... lei...» Trattenne le lacrime. «Deve aver mangiato qualcosa. Non lo so!»

«Ha uno sfogo.» Mark esaminò la figlia da cima a fondo. «Vai a prendere l'iniettore di adrenalina.»

Mel, scioccata, rimase ferma dov'era.

«Muoviti!» urlò lui con urgenza, piegandosi per stendere Poppy a terra.

Mel si allontanò in fretta. Ne avevano alcune. Una scorta di emergenza. "Dove?" Cercò di riordinare i pensieri sconnessi che le frullavano in testa. In bagno. Nella cartella di Poppy. In borsetta! Le cascò l'occhio sulla borsa appesa alla porta del bagno, la prese, frugò all'interno e rovesciò il contenuto per terra.

Prese due EpiPen e corse verso Mark, che stava mettendo la bambina in posizione laterale di sicurezza. Mel lo guardò con la gola contratta. Era pallido, ma si muoveva con calma e precisione. A lei tremavano le mani e si sentiva cedere le gambe. Gli passò la siringa. Mark fece l'iniezione nella coscia direttamente attraverso il pigiama.

«Mark?» Era Jade. Incerta, rimase dietro di lui in corridoio. «Oh, mio Dio, cosa è successo?»

«Chiama il 999!» le disse Mark, tenendo lo sguardo fisso su Poppy e la EpiPen, che doveva rimanere inserita per dieci secondi. Mel si sarebbe ricordata come si faceva?

«Di' solo anafilassi. Una bambina», aggiunse, mentre Jade componeva il numero sul suo cellulare. Mark parlò in tono calmo e autorevole, mentre, teso in viso e preoccupato, estraeva l'iniettore, concentrandosi sulla piccola coscia di Poppy che ora doveva essere massaggiata.

«Poppy...?» Mel cadde in ginocchio, accarezzando i capelli madidi di sudore della figlia.

«Forza, piccola, ce la puoi fare.» Mark parlò con la voce incrinata, afferrandole la manina.

Chiuse gli occhi per un attimo, le massaggiò la schiena, controllò l'orologio. Stava cercando di mantenere la calma, Mel lo sapeva. «Dobbiamo conoscere la causa», disse, guardando di nuovo l'orologio da polso. «Il gelato?»

Mel scosse la testa. «No, quello non è pericoloso.» Non riusciva quasi a parlare. Allora cosa? Cercò di ragionare con la sua mente intorpidita. Non aveva mangiato niente che potesse causare... «Oh, no.» Poppy aveva la bocca sporca di cioccolata.

Mel si alzò in piedi, si avvicinò barcollando al comodino e si sentì rivoltare lo stomaco. Ma... Poppy non l'avrebbe fatto mai. «La cioccolata calda», disse tremante. Si girò di nuovo verso la bambina priva di conoscenza, sentendosi percorrere la spina dorsale da un brivido di terrore. «Lei ha...»

«Oh, cazzo...» Mark si girò di scatto verso Jade, che era entrata senza fare rumore per prendere il posto di Melissa, accarezzando delicatamente la guancia della bambina con il dorso della mano. «Sei stata tu...?»

«No.» Jade scosse la testa risoluta.

«Mark?» Melissa si avvicinò a loro inciampando. Era colpa sua. *Sua.* Avrebbe dovuto sapere cosa fare. Doveva fare *qualcosa.*

«Dobbiamo portarla all'ospedale. Subito!» disse Mark freddamente, prendendo Poppy fra le braccia. «Jade, vai a mettere in moto la mia macchina. Mel, accertati di avere un'altra EpiPen. Forse ci servirà nel tragitto.»

Mel, nonostante la confusione e il senso di colpa, cercò di concentrarsi. I paramedici in arrivo avrebbero potuto somministrarle dell'ossigeno. Ma Mark, sempre più pallido, doveva essere convinto che sarebbero arrivati troppo tardi.

56.

Jade

«*Hush, little baby, don't say a word...*» Jade baciò la piccola fronte di Evie e la posò delicatamente nella culla. «La mamma torna subito, dolce angelo mio», disse, sorridendo e carezzando la rosea guancia della bambina.

Era una neonata molto contenta, pensò Jade, grazie a *lei*, e alla sua capacità di calmarla in mezzo a quel caos allucinante. Era davvero esasperata. Se avesse chiamato i servizi sociali, era sicura che avrebbero tolto immediatamente le figlie a quella madre demente. E tuttavia non poteva farlo. Quella stronza avrebbe subito accusato Mark, descrivendolo come un mostro e non come il padre buono, amorevole e paziente che era; poi non avrebbe potuto vederle neppure lui. Ma non c'era da preoccuparsi. Melissa ormai stava per crollare. Le faceva quasi pena.

Canticchiando, scese al piano di sotto, prelevando dalla tasca la carta di credito che in mezzo al pandemonio generale aveva sfilato dalla giacca di Mark. Ora si chiese quali siti visitare. Niente di estremo, decise. Non voleva metterlo in guai seri. Avrebbero dovuto essere comunque pieni di immagini sessuali esplicite, dove lei – anzi Mark – avrebbe acquistato articoli per procurarsi piaceri particolari, per poi salvare i siti fra i suoi preferiti. A Melissa sarebbe venuto un colpo. Di sicuro, l'avrebbe lasciato o avrebbe cercato di sbatterlo fuori di casa. Senza dubbio, Mark si sarebbe rifiutato di andarsene senza le figlie. A quel punto, Jade sarebbe intervenuta coraggiosamente, benché con un po' di riluttanza, per portarle in un luogo sicuro. Magari, a seconda dell'esito della serata, una sola delle due.

Se solo Mark avesse preso la situazione in pugno e avesse fatto ricoverare quella moglie fuori di testa che si ritrovava, si sarebbe risparmiato tutti quei fastidi. A un certo punto avrebbe capito che era l'unica decisione umana da prendere, per il bene di Mel e di tutti gli altri. Nel frattempo, Jade era costretta a forzare un po' la mano, fabbricando prove per dimostrare che Mark trovava la sua bisognosa moglie eccitante quanto una minestrina tiepida.

Prese il computer portatile di Mark dal corridoio, estrasse la barretta di cioccolato super lusso dalla borsetta, togliendo l'invitante carta lucida che l'avvolgeva e sedendosi su uno sgabello davanti all'isola della cucina in cerca di siti osé. Siccome Mark e Melissa sarebbero rimasti all'ospedale per un bel po', aveva tutto il tempo che le serviva.

Si ficcò un pezzo di cioccolato in bocca, assaporandolo lentamente. Mmm. Era veramente delizioso, come aveva detto a Poppy. Sperava che dopo il trauma del collasso e del ricovero in ospedale, la mocciosa non ricordasse di averlo mangiato. Se per caso fosse saltato fuori qualcosa, Jade avrebbe recitato di nuovo la parte dell'ingenua che chiedeva scusa. Naturalmente, non avrebbe mai immaginato che quella piccola ladruncola infilasse le manine nella sua borsetta per prendersene un pezzo.

Il mattino dopo, alzandosi presto e di buon umore, guardò fuori dalla finestra della cucina per ricevere il postino prima di Mark o Melissa. Dopo quella notte allucinante all'ospedale, presumeva che avrebbero indugiato a letto più del solito, desiderosi di rimanere accanto a Poppy.

Era sopravvissuta. Probabilmente, grazie alla prontezza di spirito di Mark. Le aveva persino telefonato dall'ospedale per informarla che l'avrebbero tenuta sotto osservazione per almeno otto ore. C'era da aspettarselo: gentile com'era, era convinto che Jade fosse preoccupata. Dagli esami del sangue non era emerso nulla di preoccupante, aveva aggiunto, inquietandola leggermente. Avendo accettato una volta di aggiungere un sonnifero alla zuppa della moglie, forse aveva sospettato che lei si sentisse libera di farlo regolarmente, rifilando magari per sbaglio un farmaco anche alla bambina. Figurarsi. L'avrebbe fatto volentieri – molto volentieri – ma sarebbe stata una mossa incredibilmente stupida, visto che lui adorava la figlia, come avrebbe dovuto fare ogni padre.

Reprimendo una fitta di gelosia, Jade mise dei granuli di caffè nelle tazze e rovesciò il contenuto di una capsula in quella di Melissa.

Aveva sperato che il cioccolato funzionasse... Peccato, *c'est la vie.* Naturalmente, Jade era delusa, ma felice per Mark. Era sfinito: appena tornato a casa, si era addormentato come un sasso, ma la sua espressione di immenso sollievo l'aveva commossa fin quasi alle lacrime.

"Ah, finalmente!" Notando il postino che si avvicinava alla porta d'ingresso, Jade sollevò la padella con le uova dal fornello. Dopo quell'esperienza traumatica, avrebbe preparato loro una colazione sana e rifilato a Melissa un'altra pastiglia.

«Buongiorno!» disse, sorridendo allegramente all'uomo. Lui ricambiò il sorriso con entusiasmo, mangiandosela con gli occhi – come del resto facevano tutti i maschi – e le consegnò la posta.

"Deficiente", pensò Jade, allargando comunque il sorriso, mentre chiudeva la porta e controllava le buste, una delle quali conteneva un certo documento verde, che, se non sbagliava, era una multa per eccesso di velocità.

Sentendo un rumore di sopra, sbirciò in fretta in cima alle scale, poi aprì la busta e ne lesse il contenuto. "Oh, ma bravo, Dylan!" Il ragazzo aveva superato sé stesso. Evidentemente, in quella testa vuota dovevano esserci una o due cellule cerebrali. Jade notò l'orario e i luoghi esatti in cui aveva commesso l'infrazione di velocità, cioè molto dopo che lei era tornata a casa – grazie a un passaggio offertole da Cummings-Chiamami-pure-Pete fino all'imbocco del vialetto d'ingresso – e tutti, a parte Mark, erano già a letto.

57.

Mark

«Buongiorno», disse Mark, quando entrò in cucina sistemandosi la camicia.

Jade, che stava preparando loro la colazione, si girò con un sorriso tremulo. «Buongiorno», disse sottovoce, poi tornò al lavoro.

Mentre si avvicinava al frigo per prendersi del succo di arancia, Mark la guardò attentamente. «Mmm, che profumino...» Accennò al bacon che cuoceva sotto il grill.

Jade non lo guardò in faccia. «Ho pensato che aveste bisogno di qualcosa di sostanzioso dopo aver passato la notte all'...» Si interruppe, apparentemente sul punto di piangere. «Mi dispiace moltissimo, Mark. Non sapevo che c'erano latticini nella polvere della cioccolata calda. Io...»

«No... non è stata colpa tua.»

Notando una lacrima che le rigava la guancia, Mark si passò fiaccamente una mano fra i capelli. E dire che gli era balenato il dubbio... Vedendo Mel tenere la manina della figlia, senza allontanarsi da lei per un solo istante, si era chiesto se tutte le disgrazie che continuavano a succedere fossero davvero accidentali. Si era fatto una marea di film mentali. Probabilmente, si era sbagliato a cercare un colpevole. Non era colpa di nessuno. Neppure di Dio.

Sospirò, estrasse il telefono dalla tasca e lo mise in modalità «silenzioso», chiedendosi perché Lisa continuasse a insistere a invitarlo a fare una «chattata», quando si erano accordati di non mandarsi messaggi, a meno che non si trattasse di una questione molto urgente.

Jade stava tagliando i funghi. Alla cieca, a giudicare dal flusso costante di lacrime che le rigava il viso. «Io li preferirei meno salati», scherzò lui, cercando di alleggerire l'atmosfera.

Jade non sembrò apprezzare lo sforzo, perché prese a piangere ancora più forte, tamponandosi le guance e tornando ad affettare furiosamente.

«Non mi piacciono neppure tanto le dita fritte», tentò di nuovo lui.

Jade si fermò. «Sono mortificata, Mark», ripeté, con aria profondamente affranta. «Se vuoi, me ne vado. Ti capirei. Io...»

Vedendola sospirare e ripulirsi il naso con il dorso della mano, Mark esitò, poi si avvicinò con cautela per cingerle le spalle con un braccio. «Se te ne andassi, mi ritroverei in un mare di guai», le disse con sincerità.

Jade si girò per premergli il viso contro la spalla. «Mi dispiace», ripeté con angoscia straziante.

«Credo di averlo capito.» Pur essendo imbarazzato, Mark la strinse a sé; poi si scostò con delicatezza, per creare un po' di distanza fra loro. «Adesso Poppy è a casa e fuori pericolo. Mettiamoci una pietra sopra, okay?»

Jade annuì sorridendo. Non era il solito sorriso radioso, ma sembrava un po' meno consumata dal senso di colpa. «Come sta Mel?» domandò.

«A dire il vero, mi sa che si sente in colpa quanto te.»

Da quando era tornata dall'ospedale, non aveva parlato molto, ma lui aveva osservato il linguaggio non verbale, le braccia avvolte intorno al corpo, gli occhi tormentati. Non c'era bisogno di rincarare la dose. «Sono cose che succedono.» Scrollò le spalle. «Almeno, non è più fissata con l'incidente in bagno. Tutti e due ci siamo resi conto di poterla perdere.»

Jade lo guardò. «Sai una cosa, Mark Cain? Sei proprio una brava persona.»

«Già.» Sorrise avvilito. «Vorrei che anche mia moglie la pensasse alla stessa maniera. A parte quando avevano capito che Poppy ce l'avrebbe fatta, praticamente non l'aveva degnato di uno sguardo. In quel momento, però, l'aveva fissato con profondo sollievo. Ciononostante, non gli si era avvicinata, evitando qualsiasi contatto fisico, anche solo per confortarsi a vicenda. Almeno, però, alla fine l'aveva guardato. Forse c'era qualche speranza, pensò Mark sfinito.

Ricordandosi di essere molto vicino a Jade, si allontanò bruscamente. Considerata la diffidenza di Mel negli ultimi tempi, quella prossimità avrebbe potuto essere fraintesa.

Lei lo guardò confusa.

«Probabilmente, non è il caso di farci vedere così da Mel... Hai presente...» spiegò Mark impacciato. Le sorrise rassicurante, augurandosi che tutti riuscissero a lasciarsi quella brutta esperienza alle spalle e che il piccolo miglioramento dei sintomi fisici di Mel permettesse loro di voltare pagina e di trovare una via di uscita da quell'incubo.

«Porto la colazione di sopra a Mel», disse Jade, girandosi di nuovo verso il tagliere con un sorriso decisamente più allegro.

58.

Jade

Quindi all'ospedale c'era stato un piccolo riavvicinamento, eh? Be', lei l'avrebbe stroncato sul nascere. Si era trattenuta dallo sbattere violentemente i piatti in lavastoviglie, sistemandoli alla rinfusa e soffermandosi a guardare un coltello estremamente affilato con cui avrebbe voluto tagliare certe piccole dita.

Era viziata. "Una mocciosa troppo ostinata e viziata..."

«C'è bisogno di qualcosa?» chiese Mark alle sue spalle, indossando la giacca mentre rientrava in cucina.

«Medicine», rispose Jade, ficcando subito il coltello nell'apposito cestino e prelevando la ricetta di Mel dalla bacheca. «Già che vai in farmacia...»

«Grazie», disse Mark, sorridendo un po' più rilassato di poco prima. Jade dubitava che quel sorriso sarebbe durato a lungo. «Tornerò fra circa mezz'ora. Le bambine sono in camera con Mel.»

"Ovvio", pensò Jade, reprimendo il desiderio sempre più urgente di entrare in punta di piedi nella camera matrimoniale, soffocare quella donna con un cuscino, prenderle la neonata e farla finita. Ma non sarebbe stata una buona idea. Mark, essendo un detective, avrebbe subodorato qualcosa.

«A fra poco», disse, diretto alla porta. Evidentemente, ora che non si sentiva più in pericolo di essere chiuso fuori di casa, non si faceva più problemi a uscire per qualche minuto.

Jade diede una botta allo sportello della lavastoviglie, andò alla finestra, si accertò che Mark fosse uscito dal vialetto ed estrasse la multa da dietro il tostapane.

Era ora di passare all'azione, fintanto che Melissa, dopo aver rischiato di perdere la sua cara Poppy, era ancora stordita.

Prese il resto della posta – in gran parte erano cagate per Melissa, riviste di arte e artigianato del cazzo – salì al piano di sopra, bussò alla porta della camera matrimoniale, entrò e trovò Mel seduta sul bordo del letto, le mani premute sulla fronte, intorpidita. Evie era inquieta, notò Jade esasperata. "Che donna inutile..."

«Ciao, Mel», esclamò, premurandosi però di non sembrare troppo allegra dopo i fatti di quella notte. Posò la posta sul letto e andò a prelevare la neonata dalla culla. «Come ti senti?»

«A essere sincera, ho un po' di nausea.» Melissa sorrise debolmente. Non aveva intenzione di incolpare nessuno per la tragedia, visto che, se c'era una responsabile, quella era proprio lei. Jade ne fu risollevata: per riuscire nei suoi intenti, doveva averla dalla propria parte.

«Vuoi un tè?» le domandò. «Non hai mangiato molto.» Il toast l'aveva assaggiato appena, ma grazie al cielo, aveva mandato giù un bel po' di uova.

«Non ho molta fame, Jade.» Le fece un altro debole sorriso.

«Si capisce, dopo la nottata che hai passato...» Si premette Evie contro la spalla; appena l'aveva presa in braccio, la piccola aveva smesso di piagnucolare: conosceva bene la sua spalla preferita... «Mi dispiace moltissimo, Mel.»

«Non è colpa tua. Mi sa che Poppy si è fatta vincere dalla curiosità. Faccio ancora fatica a crederci...» Scostò amorevolmente i capelli dal viso della mocciosa, facendola rigirare nel sonno. «Sta bene, l'importante è questo.»

«Vado a cambiare Evie», propose Jade, diretta alla porta. «Così hai il tempo di riprenderti.» Aveva già avuto solo metà giornata. Se avessero dovuto affidarsi a lei per la loro sopravvivenza, quelle due bambine avrebbero fatto una brutta fine. «Ah, ti ho portato su la posta.»

Melissa guardò distrattamente le buste, notando che quella in cima proveniva da Garden & Homes. Sospirò con aria triste. Magari aveva a che fare con le consegne che non era riuscita a rispettare. Il problema di Melissa, pensò Jade con un ghigno soddisfatto, era che aveva ambizioni esagerate rispetto al suo dubbio talento. Forse avrebbe fatto meglio a impegnarsi di più nella cura di suo marito, anziché costringerlo a guardarsi in giro.

«Ah, scusa, ho aperto una busta per errore», disse con aria contrita, indicando la posta. «Te lo dico subito, per evitare che ti arrabbi.»

«Ah, sì?» Melissa sfogliò le buste a una a una.

La ragazza tornò verso di lei. «È solo... è una multa per eccesso di velocità e temevo che pensaste che ero stata io. Perché è intestata alla tua macchina.»

Melissa la guardò stupita. «La *mia* macchina?»

«È stata presa alle due del mattino», proseguì Jade, appena Mel la trovò e la lesse. «Siccome sono tornata per le dieci a mezzo, mi sono preoccupata.»

Mel la osservò attentamente, con espressione sempre più sconcertata.

«Soprattutto quando ho visto il posto.»

Melissa era ancora perplessa. Che cretina: probabilmente, non sapeva neppure che zona era, e dire che era la moglie di un poliziotto... Era proprio un disastro. «È il quartiere a luci rosse.» Jade attese esasperata che quella deficiente traesse le debite conclusioni.

«Ho pensato che avessero rubato la macchina. Hai presente... per farsi un giro...»

"Oh, ci siamo", pensò Jade, vedendo balenare sul volto di Mel un'espressione incredula, seguita da un accesso di rabbia.

«Cosa? E poi l'hanno riportata indietro?» ribatté furente. «Sicuramente l'hanno anche lavata e parcheggiata! Maledetto bastardo!»

Poppy, che per fortuna poco prima stava dormendo, inconsapevole dei disastri che aveva combinato, si svegliò di soprassalto. «Mamma, cosa succede?» domandò, strofinandosi gli occhi preoccupata.

«Niente», disse brusca Melissa, riuscendo finalmente a mettersi in piedi. Abbastanza in fretta, bisognava dargliene atto. Jade l'osservò interessata.

«Uffa, *mammaaa*, perché sei arrabbiata?» gemette Poppy, spingendosi sul bordo del letto per seguirla.

«Non sono arrabbiata!» tagliò corto lei. Poi chiuse gli occhi e fece un profondo respiro. «Non sono arrabbiata, tesoro», ripeté, tentando di sorridere. «La mamma ha il mal di testa, niente di che. Vai con Jade, cara. Devo fare delle cose.»

«Vieni, Poppet.» Jade tese la mano. «Mi puoi aiutare a dare da mangiare a Evie.»

Poppy si voltò preoccupata verso Jade. «Ma io non voglio», piagnucolò, sollevando le ginocchia e arretrando verso la testiera, come per rimpicciolirsi. Jade sapeva perché.

«Su, vai!» berciò Melissa. «Ti ho detto di andare, sennò mi arrabbio davvero.»

«Forza, Poppet, vieni con me.» Mentre sua madre era impegnata a compiere chissà quale folle missione, Jade le sfoderò un sorriso rassicurante e si avvicinò al letto. Prese la multa per eccesso di velocità e se la ficcò in tasca, poi afferrò il braccio della mocciosa disubbidiente. Poppy continuava a ritrarsi con il solito broncio da bambina insopportabile.

«Dopo guardiamo un bel DVD. Che te ne pare?» le domandò dolcemente, mentre la trascinava in lacrime alla porta. Per fortuna, Melissa era troppo impegnata a tirare fuori dall'armadio i vestiti di Mark e a frugare nelle sue tasche per rendersene conto.

Quando furono in corridoio, Jade la fece voltare a forza e si chinò per guardarla in faccia spalancando gli occhi in modo significativo. «Che cosa ti ha detto tuo padre? Chi comanda qui dentro?» sibilò, stringendole forte il braccio.

Poppy mandò giù un singhiozzo. «Tu», rispose lei con voce tremante.

«Esatto», ringhiò Jade. «Adesso non crearmi altri problemi, capito, *tesoro*? Sennò dico al papà che hai rubato. E, fidati, è meglio che non lo sappia. È già molto arrabbiato con te.»

59.

Mark

Appena entrò dalla porta principale, Mark capì che c'era qualcosa che non andava. Poppy non arrivò a salutarlo festosa. Al contrario, si appoggiò avvilita a lui con il pollice in bocca, guardandosi alle spalle con cautela.

«Cosa succede, Poppet?» Mark lasciò andare il sacchetto e si accovacciò al livello della figlia.

Lei lo scrutò negli occhi. Sembrava incerta e... guardinga?

«Poppy?» Mark la fissò con aria interrogativa.

«La mamma è arrabbiata», bisbigliò la bambina, con gli occhioni lucidi.

Mark guardò Jade, che era comparsa sulla porta della cucina. Con Evie in braccio, si strinse nelle spalle perplessa; poi, sentendo sbattere qualcosa sul pavimento di legno sopra di loro, alzò nervosamente lo sguardo verso il piano di sopra.

«Rimani qui da basso, tesoro», disse Mark alla figlia con un sorriso rassicurante. «Fa' quel che ti dice Jade. Torno subito.»

Corse di sopra ed entrò in camera da letto, senza neppure preoccuparsi di bussare.

«Mel? Che cavolo stai facendo? Per l'amor di Dio...» domandò confuso, vedendola prelevare vestiti da un mucchio accumulato sul letto. Erano i suoi. «Melissa...» Quando la vide frugare nelle sue tasche, gettando di lato un paio di pantaloni per sollevarne un altro, sentì montare la rabbia. «Mi vuoi dire che cavolo sta succedendo?» domandò, sforzandosi di non perdere la pazienza.

Mel non rispose e continuò a cercare. Ma che cosa?

«Melissa! Che diavolo stai cercando?»

«Non lo so!» Lo fissò con disprezzo. «Perché non me lo dici *tu*? Gettò a terra una giacca e prese un altro capo. Vedendo che era una camicia e che non poteva contenere nulla, la buttò a terra su un'altra pila di vestiti.

Mel si sentì irrigidire la mascella: la vita gli stava sfuggendo di mano, come sabbia in una clessidra. «Adesso, piantala», sbottò Mark, senza neppure cercare di nascondere la rabbia.

Mel l'ignorò. «Chissà cosa troverò, eh?» Si diresse rigidamente verso i cassetti del marito, tirandoli fuori per svuotarli sopra alle camicie. «Preservativi?» chiese. «Lubrificanti? Dimmelo tu» – si girò di scatto – «che tipo di segreti osceni mi toccherà scoprire...»

"Ma che cavolo...?" Mark era sbalordito, incredulo, di fronte a quella ulteriore svolta nella follia della moglie. «Mel, smettila!» esclamò turbato. «Parlami con calma.»

«Usi preservativi, immagino?» continuò lei furente. Lo stava uccidendo. Lo stava mettendo in croce.

«Mel! Basta!» Mark le afferrò le braccia, ma lei si divincolò con forza.

«Oppure è più eccitante scoparsi le prostitute completamente nudi?»

«Oddio! Come ti viene in mente una cosa simile? Sei completamente pazza.»

«Ah! Eh, già, certo che sono pazza», urlò Mel, gesticolando freneticamente. «È solo il frutto della mia immaginazione malata, eh?»

Mark non parlò. Non ci riusciva. Stava per esplodere.

«Come mi sono immaginata la tua sordida relazione con Lisa!»

Mark si passò una mano fra i capelli, impotente. Non sapeva cosa fare. Non ne aveva idea.

«Mi sono immaginata che mi hai dato dosi eccessive di farmaci? Che li hai aggiunti alle mie bevande? Me lo sono solo immaginata?»

«Cosa?» Mark la guardò intensamente. «Senti, Mel...» Benché si sentisse cedere la terra sotto i piedi, si avvicinò alla moglie. «Non so davvero cosa abbia fatto, secondo te, ma ti spiace...»

«Non cercare di negare!» Melissa arretrò di un passo. «Ho le prove!»

«Le prove di cosa?» urlò Mark, dibattuto fra il senso di colpa e una lacerante disperazione, mentre osservava la moglie rovistare fra i vestiti sul letto, per poi sollevare e strappare buste.

«Cristo!» Mel si bloccò, afferrandosi alcune ciocche di capelli. «Prove delle tue attività notturne», disse livida di rabbia, girandosi a guardarlo. «Delle tue uscite terapeutiche, a caccia di battone.»

Battone? Mark si sentì rivoltare lo stomaco. «Oh, cazzo...» mormorò, rivolgendo la rabbia altrove, appena si rese conto della probabile provenienza delle «prove». Cummings, quel bastardo. Le foto. Doveva avergliele mandate. «Sono balle, Mel», disse. «Qualunque cosa tu abbia sentito o visto, è...»

«Mi fai venire il vomito.» Melissa lo fissava, disgustata. «Fuori di qui.»

«Mel, mi devi ascoltare...» Mark provò a fare un altro passo verso di lei. «Non è assolutamente...»

«Vattene!» urlò lei, afferrando la prima cosa che le capitò sottomano. La sveglia. Aveva una buona mira. Mark contrasse il viso e si schermò con una mano. Lei centrò il bersaglio. «Prendi la tua roba di merda e vattene, o giuro su Dio che chiamo la polizia.»

«E cosa dirai agli agenti?» domandò Mark con calma. «Che ti ho picchiato?»

Mel lo squadrò. «Sì», rispose risoluta, gli occhi brucianti di odio.

«Va bene.» Mark si staccò le dita insanguinate dalla guancia. «Ma non sarebbe vero, no?»

Sentendo precipitare il cuore nell'abisso che li separava, Mark scosse la testa e le voltò le spalle.

«Voglio che te ne vada, Mark», gli disse con freddezza.

Evidentemente, era disposta a credere alle balle di un infame come Cummings. Era per via della malattia? Era la malattia a renderla talmente paranoica da credere a simili stronzate? Pur conoscendo quell'uomo orribile... Oppure il loro rapporto era già in discesa libera? Mark non ne aveva idea. Forse non la conosceva. Forse non l'aveva mai conosciuta. In ogni caso, non aveva nessuna intenzione di andarsene. Doveva essere veramente folle, se pensava che avrebbe lasciato le figlie in quel manicomio.

«Non se ne parla», le disse, raddrizzando le spalle e dirigendosi alla porta. «Chiama pure chi ti pare. Io resto.»

60.

Jade

Cosa doveva fare perché lui se andasse via? Indurla a ficcargli un coltello nel cuore? E Melissa aveva forse tendenze vittimistiche? Jade avrebbe avuto un gran bisogno di riposare. Invece, appena la porta si aprì e Mark uscì con due occhi da assassino, si allontanò in fretta, fingendo di aver sistemato Evie a letto.

Oh, no! Aveva la guancia insanguinata. Jade notò il taglio profondo allo zigomo e si sentì ribollire il sangue nelle vene. Adesso cosa gli aveva fatto quella stronza?

«Ha ricevuto qualche telefonata?» le domandò. «Melissa ha ricevuto qualche chiamata o messaggio per telefono?»

Jade, non sapendo bene dove volesse andare a parare, non rispose immediatamente. «Non saprei», balbettò. «Forse. Non faccio molto caso alle telefonate di Mel.»

«Sì, certo. Scusa. Ehm, mi dispiace.»

«Sarai un po' teso, immagino. Stai sanguinando.» Indicò lo zigomo. Chissà come gli faceva male. Si stava già gonfiando.

«Già.» Mark si premette la mano sul taglio. «È una ferita aperta.» La guardò pensieroso per un attimo, poi scese le scale di corsa.

Intendeva nel cuore. Jade si posò una mano sul petto: aveva una ferita aperta nel cuore. Era davvero intollerabile.

61.

Mark

Quando era sceso al piano inferiore, dopo la sfuriata con la moglie, Poppy era scomparsa. Mark aveva immaginato gli scenari più orribili, poi, con un malessere profondo, l'aveva trovata rannicchiata dietro la poltrona. Si stava nascondendo da lui.

Mentre prendeva un lungo sorso di whisky, guardò la poltrona e con un tuffo al cuore vide di nuovo il visetto di sua figlia. Probabilmente scioccata dalla tensione fra i due genitori, si era cercata un nascondiglio, come faceva lui da bambino. Quando le aveva detto di uscire dal suo rifugio, non si era mossa. «No, voglio stare con la mamma», aveva insistito. Vedendo i suoi occhioni vulnerabili e udendo la sua voce fragile aveva sentito morire un'altra parte di sé. Alla fine, era stata Jade a convincerla a uscire. Mark non sapeva bene come. Era andato in cucina per non mostrare il proprio dolore alla figlia. E Jade l'aveva portata di sopra da Mel.

Guardò il cellullare posato sul tavolino del salotto. Era arrivato un altro messaggio. Era quasi sicuramente di Lisa. Gliene aveva mandati diversi. Diceva che doveva parlargli di una cosa importante, che però non riguardava il lavoro. Qualsiasi cosa fosse, poteva aspettare. Mark non se la sentiva di parlare. Dubitava di essere in grado di discutere in modo coerente. Sollevò il bicchiere per bere ancora un po' di whisky. Appena si rese conto che era vuoto, andò alla credenza per riempirselo di nuovo, prendendo la bottiglia e posandola sul tavolino, più o meno nella stessa posizione in cui giorni prima aveva lasciato la vodka.

Si lasciò andare sul divano, consapevole di fare la stessa identica cosa che rimproverava alla moglie: ubriacarsi fino a rendersi inutile. Voleva dimenticare, fuggire dagli incubi che infestavano la sua vita onirica e reale.

Avrebbe voluto affrontare Cummings in un luogo appartato, fargli ingoiare tutti i denti che aveva in bocca e farglieli cagare per una settimana intera. Naturalmente, era impossibile. Se fosse uscito di casa, sua moglie avrebbe cambiato la serratura della porta. Le accuse di Mel potevano essere nate dalla sua immaginazione febbrile, ma le coincidenze erano troppe. Mark era certo che Cummings avesse scattato le foto e avesse intenzione di utilizzarle in qualche modo. Si era aspettato qualche mossa che c'entrava con il lavoro, non si era reso conto di quanto fosse abile quella merda d'uomo, fino a che punto fosse disposto ad abbassarsi pur di distruggerlo.

Quello che faceva più male era l'idea che Mel gli credesse. Andare a puttane, lui? Evidentemente, per Mel non era diverso da quel maiale di Cummings.

Riempiendosi un altro bicchiere di veleno e sapendo che non avrebbe fatto altro che peggiorare le cose il giorno dopo, con la mano Mark cercò Hercules, che giaceva fedele ai suoi piedi. «Almeno tu non credi che io sia un bastardo, eh?»

Mark le accarezzò le orecchie vellutate e il cane lo guardò tristemente. Sarebbe potuta andare peggio, immaginò. Le camicie erano rimaste tutte intere. Almeno per il momento. Prese la bottiglia e cominciò a ridere amaramente e poi a piangere.

62.

Jade

Non la sentì entrare e rimase inconsapevole della sua presenza finché non si sedette silenziosamente accanto a lui. Mark cercò immediatamente di ricomporsi, drizzando la schiena e togliendosi le mani dalla faccia. Non voleva che captasse quella che lui considerava una debolezza. Non voleva che capisse che aveva pianto convinto di non essere udito da nessuno.

«Non ti preoccupare, Mark», gli disse, strizzandogli leggermente la mano. «Non ti preoccupare», ripeté, con il cuore in tumulto per l'eccitazione. Sapeva che era giunto il momento di fargli capire, di dimostrargli che sarebbe andato tutto bene. «Supereremo questa fase.»

Mark chiuse gli occhi, le folte ciglia scure bagnate di lacrime, e annuì rigidamente. «Ah, sì?» domandò con voce roca, mentre ricambiava stancamente la stretta. Ritirò subito la mano e si alzò in piedi malfermo sulle gambe.

«Naturalmente», disse lei, osservandolo avvicinarsi alla finestra. «Dobbiamo pensare alle bambine e prendere la decisione migliore per Mel, ma...»

«E quale sarebbe?» domandò lui teso, passandosi una mano sulla nuca.

Jade esitò. Suggerirgli di far rinchiudere "quella stronza piena di bisogni in un ospedale psichiatrico" non sarebbe stato il consiglio umano e ponderato che lui si aspettava. «Tocca a te decidere, Mark», disse invece, sperando che lui capisse dal tono della sua voce che avrebbe compreso qualsiasi sua risoluzione.

«Lo so», replicò lui, guardando fuori dalla finestra. Jade si alzò in piedi e lo raggiunse. «Il fatto è che non sono sicuro di essere in grado... di prendere la decisione giusta.»

Si strinse nelle spalle sconsolato, fece un pesante sospiro e guardò a terra.

Jade avrebbe voluto dirgli che c'era un solo modo per mettere fine a quel purgatorio che era diventata la sua vita. Ma non sarebbe stato certo facile per un uomo come lui, dotato di coscienza. Sollevò una mano, e mentre gli girava intorno per guardarlo in faccia, gli carezzò lievemente le spalle.

«Devi pensare alle bambine», disse con cautela. «Sappi che io sono qui per aiutarti. Qualsiasi cosa ti occorra.»

Mark la guardò e lei gli sorrise incoraggiante. Dai suoi occhi un po' annebbiati trapelava un tormento che le spezzò il cuore. Si capiva benissimo cosa gli serviva: una persona che lo stringesse forte a sé, che lo accompagnasse in un luogo in cui abbandonare ogni angoscia e inibizione. Aveva bisogno di perdersi, insieme a lei, dentro di lei.

«Grazie, Jade.» Mark riuscì a ricambiare il sorriso, benché avesse un'espressione terribilmente triste. Per forza, con tutto quello che gli stava facendo passare sua moglie... «Non so proprio cosa farei senza di te.» Allungò la mano e gliela posò delicatamente sull'avambraccio, facendole vibrare ogni centimetro di pelle di dolce aspettativa.

Con mani tremanti, gli fece un caffè: forte e nero, le aveva detto, dopo che lei si era offerta con insistenza di prepararglielo. Mark si reggeva in piedi a fatica, aveva gli occhi pesanti, sfiniti. Quella donna lo stava ammazzando. Quella troia del piano di sopra lo stava uccidendo lentamente. Non l'avrebbe lasciata e non l'avrebbe fatta ricoverare. Alla fine, avrebbe capito di non avere altra scelta, ma Jade cominciava a stancarsi. Aveva aspettato troppo a lungo che lui e il suo angioletto tornassero da lei.

In attesa che bollisse l'acqua, raggiunse l'isola della cucina; su uno sgabello era abbandonata la maglietta da jogging di Mark. La sollevò, se la premette sul viso, aspirando il suo odore, la sua essenza mascolina mista alla fragranza di bosco del dopobarba. Lo desiderava. Sarebbe stato suo. Come sarebbe stata sua Angel.

Quando scese silenziosamente al piano inferiore per vedere come stava, Mark dormiva profondamente, il caffè posato sul tavolino, freddo e intatto. Rimase in piedi sopra di lui, osservando da cima a fondo il suo fisico dalle spalle larghe illuminato dalla luce lunare che filtrava dalla finestra. In quell'istante Mark cacciò un grido: stava lottando con i demoni oscuri che infestavano i suoi sogni.

Lo avrebbe aiutato a cacciarli. Ora che aveva capito di avere bisogno di lei, Jade non correva più pericoli. Sentiva ancora sulla pelle il lieve tocco delle sue dita, che le procurava ondate di eccitazione in tutto il corpo. Era giunto il momento di uscire allo scoperto, di dimostrargli che condivideva tutto il suo dolore. Lo avrebbe consolato con teneri baci e non con vacue promesse. Lo avrebbe sostenuto, gli sarebbe stata accanto, sempre. E, sì, gli avrebbe permesso di sfogare la rabbia, se necessario, e ogni sua emozione. L'avrebbe amato come lui aveva bisogno di essere amato.

Dopo essersi lavata, cosparsa di olio e profumata, aprì la camicia con cui aveva dormito (era di Mark) e se la sfilò di dosso, facendola scivolare morbidamente a terra.

Attenta a non svegliarlo, lo cavalcò con cautela. Il suo cuore bruciava per lui, il suo ventre desiderava disperatamente accoglierlo. "Adagio", ricordò a sé stessa con la mente offuscata da una calda nebbia, l'aura che le permeava l'anima: il suo Mark. All'inizio, avrebbe avuto bisogno di essere incoraggiato, spronato con dolcezza a mettere da parte ogni eventuale senso di colpa. Ma era giunto il momento.

Gli sfiorò la guancia con i capelli, la povera guancia ferita. Mark ebbe un fremito alle ciglia. Gli esplorò il viso con le dita e poi con le labbra. A un millimetro di distanza dalla bocca, le parve di sentire il sapore della lingua di lui che la cercava e la esplorava a fondo.

"Adagio."

Lui si mosse leggermente. Mentre assaggiava il suo dolce sapore seguendo la sottile pellicola di sudore alla base del collo, Jade avvertì un sussulto all'altezza dell'inguine. Scese più in basso, gli sfiorò un capezzolo con le labbra, i duri muscoli dell'addome, le anche; alla fine, raggiunse la «meta». Mentre lo prendeva in bocca, stimolandolo sapientemente con la lingua, l'udì emettere un gemito gutturale.

"Merda." Lo sentì gemere di nuovo.

Jade ci mise più impegno, ignorando la domanda che gli uscì dalle labbra – «Mel?» – e un rumore di passi incerti al piano di sopra diretti verso il bagno. Perché bisbigliava *quel* nome? Perché non lasciava andare quella donna?

Non poté però ignorare la mano che le afferrava i capelli e l'imprecazione violenta che proruppe da lui mentre le sollevava bruscamente la testa.

«Che cazzo stai facendo?» Le strinse le spalle, conficcando le dita nella sua pelle, e l'allontanò da sé balzando in piedi.

Sbalordita e sconvolta, Jade si coprì i seni con le mani, mentre lui si risistemava in fretta i pantaloni e la maglietta. «Ero distesa con te... Io...»

«Perché?» Mark la fissò incredulo.

Vedendo balenare un'inequivocabile scintilla di rabbia nei suoi occhi, Jade scosse la testa confusa. «Perché noi due siamo fatti l'uno per l'altra. Noi... L'hai detto tu stesso. Hai detto che hai bisogno di me. Che non sapresti come fare senza di me. Me l'avevi promesso. La prima volta che mi hai abbracciato, mi hai detto che ci saresti sempre stato per...»

«Devi andartene!» la interruppe, rivolgendo altrove il proprio sguardo furente.

Si era girato verso le scale, notò Jade, con profondo sollievo. Temeva di essere colto in flagrante. «Non importa», lo rassicurò, alzandosi in piedi e avvicinandosi a lui. «Ti capisco. Non importa. Abbiamo tutto il resto della vita per...»

«Per... cosa?» Mark si voltò di scatto, con espressione basita.

«Per stare insieme», disse lei, con la bocca asciutta. «Per...»

«Non voglio stare con te.» A quel punto, la fissò inorridito. «Voglio stare con mia moglie!»

Non era vero. Jade lo fissò confusa. Aveva sentito i fremiti del suo corpo, il suo cuore in tumulto. Era confuso, stanco. L'alcol...

«Jade, io amo mia moglie. Non voglio nessun'altra. Non vorrò mai nessun'altra.»

"Bugiardo!" La ragazza sentì montare il rancore nel petto come liquida bile. «Tu volevi *me*!»

Aveva sottolineato un fatto incontrovertibile. «Volevi fare l'amore con me. Non puoi negarlo.»

«Cristo...» Mark scosse la testa, si premette forte le dita sulle tempie. «Praticamente ero in coma!»

«Ma non abbastanza da non goderti un pompino gratis!» replicò Jade, in preda a una rabbia che le bruciava come acido nel corpo.

Mark la osservò con attenzione, gli occhi pericolosamente scuri; poi, all'improvviso, si allontanò. Jade sussultò. «Pensavo fossi Mel. Io volevo Mel.»

Prese la camicia caduta a terra e, quasi senza degnarla di uno sguardo, gliela gettò addosso.

"Sta mentendo." Il cuore di Jade smise di battere. "Sta mentendo."

Tentando disperatamente di salvare la situazione, gli si avvicinò. Aveva scelto il momento sbagliato. Era troppo presto. Lui aveva paura. «Non importa, Mark. Ti capisco, davvero.» Atteggiando il viso a un sorriso seducente, tese la mano per carezzargli la guancia, poi si avvicinò per cercare di baciarlo sulle labbra.

Mark la fermò, afferrandole rudemente il polso. «Sei pazza da legare. Voglio che te ne vada da questa casa. Prendi le tue cose e vattene!»

Stava parlando sul serio. Jade, scioccata, scrutò i suoi occhi. Non erano più gentili e premurosi, bensì crudeli, sprezzanti e freddi. Era straziata dal dolore e dall'umiliazione. Non aveva sbagliato momento, si era sbagliata su tutta la linea: aveva immaginato che fosse un uomo forte, il suo salvatore. Invece non lo era per niente. Era debole, ancora più debole della sua patetica moglie. Uno che usava le donne, ne abusava, come tutti gli altri. "Brutto bastardo."

Jade mandò giù bile, relegandola in quel luogo oscuro e profondo dove suppurava già tanto dolore, e si ripropose di prendere tempo e di vendicarsi al momento più opportuno.

«È notte fonda», gli disse, ricomponendosi e guardandolo con espressione lacrimosa. Sapeva di apparire vulnerabile, svestita com'era. Non poteva sbatterla fuori così: una donna sola nella notte.

Mark prese alcuni pesanti respiri, apparentemente dibattuto. Poi prelevò il cellulare dal tavolino della sala e selezionò un numero.

Jade lo vide prenotare un taxi. Non ci poteva credere.

«Hai dieci minuti di tempo», le disse, alzando di nuovo lo sguardo verso di lei, mentre terminava la chiamata. «Vestiti.»

Il cuore di Jade si indurì come una pietra. «E come faccio a prendere le mie cose?» domandò, sollevando il mento.

«Te le spedirò», rispose lui impassibile.

Notando l'espressione imperturbabile e la totale indifferenza di Mark verso i suoi sentimenti, Jade annuì lentamente. Aveva mostrato il suo vero volto. Alla fine, facevano tutti così. Se ne sarebbe pentito per il resto dei suoi giorni, questo era poco ma sicuro. Si voltò, si avvolse nella camicia e si avviò alla porta.

Appena si rese conto che lui la stava *seguendo*, si fermò. Evidentemente, si stava accertando che se ne andasse con i soli vestiti addosso. Senza la bambina. La *sua* bambina, che Jade aveva amato e accudito molto più di quanto avesse mai fatto quella moglie inutile che si ritrovava.

Non l'avrebbe lasciata mai. Quel bastardo dell'ispettore investigativo Mark Cain la sottovalutava alla grande, se immaginava davvero che lei avrebbe abbandonato la sua bambina. E se pensava di cavarsela, dopo averle fatto vacue promesse senza mantenerle e averla illusa per poi scaricarla senza pietà.

"*Hush, little baby, don't say a word.*" Mentre passava davanti alla camera di Evie, Jade si mise a canticchiare fra sé e sé. "*Daddy loves you, and so do I...* La mamma tornerà, dolce Angel."

63.

Melissa

Mel si era chiesta se fosse il caso di ingoiare le medicine. Come tutte le mattine da tempo apparentemente immemorabile, si sentiva intorpidita, ma aveva messo la sveglia e si era alzata dal letto, determinata ad assumere un po' di controllo sulla propria vita e sulle proprie emozioni, per il bene delle bambine. Decise di prendere le pastiglie, ma più tardi, appena Poppy fosse andata a scuola. Avrebbe parlato di nuovo con il dottore: forse era giunto il momento di sottoporsi a psicoterapia. In precedenza non ne aveva avuto bisogno, ma adesso avrebbe potuto aiutarla ad affrontare la fine del matrimonio.

Sforzandosi di non soffermarsi su pensieri che rischiavano di farla precipitare in un abisso senza fine, fece per entrare nel box doccia, quando Mark entrò in camera da letto. Mel si affrettò a chiudere la porta, rimpiangendo di non poter chiudere altrettanto facilmente la soglia dei propri sentimenti. Con un nodo allo stomaco, ricordò l'ultima volta che avevano fatto l'amore, proprio lì, nella doccia. Allora era convinta che il loro amore fosse profondissimo. Mark era così gentile, così attento ai suoi bisogni. Aveva creduto di conoscerlo in profondità, in ogni minimo dettaglio, dentro e fuori. Ma non era così. Non lo conosceva affatto. Sollevò la testa, esponendo il viso rigato di lacrime all'acqua fredda.

Quando uscì dal bagno, era seduto sul letto, le mani abbandonate fra le ginocchia, tremendamente triste ed esausto. Un tempo avrebbe provato una pena infinita per lui.

«Dov'è Poppy?» domandò, notando lo spazio vuoto sul letto dietro di lui.

Mark le lanciò uno sguardo fiacco e disperato. «Sta giocando in camera sua», rispose sottovoce.

Mel annuì, risollevata. Girò gli occhi verso la culla: Evie stava ancora dormendo.

«Non ho nessuna intenzione di portarmele via, Mel.» Seguendo lo sguardo della moglie, sospirò impotente. «Ma neppure di abbandonarle.»

«Con una pazza?» aggiunse lei ironica.

«Mel, tu non sei pazza.» Mark si strofinò stancamente gli occhi con la mano. «Sei solo depressa.»

«Così dicono. Non ti preoccupare, sto prendendo le medicine», ribatté lei, avvicinandosi alla toeletta per spazzolarsi i capelli e mettersi un po' di fondotinta. Non aveva nessuna intenzione di mostrare al mondo intero come si sentiva dentro. Non più.

«Volevi qualcosa?» gli domandò. «Perché mi devo vestire.»

Ovviamente, Mark capì che non voleva farlo davanti a lui. Però rimase immobile. «Sono venuto per avvisarti che Jade se n'è andata», disse un attimo dopo.

«Se n'è andata?» Mel si girò confusa. «E dove?»

«Dalla sua amica di Londra.» Mark alzò lo sguardo; a quel punto, era a disagio. «Lei... ehm... non tornerà più da noi.»

Non tornerà da noi... Mel lo fissò basita per un attimo, poi tutto il rancore che provava nei suoi confronti – l'uomo che fino a poco tempo prima aveva considerato la sua roccia – emerse violentemente in superficie. «Sai una cosa? Non mi stupisce affatto», disse, con voce carica di disprezzo. «Dopo aver saputo che il signore per cui lavora, il rispettabile ispettore investigativo Cain, è un maiale di merda che va pure a troie, per forza che una povera ragazza indifesa come lei decide di andarsene!»

«Oh, caz...» Mark balzò in piedi. «Mel, possiamo evitare di...» disse con la voce irrigidita dalla rabbia. «Le bambine...» aggiunse, guardando Evie.

Anche quello le rinfacciava? Di mettersi a litigare davanti alle bambine? Mel lo fissò: non poteva davvero credere che fosse lo stesso uomo di cui un tempo si era fidata ciecamente.

«Volevo solo sapere se potevo fare qualcosa per te.» Mark si strinse nelle spalle, infilandosi le mani in tasca e abbassando lo sguardo, chiaramente incapace di guardarla negli occhi.

Mel stava per rispondergli di sì: avrebbe potuto prendere le sue cose e andarsene da quella casa – quando Poppy li interruppe, rimanendo timidamente sulla porta. «Papà, sei ancora arrabbiato con me?»

64.

Mark

Mark girò subito la testa verso Poppy, che lo fissava con cautela dal corridoio, stringendo il pupazzo di Peppa Pig sotto il mento, e provò un altro terribile tuffo al cuore. Rivolse uno sguardo interrogativo a Mel, che però sembrava perplessa quanto lui.

«Poppet», disse, avvicinandosi alla bambina e accovacciandosi al suo livello. «Non sono per niente arrabbiato con te. Perché dovrei esserlo?»

Lei non rispose, schiacciò il mento più forte contro il pupazzo, fissando Mark con i suoi occhioni enormi, fino in fondo all'anima, gli sembrò.

«Poppy?»

«Mi metterai in prigione?» domandò, aggrottando la fronte preoccupata.

«In prigione?» Mark rise incredulo. «Perché mai dovrei fare una cosa simile?»

«Per il cioccolato», rispose la bambina con un filo di voce, gli occhi traboccanti di lacrime.

"Solo per quello?" Stavolta Mark rise risollevato.

«Non voglio andare in prigione, papà. È buia e fredda. E non ti lasciano portare giocattoli e neppure giocare, niente.» Le tremò la voce, poi increspò il viso. Mark tese la mano verso di lei.

«Non si va in prigione per cose del genere, tesoro.» La strinse forte a sé; aveva voglia di piangere con lei. «Non avresti dovuto mangiarlo, ma credo che tu l'abbia già capito. Non sono arrabbiato con te.»

Poppy emise un singhiozzo che la scosse tutta e non rispose.
Mark le asciugò le lacrime con il pollice.

«Ti voglio un bene immenso, Poppy», le disse con voce ferma. «Più di tutte le stelle e di tutti i pesci nel mare. Capito? Non smetterò mai di volerti bene, qualsiasi cosa succeda.»

Poppy gli si gettò addosso, facendogli quasi perdere l'equilibrio. «Ti voglio bene più di una balena intera», disse, tirando su con il naso e cingendogli il collo con le braccia.

«Certo che è un bel po' di bene.» Mark la strinse forte a sé. «Andiamo, dolcezza. Dobbiamo prepararci per andare a scuola.»

Le afferrò la manina, si alzò in piedi e si girò a guardare Mel. «La porto io?» le domandò speranzoso.

65.

Jade

Una scena davvero commovente. Nascosta dietro gli alberi sul lato opposto della via, Jade vide Poppy correre felice verso la macchina insieme al suo caro papà, con Peppa Pig stretta al petto. Lui, naturalmente, con tutte le sue premure e la sua finta gentilezza, si era guadagnato l'amore della figlia. "Balle." La cara Poppy non poteva saperlo, ma avrebbe fatto del male anche a lei, avrebbe abusato di lei e le avrebbe mentito, come aveva fatto con Jade.

Quella prima volta l'aveva perdonato per averla abbandonata, perché all'epoca era ancora ingenua e vulnerabile emotivamente e il suo corpo era poco sviluppato. Sin dall'inizio era stata tormentata da un dubbio, ma aveva deciso di non pensarci. Lei lo aveva scusato, come fanno tutte le donne con gli uomini cattivi e violenti che incontrano nel corso della vita. E lo aveva aspettato. Si era rifatta il viso per lui. Gli si era offerta su un piatto d'argento e lui l'aveva rifiutata. Che bastardo. Figurarsi se non si era goduto il pompino e figurarsi se non se la sarebbe scopata in tutte le posizioni, se quella moglie bisognosa che si ritrovava non si fosse alzata dal letto per andare in bagno. Era uno che usava le donne, che ne abusava nel peggiore dei modi. L'umiliazione bruciava furiosamente dentro di lei. Era ora che Mark Cain pagasse a caro prezzo la colpa di aver approfittato della sua posizione per sfruttare giovani donne indifese.

Pensava davvero di cavarsela con così poco, dopo averla illusa e poi calpestata senza pietà, nascondendo la propria natura deviante dietro la facciata di uomo di famiglia e poliziotto rispettabile? Quell'uomo non sapeva neppure cos'era il rispetto. Era ora di smascherarlo, di mostrare al mondo intero che razza di manipolatore era Mark Cain. La gente non era al sicuro con lui. Neppure le sue bambine. Soprattutto la neonata, esposta alle sue fantasie malate e all'instabilità mentale di Melissa. Era ora di ristabilire l'equilibrio, di cambiare le carte in tavola. Di mandare in disgrazia Mark Cain e rinchiuderlo in un luogo dove avrebbe avuto tutta la vita per rendersi conto di quello che si era perso. Era ora di riprendersi ciò che le aveva rubato, di rovinarlo come lui aveva rovinato lei.

Mentre osservava quella mocciosetta viziata chiacchierare con la sua grassa porcellina, le dita intrecciate a quelle del padre, sogghignò fra sé e sé.

"È ora di mettere da parte i giochi da bambina, tesoruccio."

Mark non avrebbe mai più preso la figlia per mano.

66.

Mark

Di ritorno dalla sua corsa quotidiana, con cui aveva sperato di schiarirsi un po' le idee, Mark stava imboccando il vialetto di casa, quando si sentì sobbalzare il cuore nel petto. "Che caz...?" Poi, con un nodo allo stomaco, non esitò a correre verso l'ingresso.

«Mi spiace, signore, non possiamo permetterle l'accesso.» Un poliziotto in uniforme gli sbarrò la strada, mentre lui si avvicinava a un mare di luci blu. «C'è stato un incidente. Dobbiamo transennare...»

«Vai affanculo, questa è casa mia!» urlò Mark, cercando di passare comunque.

L'uomo lo respinse con violenza, facendolo barcollare.

«Lasciatelo entrare! È l'ispettore Cain!» gridò Lisa, comparendo sulla porta. Mark si raddrizzò in preda al capogiro, quasi soffocato dal panico.

«Chi?» L'uomo in uniforme la guardò confuso.

«Mark Cain!» sbraitò Lisa. «Il padre della neonata! Lasciatelo passare.»

"Evie? No!" Qualcosa dentro di lui si spezzò, poi aggirò freneticamente il poliziotto. La sua bambina. "Gesù, fa che non sia la mia bambina."

«Mi spiace, Mark, è il nuovo agente in prova», disse Lisa, guardandolo con apprensione mentre gli correva incontro sul vialetto.

Mark annuì rigidamente. «Cosa succede?» domandò sbrigativo, cercando disperatamente di tenere a bada le proprie emozioni in tumulto.

«Mi dispiace, Mark. Hanno rapito Evie.»

Per poco non gli cedettero le gambe. Lisa si affrettò a sorreggerlo. «Prenditi un po' di tempo», gli disse mostrando comprensione, cingendogli fermamente le spalle, mentre, piegato in avanti con le mani appoggiate alle cosce, cercava di riprendere fiato.

Mark annuì e si raddrizzò. «Quando?» domandò con un orribile groppo in gola.

«Alle dieci e un quarto, minuto più minuto meno», rispose Lisa in tono calmo e misurato, nell'inutile tentativo di rassicurarlo.

Mark si sentì morire dentro. Aveva dimenticato di portarsi dietro il cellulare. Se ne era reso conto cinque minuti dopo aver cominciato la corsa. Si era chiesto se fosse il caso di tornare a prenderlo, ma poi aveva cambiato idea. Mentre rapivano sua figlia, lui era lì che correva senza il cellulare.

«Melissa l'aveva sistemata sul seggiolino e poi era tornata dentro a prendere una scatola», spiegò Lisa.

«Una scatola?»

«Una scultura. La stava portando all'università per farla cuocere», continuò lei, mentre Mark cercava disperatamente di capire cosa fosse successo, anche se non c'era niente da capire. «Aveva lasciato il bagagliaio aperto, quindi la macchina non era chiusa a chiave. Quando è tornata...» Le si incrinò la voce.

La loro bambina era sparita. In preda a una nausea terribile, Mark chiuse gli occhi sentendo sulla propria pelle tutte le emozioni che Mel doveva aver provato, ogni istante di agonia. «Testimoni?» domandò con voce gutturale.

Lisa scosse la testa. C'era da immaginarselo. La stradina non portava da nessuna parte, serviva solo a raggiungere alcune case e la fattoria della zona.

Mark si guardò intorno: non sapeva come comportarsi sulla scena di un delitto che riguardava la sua stessa famiglia.

«Abbiamo cercato di rintracciare Jade.» Lisa interruppe i suoi pensieri. «Ho chiesto a Mel, ma lei non è stata in grado di dare risposte coerenti. Qualche idea?»

«Jade», ripeté Mark, con un terribile presentimento. Possibile che lei... fosse capace di tanto? «Se ne è andata.»

«Andata?»

«Licenziata», rispose bruscamente Mark. «Trovatela.»

«Ci penso io», lo rassicurò Lisa. «Sai qualcosa di lei? Luoghi di lavoro precedenti, indirizzi? Parenti da interrogare per primi?»

Mark ebbe un terribile tuffo al cuore.

«Hai controllato i suoi trascorsi, no?»

Mark scosse la testa impotente. «Mel aveva detto che ci avrebbe pensato lei. Io... non ho insistito più di tanto.»

Lisa sospirò, ma non commentò. «Mobiliterò più gente possibile», gli disse. «Non ti preoccupare, Mark. Troveremo Evie.»

Maledicendo la propria idiozia e la propria incompetenza per non aver fatto i dovuti accertamenti su quella persona, Mark annuì. «Dov'è Mel?» domandò. Cercò di concentrarsi, continuando a fissare l'edificio: la loro casa di sogno era diventata una casa dell'orrore. Mel doveva essere completamente a terra, distrutta.

«È in sala. Sconvolta, ovviamente», rispose Lisa, poi esitò. «Pensava che l'avessi rapita tu, Mark. Mi sembra giusto che tu lo sappia.»

La notizia, per quanto dolorosa, non lo stupì affatto.

«Ho telefonato al centro sanitario e ho chiesto al suo medico di base di venire qui», aggiunse Lisa con cautela, sapendo che Mel non amava frequentare gli ambulatori medici. «Ho pensato che, considerate le...»

Mark fece una smorfia. L'idea non gli piaceva per niente. Probabilmente, però, l'unico modo per aiutarla ad affrontare le ore successive sarebbe stata la sedazione. Dopo di che, a meno che non avessero ritrovato la bambina sana e salva, non ci sarebbe stato più modo di farla riemergere dall'abisso. Mark lo sapeva con assoluta certezza. «Abbiamo chiamato la Scientifica», gli urlò dietro Lisa. «Naturalmente Edwards ha dispiegato tutti gli uomini disponibili.»

Mark annuì di nuovo, riconoscente. Doveva andare alla stazione di polizia e prendere la situazione in pugno; prima, però, doveva vedere Mel, cercare di rassicurarla, anche se dubitava di potercela fare.

«Poppy?» Si girò verso Lisa, in preda a un nuovo terrore.

«Abbiamo mandato una volante alla scuola elementare. Ti faccio sapere al più presto... Aspetta un attimo.» Lisa controllò la ricetrasmittente. «Tutto a posto.»

Mark riprese a respirare.

67.

Lisa

Lisa era addolorata per loro e, fra una chiamata e l'altra, si soffermò a guardare Mark mentre raggiungeva Melissa. Era vicina alla finestra, le braccia avvolte intorno al corpo, come se stesse cercando di tenersi dentro le emozioni. Inconsapevole della presenza del marito, appena lui la toccò con la mano, sobbalzò.

«La troverò, Mel», le disse sottovoce. Si avvicinò con cautela, facendola girare delicatamente per guardarla in faccia. «La troverò, te lo prometto», ripeté con la voce incrinata dall'emozione.

"Poverino." Lisa non l'aveva mai visto così conciato. Neppure dopo la morte di Jacob, quando, costretto a combattere su tutti i fronti, beveva troppo e dormiva troppo poco.

Sfinita com'era, Melissa gli permise di stringerla a sé. Lisa sperò che trovassero un po' di conforto l'uno nell'altra. Dopo tutto quello che avevano passato, non meritavano anche quello. Vedendo Mel appoggiare la testa sulla spalla di Mark, fece per uscire con discrezione. Poi però la sentì parlare.

«Perché, Mark?» gli domandò bruscamente, scostandosi da lui. «Perché?»

Con un tuffo al cuore, Lisa la vide squadrare il marito con espressione addolorata e furente al tempo stesso.

«Perché hai mandato tutto a puttane?» gli chiese. «Perché hai gettato via la tua famiglia? Hai cercato di farmi uscire di testa? Brutto bastardo!»

Mark, sconvolto, si sforzò di rispondere. «Mel, non dire queste cose.» Tentò di riavvicinarla a sé.

«Non ce la faccio. Non ce la faccio. Rivoglio la mia bambina! Voglio la mia bambina!» gridò lei di nuovo, arretrando.

«Mel, ti prego...» Mark disperato, fece per riavvicinarsi a lei. «Ti prego, non...»

«No!» urlò Melissa dandogli uno schiaffo sul braccio. «Rivoglio la mia bambina! Mi hai sentito?» Lo colpì di nuovo, bersagliandogli il petto di pugni. «Dov'è?»

Mark non si difese e non tentò di fermarla, aspettò solo che i colpi si mutassero in movimenti inutili e scoordinati; poi, con delicatezza, le afferrò i polsi. Senza dire una parola, la strinse a sé, abbassando la fronte contro la sua. «La troverò», le disse con voce roca.

Immaginando che fosse un buon momento per lasciarli soli, Lisa si girò verso il corridoio, chiedendosi dove fosse finita Jade. Non poteva credere che Mark non avesse insistito affinché Mel controllasse i trascorsi della ragazza. Se solo avesse risposto ai suoi SMS... In fin dei conti, però, era preoccupato, pensò. E quella babysitter «perfetta» si era subito installata nelle loro vite, rendendosi indispensabile. Forse però non c'entrava niente. Magari era davvero l'angelo mandato dal cielo che credeva Mel. Ma allora perché Mark l'aveva licenziata? Lisa era molto curiosa di saperlo. Gliel'avrebbe chiesto il più presto possibile. Preferibilmente, alla stazione di polizia. Di sicuro, avrebbe voluto partecipare attivamente alle ricerche. L'alternativa sarebbe stata quella di impazzire a poco a poco.

68.

Jade

«Jade?» Cummings parve sorpreso di sentirla al telefono. «Che succede, dolcezza? Dove sei?» Aveva una voce premurosa, come se davvero gli fregasse qualcosa di lei. Quello era un maschilista troglodita della peggior specie, per cui le donne esistevano solo per soddisfare i suoi perversi appetiti. Jade non aveva fatto nessuna fatica a coinvolgerlo nei suoi giochi erotici, anzi, si era calato nel ruolo molto volentieri. Ah... quanto le sarebbe piaciuto rovinare quel sadico di merda! Per il momento, però, aveva altri piani per quel delizioso personaggio.

«Su, dolcezza, parlami», la incitò, con una certa impazienza nella voce. «Devi dirmi dove sei. Lo sai che la polizia ti sta cercando?»

«Mi sta cercando... Perché?» Jade si finse sconcertata.

«La bambina di Cain.» Cummings esitò, come se davvero gli capitasse di pensare a qualcun altro, oltre che a sé stesso. «È scomparsa. Devi presentarti alla stazione di polizia e...»

«Poppy?» Jade lo interruppe allarmata. «È scomparsa?»

«Non Poppy. La neonata.» Cummings continuò. «Devi dirci a che ora l'hai vista per l'ultima volta. Se hai notato qualcuno che si aggirava vicino alla casa...»

«Evie? Oddio, no!» Jade strizzò gli occhi per calarsi nel ruolo, emettendo un singhiozzo addolorato. «Quando? *Come?*»

«Stamattina», rispose Cummings. «Dobbiamo sapere a che ora l'hai vista per l'ultima volta. Se era...»

«Non l'ho vista», l'interruppe lei in fretta. «Non l'ho vista stamattina. Me ne sono andata, all'improvviso», spiegò con cautela, come se non sapesse bene quanto fosse il caso di rivelare. «Ieri notte sono dovuta andare via. Non volevo lasciare le bambine, ma avevo paura e non sapevo cos'altro fare...»

«Oh, cazzo... avevi paura? Perché?»

Jade deglutì e tirò su con il naso per fare più scena. «Hanno litigato», aggiunse un attimo dopo. «Una lite terribile.»

«Per che cosa?»

«Non ho capito bene... come è iniziato il litigio, ma credo che sia...» Di nuovo, Jade si interruppe, non volendo apparire ansiosa di confidare quel che sapeva.

«Non ti preoccupare, Jade. Prenditi un po' di tempo», la rassicurò Cummings, sforzandosi di mostrarsi comprensivo. «Sai che puoi fidarti di me.»

Jade alzò gli occhi al cielo. "Già, come no..." Desideroso com'era di trovare informazioni infamanti su Mark, in realtà, avrebbe voluto dirle: "Dai, brutta troia, sputa il rospo...".

«Melissa», continuò Jade balbettando, «mi sa che ha avuto una relazione. Mark... aveva bevuto... tanto. Urlava. Era inferocito. Io ero di sopra con le bambine. Sono stata costretta a sentire quel che dicevano.»

«Cosa hai sentito, dolcezza?»

«La insultava in modo orribile. La...» Jade si interruppe al momento giusto per tirare su con il naso. «Dubitava persino che le figlie fossero sue.»

«Porca troia!» esclamò lui sbalordito. «Eh, be', questo spiega molte cose. Poveraccio...» commentò in tono commiseratorio, poi ridacchiò. Evidentemente, si stava divertendo un mondo.

"Ehi, sveglia! Stai parlando con una persona sconvolta, vittima di un crimine", pensò Jade disgustata. «Se l'è presa con me», disse, rovinandogli la festa. «Quando sono scesa al piano inferiore, Melissa era uscita, non so bene dove fosse andata e lui... È diventato un mostro. Ho cercato di fuggire, di respingerlo, ma è troppo pesante. Non ho avuto scampo, Pete, davvero...»

Jade lasciò la frase in sospeso, attese e poi...

«Mi stai dicendo che ti ha *violentata*?» domandò Cummings con un misto di incredulità, indignazione ed... eccitazione. Anzi, no, era decisamente eccitato. L'idea di utilizzare la notizia per distruggere Mark praticamente gli stava procurando un orgasmo.

"Centro!", pensò Jade. «Sì», rispose, singhiozzando disperata.

«Devi venire alla stazione di polizia», disse lui bruscamente. «Ti vengo a prendere io.»

«No, sono con un'amica. Ci vengo da sola.»

«Al più presto», la esortò Cummings. «Non possiamo permettergli di farla franca, a quel bastardo. Non lavare le prove, dolcezza», disse, temperando la voce per simulare qualcosa che assomigliava alla preoccupazione. «E che rimanga fra noi due, okay? Non voglio che sappia che vogliamo denunciarlo, prima di poterlo incastrare. Okay?»

«Sì», rispose Jade timidamente.

"Perfetto", pensò lei, terminando la chiamata e concentrando l'attenzione sui poliziotti che uscivano dalla casa di Mark.

La tempistica era cruciale. Doveva trovare Melissa da sola. A quanto pareva, sarebbe successo entro breve. Quando uno degli agenti si girò per chiederle se se la sentiva di rimanere da sola, intanto che arrivava l'agente di supporto familiare, Jade sorrise.

Attese che l'auto si allontanasse; poi, controllando che non passasse nessuno sulla stradina, fece un passo verso la casa. Sentì vibrare il telefono e imprecò. Dylan la stava chiamando di nuovo.

«Cosa c'è?» bisbigliò, tornando dietro agli alberi.

«E se si sveglia, cosa faccio?» le chiese. «Ha le guance ancora arrossate. Temo che ricominci a piangere e io...»

«Dylan, Cristo santo, non si sveglierà. Le ho dato il Calpol», tagliò corto lei. Era ansiosa di intrufolarsi in casa durante quell'interruzione delle attività della polizia. Con Dylan che si agitava come una chioccia, dicendo che Angel sembrava un po' smunta, rischiava di perdersi l'occasione. Si era persino offerto di farle fare un giro all'aria aperta. Che cretino! Jade aveva pagato la stanza in contanti, ma l'ultima cosa che voleva era che quel mollaccione si mettesse a gironzolare nel parcheggio del Travelodge, attirando inevitabilmente attenzione su di sé. «Torno fra poco, amore mio», gli disse, raddolcendo il tono di voce.

Cioè, appena avesse informato Melissa di quel che aveva fatto quel traditore di suo marito. Il che sarebbe dovuto succedere prima che lui fornisse la sua versione dei fatti. Naturalmente, siccome non gli conveniva confessare di averla buttata fuori di casa come un sacchetto dell'immondizia, si era tenuto l'informazione per sé.

Doveva raggiungere immediatamente Melissa. Non ci sarebbero state altre opportunità. Dopo aver messo in pericolo la figlia in quella maniera per andare a prendere le sue stupide sculture di creta, era senz'altro sull'orlo del collasso emotivo. Il suo senso della realtà doveva essere fragile; in quelle condizioni, avrebbe creduto il marito capace di qualsiasi cosa. E una volta accertata la perversione sessuale del compagno, quella donna debole e ossessionata da sé stessa sarebbe precipitata nel baratro, trascinando con sé Mark Cain.

Entrò silenziosamente dalla porta posteriore, ma non trovò nessuno in cucina. La povera Melissa doveva essersi stesa a letto, ne dedusse. Non stupiva affatto, se si era calata alcune di quelle magnifiche pilloline. Vedendo i sedativi (zopiclone) in fondo a un ripiano, si mise a canticchiare soddisfatta diretta al corridoio.

Lì c'era il computer di Mark. *Oh-oh...* Che uomo imprudente. E meno male che era un poliziotto... Avrebbe dovuto avere un po' più di cura del suo portatile. Collegò in fretta il telefonino, caricando le foto prescelte sul desktop. Erano abbastanza innocenti, perlopiù, ma quella scattata in camera di Poppy, il giorno terribile in cui era morto il povero pesciolino rosso, poteva essere interpretata nel modo sbagliato. Mark mezzo nudo che toglieva la camicia da notte a Poppy. Quella foto era certamente sospetta, soprattutto se combinata con alcuni siti pornografici che lei aveva salvato sui suoi preferiti: decisamente estremi, sicuramente illegali e abbastanza spinti da lasciare basiti Melissa e i colleghi poliziotti.

Una volta terminato il lavoro, Jade sistemò il computer di

nuovo al suo posto e si apprestò a salire le scale, canticchiando fra sé e sé. «*Hush, little baby...*»

Udendo un rumore proveniente dalla camera di Evie, immaginò che Melissa fosse lì dentro, amaramente pentita di aver trascurato la sua bambina. Jade si stava dirigendo verso la stanza, quando la porta di Poppy si aprì cigolando; la bambina sbirciò fuori, fissandola come un uccellino spaventato.

Lei le sorrise languidamente, portandosi un dito alle labbra. Poppy arretrò all'istante e chiuse la porta di scatto. Il cane doveva essere con lei. E gli conveniva rimanerci, sennò l'ultimo suono che avrebbe emesso in sua presenza sarebbe stato un gorgoglio strozzato.

In piedi nella cameretta di Evie, Melissa teneva le braccia protettivamente avvolte intorno al corpo: la posizione che aveva adottato da quando il suo piccolo mondo perfetto aveva cominciato a disintegrarsi. Jade alzò gli occhi al cielo, pensando che quella donna non sapeva davvero fare altro che autocommiserarsi, poi bussò delicatamente alla porta. «Mel?» disse, con voce fintamente preoccupata.

69.

Melissa

Melissa impiegò un secondo a riconoscere la voce alle sue spalle. Quando alla fine permeò la densa nebbia che le offuscava il cervello, le venne il dubbio che fosse solo un'altra allucinazione. Tutte le volte che si stendeva a letto, immaginava di sentire piangere Evie.

«Mel? Stai bene?»

"Jade?" Mark non aveva detto che se ne era andata? Secondo Mel, poteva essere accaduto solo perché la vita in quella casa era diventata intollerabile.

«Mi dispiace moltissimo, Mel», disse Jade, con le guance rigate di lacrime. «Se fossi rimasta, se non fossi fuggita in quel modo... Oddio, mi dispiace così tanto... Non sapevo cos'altro fare. Sarei dovuta rimanere. Io...»

Deglutì. Nonostante il terribile dolore che aveva dentro – che, se Dio avesse avuto pietà di lei, l'avrebbe uccisa all'istante – Mel provò compassione per la ragazza. Non era colpa di Jade. Se c'era una colpevole, quella era lei, Melissa, anche se in fondo attribuiva ogni responsabilità a Mark.

«Non è colpa tua, Jade. La troveranno.» Persino mentre lo diceva, la disperazione, l'ondata colossale di dolore procurata dalla scomparsa di Evie la travolse di nuovo, lasciandola debole e completamente svuotata.

I singhiozzi di Jade sfumarono in un brivido che le scosse tutto il corpo. Annuì. «Dovevo per forza tornare. Ti devo dire una cosa», riprese, con i suoi innocenti occhi azzurri – quasi da bambina – annebbiati dalla paura e dallo sconcerto. «Non ero sicura se dirtelo o no, ma secondo me è meglio che tu lo sappia.»

«Che sappia cosa?» Gli occhi nervosi della ragazza la misero immediatamente a disagio.

«Devi vedere...» disse esitante.

«Devo vedere cosa?»

«Il computer di Mark», continuò Jade imbarazzata. «Siccome dovevo fare delle operazioni di internet banking, avevo deciso di usarlo un attimo... avrei dovuto chiederglielo, ma...»

"Il suo portatile?" Un brivido di paura le percorse la spina dorsale. Mel stava già uscendo dalla porta, diretta al corridoio d'ingresso, dove lui lasciava sempre il suo laptop.

Fissò incredula lo schermo, sentendosi invadere dalla repulsione. Non poteva essere vero. *No, non poteva essere vero!* Eppure, era davanti ai suoi occhi: ogni sordido dettaglio, ogni squallida immagine pornografica.

Oh, mio Dio, i bambini no!

In preda a una nausea insopportabile, Melissa distolse lo sguardo dalle immagini che le sarebbero rimaste impresse per tutta la vita e andò nel bagno del piano inferiore a svuotare il secco contenuto dello stomaco, finché non si sentì bruciare le viscere.

Poppy? Perché c'era quella foto sul suo desktop? Solo quella? No, non era possibile. *No, non era possibile!* Melissa prese della carta igienica e se la premette sulla bocca, nel tentativo di fermare il tremore violento che le scuoteva tutto il corpo.

«Mel?» bisbigliò Jade in piedi alle sue spalle. «Ecco qui», le disse, porgendole due pillole. «Prendi queste. Te le ha lasciate il dottor Meadows, ricordi? Ti aiuteranno a calmare l'ansia.»

«L'ansia?» Melissa rise: fu una risata al limite dell'isteria. Ci sarebbe voluto ben altro che due pillole, pensò, cercando disperatamente di tenere a bada la nausea, mentre le prendeva, le ingoiava in fretta e tornava in cucina.

«Ti ho riscaldato del latte», aggiunse Jade. «Ti aiuterà a rimettere in sesto lo stomaco.» Le porse la tazza con cautela, come se Melissa fosse capace di scaraventarla contro il muro. Avrebbe voluto farlo. Avrebbe voluto distruggere tutta la casa, mattone per mattone, e tutto quello che conteneva. Cancellare quell'incubo. Dio, come avrebbe voluto fare piazza pulita!

Melissa prese la tazza, bevendo il latte per fare piacere a Jade, poi si sedette e si preparò a esplorare il resto della vita di Mark su internet.

Controllò i preferiti e con un nodo allo stomaco vide che c'erano molti siti di quel tipo. Poi prestò attenzione alle mail. Non ci mise molto a trovare una cartella chiamata X-RECEIPTS, in fondo alla lista. Vedendo il tipo di acquisti che aveva fatto online, Mel si sentì rivoltare di nuovo le budella. Non era possibile. Santo cielo, lo conosceva... O forse pensava di conoscerlo.

«C'è dell'altro», riprese Jade incerta, mentre Melissa chiudeva il computer, nel tentativo di attenuare il capogiro e le palpitazioni cardiache.

Cosa? Che cos'altro poteva esserci? Melissa la guardò con espressione interrogativa, attorcigliandosi nervosamente i capelli con le dita.

«Il motivo per cui me ne sono andata.» Di nuovo in lacrime, continuò a parlare con riluttanza.

Era più che sconvolta, pensò Mel, scrutandola in viso. Sembrava spaventata. *Si vergognava?* «Jade?» Con il cuore in tumulto, la incitò a continuare. «Parla.»

«Aveva bevuto molto», disse Jade in fretta. «Per i vostri problemi, credo.»

Lo stava difendendo? Contro chi? Cosa aveva fatto?

«Non sapevo cosa fare.» Jade la guardò implorante. «È venuto in camera mia. Io non avevo capito perché. Pensavo che fosse per le bambine. Ho cercato di farlo andare via. L'ho implorato, ma...»

Jade si interruppe arrossendo e abbassò lo sguardo. «È molto più forte di me.»

«No.» Melissa vacillò di nuovo. La stanza prese a ruotarle intorno.

«Ho cercato di difendermi, te lo giuro. Avrei dovuto dire

qualcosa, lo so, ma tu stavi già soffrendo così tanto. Ho pensato che la cosa migliore da fare fosse sparire. Adesso me ne pento amaramente...» Deglutì e guardò a terra. «Se solo avessi detto qualcosa, forse adesso Evie sarebbe ancora qui.»

Melissa la fissò sconvolta. Lo aveva amato. Con tutto il cuore. Aveva amato un orribile mostro.

«Pensi che sia stato lui a portarla via?»

«Veramente, non lo so», rispose Jade. «Se è stato lui, sono certa che non le farà del male, ma...»

Fece una pausa significativa, guardò il computer e poi di nuovo Mel. «Sapendo quel che sai sulle sue... attività, mi sa che dovresti avvisare la polizia. Per il bene di Evie.»

70.

Mark

Mark aveva condotto indagini porta a porta con una squadra di agenti, prendendo di mira pregiudicati per reati sessuali e cercando informazioni sul traffico di neonati o di bambini finalizzato allo sfruttamento sessuale. Erano andati a trovare anche genitori che avevano appena perso un figlio, soprattutto madri prive di una rete di supporto familiare e inclini alla depressione.

Del resto, come non sprofondare nella depressione in simili circostanze? Mark aveva ascoltato con empatia le storie di alcune di loro. I racconti avevano rievocato il ricordo di Jacob, perfetto esteriormente, eppure dotato di polmoni troppo deboli per respirare autonomamente. Con l'occhio della mente aveva rivisto la minuscola bara bianca. Quando una madre gli aveva detto di aver allattato la figlia settimina finché Dio non se l'era ripresa per trasformarla in un angelo, aveva dovuto chiedere scusa e prendersi una pausa. Lasciando la donna in compagnia di una poliziotta, era salito in macchina e aveva appoggiato la testa al volante, con una piaga sanguinante nel cuore.

Mentre osservava i boschi circostanti, nelle vicinanze di un punto panoramico di particolare bellezza, dove sarebbe stato facilissimo nascondere un piccolo cadavere, Mark fu sopraffatto dalla disperazione. Aveva già setacciato la zona in cerca di Daisy. Non avrebbe mai immaginato di doverci tornare per la sua stessa bambina.

Cercando di tenere a bada i pensieri, estrasse il cellulare dalla tasca per rispondere a una chiamata.

«Mark, finalmente Jade ha risposto al telefono», disse Lisa, appena lui rispose. «Verrà alla stazione di polizia, ma ti dico subito che ha un alibi di ferro. È stata ripresa dalle telecamere di sicurezza della banca nel momento esatto in cui ha dichiarato di esserci andata.»

«Alle dieci e mezzo.» Mark sospirò. Considerata l'uscita poco elegante da casa sua, aveva pensato... Ma si era sbagliato. La notizia non lo rassicurò per niente. Jade era chiaramente molto affezionata alla bambina, e se fosse stata lei a portarla via, dubitava che le avrebbe fatto del male. «Okay, grazie. Vado da Mel. Appena potrò, tornerò in ufficio.»

«Ci vediamo dopo», rispose Lisa. «Ah, quanto a Jade... Per ovvie ragioni, non ho capito molto bene cos'ha detto Mel, ma perché se n'è andata, di preciso? È stata una partenza un po' brusca, no?»

«Molto», sibilò Mark. Avrebbe dovuto dare una qualche spiegazione, ma quale? "Si è approfittata di me mentre ero ubriaco" non sarebbe suonato molto plausibile. O credibile. Mark ne era consapevole. «Non ho detto niente a Mel, ma...» Si interruppe con estremo imbarazzo. «Insomma, lei... mi ha fatto delle avance. Pesanti.»

Lisa rimase zitta per un attimo. «Sei rimasto sorpreso?»

Macché sorpreso: scioccato. Era furente, confuso, umiliato. Provava vergogna. Si chiese se fosse in qualche modo responsabile di quello che era successo, se l'avesse chissà come provocata. Anche se ripeteva sempre alle vittime di reati sessuali che non dovevano sentirsi in quel modo, non voleva assolutamente che l'episodio fosse divulgato. Cummings si sarebbe divertito un mondo.

«Un po'», disse invece. Vedendo arrivare due agenti, alzò lo sguardo incuriosito. «A quanto pare, mi stanno cercando. Ci vediamo dopo. Ciao.»

«Ispettore investigativo Cain.» Quando Mark terminò la chiamata, uno dei poliziotti lo guardò con aria dispiaciuta. «Ci hanno ordinato di scortarla alla stazione di polizia.»

Scortarlo? «Perché?» domandò Mark con un nodo allo stomaco, pensando che ci fossero notizie su Evie.

«L'ispettore capo vuole fare due chiacchiere con lei», disse l'altro poliziotto in tono arrogante.

Quindi non era per Evie. Mark si sentì quasi mancare per il sollievo. Squadrò quel tizio e decise che sarebbe andato a cercarlo più tardi, per chiedergli conto dell'atteggiamento insubordinato. Al momento, non ne aveva né il tempo né la voglia.

«Per che cosa?» domandò.

Lanciando al collega un'occhiata sprezzante, il primo poliziotto prese la parola. «Temo di non poterglielo dire, signore. Ci hanno solo detto di accertarci che lei si rechi alla stazione di polizia.»

«Mi spiace, ma dovranno aspettare», ribatté Mark, afferrando la maniglia della portiera. «Vado a casa da mia moglie.»

«Non è una richiesta, signore», insistette l'agente, con espressione più dura, impedendogli di aprire la portiera.

Mark lo fissò basito poi vide il secondo poliziotto bloccare l'altra portiera. «Ci hanno detto di scortarla», ripeté l'uomo impassibile. «Dobbiamo anche requisirle il cellulare.»

"Cosa?" Mark rise incredulo. «State scherzando, vero?»

«Non sono mai stato tanto serio in vita mia. *Signore*», gli assicurò il secondo agente in tono chiaramente irrispettoso.

Durante il viaggio, non gli rivelarono niente, a parte il fatto che non c'erano stati sviluppi nelle ricerche di Evie, e Mark non aveva ancora idea di cosa stesse succedendo. Tuttavia, mentre veniva accompagnato dall'ispettore capo, ebbe la netta sensazione che i suoi colleghi fossero informati. Mentre lui si avviava verso l'ufficio principale, regnava il silenzio assoluto. Gli sguardi indignati dei presenti non alleviarono certo il suo disagio e il ghigno sprezzante di Cummings lo fece addirittura inciampare. Ma fu l'espressione di Lisa a bloccarlo sui suoi passi. Era visibilmente sconvolta.

«Lisa?...» mormorò, sentendo montare l'apprensione.

Cummings si alzò. Senza dire una parola, si piazzò di fianco a lei.

Lisa guardò il collega, poi di nuovo Mark; infine distolse lo sguardo imbarazzata.

«Signore...» Un agente lo sospinse avanti, afferrandolo per un braccio.

«Lo so io cosa farei ai poliziotti pedofili», mormorò qualcuno, al passaggio di Mark. «Li castrerei senza troppi complimenti, per dare l'esempio agli altri.»

«Che cazzo sta succedendo?» domandò Mark, quando Edwards spalancò la porta.

«Si sieda», disse in modo brusco il superiore, sbattendo la porta e avviandosi rigidamente alla sua scrivania.

Mark rimase fermo dov'era. «Senta, non ho la minima idea di cosa sia questa storia, ma...»

«È un ordine, ispettore investigativo Cain. Si sieda!» Edwards lo guardò furente. «Subito!»

Mark cercò di tenere a bada la propria rabbia. «Hanno rapito mia figlia», sbottò, avvicinandosi riluttante alla sedia. «Di qualsiasi cosa si tratti, non può aspettare?»

«No, Cain, non può aspettare», ribatté Edwards, fissandolo negli occhi finché non si fu seduto.

L'ispettore capo rimase in piedi. «Allora», disse alla fine, «vuole dirmi che cazzo sono queste schifezze?»

Appena Edwards girò il computer, Mark ebbe un moto di repulsione.

Poi, quando si rese conto che quel computer era suo, andò nel panico assoluto.

71.

Jade

Melissa ci stava mettendo più del previsto a soccombere. Jade la guardò sospettosa mentre saliva le scale barcollando, dopo aver ingoiato obbediente le medicine con una tazza di tè forte e molto zuccherato. Aveva vomitato di nuovo nel gabinetto? Quella donna era veramente insopportabile. Mark se la poteva tenere. Anche se da ora in poi avrebbe potuto possederla solo nelle sue patetiche fantasie.

«Devo andare da Poppy», disse Mel, attraversando goffamente il corridoio. «Devo parlarle.»

"Parlarle?" Jade alzò gli occhi al cielo. Ma se riusciva solo a farfugliare frasi insensate...

«Ops.» Con il sorriso sulle labbra, Jade l'afferrò. A quanto pareva, le gambe non la reggevano e stava scivolando contro il muro. «Ti tengo», disse, sollevandola in piedi e guidandola verso la camera da letto.

«Poppy...» balbettò la donna, trascinando i piedi, con immensa irritazione di Jade.

«Mel, hai avuto uno shock terribile», disse premurosa. «Dovresti tornare a letto. Su, stenditi. Vado a prenderla io, Poppy. Così vi rannicchiate tutte e due sotto le coperte, mentre vi preparo qualcosa da mangiare. Che ne dici?»

Mel annuì, portandosi la mano alla fronte. Avanzò barcollando, le sopracciglia corrugate, lo sguardo affranto, come se il suo piccolo mondo perfetto fosse andato in mille pezzi. Con tutta probabilità, si stava chiedendo come mettere fine alla sua triste esistenza. Ma che bisogno aveva di tormentare la sua povera testolina rugginosa, quando c'era lì una babysitter pronta a risolvere tutti i suoi problemi?

Mentre Melissa bofonchiava qualcosa su calchi e piccole dita dei piedi e si dirigeva vacillando verso il letto, Jade si stava chiedendo se portare Poppy nella camera matrimoniale o se rinchiuderla da qualche parte.

Guardò Melissa perplessa. "Che cogliona", pensò, scuotendo il capo. "Una matta." Chissà cosa ci aveva trovato Mark Cain.

I capelli erano carini, pensò, osservandoli da vicino mentre aiutava quella donna bisognosa ad appoggiarsi al cuscino. Lucidi e mossi, tornati al colore naturale, le stavano bene. Non capiva perché le fosse venuto in mente di tingerseli di biondo per imitarla.

D'altronde, non poteva biasimarla per averci provato.

Dopo aver deciso di andare a prendere la mocciosa, si girò verso la porta, si aggiustò i capelli davanti allo specchio, spinse in fuori le labbra carnose e ammirò i suoi seni. Mark Cain si era perso un'occasione unica. Lei l'avrebbe portato a livelli di estasi che non avrebbe potuto immaginare neppure nelle sue fantasie più sfrenate.

Peggio per lui.

Anzi, molto peggio per lui.

Era a metà corridoio, diretta alla stanza di Poppy, quando le squillò il telefono. Era di nuovo Dylan. Jade sbuffò irritata, accettò la chiamata e rispose con voce melensa.

«L'hanno detto al telegiornale», le squittì nell'orecchio.

Jade represse l'agitazione. «Non importa, Dylan», rispose lei paziente. «A questo punto, lui sarà già in arresto.» Disprezzato dai colleghi. Anzi, probabilmente, gli sputeranno addosso. Jade era immensamente soddisfatta. «Non crederanno più a una sola parola di quello che dice.»

«Ma la stanno cercando.» Dylan sembrava nel panico.

«Ancora per poco», disse Jade, un po' meno paziente.

«Ma se gli credono? È un poliziotto, no? Uno dei loro.» Dylan parlava in fretta, ragionava per stereotipi. «Ed è il loro padre. E se vengono...»

«Non verranno!» tagliò corto Jade, digrignando i denti.

Dio, come era stanca di ammansirlo. Avrebbe dovuto darlo in pasto a Inky e Oinky. Anche se probabilmente avrebbero impiegato un mese a mangiare quell'inutile bestione molle come un fico.

«Non verranno», ripeté con più gentilezza, sentendo che si era zittito. «Grazie alle immagini delle telecamere stradali e alla multa che hai preso tu.» Sottolineò il «tu», scegliendo di tralasciare le altre sordide attività a carico dell'ispettore caduto in disgrazia.

«Telecamere?» bisbigliò Dylan atterrito.

«Nel quartiere a luci rosse ci sono le telecamere, Dylan», specificò Jade. «Ma non ti preoccupare, hai gli stessi colori e la stessa statura del detective. Se qualcuno dovesse fare domande, naturalmente, ti difenderò.»

«Davvero?» domandò Dylan, con la vocetta di un bambino insicuro.

«Certo, amore mio. Non sarei riuscita a fare nulla senza il tuo aiuto. Presto saremo liberi. E staremo insieme per sempre. Ma non devi perdere a testa e devi fare tutto quello che ti dico.»

«Sì, Jade», rispose lui sulla difensiva. «Solo che...»

«Solo cosa?» Jade sentì una fitta di apprensione.

Dylan tacque di nuovo. Jade si chiese se fosse il caso di sgozzarlo. «Daisy», sbottò. «Sono preoccupato per lei. Lei...»

«Oh, lei sta benissimo», lo rassicurò Jade evasiva. «Presto saremo tutti riuniti.» Cambiò subito discorso, ignorando quel dettaglio irrilevante. «Come sta Angel?»

«Dorme ancora.» Jade sentì scricchiolare il letto sotto il peso di Dylan. Stava controllando la bambina. «Però è pallida», aggiunse preoccupato. «Secondo me, ha bisogno di un po' di aria fresca. Mia mamma diceva sempre che l'aria fresca mi faceva tornare bianco e rosso.»

«Dylan...» Jade fece uno sforzo immane per non gridare.

«Potrei portare anche lei a casa mia, se vuoi. Lì, anche se piange, non fa niente, e...»

«Ho detto di no!» Dylan era un fiume in piena e bisognava fermarlo. Poi, sentendo aprirsi la porta di Poppy, Jade sospirò fra sé e sé. Squadrò minacciosa la bambina che sbirciava con un occhio solo da uno spiraglio. Sembrava di essere in un film dell'orrore. «Devo andare. Se si sveglia, dalle ancora un po' di Calpol», gli disse e terminò la chiamata.

Vedendo Jade, Poppy arretrò come se avesse visto una strega cattiva.

Irritata, la babysitter spalancò la porta ed entrò a passi pesanti. La stanza era un porcile, come al solito. Quella mocciosa era proprio viziata. «Tua madre vuole che tu vada nella sua camera da letto.» Le indicò la porta. «E comportati bene.» Mentre Poppy le sgattaiolava intorno stringendo la sua stupida Peppa Pig come una bambina di due anni, Jade la fissò con occhi torvi. «Sennò mi mangio il tuo pesciolino rosso di merda.»

72.

Mark

«Porco demonio, sono solo dei siti web!» Con il sudore che gli pizzicava la fronte e gli impregnava la camicia, Mark si passò le mani sul viso e si alzò in piedi. «Può averli visitati chiunque!» Ormai disperato, guardò prima Edwards, che sedeva con espressione impassibile dietro la sua scrivania, poi Cummings, che per assurdo era stato chiamato a collaborare all'interrogatorio.

«Mmm...» Cummings incrociò le braccia e lanciò un'occhiata significativa a Edwards. «E la foto di sua figlia? Immagino che qualcuno abbia manomesso il suo computer per inserire anche quella...»

Cercando di controllare la rabbia, Mark si irrigidì. Sentiva già il rumore della porta della cella che si chiudeva alle sue spalle. «Quella non l'ho scattata io», sbottò, perdendo subito la pazienza. Ma non vedevano che era tutta una messinscena? Se non l'aveva fatta lui, la foto, doveva essere stato qualcun altro. Qualcuno che poteva entrare liberamente in casa sua e usare il suo computer. Qualcuno che senza dubbio aveva rapito sua figlia. Come cavolo ragionavano quei due?

«Sì, l'ha già detto.» Cummings scosse la testa, squadrandolo dalla testa ai piedi con disprezzo. «Be', visto che non sta dando risposte pertinenti, lasciamo un attimo da parte le immagini pornografiche di categoria A. Non è che sa spiegare questa, invece?» Prese un foglio e glielo sventolò sotto il naso. «E sappia che la scusa "quello non sono io" non regge.»

Mark notò il colore del foglio: verde. «Una multa per eccesso di velocità?»

«Esatto.» Cummings sorrise accigliato. «Presa alle due del mattino.» Si interruppe, guardandolo in faccia con un ghigno. «Nel bel mezzo del quartiere a luci rosse. Meno male che voleva vincere il premio di padre dell'anno... Quando fa le sue cose, mette musica classica, eh?»

Mark lo fissò incredulo. «Non ha senso», protestò con veemenza. Aveva il cuore in tumulto, rendendosi conto di essere in trappola. «Non ci sono mai stato in quel posto, né in servizio né fuori servizio.»

«Abbiamo prove fotografiche, ispettore Cain», intervenne Edwards, fissandolo con un'espressione che avrebbe dovuto essere imparziale. In realtà, però, il fatto che continuasse a tamburellare con la penna sul tavolo e gli si rivolgesse in modo formale significava che lo stava giudicando eccome, e colpevole, per giunta. *Di simili reati.* «Le immagini delle telecamere stradali», continuò l'ispettore capo, squadrandolo senza battere ciglio e appoggiandosi allo schienale della poltroncina.

Attese.

Mark si massaggiò la fronte. Non rispose. Cos'altro avrebbe potuto dire, se non "Quello non sono io"?

«Abbiamo anche una foto che la ritrae nell'atto di aggredire una prostituta», aggiunse Edwards, posando la penna sulla scrivania, come per dimostrare che, sulla base delle prove raccolte, era già convinto della sua colpevolezza. «Come ce la spiega?»

Tanya Stevens. Mark fissò intensamente Cummings. «Chi gliel'ha fornita questa foto?» ribatté con la bile in gola.

«Un collega si è sentito in dovere di sottoporla alla mia attenzione.»

«Ah, non mi sorprende affatto.» Mark distolse lo sguardo, ridendo indignato. «Quella è stata scattata in un luogo e in un momento diversi.»

«Rispetto a quelle in cui non era presente», aggiunse Cummings sarcastico.

Mark lo guardò con disprezzo. «Bastardo», lo apostrofò, ribollendo di rabbia impotente.

Cummings annuì quasi impercettibilmente e con un ghigno sbilenco si girò per appollaiarsi sul bordo della scrivania di Edwards. «Certo che usare l'auto di sua moglie per andare a scoparsi delle prostitute è stata una mossa abbastanza vomitevole da parte sua, ispettore investigativo Cain... Chissà che goduria, eh?»

"L'auto di mia moglie?" Per un attimo, Mark rimase confuso. La ragazza poteva usare anche quella. Aveva accesso alle loro vite e a tutto ciò che contenevano. Mentre lui veniva trattenuto alla stazione di polizia da chissà quanto tempo, avrebbe potuto tranquillamente andare da sua moglie e da Poppy. «Devo uscire di qui.» Sentiva un doloroso nodo allo stomaco. «Devo andare.»

«Dobbiamo informarla che abbiamo chiamato uno specialista della Scientifica per esaminare l'auto», disse Edwards spassionatamente.

«Uno della *Scientifica*?» Mark era sbalordito. «Per cercare cosa?» domandò sempre più angosciato.

Edwards non rispose.

«Lei ha condotto le indagini sulla scomparsa di Daisy Evans sin dall'inizio, giusto, Cain?» riprese Cummings. «Ne era quasi ossessionato.» Fece una pausa. Sconvolto, Mark girò la testa di scatto verso di lui. «Non abbiamo potuto fare a meno di chiederci – considerate le sue, come dire, preferenze sessuali – se si preoccupasse di trovarla o di non farla trovare da qualcun altro...»

Mark sbiancò. «Stai scherzando?» Guardò attonito entrambi gli uomini.

«Abbiamo fatto un po' di indagini», continuò Cummings. «Lei ha avuto un'infanzia complicata, vero? Suo padre la picchiava. Deve essere stato difficile...»

Adesso sì che doveva essere uno scherzo. Mark scosse la testa, disgustato da quell'uomo e dalle sue insinuazioni. «Non nel senso che intendi», disse, con voce calma e gutturale.

«Ah, davvero?» il sergente gli rivolse uno sguardo accusatorio. «Suo padre l'ha fottuto per sempre, eh, ispettore Cain?»

«Ma questa è una *follia*!» Mark serrò i pugni. «Sei completamente fuori strada, e lo sai benissimo!» Ora rischiava davvero di perdere il controllo.

«È un po' nervoso, ispettore? Non avrà intenzione di mettermi di nuovo le mani addosso, vero?» Cummings ricavava un godimento perverso da quella situazione; glielo si leggeva chiaramente in faccia.

Mark stava per tirargli un pugno, e il bastardo lo sapeva.

«Si allontani, sergente», ordinò Edwards, con espressione rassegnata. «Ispettore Cain, abbiamo trovato qualcosa nell'auto», lo informò solennemente.

«Cosa?» chiese Mark con la gola secca, valutando mentalmente tutte le possibilità. Ci saranno state delle tracce di sangue.

«Una scarpa di Daisy», lo informò Cummings. «Cosa ci faceva lì dentro, Cain? Si dava per scontato che non avesse mai visto la bambina prima della sua scomparsa.»

"Oh, cazzo, no." La notizia fu un colpo terribile. Non era possibile. Doveva essere un incubo. "Ti prego, Dio, fa' che non sia vero."

«L'esame della Scientifica troverà altre prove», aggiunse Cummings.

«Ha qualcosa da dichiarare in sua difesa, ispettore investigativo Cain?» domandò Edwards inquieto. «Una qualche spiegazione in grado di farmi riflettere, prima di dichiararla in arresto?»

Sbigottito, Mark si asciugò il sudore dalla fronte. Era ovvio che fosse stata Mel a consegnare il computer. In preda alla nausea, deglutì, ricordando l'espressione di odio negli occhi di sua moglie, che l'aveva creduto capace di manipolarla, drogarla e persino di andare a puttane... E adesso anche quello. Non gli avrebbe mai fornito un alibi. Non poteva. Lui dormiva sul divano.

Mark chiuse gli occhi: il panico gli serrava lo stomaco come una morsa.

«Negli ultimi tempi ha avuto dei problemi in famiglia, vero, ispettore Cain?» continuò Cummings impassibile. «Litigi sulle figlie? Sono sue? Oppure sua moglie diceva che non lo erano per impedirle di chiederne l'affidamento?»

Mark lo guardò completamente disorientato.

«Mi stavo solo chiedendo se è per questo che sua figlia è scomparsa», aggiunse il sergente, scrollando le spalle.

«Dov'è sua figlia, ispettore Cain?» domandò sottovoce Edwards. «Dov'è Evie?»

«Jade.» Mark pronunciò la parola con un groppo in gola. Appena si rese conto delle implicazioni, fu sopraffatto da un turbine di emozioni. «Devo trovarla», disse con voce roca, voltandosi verso la porta.

«Jade. Intende la ragazza che dichiara di essere stata violentata da lei?» chiese Cummings.

Mark rimase di sasso, come se fosse stato investito da un treno. Quella donna lo stava incastrando, gli stava scavando lentamente la fossa. Possibile che lui avesse le mani legate? Non aveva la benché minima speranza di convincere chicchessia della propria innocenza. *Maledizione.* La sua bambina? La sua famiglia?

Doveva uscire da quella stanza. Sentendo lente e profetiche pulsazioni alla base del collo, avanzò verso la porta.

«Sei proprio una merda», disse Cummings disgustato. «Ti dai tante arie da santo, da superiore, e intanto nascondi le tue orribili perversioni...»

«Basta!» Edwards lo mise a tacere. «Ispettore investigativo Cain, la dichiaro in arresto.»

Mark, consapevole di quello che l'aspettava, sospirò.

«Per sospetto sequestro di minore e reati sessuali in base alla Legge del 2003 relativa ai reati di violenza sessuale. Ha il diritto di restare in silenzio; qualunque cosa dirà potrà essere usata contro di lei in tribunale; ha il diritto di avvalersi di un avvocato. Ispettore investigativo Cain, ha inteso le mie parole?»

Percependo la soddisfazione di Cummings, Mark annuì lentamente, serrando la mascella. «Devo andare», disse con voce stridula, allungando la mano verso la maniglia della porta, pur sapendo di non avere la benché minima speranza di uscire da quella stazione di polizia.

Cummings gli fu subito addosso, serrandogli il collo con un braccio. «Tu non vai proprio da nessuna parte», gli ringhiò nell'orecchio.

Due agenti fecero irruzione nella stanza per afferrarlo ai

lati, e quando Cummings gli sferrò un pugno violento al fianco, Mark cercò di rimanere diritto.

Fu spintonato in mezzo al reparto investigativo della polizia, trafitto dagli sguardi ostili dei cosiddetti colleghi. Ai loro occhi era la feccia dell'umanità. La sua unica speranza era Lisa, che lo conosceva bene, quasi quanto sua moglie... almeno la Melissa di un tempo. Appena lo scortarono davanti a lei in mezzo alla folla di curiosi, Mark si mise a pregare con tutte le sue forze. Poi, con immenso sollievo, la vide in faccia: non manifestava né sdegno né repulsione, solo sconcerto.

Mark non disse nulla. Dubitava di riuscire a parlare: i cocci del cuore gli si erano incastrati come schegge di vetro rotto in gola. Sperò che lei cogliesse la disperazione nei suoi occhi.

Lisa annuì e disse semplicemente: «Ricevuto, signore».

73.

Jade

Mentre assicurava all'agente di supporto psicologico davanti alla porta che Melissa stava bene, che aveva preso sonno e sarebbe scesa appena si fosse svegliata, Jade dovette sforzarsi di mantenere intatte le apparenze. Aveva un tarlo in testa: siccome a quel punto Mark doveva essere stato arrestato, era possibile che entro breve arrivasse una massa di poliziotti a frugare dappertutto come uno sciame di mosche su una cacca di cane. E poi c'era un'altra cosa che la preoccupava: lo scambio di battute con quel mollaccione di Dylan. Per colpa della mocciosa che la sbirciava dalla porta, non era riuscita a concentrarsi. Lui aveva detto qualcosa sul fatto di portare Angel a casa sua. Aveva detto «anche lei». Cosa intendeva dire? Quell'uomo era veramente un peso morto. Se aveva fatto qualcosa di propria iniziativa, con quella testa vuota che si ritrovava, gli avrebbe bollito le palle e poi l'avrebbe costretto a mangiarsele.

L'agente alla fine le consegnò un biglietto da visita e le disse di richiamare. Jade sorrise dolcemente, chiuse la porta con calma e poi si girò verso le scale livida di rabbia.

Era andato tutto secondo i piani, anche se erano piani alternativi, e adesso era sotto pressione. Doveva risolvere il problema. Doveva andarsene di lì e raggiungere Dylan – che a furia di non rispondere al telefono la stava facendo incazzare di brutto – prima che quell'imbecille incasinasse tutto.

Mentre saliva le scale con lo sguardo rivolto in alto, pensando alla donna che le aveva rubato la vita, Jade non si accorse della presenza di Hercules, finché non la sentì ringhiare sommessamente dietro di sé. Quella stupida bestia non si decideva proprio a morire? Sempre più inferocita, tornò indietro con cautela. Poi rise. Quella patetica cagna stava tentando di ringhiare, ma in realtà stava solo sbavando: che creatura disgustosa! La vide rovesciare gli occhi indietro, con le zampe sul punto di cedere. «Oh, povera Hercules, che cosa c'è che non va? Le medicine ti fanno sentire male, eh? Non riesci ad arrivare di sopra? Ma che peccato!»

Jade afferrò l'animale per il collare e lo trascinò verso la porta sul retro. Se non avesse girato la testa di scatto per morderla, sarebbe rimasta commossa dalla sua lealtà, dai suoi eroici tentativi di puntare le zampe per terra.

Adesso era arrabbiata. *Molto arrabbiata.* La sbatté fuori di casa con una pedata violenta e chiuse subito la porta. Poi tornò alle scale perdendo sangue dal polso, su cui erano rimasti impressi i denti del cane.

Spalancò la porta della camera matrimoniale e guardò negli occhi la mocciosa, che si avvicinò immediatamente alla madre, come se quella donna fosse in grado di fare qualcosa, a parte rimanere lunga distesa a letto. Stava ancora cercando di tenere gli occhi aperti, notò Jade furente. Si stava opponendo all'effetto dei farmaci. "Che cogliona." Non voleva proprio ficcarsi in quella stupida zucca che era ora di arrendersi? Quello era il *suo* letto. Finora quella puttana aveva dormito accanto al *suo* uomo. Visto che era così ostinata, era ora che si beccasse la lezione che si meritava.

«Fuori!» Jade lanciò a Poppy un'occhiata di fuoco che non lasciava spazio a dubbi: stava facendo sul serio. «Fila subito via, sennò povera te.» Sgranò gli occhi in modo eloquente e aspettò che la bambina, tirando su con il naso in modo estremamente irritante, sgusciasse fuori dal letto e raggiungesse la porta, da dove le lanciò uno sguardo lacrimevole.

"Oh, povera cucciola!" Jade la guardò con un sorriso maligno, poi gettò la testa indietro, alzò la mano e fece il gesto di mangiarsi il pesciolino rosso. La mocciosa scomparve in un secondo.

Jade si voltò, tornando al letto accigliata. «Oddio, non hai bevuto la medicina», disse, guardando il tè ormai freddo posato sul comodino.

Melissa cercò di alzarsi.

Era una guerriera, ammise Jade sfinita, spingendola di nuovo giù. «Niente paura», disse, chinandosi per fissarla nei begli occhi verdi. Con soddisfazione, notò le pupille enormemente dilatate. «Ne hai prese abbastanza per farti una bella dormita. Se fossi in te, mi arrenderei. Sai, l'alternativa potrebbe non essere molto piacevole. Ma prova a vedere il lato positivo della cosa: se non altro, non avrai più incubi.»

Evidentemente testarda come quella mocciosa di sua figlia, la donna si mosse di nuovo, cercando di sollevare i capelli rugginosi dal cuscino. «Mark. Dov'è Mark?» bofonchiò, cancellando all'istante il sorriso dalla faccia di Jade.

«Brutta stronza!» sbottò la ragazza, tirandole un manrovescio. «Lui non vuole te! Non hai visto cosa è successo sotto il tuo naso? Stupida! Lui vuole *me*.» Appoggiando la mano di fianco a Melissa, la fissò minacciosa, gli occhi sgranati quasi quanto i suoi. «Lui mi ha scopata per mesi. Proprio qui, in questo letto.»

Ansimando per la rabbia, ficcò un dito nel cuscino accanto al viso di Melissa. «In ogni momento, in ogni posto, in ogni posizione possibile e immaginabile. In camera di Evie, di Poppy, in cucina, in sala, persino nel tuo amato laboratorio», ringhiò, imprimendo nella mente di quella donna inutile un po' di belle immagini, appena prima che sprofondasse nell'incoscienza.

Melissa cercò di concentrarsi su di lei, ma non ci riuscì. Quando alla fine comprese la verità, chiuse gli occhi.

Jade si drizzò soddisfatta, ma non aveva ancora finito. «Lui ha bisogno di una vera donna, di una vera madre per le sue bambine», continuò, sottolineando i fallimenti di Mel, «non di una pazza debole e piagnucolosa che pensa solo a sfornare vasi.»

Quando Melissa fece un ultimo valoroso tentativo di alzarsi a sedere, tastando il materasso, presumibilmente in cerca del proprio telefono, Jade increspò il labbro con disprezzo.

Purtroppo, era fuori dalla sua portata. Con calma, lo spostò un po' più in là.

«Inutile.» Sospirò, poi le voltò le spalle canticchiando. «*Hush, little baby, don't you cry...*» Si avvicinò alla toeletta, estraendo dalla tasca un foglio di carta. Un bel tocco di classe, pensò. Un biglietto di addio per Poppy, per far sapere alla sua povera creatura che gli ultimi pensieri della mamma erano rivolti a lei.

Jade lo lisciò con cura; poi, compiaciuta della propria sollecitudine, tornò indietro per aiutare Melissa a finire il tè.

74.

Lisa

L'istinto le diceva di procedere con cautela, quindi sbirciò dalla finestra della sala. Poppy era al centro della stanza, il pollice in bocca. Con l'altra mano si stava attorcigliando i capelli. Lisa batté leggermente sul vetro. Alla fine, riuscì ad attirare l'attenzione della bambina, le sorrise incoraggiante, facendole segno di andare alla porta d'ingresso.

Sbirciando dalla buca delle lettere, vide Poppy avvicinarsi con cautela e incrociò le dita mentalmente. La bambina sembrava traumatizzata. Non voleva affatto spaventarla. «Ciao, Poppet», bisbigliò, sperando di metterla a suo agio. «Dov'è la mamma, tesoro?»

«Sta dormendo», rispose Poppy, continuando a succhiarsi nervosa il pollice.

Melissa lasciava girare sua figlia per casa da sola in quella maniera? Qualsiasi cosa avesse passato e per quanto depressa si pensava che fosse, la Mel che conosceva non gliel'avrebbe mai permesso.

«Devo vederla, Poppy, è urgente. Capisci?»

Poppy annuì. Aveva gli occhi estremamente inquieti. Immaginando sua figlia a quell'età e lo stato d'animo della piccola, si mise a pregare in silenzio. «Sei capace di comportarti da bimba grande e di aiutarmi? Eh, Poppy?»

Poppy annuì di nuovo.

«Brava. Mi devi aprire la porta, tesoro. Ci arrivi?»

Poppy fece segno di sì con la testa, si girò in fretta e corse in cucina.

Non sapendo dove fosse andata e se avesse attratto l'attenzione di qualche persona indesiderata, Lisa pregò ancora più intensamente; poi, quando la bambina ricomparve, trascinandosi dietro una sedia lentamente ma con determinazione, tirò un sospiro di sollievo. «Devo aprire il chiavistello», disse.

Alcuni minuti dopo, Lisa entrò in casa, accovacciandosi immediatamente per abbracciare la bambina. «Brava. Il papà sarà fiero di te», le disse all'orecchio. «Adesso devi farmi un altro favore, Poppy.»

Afferrò il cellulare dalla tasca e arretrò un pochino per rassicurarla con lo sguardo. «Voglio che tu vada in sala e ci rimanga. Se senti o vedi qualcosa di preoccupante, schiaccia il numero nove tre volte sul mio telefono, poi il bottone verde per chiamare. Sei capace?»

«Sì.» Poppy annuì risoluta.

«Fammi vedere dov'è il nove, tesoro.» Lisa sollevò il telefono e la bambina indicò il punto giusto.

«Brava», disse Lisa risollevata. «Digli chi sei e non mettere giù finché non arrivano gli amici del papà, me lo prometti?»

«Promesso.» Poppy si fece una croce sul cuore col dito.

Lisa la sospinse delicatamente verso la sala, sperando che lì dentro fosse più al sicuro che in giro per la casa. Controllò rapidamente le altre stanze del piano terra – la cucina, lo sgabuzzino e lo studio – e salì in fretta al piano superiore. La porta della stanza di Poppy era aperta, come quella di Evie. Naturalmente, la neonata non c'era. Lisa sentì una stretta al petto.

La camera matrimoniale era chiusa. Quella in fondo al corridoio, invece, doveva appartenere a Jade, immaginò. La porta era leggermente aperta: una tentazione troppo forte per una detective. Sperando con tutte le sue forze di non far scricchiolare un'asse del pavimento al momento sbagliato, puntò in quella direzione, decisa a controllare ogni stanza prima di andare da Mel.

Conteneva ancora gli effetti personali della ragazza: era tutto ordinato e pulito. Fin troppo. Lisa notò i rossetti sulla toeletta, allineati come soldati in parata, il letto rifatto in modo impeccabile, a livelli da ospedale. Poi aprì l'armadio, fece scorrere i pochi vestiti appesi; a parte la tenuta striminzita che la giovane amava indossare per fare il suo lavoro di babysitter, appartenevano tutti a Mel.

Lisa sollevò lo sguardo, notando una scatola di scarpe sullo scaffale in alto. Guardandosi indietro, l'afferrò senza fare rumore. Era piena di ricordi: pezzi di gioielli, frammenti di trucchi e alcune vecchie fotografie. Non rimase sorpresa, finché non ne trovò una in particolare: una bambina sui quattro anni, un volto che non avrebbe dimenticato per il resto dei suoi giorni. In quella foto, però, era viva e vegeta e posava sorridente con la sorella maggiore e un Winne the Pooh guercio stretto al petto.

Lisa scavò più a fondo e trovò una scorta di pillole che riconobbe subito come farmaci antipsicotici. Si sentì raggelare il sangue nelle vene.

Con un profondo malessere nello stomaco e nell'anima, si girò di scatto e puntò dritto verso la camera matrimoniale. Si fermò sulla porta, vide Melissa immobile a letto e attraversò d'impulso la stanza, trafficando con la ricetrasmittente. Scosse l'amica con la mano e fece appena in tempo a dire all'operatore di fare accertamenti sulla babysitter, quando un colpo violento al cranio interruppe bruscamente la sua chiamata.

75.

Jade

"Forse, tutto sommato, quelle sculture di merda non erano poi così inutili." Jade osservò affascinata il sangue che usciva dalla ferita alla testa, macchiando di rosso vivo la moquette color crema. Quella brutta ficcanaso se l'era meritato. La ragazza era sicura che anche il sergente Moyes – con quei suoi occhi sospettosi – avrebbe voluto farsi scopare da Mark. "Ma adesso non più, vero?"

La spinse con un piede; poi, sicura che non avrebbe più rotto le scatole, si girò verso la porta. Certe donne erano proprio delle troie, sempre a caccia di uomini già impegnati.

Era ora di fare pulizia. Di eliminare tutta quella sporcizia.

76.

Mark

Mark non ne poteva più di essere interrogato e controinterrogato trovandosi sempre di fronte a un muro di incredulità. «O mi accusate formalmente o mi lasciate andare», disse in tono di sfida, appena Edwards tornò nella sala interrogatori.

«Ispettore investigativo Cain, si sieda», gli ordinò l'ispettore capo, fissando il tavolo, a quanto pareva per raccogliere i suoi documenti. «Le sue dichiarazioni saranno verificate, insieme a tutto il resto. Nel frattempo, cerchi di stare calmo.»

Mark lo fissò incredulo. «Mia figlia è stata rapita!» urlò, senza più riuscire a controllare la rabbia. «E io sono bloccato qui, in procinto di essere arrestato per orribili reati che non ho commesso, mentre la mia famiglia è in grave pericolo, e lei pretende che io rimanga *calmo*?»

L'ispettore capo si apprestò a uscire di nuovo senza dire una sola parola. Aveva mandato qualcuno a casa sua? Persino ordinare alla Scientifica di setacciare la casa sarebbe stato meglio che lasciare Mel e Poppy da sole. Stava facendo qualcosa? Mark si passò una mano sul collo. Era furente. "Affanculo", pensò, e fece per seguire Edwards. Cummings gli sbarrò la strada.

«Spostati.» Mark lo fissò negli occhi.

Cummings sorrise. «Sei in stato di arresto, Cain. Sai come funziona... Non vai proprio da nessuna parte.» Afferrò Mark per il braccio, cercando di sbatterlo sulla sedia. Era veramente troppo. In preda a una furia incontrollabile, Mark lo spintonò con violenza.

Colto alla sprovvista, Cummings inciampò e cadde a terra. «Idiota», ringhiò, rimettendosi in piedi.

Mark serrò il pugno lungo il fianco, con una voglia irresistibile di riempirlo di botte. Cummings gli si avvicinò. «Non ci provare», lo avvertì Mark.

«E chi me lo impedisce? Tu?» lo provocò il sergente. «Alla fine, hai perso la testa, eh, Cain? Sapevo che sarebbe successo, prima o poi. Dovevo solo aspettare...»

Mark lo squadrò, senza nascondere il proprio disprezzo. «Oltre a falsificare le prove, vuoi dire? Sei una vergogna per l'umanità.»

«Questa sì che è bella!» sogghignò Cummings. «Detto da uno che si eccita con i bambini... Mi verrebbe da dire con le sue stesse figlie, solo che non sai neppure se sono tue, eh?»

Mark socchiuse gli occhi. Chi cazzo gli aveva raccontato quelle stronzate?

«Allora perché hai violentato la babysitter?» incalzò Cummings, provocandolo. Quel bastardo non poteva proprio farne a meno, era più forte di lui. «Avrei detto che non fosse il tuo tipo, visto che ha già raggiunto l'età del consenso...»

«Invece è proprio il tuo tipo, vero, Cummings? Ha fatto la denuncia prima o dopo che avete scopato?» Mark aveva fatto due più due e, a giudicare dall'espressione soddisfatta dell'uomo, ci aveva azzeccato. «Sei proprio un ingenuo, Cummings. Ti ha usato per fornirti quelle informazioni. False. Pensi davvero che ti desiderasse per le tue doti sessuali?»

Il sergente sorrise languidamente: era il solito presuntuoso di merda. «Almeno così non devo rifarmi violentando donne e bambine.»

Mark serrò la mascella. «Avrai quel che ti meriti, Cummings. Prima o poi qualcuno si accorgerà che rubi la droga dal magazzino delle prove.»

L'altro scrollò le spalle impassibile. «Niente di grave. Nessuno ne sentirà la mancanza. Devo ammettere che un paio di volte mi hai fatto incazzare. Sei arrivato troppo vicino a beccarmi in flagrante quando sono andato a prendere Tanya Stevens.»

«È per questo che l'hai picchiata, eh?» replicò Mark. «Strategia della distrazione?»

Cummings sogghignò. «Vero che ha funzionato?»

«Avrebbe potuto funzionare, sergente», disse con calma l'ispettore capo Edwards alle sue spalle. «Se non ti fossi fatto prendere un po' troppo la mano.»

Cummings impallidì e si voltò verso il superiore. «L'ho fatto per autodifesa, signore», si affrettò a dire. «Ho dovuto usare la forza per contenerla. Lei...»

«Fuori di qui!» gli ordinò Edwards.

Cummings esitò un attimo, poi, notando gli occhi furenti dell'ispettore capo, gli passò davanti e raggiunse la porta con aria apprensiva.

«Mark.» Edwards non aveva più l'espressione sprezzante di poco prima. «È arrivato il medico.» Distolse lo sguardo a disagio. «Sei pronto?»

«Anche se non lo fossi, cambierebbe qualcosa?» domandò Mark avvilito.

A quel punto, l'ufficiale lo guardò con evidente solidarietà, probabilmente perché sapeva che Mark avrebbe subito l'umiliazione di vedersi ficcare tamponi dappertutto. Poi, all'improvviso, mentre Edwards si apprestava a uscire, arrivò di corsa un agente in uniforme.

«Mi scusi, signore», disse l'uomo concitato. «Ha chiamato Moyes. Il sergente investigativo Moyes. La comunicazione è stata interrotta bruscamente, ma ha detto qualcosa su una babysitter... C'è stata anche una telefonata di emergenza. Una bambina. Siamo riusciti a tenerla in linea per un po'. Pare che chiamasse dallo stesso luogo.»

Casa sua. Mark si sentì gelare il sangue nelle vene.

77.

Jade

«Eccoti qui.» Jade sorrise. Poppy era raggomitolata dietro la poltrona, le ginocchia premute contro il mento. «Cavolo, che fatica ho fatto per trovarti...» aggiunse Jade dolcemente, spostando la poltrona dall'angolo per fare uscire la mocciosa.

Con quel ghigno stampato in faccia, la babysitter allungò una mano e attese.

Rendendosi conto di non potersi più nascondere da nessuna parte, Poppy si alzò suo malgrado, si ficcò il pollice in bocca e afferrò nervosamente la mano di Jade. La creaturina era in pena per la sua mamma? Si chiese Jade, o per il suo pesce rosso in procinto di essere bollito? Probabilmente per il secondo. Quella streghetta era identica a sua madre, pensava solo a sé stessa.

«Brava bambina.» Stringendole la mano con forza, la trascinò al divano, per tenerla d'occhio mentre faceva pulizia. «Rimani ferma lì, mentre accendo un bel fuoco caldo. Poi ci faremo una bella passeggiata. Che ne dici?»

Poppy non rispose. Jade lasciò correre. Era chiaramente stanca. A quell'ora, di solito era già a letto.

«Tua mamma è una donna molto negligente. Lascia una marea di sostanze pericolose in giro per il laboratorio.» Jade continuò a spruzzare e a parlare in tono amichevole: «Chissà dove aveva la testa, quella megera, per lasciare l'alcol etilico su uno scaffale così basso... È veramente strano che i servizi sociali non vi abbiano portato via anni fa. Essere un'alcolista tossicodipendente non è una scusa per fare del male ai propri figli, dico bene?»

Dopo aver imbevuto per bene la prima poltrona, Jade si diresse alla seconda, sorridendo rassicurante a Poppy. «Tesoruccio, starai molto meglio senza di lei e quel bugiardo di tuo padre. Fidati, è meglio rimanere orfani piuttosto che avere due genitori cattivi. Ti lasciano ferite indelebili per tutta la vita.»

Quando la seconda poltrona fu sufficientemente impregnata, Jade gettò la bottiglia e ne prese un'altra contenente olio combustibile, avvicinandosi al divano. «Ho quasi finito», disse allegramente, svitandone il tappo. Poi si bloccò. Con la testa inclinata di lato, osservò la mocciosetta tremante. No, decise. La tentazione era forte, ma almeno per il momento aveva bisogno di lei per questioni di assicurazione.

«Vieni, tesoro.» Le tese di nuovo la mano. «Andiamo a prendere una boccata d'aria fresca. Respirare i fumi dell'incendio non fa per niente bene. Mentre sottolineava l'irresponsabilità di una madre che esponeva le figlie a simili rischi, oltre che alle polveri della creta e alle vernici, che dovevano essere altamente tossiche, Jade rovesciò tutta la bottiglia e portò la bambina al sicuro, in corridoio.

«Stai ferma lì», le ordinò. «Se ti muovi, ti sego i piedi dalle gambe.»

Alla bambina sfuggì un irritante singhiozzo. Jade sospirò, estrasse i fiammiferi dalla tasca dei jeans e portò pazienza. Non era colpa sua, immaginò, era solo il prodotto di una famiglia disfunzionale.

«Ecco fatto», annunciò, accovacciandosi per accendere il fiammifero e osservando la fiamma guizzare negli occhi lucidi della bambina.

Jade rimase incantata per un attimo. Prima che il fiammifero si consumasse del tutto, balzò in piedi e lo lanciò nella stanza fremendo di aspettativa. «*Vuuuuuush*», bisbigliò, chiudendo gli occhi. Appena il fuoco divampò, si sentì percorrere da un brivido di eccitazione.

Esitò per un attimo, assicurandosi che le fiamme si diffondessero dappertutto, poi chiuse la porta della sala. «Sarà il falò più bello del mondo. Molto più grande di tutti gli altri che ho fatto. Sai, in casa tua c'è tantissimo legno», le confidò con aria cospiratoria, afferrandole saldamente la mano. «La prossima volta ti permetterò di avvicinarti di più», le promise.

Ora la bambina stava piangendo sul serio. Mentre Jade la trascinava verso l'uscita, singhiozzava forte e aveva il moccio al naso.

Dopo un bel pianto, si sarebbe sentita meglio. A dire il vero, Jade non ne aveva mai ricavato molto sollievo. Quando aveva capito che non serviva a niente, visto che a nessuno fregava niente di lei, aveva smesso del tutto di piangere.

«Per apprezzare la bellezza purificante del fuoco, devi sentire bene il calore in faccia», disse, cercando di placare la bambina, mentre apriva la porta principale. Poi, vedendo le auto con i lampeggianti blu, si bloccò. Sentì montare una rabbia terribile: quella ficcanaso del piano di sopra era riuscita a chiamare rinforzi.

Jade si incupì in viso. Un'altra macchina della polizia arrivò sgommando sul prato e, senza neppure attendere che si fermasse del tutto, il suo presunto eroe si lanciò dal sedile del passeggero.

«Troppo tardi, sbirro», dichiarò sprezzante, stringendo più forte la mano di Poppy e rientrando in casa.

78.

Mark

Con lo stomaco annodato dal terrore, prese coscienza della scena che si stava svolgendo davanti a lui con surreale lentezza. Il legno che si spaccava. Le assi che crollavano. La sua casa che bruciava.

Le finestre che esplodevano, il fuoco che divampava, la gente che gridava, le sirene che impazzavano. Le urla di sua figlia – aspirò aria senza riuscire a buttarla fuori – gli strapparono il cuore dal petto.

In preda a un tumulto di emozioni, inciampò in avanti: tutto il suo mondo si stava disintegrando davanti ai suoi occhi.

Poi si mise a correre.

Liberandosi dalle braccia che cercavano di trattenerlo e ignorando le grida dell'ispettore capo alle sue spalle, corse più veloce che poté.

Urtò la porta con un calcio, con la spalla, con tutto il corpo – «Apriti, maledetta!» – e si ritrovò in corridoio. Cadde a terra, sentendosi soffocare dai fumi che bruciavano la gola, poi si rialzò e, coprendosi la bocca con il braccio, si fece strada verso le scale.

Notando le porte aperte sul corridoio, pronunciò in silenzio una preghiera che veniva dall'anima, poi, con i polmoni irritati per lo sforzo di respirare, irruppe nella camera matrimoniale. Il panico gli stava togliendo le forze, ma doveva valutare la situazione, trovare una strategia. Chiuse la porta per guadagnare tempo e si ritrovò di fronte una scena orripilante.

Lisa a faccia in giù con il cranio insanguinato. Nella migliore delle ipotesi, aveva solo perso conoscenza.

Poppy... era viva. Mark ringraziò Dio in silenzio. La bambina singhiozzava, strattonando forte il braccio di Mel. «Mamma, ti prego, devi alzarti dal letto!»

Mel era quasi del tutto inerte.

Con un misto di rabbia e paura, Mark si voltò di scatto verso l'alta finestra alle sue spalle. Jade era in piedi sul davanzale; dieci lunghi metri sotto di lei c'era il vialetto asfaltato della casa. Il suo sorriso era trionfante, i suoi movimenti controllati. Sapeva che Mark doveva prendere una decisione: lei o sua moglie? Se fosse caduta, o morta, nessuno avrebbe più ritrovato Evie. Mark si avvicinò inciampando. Lei arretrò pericolosamente.

«Non farlo, Jade», la implorò con voce roca. «Ti prego, non farlo.»

«Perché?» ringhiò lei, il viso illuminato dai lampeggianti blu deformato dalla rabbia. «Te ne frega qualcosa?»

«Sì che me ne frega.» Con cautela, Mark fece un altro passo avanti. «Dico davvero. Hai bisogno di aiuto. Per piacere, permettimi di...»

«Bugiardo! Era tutta una finta! Mi avevi promesso che ci saresti stato sempre per me. Mi avevi fatto una promessa solenne e non l'hai mantenuta.»

«Quando? Parlami, Jade.» Mark si avvicinò ancora. «Dimmelo, non capisco.»

«Ah, ecco...» Jade rise. «Adesso si mette a dire le solite stronzate, del tipo: "Scusami, non intendevo ferirti".»

«Mi dispiace davvero!» ribatté Mark atterrito, vedendola sempre più in bilico sul davanzale. «Se ho fatto qualcosa...»

«Avevo perso tutto! Tutta la mia vita era andata in fumo. Mentre mi abbracciavi forte, mi avevi promesso che si sarebbe riaggiustato tutto, ma non era vero! Mi hai mentito! Mi hai abbandonato. Mi hai lasciato per quella troia di tua moglie perché era incinta!»

Mark si bloccò sconcertato. Era impossibile ragionare con lei. Era completamente pazza.

«*Io* ero incinta! Era stato lui a ingravidarmi!»

«Lui chi?» urlò Mark, cercando disperatamente di capire qualcosa, di cogliere qualche indizio.

«È stata colpa *sua*! Di quella mocciosa viziata di mia sorella, che continuava a piangere e ad attirare attenzione.»

Mark si passò una mano sul viso. Non sapeva cosa dire. Cosa fare.

«Solo perché una scintilla l'aveva bruciata leggermente, si era messa a piangere come se la stessero scannando viva!» continuò Jade, gridando come un'ossessa. «Voleva per forza accendere le stelle filanti, continuava a piagnucolare: "Voglio le stelline. Voglio le stelline". Le avevo permesso di tenere in mano il bastoncino solo per farla tacere, per farla smettere di rompere le palle. Poi aveva raccontato a quei due che ero stata io a darglielo. Lo sapeva che sarei stata punita. Mi metteva sempre nei guai. E, visto che aveva detto che ero stata io a bruciarla, l'ho bruciata per davvero!»

«Tua sorella? *L'hai...?*» Mark, sbigottito, cominciò a cogliere le orribili implicazioni dello sproloquio.

«Sì, mia sorella», disse lei sprezzante. «La principessina che non faceva mai niente di male. Tutti quanti! Erano lì che russavano belli tranquilli sotto le coperte, come le persone più spensierate del mondo: lei, Miss Perfettina, nel suo stupido lettino con quel cazzo di pollice ficcato in bocca, falsa come Giuda. E quella stronza di mia madre... che sapeva tutto! Sapeva quel che mi faceva il suo uomo. Tutte le volte che lei andava via, mi toccava, mi faceva male, si spingeva dentro grugnendo e poi chiedeva scusa... e quella puttana lo lasciava fare! Aveva portato la mocciosa frignante al pronto soccorso solo per una vescichetta del cazzo, permettendogli di fare quello che voleva con me.»

"Oh, Cristo." Mark cominciava a capire... Le immagini dei suoi sogni, un episodio che non poteva dimenticare. La bambina distesa in posizione fetale nel suo lettino, l'orsetto con un occhio solo stretto al petto. La sorella maggiore che tremava come una foglia, ancora in pigiama, un unicorno stampato sul davanti. Le guance sporche di fuliggine rigate di lacrime, gli occhi nocciola sbarrati per il terrore.

Mark deglutì. *Grace.*

«Li hai bruciati vivi?» La scrutò in faccia sbalordito, in cerca di un briciolo di coscienza, di consapevolezza delle cose orribili che aveva fatto e stava facendo.

«Gli ho restituito il male che mi hanno fatto! Sono andata in cucina, ho acceso il fiammifero e li ho ammazzati. E tu mi avevi detto che si sarebbe riaggiustato tutto. Avevi fatto finta di tenere a me, ma non era vero! Voi uomini siete tutti uguali: siete dei bugiardi! Che usano e abusano delle donne», urlò, sopra un rumore assordante proveniente dal corridoio.

Erano crollate le scale? Mark la fissò negli occhi, pregando che non fosse vero. Con le ciglia e il collo bagnati di sudore, cercò di concentrarsi, quando esplosero tutte le lampadine. Il cuore gli batteva talmente forte nel petto che poteva quasi udirlo sopra la cacofonia delle sirene. Si arrischiò a fare un altro passo verso di lei.

Jade si girò di scatto, pronta a lanciarsi.

«Jade, aspetta! Che cosa è successo?» le urlò con urgenza. «Al tuo bambino. Che cosa gli è successo? Dimmelo. Fammi capire.»

«Figurarsi!» Jade rise sarcastica. «Figurarsi se capisci qualcosa.»

«Mettimi alla prova», la implorò.

Jade tacque per un attimo. «Pensavo fosse un alieno che mi cresceva nella pancia», disse sottovoce. «Ma non era vero. Era una bambina bellissima. Minuscola. Blu. Aveva la pelle blu.»

"Prematura? Cianotica?" Mark sentì un'altra violenta stretta al petto.

«Quando è morta, sapevo che Dio l'avrebbe presa con sé per farne un angelo. Quando ha chiuso gli occhi, le ho cantato... *Hush, little baby, don't you cry*... Mi ha sorriso. Ne sono sicura. La mia Angel. Sapevo che sarebbe tornata da me.»

«Evie.» Mark pronunciò il nome con voce strozzata. Alla fine, aveva capito tutto.

«Angel!» Jade lo fissò minacciosa, gli occhi pieni di odio. «Mi hai abbandonato. Hai cercato di portarmela via. Senza di lei, non ho più nessun motivo per vivere. Adesso morirà anche lei. E quando morirà, ricordati che sei stato tu a ucciderla, Mark Cain.»

Mark non osò muoversi, ma era pronto all'azione. Quando lei si avvicinò al bordo del davanzale, cominciò a pregare più forte.

«Ci vediamo all'inferno», ringhiò Jade.

Determinata a portare a termine il suo obiettivo, non notò la mano che stava per afferrarle la caviglia, il polpaccio.

La donna a cui aveva rubato la figlia non aveva nessuna intenzione di lasciarla andare.

«L'inferno può aspettare ancora un po', Jade.»

79.

Jade

Lui l'aveva bloccata. L'aveva afferrata per la vita, allontanandola bruscamente dalla finestra. Le aveva fatto male. Raggomitolata nell'angolo in cui era stata scaraventata, lo vide affidare la mocciosa a qualcuno attraverso la finestra. Mentre aiutava la bisognosa Melissa a uscire, non si degnò neppure di guardarla. Naturalmente, sua moglie continuava a protestare, a frignare, a chiedere di riavere la sua cara bambina.

Jade non poteva credere ai suoi occhi, quando Mark le passò davanti per raccogliere da terra la poliziotta, quella brutta intrigante che non vedeva l'ora di rubarglielo. Con cautela, la portò alla finestra, scrutandola in faccia, come se fosse già innamorato. Bastardo. Era *lei*, Jade, ad avere bisogno di lui. Stava morendo soffocata, non la vedeva? Non la sentiva?

Alla fine, si girò verso di lei. Jade si ritrasse. Respirando a fatica, la fissò con occhi furenti, senza la benché minima traccia di compassione. Quando lei tossì di nuovo, talmente forte che era certa che le sarebbero esplosi i polmoni, lui non si mosse di un millimetro. Praticamente non fece una piega neppure quando la porta si incrinò e un denso fumo grigio si insinuò nella stanza. Jade guardò freneticamente in quella direzione. Sarebbe bruciata viva. E lui l'avrebbe lasciata bruciare. La sua pelle si sarebbe annerita e coperta di vesciche, gli occhi sarebbero usciti dalle orbite. "Oddio..."

«Mark?» disse con voce stridula, la gola dolorosamente irritata dal fumo.

«Dov'è la bambina?» lui parlò sottovoce, senza staccarle gli occhi di dosso. «Dov'è Evie?»

Jade lo guardò implorante. Non poteva dirglielo, sennò non avrebbe avuto alcun motivo per salvarla. Avrebbe dovuto immaginarlo...

L'esplosione della porta interruppe i suoi pensieri. «Mark!» urlò atterrita, quando le fiamme si avventarono fameliche contro di lei.

80.

Mark

Era quasi irriconoscibile rispetto alla ragazzina che aveva incontrato otto lunghi anni prima. All'epoca, gli era sembrata una bambina innocente, alla quale aveva trasmesso suo malgrado dei segnali sbagliati. Evidentemente, una volta cresciuta, si era sottoposta a interventi di chirurgia plastica. E aveva nascosto i suoi splendidi occhi nocciola con un paio di lenti a contatto azzurre. Era bellissima... fuori. Ma profondamente ferita dentro. Forse soffriva di un qualche disturbo psichico dalla nascita? Nessuno avrebbe potuto comprendere fino in fondo come funzionava la mente di una ragazzina che aveva deciso di bruciare vivi i suoi familiari.

Non c'era più niente da fare. I medici avevano confermato che aveva subito un'ipossia cerebrale, il che significava che, se anche fosse sopravvissuta, la mancanza di ossigeno le aveva già procurato gravi danni permanenti al cervello. Nonostante le indagini stessero procedendo a pieno ritmo, non avevano piste da seguire e c'erano poche probabilità di trovare Evie. Mark lo sapeva, ma non l'aveva detto a Mel. Non le aveva quasi rivolto la parola, benché desiderasse disperatamente sentire la sua voce: persino nei momenti più bui della loro vita, aveva sempre avuto il potere di stabilizzarlo. Lui stesso aveva troppa paura di affrontare l'argomento, parlare con lei sarebbe stato terribile, intollerabile. Non l'avrebbe mai perdonato per aver dubitato di lei, per averla giudicata e per aver accettato una diagnosi sbagliata. Benché a sua insaputa, era stato coinvolto in un piano che mirava a farla impazzire lentamente. Prima l'aveva accusata e poi si era reso talmente inerte da permettere a una donna di abusare di lui e di manipolarlo al punto di farlo arrestare come un criminale della peggior specie... Nel frattempo, non osava immaginare cosa stesse succedendo a Evie. Melissa non gliel'avrebbe mai perdonato. Lui stesso non se lo sarebbe mai perdonato.

Con il petto appesantito dal dolore e dal senso di colpa, distolse lo sguardo dal letto d'ospedale di Grace. Non sapeva neppure perché fosse andato a trovarla. Per vederla con i suoi stessi occhi, immaginò. Aveva cercato di salvarla, si era ustionato le mani e le braccia per trascinarla via, ma era troppo tardi. Aveva ripensato alla successione dei fatti talmente tante volte da uscire quasi di senno. Lisa aveva cercato di rassicurarlo, dicendogli che nessuno avrebbe potuto salvare veramente quella ragazza. Era stato tutto inutile. Quei pochi e cruciali momenti di esitazione avevano segnato il suo destino per sempre. E quello di sua figlia.

Non poteva tornare indietro. Non poteva rimediare. Jade, Grace, chiunque lei fosse, aveva raggiunto il suo scopo. Si era messa in testa di averlo o di distruggerlo, e lui aveva collaborato sin dall'inizio. Era stato *lui* a uccidere Evie. Era stato *lui* a distruggere la sua famiglia.

Mark si massaggiò la nuca sfinito: ora il sonno arrivava solo a tormentarlo. Si avviò lungo il corridoio pensando a Poppy. Aveva deluso anche lei, era venuto meno al suo compito fondamentale di padre, che gli imponeva di proteggerla. La psichiatra infantile era speranzosa, ma lui non era sicuro che si sarebbe mai ripresa completamente da quell'incubo. Aveva bisogno di essere sostenuta e rassicurata. Doveva avere la certezza assoluta di essere amata dai genitori. Mark provava un amore quasi doloroso per lei, ma come dimostrarglielo a distanza? Lui l'avrebbe fatto, ma come avrebbe reagito la bambina? Quando era andata a trovarla a casa dei Chandler, dove Melissa si era sistemata temporaneamente, e poi le aveva detto che doveva andare via, Poppy gli aveva gettato le braccia al collo piangendo. Come farle capire che non la stava abbandonando di nuovo?

Mentre si dirigeva all'accettazione dell'ospedale, non udì subito la voce di Lisa che lo chiamava dall'atrio. Per poco non reagì neppure quando gli urlò: «Ehi, supereroe, alza lo sguardo». Forse, in circostanze diverse, avrebbe sorriso. Probabilmente, il nuovo soprannome che gli avevano appioppato in caserma era sempre meglio che «pedofilo di merda», ma lui non si sentiva per niente un eroe. Aveva salvato Mel e Poppy, ma aveva perso una parte della sua famiglia. Una parte di lui.

«Mark!» gridò Lisa, determinata ad attirare la sua attenzione. «Lo so che hai tanti pensieri in testa, ma vuoi piantarla di piangerti addosso?»

Dubitando di aver sentito bene, Mark alzò la testa di scatto.

«C'è qualcuno che vorrebbe vederti», gli disse con un sorrisino canzonatorio. «Ho il sospetto che anche tu abbia tanta voglia di vederla.»

Seguì lo sguardo di Lisa e il suo cuore stanco riprese a battere a pieno ritmo. La donna che amava, aveva amato e avrebbe amato per sempre gli stava andando incontro. Raggomitolata contro il suo petto c'era la loro bimba neonata.

Mel si fermò per passargli la figlia. Aprì la bocca per parlare, ma appena Mark prese la piccola fra le braccia, si inceppò. Nessuno dei due si fece alcun problema a piangere in pubblico.

«Le hanno lasciate nell'atrio dell'Herefordshire Hospital», spiegò Lisa. «Evie è stata visitata. Sta bene, ma...»

«Aspetta un attimo...» Mark cercò di capire la situazione. «*Le* hanno lasciate?»

«Daisy. È viva.» Lisa gli strinse forte il braccio. «Per un soffio, ma ha qualche speranza di farcela. Adesso è con i suoi genitori. Ovviamente, avranno bisogno di aiuto. I servizi sociali valuteranno la situazione in famiglia, ma... È stata ritrovata, Mark.»

Lui inspirò, sbatté forte le palpebre e levò lo sguardo al cielo.

«C'è dell'altro», aggiunse Lisa. «Abbiamo trovato la bambina di Jade. Sepolta in una tomba poco profonda nel giardino di sua nonna. Pare sia nata prematura. L'anziana, a quanto pare, è morta per una caduta improvvisa. Siccome Grace era l'erede diretta, indagheremo anche su questo.»

Mark annuì. Nonostante tutto, era ancora fortemente a disagio per le gravi violenze subite da Grace da bambina. Nessuno si era mai occupato del suo caso e lei non aveva ricevuto l'aiuto di cui aveva disperato bisogno.

Lisa fece una pausa, in attesa che Mark tornasse ad ascoltarla. «In ogni caso, quella ragazza era malata. O forse era l'incarnazione del male. Tu non hai nessuna responsabilità per quello che è successo.»

«Lo so», rispose lui con voce roca. Eppure, gli sarebbe rimasto per sempre il dubbio che forse avrebbe potuto aiutarla di più, seguire i suoi progressi dopo la visita all'ospedale, essere presente nel momento del bisogno, come aveva promesso di fare.

«Torna a casa, Mark», lo incoraggiò Lisa. «La tua famiglia ti sta aspettando.»

Mark guardò la bimba che aveva in braccio e poi si girò verso la moglie. A quel punto, capì...Vedendo l'espressione dei suoi bellissimi occhi verdi, del colore della felce dopo la pioggia... seppe che c'era speranza.

«Adesso, cari ragazzi, vi lascio in pace», concluse Lisa. Si voltò per abbracciare Mel, poi si incamminò tranquillamente, con aria piuttosto soddisfatta di sé. «Ah...» Si girò di nuovo. «Fate pure con comodo, ma quando vi sarete sbaciucchiati e riconciliati per benino, vi spiace venire a prendere il vostro cane? È una bestiola veramente adorabile, ma i miei figli cominciano a farsi delle strane idee.»

Visto che Mark e Mel erano troppo impegnati a cominciare il loro processo di guarigione per darle retta, Lisa alzò gli occhi al cielo e proseguì per la sua strada.

81.

Dylan

Quando Mark Cain e sua moglie uscirono dall'entrata principale dell'ospedale, Dylan li osservò dal proprio furgone. «Mi sa che forse Jade mi ha raccontato un mucchio di palle», sbottò, vedendo il poliziotto fissare amorevolmente la piccola Angel rannicchiata contro il suo petto, mentre la moglie lo baciava sulla guancia, gli cingeva la vita con un braccio e gli appoggiava la testa contro la spalla. «Secondo te, mi ha raccontato un mucchio di palle?» urlò, rivolto al cielo.

Sua madre non rispose. Del resto, non si aspettava che gli parlasse. Non importava, tanto sapeva che lo stava proteggendo, come aveva sempre fatto.

Vedendoli camminare verso la loro auto, Dylan si strofinò forte il naso con una mano. «Fa niente, la amo ancora», disse, annuendo determinato. «E so che anche lei mi ama. Me l'ha dimostrato.»

Dylan ci pensò su e prese una decisione: «Dobbiamo portare Angel a casa. Essere una vera famiglia, proprio come voleva Jade».

NOTA DELL'AUTRICE

Care lettrici, cari lettori,

innanzi tutto, grazie infinite per aver letto *La babysitter perfetta.* Spero proprio che vi sia piaciuto.

Raccontare questa storia non è stato facile, in quanto affronta temi dolorosi, come il lutto e, in particolare, la sofferenza psichica che ne deriva. Come scrittrice, tendo a occuparmi di famiglia e dinamiche familiari, soffermandomi sull'impatto che certe disgrazie possono avere sui legami più solidi. E, sì, a volte, mi baso sull'esperienza personale. Ciò non toglie che per scrivere di simili argomenti con la dovuta onestà e sensibilità siano necessarie scrupolose ricerche. Vorrei ringraziare chi ha voluto condividere con me le proprie esperienze e chi mi è stato vicino durante la stesura del libro: i miei familiari, i miei amici più stretti e anche la cerchia più ampia di conoscenti, fra cui i miei magnifici blogger, recensori e lettori, sempre prodighi di incoraggiamenti.

Grazie. Senza di voi, non ce l'avrei mai fatta.

Un enorme grazie alla redazione di Bookouture, senza di cui *La babysitter perfetta* non sarebbe neppure nato. In particolare a Helen Jenner che, con la sua pazienza, il suo entusiasmo e la sua competenza, ha permesso al romanzo di esprimere il massimo delle sue potenzialità, e a Peta Nightingale, per aver amato l'idea iniziale al punto da far partire l'intero progetto.

Sono molto grata a Kim Nash per la sua determinazione e professionalità, per la sua fiducia in me e il suo appoggio costante, e a tutti i simpaticissimi scrittori e blogger intervenuti agli eventi organizzati da lei. Giorno per giorno, condividiamo alti e bassi e ci rendiamo conto di avere un'importante motivazione in comune: l'amore per la scrittura.

Ho un immenso debito di gratitudine verso tutti quei blogger e critici che si sono presi la briga di leggere i miei libri, di recensirli e di farmi pubblicità. Come dico spesso: non ce l'avrei mai fatta senza di voi. Vi ammiro immensamente per la passione che mettete nel vostro lavoro. Grazie! Molte grazie anche a Shell Baker, paladina degli scrittori, che mi ha presa per mano nel labirinto dei gruppi di Facebook, sospingendomi nella direzione giusta, laddove necessario.

Infine, grazie a voi lettori per il vostro grande sostegno: ogni libro venduto, ogni commento positivo e ogni recensione sprona uno scrittore a continuare a scrivere anche nei momenti più difficili. E grazie anche a Drew, sempre pronto a incoraggiare la sua pazza madre.

Tutte queste persone meravigliose mi hanno insegnato una cosa, e cioè a non aver mai paura di aprirmi al prossimo. Così facendo, capita spesso di trovare qualcuno che ha già fatto un'esperienza simile e desidera aiutarti.

Finito di stampare nel mese di marzo 2019
da Grafica Veneta s.p.a., Trebaseleghe (PD)